人类能够创建文明，很重要的一个原因是因为能够想象出现实中不存在的东西，让我们珍惜这种能力。

刘慈欣

祖籍河南，长于山西，高级工程师，中国作家协会会员，中国科普作家协会会员，中国科幻代表人物，亚洲首位世界科幻大奖雨果奖得主。

自1999年处女作《鲸歌》问世以来，刘慈欣已发表短篇科幻小说三十余篇、出版长篇科幻小说六部，十次荣获中国科幻最高奖银河奖。他的长篇代表作“三体”三部曲被普遍认为是中国科幻文学的里程碑，将中国科幻推升到了世界高度。

中国科幻基石丛书
主编　姚海军

刘慈欣文集
5

超新星纪元

刘慈欣
著

重庆出版集团　重庆出版社

写在“基石”之前

姚海军

“基石”是个平实的词，不够“炫”，却能够准确传达我们对构建中的中国科幻繁华巨厦的情感与信心，因此，我们用它来作为这套原创丛书的名字。

最近十年，是科幻创作飞速发展的十年。王晋康、刘慈欣、何夕、韩松等一大批科幻作家发表了大量深受读者喜爱、极具开拓与探索价值的科幻佳作。科幻文学的龙头期刊更是从一本传统的《科幻世界》，发展壮大成为涵盖各个读者层的系列刊物。与此同时，科幻文学的市场环境也有了改善，省会级城市的大型书店里终于有了属于科幻的领地。

仍然有人经常问及中国科幻与美国科幻的差距，但现在的答案已与十年前不同。在很多作品上（它们不再是那种毫无文学技巧与色彩、想象力拘谨的幼稚故事），这种比较已经变成了人家的牛排之于我们的土豆牛肉。差距是明显的——更准确地说，应该是“差别”——却已经无法再为它们排个名次。口味问题有了实际意义，这正是我们的科幻走向成熟的标志。

与美国科幻的差距，实际上是市场化程度的差距。美国科幻从期刊到图书到影视再到游戏和玩具，已经形成了一条完整的产业链，动力十足；而我们的图书出版却仍然处于这样一种局面：读者的阅读需求不能满足的同时，出版者却感叹于科幻书那区区几千册的销量。结果，我们基本上只有为热爱而创作的科幻作家，鲜有为版税而创作的科幻作家。这不是有责任心的出版人所乐于看到的现状。

科幻世界作为我国最有影响力的专业科幻出版机构，一直致力于对中国科幻的全方位推动。科幻图书出版是其中的重点之一。中国科幻需要长远眼光，需要一种务实精神，需要引入更市场化的手段，因而我们着眼于远景，而着手之处则在于一块块“基石”。

需要特别说明的是，对于基石，我们并没有什么限定。因为，要建一座大厦需要各种各样的石料。

对于那样一座大厦，我们满怀期待。

献给我的女儿刘静

她将生活在一个好玩儿的世界中

目 录

写在“基石”之前 …… 姚海军 I

引 子 …… 1

第一章 死 星 …… 9

第二章 选 拔 …… 27

第三章 大学习 …… 59

第四章 交接世界 …… 99

第五章 超新星纪元初 …… 127

第六章 惯性时代 …… 165

第七章 糖城时代 …… 205

第八章 美国糖城时代 …… 231

第九章 超新星战争 …… 275

第十章 创世纪 …… 371

附记 蓝星星 …… 415

后 记 …… 427

引　子

这时，地球是天上的一颗星。

这时，北京是地上的一座城。

在这座已是一片灯海的城市里，有一所小学校，在校园中的一间教室里，一个毕业班正在开毕业晚会——像每一个这种场合必不可少的程序一样，孩子们开始畅谈自己的理想。

“我想当将军！”吕刚说。这是一个很瘦的孩子，但却具有一种同龄人身上少有的力量感。

有人评论说：“很没劲的，不会再打仗了，将军不过就是领着士兵走走队列而已。”

“我想当医生。”一个叫林莎的女孩儿细声细气地刚说完，马上就招来了嘲笑：

“得了，那次去乡下，你见了蚕宝宝都吓得叫唤，医生可是要拿刀子割人的！”

“我妈妈是医生。”林莎说，不知是想说明她不怕，还是想说明她要当医生的原因。

班主任郑晨是一名年轻的老师，她一直呆呆地看着窗外城市的灯火想着什么心事，这时忽然回过神来：

“晓梦，你呢？你长大想干什么？”郑晨问旁边的一个女孩儿——她穿着朴素，眼睛大而有神，透出一种与年龄不太相称的忧郁，刚才她也同郑晨一样看着窗外想心事。

“家里困难，我将来只能读职业中学了。”她轻轻叹了一口气说。

“那华华呢？”郑晨又问一个很帅气的男孩儿，他那双大眼睛时时闪射着惊喜的光芒，仿佛世界在他的眼中，每时每刻都是一团刚刚爆发的五彩缤纷的焰火。

“未来太有意思了，我一时还想不出来，但不管干什么，我都要成为最棒的！”

又有孩子说想当运动员，还有孩子说想当外交官，当一个女孩子说她想当老师后，大家一下沉默了。

“不好当的。”班主任郑晨轻轻地说，又看着窗外发起呆来。

“你们不知道，郑老师有宝宝了。”有个女孩儿低声说。

“是啊，明年她生宝宝的时候，正是学校裁人的时候，前景大大的不妙。”一个男孩儿说。

郑晨听到了那男孩的话，转头冲他笑了笑，“老师不会在这个时候想那些事的。我是在想，等我的孩子长到你们这么大时，会生活在一个什么样的世界里呢？”

“其实说这些都没什么意思。”一个瘦弱的男孩儿说。他叫严井，因为戴着一副度数很高的近视镜，大家都管他叫“眼镜”。“谁都不知道将来会发生什么，未来是不可预测的，什么事情都可能发生。”

华华说：“用科学的方法就可以预测，有未来学家的。”

眼镜摇摇头，“正是科学告诉我们未来不可预测，那些未来学家以前做出的预测没有多少是准的，因为世界是一个混沌系统，混沌系统，三点水的‘混沌’，不是吃的‘馄饨’。”

“这你好像跟我说过，这边蝴蝶拍一下翅膀，在地球那边就有一场风暴。”

眼镜点点头，“是的，混沌系统。”

华华说：“我的理想就是成为那只蝴蝶。”

眼镜又摇摇头，“你根本没明白。我们每个人都是蝴蝶，每只蝴蝶都是蝴蝶，每粒沙子和每滴雨水都是蝴蝶，所以世界才不可预测。”

“你还说过测不准原理……”

“是的，微观粒子是测不准的，所以整个世界也是测不准的。还有多世界假说：当你扔出一个钢镚儿时，世界就分裂成了两个，钢镚儿在一个世界里国徽朝上，在另一个世界里国徽朝下……”

郑晨笑着说：“眼镜，你本身就是一个证明：我在你这么大的时候，无论如何也不会预测到有那么一天小学生能知道这么多。”

“眼镜确实看了不少书！”其他孩子都纷纷点头说。

“老师的宝宝将来更了不起了，说不定到那时，基因工程会让他长出两只翅膀来呢！”华华说，大家听了都笑了起来。

“同学们，”班主任站起身来说，“我们最后看看自己的校园吧！”

于是孩子们走出了教室，同他们的班主任老师一起在校园中漫步。

四周的灯大都熄了，大都市的灯光从四周远远地照进来，使校园的一切显得宁静而朦胧。孩子们走过两幢教学楼，走过办公楼，走过图书馆，最后穿过一排梧桐树，来到操场上。这四十五个孩子站在操场的中央，围着他们年轻的老师，郑晨张开双臂，对着在城市的灯光中黯淡了许多的星空说：

“好了，孩子们，童年结束了。”

这时，北京是地上的一座城。

这时，地球是天上的一颗星。

这似乎是一个很小的故事，四十五个孩子，将离开这个宁静的小学校园，各自继续他们刚刚开始的人生旅程。

这似乎是一个极普通的夜，在这个夜里，时间在流动着，从无限遥远的过去平缓地流来，向无限遥远的未来平缓地流去。“人不可能两次踏入同一条河流”，不过是古希腊人的梦呓。时间的河一直是同一条，生活的河也一直是同一条，这条河总是以同样的节奏流啊流，流个没完，生活和历史都与时间一样，是永恒的。

这座城市里的人们是这么想的，华北平原上的人们是这么想的，亚洲大陆上的人们是这么想的，整个地球行星上的名字叫人的碳基生物都是这么想的。在行星的这一边，人们在这条大河永恒感的慰藉下，相继安睡，他们坚信这神圣的永恒是任何力量都不可能打破的，他们醒来时将迎来一个与以前无数个清晨一样的日出。这信念潜藏在每一个人的意识深处，使得他们即使在这个夜里，仍能继续编织已延续了无数代人的平静的梦。

这里有一个普通的小学校园，它是这灿烂的城市之夜中一个宁静的角落。

校园的操场上有四十五个十三岁的孩子，同他们年轻的老师一起望着星空。

苍穹上，冬夜的星座：金牛座、猎户座和大犬座已沉到西方地平线下；夏季的星座：天琴座、武仙座和天秤座早已出现。一颗颗星如一只只遥远的眼睛，从宇宙无边的夜海深处一眨一眨地看着人类世界，但今夜，这来自宇宙的目光有些异样。

就是在这个夜里，人类所知道的历史已走到了尽头。

第一章
死　星

终　结

在我们周围十光年的宇宙空间里，天文学家发现了十一个太阳，它们是：比邻星、半人马座A、半人马座B，以上三颗恒星在彼此的引力下维系在一起运行，构成了一个三星系统；天狼星A、天狼星B、卢伊顿726-8A、卢伊顿726-8B，以上四颗恒星分别构成了两个双星系统；巴纳德星、佛耳夫359、莱兰21185、罗斯154，以上四颗是单星。天文学家们不排除这样的可能：也许这个空间还有一些非常暗的或被星际尘埃挡住的恒星未被探测到。

天文学家们注意到了这片空间中有大团的宇宙尘埃存在，这些尘埃像是飘浮在宇宙夜海中的乌云。安装在人造卫星上的紫外探测器对准这团遥远的星际尘埃时，在吸收光谱中发现了一个216毫米的吸收峰，由此他们认为，这些星际尘埃可能是由碳微粒组成的，通过这些星云的反射性质，天文学家们推测，组成星云碳微粒的外部还覆盖着一层薄冰；尘埃粒子的大小范围从2毫微米到200毫微米不等，与可见光的波长属同一数量级，结果就导致尘埃对可见光是不透明的。正是这片星际尘埃，挡住了距地球八光年的一颗恒星。那颗恒星直径是太阳的二十三倍，质量是太阳的六十七倍。现在它已进入了漫长演化的最后阶段——离开主星序，步入自己的晚年期，我们把它称为死星。

即使它有记忆的话，也无法记住自己的童年。它诞生于五亿年前，它的母亲是另一片星云。原子的运动和来自银河系中心的辐射扰乱了那片星云的平静，所有的云体粒子在万有引力的作用下向一个中心凝结。这庄严的尘埃大雨下了两百万年，在凝成的气团中心，氢原子开始聚变成氦，死星便在核大火中诞生了。

经过剧变的童年和骚动的青年时代，核聚变的能量顶住了恒星外壳的坍缩，死星进入了漫长的中年期，它那童年时代以小时、分钟甚至秒来计算的演化，现在以亿年来计算了，银河系广漠的星海又多了一个平静的光点。但如果飞近死星的表面，就会发现这种平静是虚假的。这颗巨星的表面是核火焰的大洋，炽热的火的巨浪发着红光咆哮撞击，把高能粒子暴雨般地撒向太空；巨大得无法想象的能量从死星深深的中心喷涌而出，在广阔的火海上翻起一团团刺目的涌浪；火海之上，核能的台风一刻不停地刮着，暗红色的等离子体在强磁场的扭曲下，形成一根根上千万公里高的龙卷柱，犹如伸向宇宙的红色海藻群……死星的巨大是人类头脑很难想象的，按照比例，如果把我们的地球放到它的火海上，就像把一个篮球扔到太平洋上一样。

本来，死星在人类眼中应该是很亮的，它的视星等是-7.5，如果不是它前方三光年处那片孕育着另一颗恒星的星际尘埃挡住它射向地球的光线的话，将有一颗比最亮的恒星——天狼星还亮五倍的星星照耀着人类历史，在没有月光的夜晚，那颗星星能在地上映出人影，那梦幻般的蓝色星光，一定会使人类更加多愁善感。

死星平静地燃烧了四亿八千万年，它的生命壮丽辉煌，但冷酷的能量守恒定律使它的内部不可避免地发生了一些变化：核火焰消耗着氢，而核聚变的产物——氦沉积到星体的中心并一点点地累积起来。这变化对于拥有巨量物质的死星来说是极其缓慢的，人类的整个历史对它来说不过是弹指一挥间，但四亿八千万年的消耗终于产生了它能感觉到的结果——惰性较大的氦已沉积到了相当的数量，它那曾是能量源泉的心脏渐渐变暗，死星老了。

但另一些更为复杂的物理法则决定了死星必须以一种壮烈的方式维持自己的生命，它中心的氦越挤越紧，周围的氢仍在聚变，产生的高温点燃了中心的氦，使其也发生了核聚变，恒星中所有的氦在一瞬间燃起了核大火，使死星发出了一道强光。但氦聚变产生的核能仅为氢的十分之一，所以死星在这次挣扎之后并没有完结，而是更虚弱了——这被天文学家称为"氦闪"。"氦闪"的强光在太空中穿行三年后到达了那片星际尘埃，其中波长较长的红光成功穿过这道宇宙屏障，又在宇宙中旅行五年后，到达了一颗比死星小得多的普普通通的恒星——太阳，同时也照到了被这颗恒星的引力抓住的几粒宇宙灰尘——人们把这几粒灰尘分别叫作冥王星、海王星、天王星、土星、木星、火星、金星、水星，当然，还有地球，这时是公元1775年。

那天晚上，在地球的北半球，在英国的温泉城市巴思一个高级游乐场的音乐厅外面，生于德国的风琴手威廉·赫歇尔，正用一架自制的天文望远镜贪婪地探视着宇宙。灿烂的银河是那样吸引他，他把自己的生命全部灌注于望远镜中，以至于他的妹妹卡罗琳只好在他观察时用小勺向他口中喂食。这位一生都在天文望远镜目镜前度过的18世纪最卓越的天文学家，在星图上标注了近七万颗恒星，但这天晚上却漏掉了一颗对人类来说最为重要的星星。那天晚上，在西部天空突然出现了一个红色的星体，它位于御夫座的α星和β星连线的中点上，视星等为4.5，不算太亮，一般人即使知道确切位置也难以找到，但对天文学家来说，这颗红星无异于太空中突然出现的一盏巨灯，如果这时赫歇尔不是伏在望远镜上，而是像伽利略以前的天文学家一样用肉眼巡视苍穹的话，他也许会有一个新发现，这发现在其后的二百多年里将改变人类历史。但这时，他聚精会神地对着他那架口径只有两英尺的望远镜，而望远镜显然正对着别的方向；最遗憾的是，这时，格林尼治天文台、赫文岛上的天文台以及全世界其他所有天文台的望远镜都指到了别的方向……

御夫座的红星亮了整整一夜，第二天晚上就消失了。

也是这一年的一个夜晚，在另一个叫北美洲的大陆，八百名英军士兵正悄悄地行进在波士顿西面的公路上，红色的军服使他们看起来像一串夜色中的幽灵。他们在春夜的冷风中紧握着毛瑟枪，希望能在天亮前赶到距波士顿二十七公里的康科德镇，遵循马萨诸塞总督的命令摧毁“一分钟人”们设在那里的军火库，并逮捕他们的领袖。但天边很快出现了一线鱼肚白，小树林、草屋和牧场的篱笆都在晨光中现出黑色的剪影，士兵们四下看了看，发现他们只走到一个叫列克星敦的小镇。突然，在前方的一片树丛中，有小火星闪了一下，一声刺耳的枪响划破了北美洲寂静的黎明，紧接着是子弹穿过空气的啾啾声——孕育在母腹中的美利坚合众国发出了第一下蠕动。

但在太平洋对面那片广阔的大陆上，一个文明古国已延续了五千年。这时，在这片古老的大地上，很多人正向着古国的京都日夜兼程地进发，他们随身携带着从古国各处收集的大量古书。尽管编纂《四库全书》的征书圣旨在两年前就已下传，但是现在，广袤国土上的古书仍像无数条小溪一样源源不断地向京都汇集。在紫禁城一间巨大的木结构大厅中，乾隆皇帝正巡行在无穷无尽的一排排书架之间，这是两年来为《四库全书》收集的典籍，它们已按经、史、子、集四个大类放置在这些巨大的书架上。皇帝把侍从留在门外，小心翼翼地走进了这个巨大的书库，为他打灯笼和带路的是三个戴有大学士花翎的人，他们是戴震、姚鼐和纪昀，和那些挂名的皇亲国戚不同，他们是《四库全书》真正的编纂官。高大的书架从四人的身边缓缓移过，在灯笼昏暗的光亮下，他们仿佛在穿越一堵堵黑色的城墙。他们来到一堆古老的竹简旁，乾隆帝战战兢兢地拿起一捆来，在灯笼摇曳的黄光中，竹简上反射着几个小小的光点，仿佛是上古时代的瞳仁；乾隆轻轻放下竹简，抬头四下望望，他觉得自己仿佛正置身于书山幽深的峡谷之中，这是岁月之山的峡谷，在这书的悬崖之间，五千年来的无数幽灵在静静地飞扑升腾。

“逝者如斯，陛下。”一个编纂官低声说。

在那远得无法想象的外太空，死星正继续走向自己的末日。又发生了几次氦闪，但规模比第一次小，氦聚变生成的碳和氧又组成了一个新的核心。紧接着，碳氧核心又被点燃，生出更重的氖、硫和硅元素，这时，恒星内出现了大量的中微子，这种不和任何物质发生作用的幽灵般的粒子不断地带走核心的能量，渐渐地，死星中心的核聚变已无法支撑沉重的外壳，曾使死星诞生的万有引力现在干起了相反的事，死星在引力之下坍缩成了一个致密的小球，组成它的原子在不可思议的压强下被压碎，中子和中子挤在一起。

这时，死星上一茶匙的物质就有十亿吨重。首先坍塌的是核心，随后失去支撑的外壳也塌了下来，猛烈地撞击致密的核心，在一瞬间最后一次点燃了核反应。

五亿年引力和火焰的史诗结束了，一道雪亮的闪电撕裂了宇宙，死星化作亿万块碎片和巨量的尘埃。强大的能量化为电磁辐射和高能粒子的洪流，以光速涌向宇宙的各个方向。在死星爆发三年后，能量的巨浪轻而易举地推开了那片星际尘埃，向太阳扑来。

在死星爆发时，八光年外的人类正处于鼎盛时期——虽然他们早已得知自己生活在宇宙中一粒小小的尘埃上，但他们并未从心理上接受这一事实。在刚刚过去的那个世纪里，他们掌握了核裂变和核聚变的巨大能量，他们用禁锢在硅片中的电脉冲造出了复杂的智能机器，自以为已掌握了征服宇宙的力量。没有人知道，死星的能量正以光速日夜兼程地扑向这个小小的蓝色行星。

死星的强光越过人马座三星后，又在冷寂而广漠的外太空走了四年，终于到达了太阳系的外围。在那只有不带彗尾的彗星游荡的空间中，死星的能量同人类进行了第一次间接的接触：在那距地球十多亿公里的远方，有一个人造的物体正向银河系的星海孤独地跋涉着，这就是公元20世纪70年代从地球起程的“旅行者号”星际探测器。它像一把形状奇特的伞，伞面是对准地球的抛物面天线。探测器上带着一张人类的名片，那是一块画有两个裸体人类的铝合金板，另外还有一张唱片，上面录有联合国秘书长对外星文明的问候、地球大海的涛声、小鸟的鸣叫和中国古曲《流水》等。这个人类向银河系派出的使者首先领略了宇宙的严酷，在它进入死星光海后，立刻变成了一堆炽热的金属，伞状天线因温度从接近绝对零度的低温突然升高而变形扭曲，检测高能射线的盖革计数仪因射线强度过大而呈饱和状态，读数反而为零；只有紫外光探测器和磁场仪正常地工作了两秒钟，在集成电路被高能射线摧毁之前，“旅行者号”上的计算机向地球发回了一串令它的制造者难以置信的观测数据。由于发射天线的损坏，设在美国和澳大利亚的高灵敏度天线阵列永远也无法收到这串数据，但这已无关紧要，人类很快就能亲自测量他们无法相信的一切了。

死星的强光越过了太阳系的边界——冥王星，在它那固态氮的蓝色晶体大地上激起一片蒸气；很快，强光又越过天王星和海王星，使它们的星环变得晶莹透明；越过土星和木星（这时，北京，那个小学毕业班的晚会刚刚开始），高能粒子的狂风在它们的液体表面掀起一片磷光；死星的能量又以光速飞行了一个半小时，到达月球，哥白尼环形山和雨海平原发出一片刺目的白光，死星的光芒也照亮了雨海平原上的一排人类脚印，那是阿姆斯特朗和奥尔德林在四十年前留下的，当时不远处的蓝色行星上有上亿人在电视中看着他们，很多人在那一激动人心的时刻都认为宇宙是为他们而存在的。

又过了一秒钟，在太空中行走了八年的死星光芒到达地球。

夜空骄阳

是中午了!!

这是孩子们视力恢复后的第一个感觉,刚才的强光出现得太突然,仿佛有谁突然打开宇宙中一盏大电灯的开关,使他们暂时失明了。

这时是20点18分,但孩子们确实站在正午的晴空之下!抬头看看万里碧空,他们倒吸了一口冷气。这绝不是人们过去看到的那种蓝天,这天空蓝得惊人,蓝得发黑,如同超还原的彩色胶卷记录的色彩;而且这天空似乎纯净到极点,仿佛是过去那略带灰白的天空被剥了一层皮,这天空的纯蓝像皮下的鲜肉一样,似乎马上就要流出血来。城市被阳光照得一片雪亮,看看那个太阳,孩子们失声惊叫起来:

那不是人类的太阳!!

那个夜空中突然出现的太阳的强光使孩子们无法正视,他们从指缝中瞄了几眼,发现那个太阳不是圆的,它没有形状,事实上,它的实体在地球上看去和星星一样是一个光点,白色的强光从宇宙中的一个点迸发出来，但由于它发出的光极强（视星等为-51.23，几乎是太阳的两倍），所以看上去并不小，它发出的光芒经大气的散射，好像是西天悬着的一只巨大而刺目的毒蜘蛛。

死星是突然出现的，亮度在几秒钟内达到最大，东半球的人们首先看到它，紧接着出现了人类有史以来最大的恐慌，几乎所有的人都失去了正常的判断和行动能力，整个世界呆住了。在大西洋、欧洲和非洲的西海岸看到的天象最为壮观，以下是大西洋上的一则目击记录：

日出时我们就发现了异常：太阳升出海面后，东方的海天连线处仍有亮光射上来，那是一片白光，呈放射状从海平面下一个看不到的光源发出，仿佛东方的海面下有一盏巨灯照上来。那亮光渐渐增强。这景象是那么怪异，船上所有的人都骚动不安，电台和收音机里是一片干扰声。随着那第二道曙光越来越亮，天边的几片云形成的“朝霞”也发出刺眼的白光，好像一大片白炽的灯丝……我们的恐惧也随着那亮光增长，每个人都知道那光源总要升起来的，但谁也不知道会看到什么。终于，在日出三小时之后，我们又目睹了第二次日出，船长后来有一句形容那个新太阳的话十分贴切：好像宇宙中有一个巨人正在电焊！当这两个太阳同时出现在天空中时，看上去最可怕的倒是我们的那个旧太阳：由于它的亮度比新太阳弱了许多，对比之下看上去有些发暗，简直成了一个黑太阳！这噩梦般的景象并不是人人都能承受，有人开始在甲板上发疯般地乱跑，有人开始向海里跳……

（选自《目击死星》，［英］艾伯特·G.哈里斯著，伦敦，超新星纪元6年版）

操场上的孩子们还没回过神来，空中就出现了闪电，这是死星的射线电离大气造成的。长长的紫色电弧在纯蓝的天空中出现，越来越密，雷声震耳欲聋。

“快！回教室去！！”郑老师高喊，孩子们纷纷向教学楼跑去，每个人都捂着头，阵阵雷声在他们头顶炸响，仿佛整个世界都在分崩离析。跑进教室后，孩子们都在老师的周围瑟瑟发抖地挤成一团。死星的光芒从一侧窗中透射进来，在地板上投下明亮的方形；另一侧窗则透进闪电的光，那蓝紫色的电光在教室的这一半急剧地闪动。空气中开始充满了静电，人的衣服上的金属小件都噼噼啪啪地闪起了小火花；皮肤上的汗毛都竖了起来，使人觉得浑身痒痒；周围的物体都像长了刺似的扎手。

以下是死星出现后，俄罗斯“和平号”空间站同位于哈萨克斯坦国的拜克努尔航天中心，以及美国“宙斯号”航天飞机的通信记录。这是“和平号”空间站预定坠毁前的最后一个乘员组。

指令长：Д.А.沃尔采夫

飞行控制工程师：Б.Г.季诺维奇

机械工程师：Ю.Н.比耶科夫斯基

生态工程师：弗·列夫森

空间站医生：尼基塔·科什诺连科

乘员：固体物理学博士约·拉米尔，天体物理学博士亚历山大·安德列夫

电磁波通信部分：

10:20'10"“和平号”:顿河呼叫拜克努尔！顿河呼叫拜克努尔！基地,听见请回答,基地,听见请回答……

（无回答,强干扰噪声）

10:21'30"基地:这里是拜克努尔基地！基地呼叫顿河,请回答……

（无回答,强干扰噪声）

……

以下为红外激光通信部分：

10:23'20"“和平号”:基地,这里是“和平号”！主系统干扰太大,我们已启用备用通信系统,请回答！

10:23'25"基地:我们听到你们了,但信号不稳定。

10:23'28"“和平号”:发射和接收单元定向困难,定向控制电路的集成块在射线下失效,我们只好用光学手动定向。

10:23'37"基地:固定发射和接收单元,我们将接过控制权。

10:23'42"“和平号”:已经照办。

10:23'43"基地:信号正常！

10:23'46"“和平号”:基地,能否告诉我们现在发生了什么事？我们怎么称呼突然出现的那个东西？

10:23'56"基地:我们跟你们知道的一样多。至于称呼,叫它X星吧！请把你们得到的数据传过来。

10:24'01"“和平号”:下面传送的是综合辐射计、紫外线观测仪、伽马射线观测仪、引力计、磁场计、盖革计数仪、太阳风强度计和中微子探测仪从10点开始的观察数据,同时附有可见光和红外照片136张,注意接收。

10:24'30"“和平号”:(数据传输)

10:25'00"“和平号”:我们的空间望远镜自X星一出现就在跟踪它,凭我们的精度测不出它的角直径,也没有发现明显的视行差。安德列夫博士认为,从以上两点和我们接收到的能量来看,X星在太阳系之外,当然这只是猜想。现在资料不足,很多事情要由地面天文台来干。

10:25'30"基地:在地球上你们看到了什么?

10:25'36"“和平号”:赤道地区有向北刮的大规模飓风,风速估计接近每秒60米,这是我们由赤道云体的变化情况估计的。这可能是X星给地球突然施加的不均匀热量造成的。呵,两极地区有大量紫外辐射和蓝色闪光,可能是闪电,它们正在向低纬度扩散。

10:26'50"基地:现在报告你们的情况。

10:27'05"“和平号”:情况不妙。飞船上的飞行控制计算机系统全部被高能射线摧毁,备用系统也同时被摧毁,它的铅屏蔽失去作用。单晶硅太阳电池全部被射线破坏,化学燃料电池破坏严重,我们现在只能靠中舱的同位素电池供电,电力严重不足,只好关闭综合舱的生态循环系统,生活舱的生态循环系统工作也不正常,我们很快要穿宇宙服了。

10:28'20"基地:基地认为在目前情况下已不宜在轨道上继续停留,同时从系统的损坏情况来看软着陆已不可能。美国“宙斯号”航天飞机现在正在3340号低轨道上,他们在地球阴影中,所受破坏较轻,尚有再入能力。我们已成功地同他们接通联系,美国人决定履行《国际近地空间开发协议》中关于宇航员空间救护的条款,接收你们转乘。制动程序和发动机动作参数是……

10:30'33"“和平号”:基地注意,空间站医生要和你们讲话。

10:30'40"“和平号”：我是空间站医生，我认为换乘已无意义，请求取消。

10:30'46" 基地：请解释。

10:30'48"“和平号”：空间站的所有宇航员均已受到5100拉德超致死剂量的高能射线照射，我们的生命只有几个小时了，即使返回地面，结果也一样。

10:31'22 " 基地：（沉默……）

10:31'57 "“和平号”：我是指令长，请让我们留在“和平号”空间站上，现在这个空间站是人类观察X星的前哨，在最后的几个小时里，我们将尽自己的责任。我们是第一批死于太空的宇航员，如果以后有机会，请把我们的骨灰撒到家乡的土地上。

……

（选自《公元世纪俄罗斯宇航史》第五卷，［俄］弗拉基米尔·科涅夫著，莫斯科，超新星纪元17年版）

死星在宇宙中照耀了一小时二十五分钟后，突然消失了。现在，只有巨大的射电望远镜阵列才能探测到死星的遗体——一颗飞速旋转的中子星，它发出具有精确时间间隔的电磁脉冲。

孩子们把脸贴在教室的窗玻璃上，从头到尾目睹了这没有日落的日落，这最怪异的黄昏。他们看到，天空的蓝色渐渐变深，很快成了夜幕将临时的那种蓝黑色。死星的光芒在收敛，在它的周围形成了一片暮曙光，这暮曙光最初占据了半个天空，很快缩小至围着死星的一圈，色彩由蓝紫色过渡到白色，这时天空的大部分已黑了下来，零落的星星开始出现。死星周围的光晕继续缩小，最后完全消失，死星这时已由一个光芒四射的光源变成了一个亮点，当星空完全重现时，它仍是最亮的一颗星，然后它的亮度继续减小，成了银河系中一颗普通的星星，五分钟后，死星完全消失在宇宙的深渊中。

看到闪电停了，孩子们跑出了教室，他们发现自己置身于一个荧光世界中，在黑色的夜空下，外面的一切：树木、房屋、地面……全都发出蓝绿色的荧光，仿佛大地和它上面的一切都变成了半透明的玉石，而大地的深处有一个月亮似的光源照上来，把它的光亮浸透在玉石之中。夜空中悬浮着发着绿光的云朵，被死星惊动的鸟群像一群发着绿光的精灵从空中飞快掠过。最让孩子们震惊的是，他们自己的身体也发出了荧光，在黑暗中看去如负片上的图像，像一群幽灵。

“我说过嘛，什么事情都会发生的……”眼镜喃喃地说。

这时，教室里的灯亮了，周围城市的灯光也相继亮了起来，孩子们才意识到刚才停电了。随着灯光的出现，那无处不在的荧光消失了。孩子们原以为世界恢复了原状，但他们很快发现让人震惊的事情还没有完。

在东北方向的天边有一片红光，过了一会儿，那个方向的天空中升起了发着暗红色光亮的云层，像刚刚出现的朝霞。

“这次是真的天亮了！”

“胡说，现在还不到11点呢！”

那红云浩浩荡荡地飘过来，很快覆盖了半个夜空，这时孩子们才发现，那云本身就发光。当红云的前端飘至中天时，他们看到由一条条巨大光带组成的、像是从太空中垂下的红色帷幔，在那里缓缓地扭动变幻。

“是北极光！”有孩子喊。

极光很快布满了整个天空，在以后的一个星期里，全世界的夜空都涌动着红色的光带。

一个星期后，当极光完全消失、灿烂的星空重新出现时，这场由超新星奏起的宇宙交响乐最后一个，也是最壮丽的一个乐章出现了：在几天前死星出现的那个位置，浮现出一片发光的星云！这是超新星爆发后留下的尘埃，死星残骸发出的高能电脉冲激发了它，使其在可见光波频段发出同步加速辐射，人类才能看到它。星云在缓慢地长大，现在在空中的可视面积相当于两个满月。这个大星云呈放射状，形状像一朵玫瑰花，以后人们就把它称为玫瑰星云。玫瑰星云在苍穹中发出庄严而神秘的蓝光，这光芒照到大地上后就变成月光那样的银色，有满月那么亮，照亮了大地上的每一个细节，使下面城市的灯海黯淡了许多。

从此，玫瑰星云将照耀着人类历史，直至这个继恐龙之后统治地球的物种毁灭或永生。

第二章
选　拔

山谷世界

死星的出现对人类世界来说无疑是一件大事。最早的超新星记录是在公元前1300年的甲骨文上，最近的一次是在1987年，那颗超新星位于大麦哲伦星云方向，在银河系之外，距我们大约十七万光年。从天文学的角度来讲，说这次超新星爆发近在眼前已不准确，应该是近在睫毛上。

但世界对它痴迷的时间也就是半个月左右，虽然科学界对它的研究刚刚开始，哲学界和文学艺术界由它产生的灵感还没有发酵到足够的程度，普通人已经重新埋头于自己平淡的生活了。人们对超新星的兴趣，也仅限于玫瑰星云又长到了多大、形状又发生了什么变化，不过这种关注已是休闲性质的了。

但对人类最重要的两个发现，却很少有人知道。

在南美洲一个废弃的矿井中，安装了一个巨大的水槽，数量众多的精密传感器日夜监视着水槽内部静止的上万吨的水。这是人类为发现中微子所做努力的一部分,当中微子穿透上方五百米厚的岩层后,它产生的某些效应会在大水槽的水中产生只有最精密的仪器才能觉察的微弱闪光。今天在井下值班的是物理学家安德森博士和工程师诺德。诺德百无聊赖地数着岩石洞壁上在昏暗灯光下发亮的道道水印,嗅着井下这几乎饱和的潮湿空气,觉得自己像是在坟墓中。他从抽屉中刚拿出那瓶私藏的威士忌,旁边的安德森就先把杯子伸过来。以前博士是最反感在值班时喝酒的,为此他还解雇过一名工程师,但现在他已经无所谓了。他们在这五百米深的地下守了五年,那神秘的闪光从未出现过,大家已失去了信心。但就在这时,提示闪光出现的蜂鸣器响了,这是他们期待了五年的来自天国的圣乐!酒瓶掉到地上摔碎了。两人扑到监视屏前,但上面漆黑一片。两人呆呆地对视了几秒钟,工程师先反应过来,冲出中控室来到大水槽边,那水槽看上去像是一幢建在地下没有窗户的高楼。他从一个小圆窗向水槽中看,用肉眼看到了水中那幽灵般的蓝色闪光,这光对于灵敏的传感器来说实在太强了,以至于使它达到了饱和状态。两人回到中控室,安德森博士伏身到其他的仪器上仔细察看。

"是中微子吗?"工程师问。

安德森摇摇头,"这粒子有明显的质量。"

"那它到不了这里,它会与岩层发生作用而被阻拦住的!"

"是发生了作用,我们检测到的是它的次级辐射。"

"您疯了吗?!"诺德盯着安德森大叫,能在五百米深的岩层中产生次级辐射的粒子,要有多大能量?!

斯坦福医学院附属医院。血液病专家格兰特博士来到化验室，取他前天提交的两百份血样的化验结果，化验室主任把一摞检测结果表格递给博士，说："院里好像没有这么多床位吧？"

"你在说什么？"博士不解地看着主任。

主任指着那一摞表格说："您从哪儿找来这么多倒霉鬼，切尔诺贝利吗？"

博士仔细看了几张结果后大发雷霆："粗心的郝斯先生，你他妈不要饭碗了吗？我送给你的是研究统计用的正常人的血液！"

主任盯着博士看了足有一分钟，眼里透出的越来越深的恐惧让博士心里发毛，他突然一把拉起博士向化验室走去。

"干什么？你个白痴！"

"你快抽血，我也抽，还有你们，"他对周围的化验员大喊，"都抽！！"

超新星爆炸一个月后，暑假就要结束了。开学的前两天，那所小学召开了本学期的第一次教务会议。会开到一半，校长被叫出去接电话，回来时脸色变得十分凝重，他对郑晨示意了一下，两个人在众人惊奇的目光下来到会议室外面。

校长说："小郑，立刻把你那个班集合起来。"

"什么？他们还没有入学呢！"

"我是说那个毕业班。"

"这就更难了。那些学生已分散到五所中学，也不知他们现在入学了没有，再说，他们和我们还有什么关系呢？"

"学籍科会配合你的，这是教委主任亲自打来的电话。"

“冯主任没说集合起来以后干什么吗?”

校长发现郑晨并没有完全听懂他的话:“什么冯主任,是国家教委主任!”

集合这个毕业班并不像郑晨想的那么难,除了两个仍在外地的学生,这个班的四十三个孩子很快又回到了他们的母校,他们是正在各个中学入学登记时被紧急叫回来的。当这个已经解散的班集体重新会聚后,孩子们个个都兴奋得像小鸟似的叽叽喳喳,连声说中学真没劲,还不如重上小学呢。

郑晨和孩子们在教室里等了半个小时,都不知道要干什么,直到一辆大轿车和一辆小汽车停在教学楼前。车上下来三个人,其中那个负责的中年人叫张林,校长介绍说他们来自中央非常委员会。

“非常委员会?”这个名称让郑晨很困惑。

“是一个刚成立的机构。”张林简单地说,“你这个班的孩子会有一段时间不能回家了,我们负责通知他们的家长,你对这个班比较熟悉,和他们一起去吧。不用拿什么东西了,现在就走。”

“这么急?”郑晨吃惊地问。

“时间紧。”张林简单地说。

载着四十三个孩子的大轿车出了城,一直向西开。张林坐在郑晨的旁边,一上车就仔细地查看这个班的学生登记表,看完后两眼直视着车的前方,沉默不语;另外两个年轻人也是一样,看着他们那凝重的神色,郑晨也不好问什么。这气氛也感染了孩子们,他们一路上都很少说话。车过了颐和园继续向西开,一直开到西山,又在丛林间僻静的山间公路上开了一会儿，驶入了一个大院，大院的门口有三名持枪的哨兵。院中停着一大片与他们乘坐的一模一样的大轿车，一群群孩子刚从车上下来，他们看上去年龄都与这个班的孩子差不多。

郑晨刚下车，就听到有人叫她的名字，是一名上海的男老师，他们曾在一次会议上见过。她打量着他周围那一群孩子，显然也是一个小学毕业班。

“这是我的班级。”

“从上海来?”

“是的，昨天半夜接到通知，然后一家一家打电话连夜把孩子们集合起来……”

“昨天半夜？这么快就来了？坐飞机也没这么快呀?!”

“是专机。”

他们默默地对视了好一会儿，上海老师说：“其他的我就什么都不知道了。”

“我也是。”郑晨说。她想到，这位老师带的也是素质教育的实验班。四年前，国家教委开始进行一项名为“星光工程”的大规模教学试验，在全国各大城市选定一批小学班级，用一种远离常规的方式进行教学，重点培养学生的综合能力，郑晨所带的就是这样的一个班级。

她环顾四周，问：“这里来的好像大部分都是‘星光班’?”

“是的，共二十四个班级，有千人左右，来自五个城市。”

当天下午，一些工作人员进一步了解了各个班级的情况，对每个孩子都做了详细的登记。晚上没有什么事，孩子们都向家里打了电话，说他们来参加一个夏令营，虽然夏天已经过去了。

第二天清晨，孩子们又上了那些大轿车出发了。

车在山路上行驶四十多分钟后，来到一个山谷里。山谷两边的山坡很平缓，深秋时，这里可能会有很多的红叶，但现在还是一片绿色。谷底流着一条小河，挽起裤脚就能走过去。孩子们都下了车，聚集在公路旁的一块空地上，上千人站了一大片。一位负责人站在一块大石头上对他们讲话：

“孩子们，你们从全国各地来到这里，现在我告诉你们此行的目的：我们要做一个大游戏！”

他显然不是一个常与孩子打交道的人，说这话时一脸严肃，没有一点做游戏的样子，但却依然在孩子们中间引起了一阵兴奋的骚动。

“你们看，”他指指这个山谷，“这就是我们做游戏的场地。你们二十四个班级，每个班级将在这里分到一块地，面积有三至四平方公里，很不小了。你们每个班将在这块土地上——听着，将在这块土地上建立一个小国家！”

他最后这句话吸引了孩子们的注意力，上千双眼睛霎时一动不动地聚焦在他身上。

“这个游戏为期十五天，在这十五天的时间里，你们将生活在分配给你们的国土上！”

孩子们欢呼起来。

“安静安静！听我说，在这二十四块国土上，已经放置了必需的生活资料，如帐篷、行军床、燃料、食品和饮用水，但这些物资并不是平均分配，比如，有的国土上帐篷比较多，食品比较少，有的则相反。但有一点可以肯定：这些国土上总的生活物资的数量，是不够维持这么多天的生活的，你们将通过以下两个渠道获得生活物资：

“一、贸易，你们可以用自己多余的物资来换取自己短缺的物资，但即使这样，仍不可能使你们的小国家维持十五天，因为生活物资的总量是不够的，这就需要你们——

“二、进行生产，这将是你们的小国家中主要的活动和任务。生产是在你们的国土上开荒，在开好的地上播下种子并浇上水。你们当然不可能等到田地里长出粮食，但根据你们开出的土地的数量和播种灌溉的质量，将能从游戏的指挥组这里换到相应数量的食品。这二十四个小国家是沿着这条小河分布的，小河是你们的共同资源，你们将用小河的水灌溉开出的土地。

“国家的领导人由你们自己选举，每个国家有三位最高领导人，权力相等，国家的最高决策由他们共同做出。国家的行政机构由你们自己设置，你们自己决定国家的一切，如建设规划、对外政策等等，我们不会干涉，国家的公民可以自由流动，你觉得哪个国家好就可以去哪里。

“下面就到分配给你们的国土上去。首先给你们的国家起个名字，报到指挥组来，剩下都是你们自己的事了。我只想告诉你们，这场游戏的限制很少很少，孩子们，这些小国家的命运和未来掌握在你们手里，希望你们使自己的小国家繁荣、壮大！”

这是孩子们见过的最棒的游戏了，他们一哄而散，纷纷奔向自己的“国土”。

在张林的带领下，郑晨的班级很快找到了他们的“国土”，在这个被白色栅栏围起来的区域里，河滩和山坡各占一半，在河滩和山坡的交界处，整齐地堆放着帐篷和食品等物资。孩子们飞快地向前跑去，在那堆物资中翻腾起来，把张林和郑晨甩在后面。郑晨听到孩子们发出一阵惊呼声，然后围成一圈看着什么，她走过去分开孩子们向地上看去，一时像见了鬼。

在一块绿色的篷布上，整齐地摆放着一排冲锋枪。

郑晨对武器比较陌生，但她肯定这些不是玩具。她弯腰拿起其中的一支，感到了沉甸甸的质感，闻到了一股枪油味儿，那钢制的枪身显出冷森森的蓝色光泽。她看到旁边还有三个绿色的金属箱，一个孩子打开其中的一个，里面露出了黄灿灿的子弹。

“叔叔，这是真枪吗？”一个孩子问刚走过来的张林。

“当然，这种微型冲锋枪是我军最新装备的制式武器，它体积小重量轻，枪身可折叠，很适合孩子使用。”

“哇……”男孩子们兴奋地去拿枪，但郑晨厉声说：“别动！谁也不许碰这些东西！”然后转而质问张林道，“这是怎么回事？”

张林淡淡地说：“作为一个国家，必需的物资中当然包括武器。”

“你刚才说，适合孩子们……使用？”

“呵，你不必担心。”张林笑笑说，弯腰从弹药箱中拿出一排子弹，“这种子弹是没有杀伤力的，它实际上是粘在一小块塑料两侧的两小团金属丝，分量很轻，射出后速度很快减慢，击中人体也不会造成伤害。但这两团金属丝充有很强的静电，击中目标时会产生几十万伏的放电，会把人击倒并使其失去知觉，不过，它的电流强度很小，被击中的人很快就能苏醒，不会造成永久性伤害。”

“被电击怎么会不造成伤害？！”

“这种弹药最初是作为警用的，进行过大量的动物和人体试验，西方警察早在20世纪80年代就装备过这种子弹,有过大量的使用案例,从没造成伤亡。”

“如果打到眼睛上呢?”

“可以戴上护目镜。”

“如果被击中的人从高处摔下来呢?”

“我们特别选了比较平缓的地形……当然应该承认,绝对安全是很难保证的,但受伤的机会确实很小。”

“你们真的要把这些武器交给孩子们,并允许他们对别的孩子使用它?”

张林点点头。

郑晨的脸色霎时变得苍白,“不能用玩具枪吗?”

张林摇摇头,“战争是国家历史中不可缺少的组成部分,我们必须尽可能制造一种真实的氛围,这样得出的结果才可靠。”

“结果?什么结果?!”郑晨惊恐地盯着张林,像在看一个怪物,“你们到底要干什么?!”

“郑老师,你冷静些,我们已经做得很有节制了。据可靠情报,有些国家在让孩子们用实弹。”

“有些国家?全世界都做这种游戏?!”

郑晨用恍惚的眼神四下看看,似乎想确定她是不是身处噩梦之中,然后努力使自己平静下来,撩了一下额前的乱发说:“请送我和孩子们回去。”

“这不可能,这个地区已经戒严了,我早已对你说过这项工作极其重要……”

郑晨的情绪再次出现了失控，“我不管这些，我不允许你们这样做！我是一名老师，有自己的责任和良心！”

“我们有更大的责任，也同样有良心，正是这两样东西迫使我们这样做的。”张林用无比真诚的目光看着郑晨，“请相信我们。”

“送孩子们回去！！”郑晨不顾一切地大喊道。

“请相信我们。”

这不高的话音是从郑晨身后传来的，她觉得这声音很熟悉，但一时又想不起在哪儿听到过。看到面前的孩子们都呆呆地望着她身后的方向，她转过身去，才发现那里已站了很多人，当她看清这些人时，更觉得自己不是在现实中了，这反而使她再次平静下来。在这些人中间，她认出了后面几位在电视上常见到的国家高级领导人，但她最先认出的是站在最前面的两位——

他们是国家主席和国务院总理。

“有种在噩梦中的感觉，是吗？”主席神态安详地问。

郑晨一时之间说不出话，只是点点头。

总理说：“这不奇怪，开始我们也有这种感觉，但很快就会适应的。”

主席接着的一句话使郑晨多少清醒了一些：“你们的工作很重要，关系到国家和民族的命运，以后我们会向大家解释清楚这一切的，到那时，教师同志，你会为你以前和现在所做的工作感到自豪的。”

一行人开始向相邻的那片小国土走去，总理走了两步又停下来，转身对郑晨说：“年轻人，现在你要明白的只有一点：世界已不是原来的世界了。”

“同学们，给我们的小国家起个名字吧！”眼镜建议。

这时，半个朝阳已从山后露出，给山谷中洒下了一层金辉。

“就叫太阳国吧！”华华说。看到大家一致赞同，他又说：“我们要画一面国旗。”

于是，孩子们从那堆物资中找了一块白布，华华从带来的书包中拿出一支粗记号笔，在上面画了一个圆圈，“这是太阳，谁有红色笔，把它涂上。”

“这不成日本旗了吗？”有孩子说。

晓梦拿过笔来，在太阳里面画上了一双大大的眼睛和一张笑嘻嘻的嘴巴，又在太阳的周围添上了象征光芒的放射状线条，于是这面国旗很快就得到了孩子们的认同。在超新星纪元，这面稚拙的国旗作为最珍贵的历史文物被保存在国家历史博物馆。

“国歌呢？”

“就用少先队的队歌吧。”

当太阳完全升起来时，孩子们在他们小小的国土中央举行了升旗仪式。

仪式结束后，张林问华华：“为什么首先想到设计国旗和国歌呢？”

“国家总得有一个，嗯，象征吧，总得让同学们看到国家吧，这样大家才有凝聚力！”

张林听罢，在笔记本上记下了些什么。

“我们做得不对吗？”有孩子问。

张林说：“已经说过，你们自己决定这里的一切，照自己想的去做。我的任务只是观察，绝不干涉你们。”他转头又对旁边的郑晨说：“郑老师，你也是这样。”

接着，孩子们开始选举国家领导人，选举过程很顺利，华华、眼镜和晓梦当选。华华让吕刚组建军队，结果班里的二十五个男孩子全是军队成员，其中的二十个领到了冲锋枪，吕刚安慰那五个怒气冲冲没领到枪的同伴，答应这几天大家轮着拿枪。晓梦则任命林莎为卫生部长，让她管理生活物资中所有的药品并为可能出现的病人看病。至于其他的机构，孩子们决定在国家的运行过程中根据需要来建立。

然后孩子们开始在新国土上安家，他们清理空地并在上面支起了第一顶帐篷——谁知几个孩子刚钻进去，帐篷就倒下了，让他们费了好大劲儿才钻出来，但这也让他们很开心。到中午时，他们终于成功支起了几顶帐篷，并把行军床搬进去，基本安顿下来。

在孩子们开始做午饭前，晓梦建议，应该把所有的食品和饮用水清点一下，对每天的消耗量做一个详细的计划。头两天的食品应尽量节省，因为开荒开始后，劳动强度更大，大家会吃得更多，还要考虑到开荒不顺利，不能从指挥组那里及时换到食品的情况。孩子们干了一上午活儿，胃口都出奇的好，现在又不让敞开吃，大家都很有意见，但晓梦还是晓之以理，用极大的耐心说服了大家。

张林在旁边默默地观察着这一切，又在本子上记下了些什么。

饭后，孩子们走访了邻国，与它们进行了一些易货贸易，用多余的帐篷和工具换来了较短缺的食品，同时还了解了自己国家所处的位置：他们在小河同侧上游的邻国是银河共和国，下游的邻国是巨人国，小河正对岸是伊妹儿国，它的上下游分别是毛毛虫国和蓝花国。山谷中还有其他十八个小国家,但因为距离这边有一段路程,孩子们不太感兴趣。

其后的一天两夜是山谷世界的黄金时代,孩子们对新生活充满了兴奋和热情。第二天,所有的小国家都开始在山坡上开荒,孩子们使用铁锹和锄头等简单工具,用塑料桶从小河中提水浇地。晚上,小河边燃起一堆堆篝火,山谷中回荡着孩子们的歌声和笑声,山谷世界这时完全是一个童话中美丽的田园国度。

但童话世界很快消失了,灰色的现实又回到了山谷。

随着新鲜感的消失,开荒劳动的强度开始显现出来,孩子们一天干下来累得筋疲力尽,回到帐篷里倒在行军床上就不想起来,晚上山谷中一片寂静,再也没有歌声和笑声了。

小国家之间的自然资源差别也日益显现出来,虽然相距不远,但有的国土土质松厚,开垦容易;有的则全是乱石,费半天劲也开不出多少地来。太阳国的国土属于最贫瘠之列,不但山坡上土质极差,要命的是河滩也太宽。指挥组有一个规定:较平整的河滩只能作为居住地,开荒必须在山坡上,在河滩里开出的地不被承认。有的国土山坡距小河较近,可以排成一个人链向山坡上传递水桶浇地,这是一个高效省力的办法。但太阳国宽阔的河滩拉大了小河与山坡的距离,排不成人链,只能单人一桶一桶地向坡上提水,劳动强度顿时增大了许多。

眼镜这时提出了一个设想:在小河中用大石块筑一道坝,河水可以从坝上漫过或从石块的缝隙中流走,但水位也相应抬高了;再在山坡下挖一个大坑,用一条小水渠把河水引到坑里。于是,太阳国抽调了十名壮劳力完成这个工程。工程一开始,就遭到了下游巨人国和蓝花国的强烈抗议,虽然眼镜反复向他们解释河坝只是抬高了水位,河水仍从坝上流过，不会影响下游河段的流量和水位，但下游两国死活不答应。华华主张不管他们的抗议，工程照常进行。但晓梦经过仔细考虑后认为，应该搞好与邻国的关系，从长远考虑，不能因小失大，同时小河是山谷世界的公共资源，与它有关的事情都很敏感，太阳国应该在山谷世界树立起自己良好的形象。眼镜则从实力方面考虑，虽然吕刚一再保证与下游两国一旦爆发冲突，军队能保证国家的安全，但人家毕竟是两个国家，轻率挑起冲突是不理智的。于是，太阳国被迫放弃了原工程计划，在不建坝的情况下挖了一条引水渠——水渠要比原设计挖得深一倍，引到山坡下坑里的水也比原来少得多，但还是使开荒效率提高了很多。

现在，太阳国似乎引起了指挥组的注意，派驻太阳国的观察员除张林外，又增加了一个人。

第四天以后，各种纠纷和冲突在山谷世界急剧增多，大部分都是由自然资源分配和易货贸易引起的，孩子们对冲突的调解是没有什么技巧和耐心的，山谷中开始出现枪声。但这些冲突都局限在小范围内，还没有扩大到整个山谷世界。在太阳国这一带，局势相对平稳，但第七天由饮水引起的冲突却彻底打破了这种平稳。

小河中的水浑浊不堪，不能饮用，而山谷世界中随生活物资配发的饮用水数量是一定的，但分配不均，有的小国家占有的饮用水数量是其他小国家的几倍甚至十几倍，这种分配的差别远大于其他物资，显然是策划者有意设置的。开荒的成果只能换取粮食而不能换饮用水，所以在第五天以后，饮水问题成了一些小国家是否能生存下去的关键，自然也成了冲突的焦点。在太阳国周围的五国中，银河共和国占有的饮水量最大，是其他小国家的近十倍。它对面毛毛虫国的饮用水首先耗尽，那个小国家的孩子干什么都无计划，挥霍无度，开始因懒得去河里取水，洗脸洗手都用饮用水，结果早早就陷入困境。于是，他们只好与河对岸的银河共和国谈判，想通过易货贸易来换取饮用水，但对方提出的要求让他们压根儿不可能接受：银河共和国要毛毛虫国用土地换水！

这天夜里，太阳国从对岸伊妹儿国的一个孩子那里得知，毛毛虫国向他们借枪，一借就是十支，还借子弹，并声称如果不借就向他们开战。毛毛虫国的四十五个孩子中有三十七个都是男孩，自恃军力雄厚；而伊妹儿国正相反，三分之二都是女孩儿，根本打不了仗。伊妹儿国不想惹麻烦，加上毛毛虫国答应他们的优厚条件，就把枪和子弹借给他们了。第二天中午，毛毛虫国的国土上响起了枪声，是那些男孩子们在学习射击。

在太阳国紧急召开的国务会议上，华华这样分析形势："毛毛虫国肯定要发起对银河共和国的战争，从军事实力上看，银河共和国肯定战败，被毛毛虫国吞并。毛毛虫国本来就有大片优良的山坡地，如果再拥有银河共和国的饮水和武器，那就十分强大了。所以他们迟早要找我们的麻烦，我们应该及早准备才好。"

晓梦说："我们应该与伊妹儿国、巨人国和蓝花国结成联盟。"

华华说："既然这样，我们还不如趁战争爆发之前，把银河共和国也拉入联盟，这样毛毛虫国就不敢发动战争了。"

眼镜摇摇头说："世界战略格局的基本原理是势力均衡，你们违反了这个原理。"

"大博士，你能不能说明白些？"晓梦说。

"一个联盟，只有面对与自己实力相当的威胁时，才是稳定的，面对的威胁太大或太小，这个联盟都会解体。上游之外的国家都离我们较远，我们六国是相对独立的系统，如果银河共和国也加入联盟，毛毛虫国就找不到谁结盟，必然陷入了绝对的劣势，对联盟构不成威胁，联盟也就不稳定。再说，银河共和国自恃有那么多饮水，自高自大，势必会认为我们打它水的主意，也不会真心与我们结盟。”

大家都同意这个看法，晓梦问：“那剩下的这三个国家愿意与我们结盟吗？”

华华说：“伊妹儿国没有问题，他们已经感觉到了毛毛虫国的威胁；至于其他两个国家，由我去说服他们。结盟符合他们的利益，加上在前面的水坝纠纷中，我国给他们留下了很好的印象，我想问题不大。”

当天下午，华华出访相邻三国，他发挥卓越的辩才，很快说服了这些小国家的领导人。他们在三国交界处的小河边开会，正式成立三国联盟。

这之后，派驻太阳国的观察员又增加了一个人。

指挥组设在山顶上的一个电视转播站里，从这儿可以俯瞰整个山谷世界。三国联盟成立的这天晚上，同前几天一样，郑晨来到转播站的小院外，久久地凝望着夜色中的山谷。经过一天的劳累后，孩子们都睡了，山下只能看到零星的几点灯火。

现在，郑晨已让自己完全投入了这项工作，不再问这一切都是为什么。这之前她设想过无数个答案，但都不成立，昨天在太阳国，她听到几个孩子也在谈论这个话题。

“这是在做科学实验。”眼镜对其他几个孩子说，“我们这二十四个小国家就是世界的模型，大人们要看看这个模型怎么发展，然后他们才知道国家以后怎么办。”

有孩子问：“那为什么不让大人们来做实验呢？”

“大人们知道这是游戏，就不会认真地玩儿，只有我们能认真地玩儿，这样结果才真实。”

这是郑晨听到过的最合理的说法，但总理的那句话总是在她的脑际回响：

“世界已不是原来的世界了。”

这时，原来用作转播站职工宿舍的那间小屋的门开了，张林径直来到郑晨身边，同她一起看着山谷，说：“郑老师，目前在所有的小国家中，你的班级是运行得最成功的，那些孩子的素质很高。”

“为什么说他们是最成功的？据我所知，在山谷最西边有一个小国家，现在已吞并了周围五个小国，形成了一个国土面积和人口数都是原来五倍的国家，现在还在不停地继续扩张。”

“不，郑老师，这并不是我们所看重的。我们看重的是小国家自身建设的成就、自身的凝聚力、对自己所处的小世界的形势判断，以及由此所做出的长远决策等。”

山谷世界的游戏是可以自由退出的。这两天，几乎每个小国家都有孩子上山来到指挥组，说他们不想玩了，觉得越来越没意思、干活太累了，大家还用枪打架，太吓人了。负责人对他们说的都是同一句话：“好的，孩子，回家去吧。”于是，他们很快就被送回了家。以后当他们知道自己错过了什么时，有人对此抱恨终生，也有人暗自庆幸。但唯独太阳国无一个孩子退出，这是指挥者们最为看重的一点。

张林说:“郑老师,我很想知道那三个小领导人更详细的情况。”

郑晨回答:“他们的家庭都很普通,但仔细看看,与一般家庭又有些不同。”

“首先说华华吧。”

“他父亲是建筑设计院的一名工程师,母亲是一名舞蹈老师。华华受父亲的影响很大,他的父亲也确实很特别,给人的印象是很大气,对事情看得很深很远,但对自己的生活细节却毫不关注。去家访时,他同我大谈世界形势和中国应该采取的未来战略,却毫不过问自己孩子在学校的表现。”

“很超脱的人。”

“不,不是超脱,他谈那些并不是一种置之度外的消遣,他是怀着一种强烈的参与感去谈那些世界和国家大事的。此人也很有进取心,但可能正是这种过分的大气和对周围细节的漠不关心,使他在事业上至今没取得什么突出的成就。华华虽受父亲的影响,但与他的父亲又有很大的不同。这孩子最大的特点是很有感召力,有行动的魄力,能把周围的孩子们聚集在一起干些不可思议的事,比如,他组织班里的孩子摆过地摊、制造并放飞过一个大热气球、到远郊的河上乘小船漂流等等。这孩子在精神上的气魄和胆略是这个年龄的孩子中极少见的,他的缺点则是冲动和幻想的成分多了些。”

“你对自己的学生了解得真细。”

“我和他们是朋友。关于严井,呵,就是眼镜,有一个地地道道的知识分子家庭,父母都是大学教授,从专业上讲,父亲是文科,母亲是理工科。”

“我发现这孩子的知识面很广。”

“是的,他最大优点是看问题很深刻,比其他的孩子深刻得多,能从各个角度看到别的孩子看不到的东西。你可能不相信,我在备课时就经常征求他的意见。但这孩子的短处也很明显:过分内向,不善于跟人打交道。”

“班里别的孩子好像并不在意他这点。”

“是的,他的博学吸引了他们,也赢得了他们的尊敬,孩子们讨论重大问题并做出决定时总离不了眼镜的参与,这也是他此次当选的原因。”

“晓梦呢?”

“这孩子的家境很特殊。她原来有一个很好的家庭,父亲是记者,母亲是专业作家。在她读小学二年级时,父亲在一次外出采访中因车祸身亡,后来母亲又患了尿毒症,靠透析维持生命,家里还有一个卧床不起的外婆。去年,她母亲和外婆都去世了,但在那之前的三年时间里,是这孩子独自支撑起了这个家,在那种情况下,她的学习成绩还是班上最好的。我带这个班的时候也是她家里最艰难的时候,每天早上一进教室我就会不由自主地先看看她,想从她脸上看出点疲惫,但从来没有,只看到了……”

“成熟。”

“是的,是成熟,你看她的目光,有一种这个年纪少有的成熟。有件事我印象很深:上学期我曾带领全班同学到西郊参观航天控制中心,当时,别的孩子都沉浸在高技术创造的奇迹中。在同基地的工程师进行座谈时,孩子们都说我国应该把宇航员送上太空,并立刻建造大型空间站和登月,只有晓梦询问建造那样一个空间站需要多少钱。在得到一个大概的数字后，她说，那些钱足够让全国所有上不起学的孩子上完小学和初中了；接着，她不仅说出了全国失学儿童的准确统计数字，还说出了每个孩子上小学和初中所需要的金额，连不同地区的差别和物价增长的因素都考虑到了，令在场的大人们很吃惊。”

“她身上的什么东西吸引了孩子们呢？”

“一种信任感，她是班上孩子们最信任的人，她能够解决孩子们中许多连我都无法解决的复杂问题。她很有管理才能，作为班上的学习委员，她把自己职责内的一切都安排得很有条理。”

“哦，还有一个孩子我想了解一下：吕刚。”

“这孩子我不是太了解，他是最后一个学期后半段才转学过来的。我只知道他的家庭不一般，父亲是一位将军。受父亲影响，吕刚很喜欢武器和军事，这孩子给我印象最深的是：来到班里后，他只当了一个星期的体育委员，我们班的足球水平就从年级的倒数第二升到了正数第一。按照学校的规定，班级足球队是不能额外增加训练时间的，其实他也根本没有训练我们班的足球队，只是在战术上做了些调整；最让我吃惊的是，由于以前所在学校的条件限制，他自己以前很少接触足球，也不怎么会踢。另外给我印象较深的是这孩子的精神力量：在一次越野赛中，他的脚扭了，肿得连鞋子都穿不上，但还是坚持跑完了全程——到终点时那里已经没人了，这种坚强的品质在现在的孩子们中实属少见。”

“郑老师，最后一个问题……啊，你先说吧。”

“我想说明的是，如果你认为这个小国家是最成功的，那是集体的力量。这个班虽然有几个比较出色的孩子，但其最大的优势在于集体的力量，如果把他们分开来放到各个地方，可能就什么也不是了。”

“这正是我要问的问题,我也感觉到了这一点,这很重要。郑老师,我最大的遗憾就是,我的儿子没能成为你的学生。”

“他多大了?”

“十二岁,幸运的年龄。”

几天后,郑晨才理解了张林最后这句话的含义。这时,玫瑰星云正从东方的地平线升起,它那蓝色的光芒使山谷中的景象变得一点点清晰起来。

“啊,它又长大了,上面那个花瓣的形状也变了些。”郑晨指着星云说。

“它在今后的几十年时间里会一直长下去,据天文学家预测,当它达到最大时,将占据天空五分之一的面积,地球的夜晚将如白天的阴天时那么亮,夜晚将会永远消失。”

“天哪,那将是怎样一幅景象呢?”

“是啊,我也真想知道。看看这个……”张林指了指旁边的一棵槐树,在星云的蓝光中,可以看到树枝上挂满了白色的槐花。

“这个时节怎么会开槐花呢?我这几天注意到山上的植物很异常,很多都开了花,花的形状也很怪异。”

“这里与外界已经隔绝,我们这几天都没看新闻,听说在城里的市场上,出现了许多奇异的蔬菜和果品,其中包括苹果那么大的葡萄……”

这时,山谷里突然响起了一阵枪声。

“是太阳国的位置!”郑晨失声惊叫。

张林看了看,说:“不,是在他们上游,毛毛虫国开始进攻银河共和国了。”

枪声很快变得密集起来，山谷中可以看到一片枪口喷出的火焰。

“你们真的打算任事情这么发展下去吗？我的精神已经承受不住了。”郑晨的声音有些发颤。

“整个人类历史就是一部战争史。据统计，五千年的文明史中，真正和平的时间加起来只有一百零七年——就是现在，人类世界还是战争不断，我们不是照样生活吗？”

“可他们还是孩子！”

“很快就不是了。”

在这天下午，毛毛虫国答应了银河共和国的交换条件，同意用未开垦的土地中最好的一块来交换饮水，但同时提出要举行一个土地交接仪式，双方各派出一支由二十个男孩儿组成的仪仗队，银河共和国答应了这个条件。谁知就在双方的国家领导人和仪仗队举行升降旗仪式时，埋伏在周围的十多个毛毛虫国的男孩儿突然向银河共和国的仪仗队射击，毛毛虫国的仪仗队也端枪扫射，银河共和国的那二十个男孩子在一片电火花中相继倒地。十分钟后，当他们浑身麻木地醒来时，发现已成了毛毛虫国的战俘，自己的国土也全部落入敌手。在这段时间里，毛毛虫国的军队冲过河岸猛烈进攻，很快对方就只剩下六个男孩儿和二十多个女孩儿，由于枪支之前全随仪仗队落入敌手，这时的银河共和国连招架之力也没有了。

毛毛虫国吞并银河共和国后，果然立即对下游的三国联盟提出了领土要求，毛毛虫国一时还不敢对三国发动军事进攻，只是打饮水这张牌，因为下游三国的饮水即将耗尽。

这时眼镜的博学再次发挥了作用，他想出了一个办法：把五个洗脸盆的底部钻许多小孔后，分别装上石块摞起来，石块的直径由上往下渐次减小，这就做成了一个水过滤器。吕刚也提出一个净水方法：把野草和树叶捣成糊状，放入水中搅拌，待其沉淀后水就被净化了——他说，这是在他随父亲观摩部队野外生存训练时学到的。他们把用这两种方法处理后的水送到指挥组去鉴定，结果达到了饮用标准。这之后，三国联盟反而可以向毛毛虫国出口饮水了。

毛毛虫国开始准备进攻三国联盟，那里的孩子们已无心开荒，扩张领土已成为他们唯一的兴趣，也成为该国未来食品的唯一来源。但他们很快就发现，这已经没有必要了。

从小河上游传来消息，山谷最西边的星云帝国已连续吞并十三个国家，形成了一个超级大国，他们那人数多达四百的大军正沿山谷而下，声称要统一山谷世界。面对如此强大的敌人，毛毛虫国的领导人惊慌失措，不知如何是好，完全没有了吞并银河共和国时的魄力，其结果是乱作一团如鸟兽散了——那些孩子有的到上游去投奔了星云帝国，大部分则找到指挥组退出游戏回家了。之后，三国联盟中的巨人国和蓝花国也随之解体，除少数孩子投奔太阳国外，大部分也都退出了游戏，这样，就只剩下太阳国在山谷的一端对阵强敌。

太阳国的全体公民决心战斗到底保卫家园，孩子们对这十多天来他们洒下汗水的小小国土产生了感情，由此激发出了让指挥组的大人们都惊叹的精神力量。

吕刚制定了一个作战方案：太阳国的孩子们把那片宽阔河滩上的帐篷全部推倒，用各种杂物筑成了两道防线，分别位于这片河滩的东西两侧。河滩西侧首先迎敌的第一道防线上只布置了十个男孩儿，吕刚这样吩咐他们："你们打完一梭子就喊'没有子弹了'，然后往回跑。"

防线刚布置完毕，星云帝国的军队就沿山谷密密麻麻地拥了过来，很快布满了原属银河共和国和毛毛虫国的国土。只听一个男孩子用扩音器喊道：

"喂，太阳国的孩子们，山谷世界已经被星云帝国统一了，你们这些小可怜还玩儿个什么劲儿啊？快投降吧！别给脸不要脸！！"

回答他们的只有沉默。于是，星云帝国展开了攻势，太阳国第一道防线的孩子开始射击，进攻的帝国军队立刻卧倒，双方对射起来。当太阳国防线的枪声渐渐稀落下来，有一个孩子大喊："没子弹了！快跑啊！"转眼间，防线上所有的孩子都起身向后跑去。"他们没子弹了！冲啊！！"帝国军队见状立即高呼着成群冲将过来。当他们冲到那片河滩开阔地的中央时，太阳国第二道防线的冲锋枪突然开火，帝国军队猝不及防，顿时被打倒了一大片，后面的孩子见状立即向回跑。第一次进攻被打退了。

待到那些被带电子弹击中的孩子都爬起来后，星云帝国马上组织了第二次进攻。而太阳国这时的子弹却不多了，看着那十倍于己的沿河边谨慎行进的大群帝国士兵，他们准备做最后的抵抗。这时，一个孩子惊呼："天哪，他们还有直升机！"

真有一架直升机从山后飞来，稳稳地悬停在战场上空，飞机上的扩音器里响起一个大人的声音：

"孩子们，停止射击！游戏结束了！"

国　家

天刚黑下来时，三架载着五十四个孩子的直升机向市内飞去。这些孩子中，郑晨班级的有八个，其中包括华华、眼镜、晓梦和吕刚，同他们在一起的还包括郑晨在内的五名老师。

直升机依次降落在一个灯火通明的建筑物前，这个建筑具有鲜明的20世纪50年代的朴素风格。山谷游戏指挥组的负责人和张林一起带领着这五十四个孩子进了大门，沿着一条长长的走廊向前走去，走廊尽头是一扇有着闪亮黄铜把手、包着皮革的大门。孩子们走近时，门前两名哨兵轻轻把门打开，他们进入了一个宽阔的大厅。这是一个经历过很多特殊事件的大厅，在那些高大的立柱间，仿佛游动着历史的幻影。

大厅里有三个人，是国家主席、国务院总理和军队的总参谋长，他们好像已经在这里待了一段时间了，正低声交谈着什么，当大厅的门打开时，他们都不约而同地转过身来。

带孩子们前来的两位负责人走到主席和总理面前，简短地低声汇报了几句。

“孩子们好！”主席说，“我这是最后一次把你们当孩子了，历史要求你们在这十分钟时间里，从十三岁长到三十岁。首先请总理为大家介绍一下情况吧。”

总理目光凝重地巡视了一遍眼前这群孩子，说：“大家都知道，一个月前发生了一次近距离的超新星爆发，你们肯定已对其过程了解得很详细，就不多说了，下面只说一件你们不知道的事情。超新星爆发后，世界各国的医学机构都在研究它对人类的影响。目前，我们已收到了来自各大洲的权威医学机构的信息——他们同我国医学机构得出的结论是相同的：超新星的高能射线彻底破坏了人体细胞中的染色体，这种未知的射线穿透力极强，在室内甚至矿井中的人都不能幸免。但对一部分人来说，染色体受到的损伤是可以自行修复的，年龄为十三岁的孩子有百分之九十七可以修复，十二岁和十二岁以下的孩子百分之百可以修复；其余年龄段的人机体受到的损伤则是不可逆转的，他们的生存时间，从现在算起，大约只有十个月至一年。超新星的可见光波段只亮了一个多小时，但其不可见的高能射线却持续了一个星期，也就是天空中出现极光的那段时间，这期间地球自转了七圈，所以全世界面临的情况都是一样的。”

总理的声音沉稳而冷峻，仿佛在说一件很平常的事情。孩子们的头脑一时还处于麻木之中，他们费力地思考着总理的话，好长时间都有些不明就里——突然，几乎在同时，他们都明白了。

几十年后，当超新星纪元的第二代人成长起来，他们对父辈听到那个消息时的感受很好奇，因为那是有史以来最让人震惊的消息。新一代的历史学家和文学家们对此做了无数种生动的描述，但他们全错了。

以下是四十五年之后,一位年轻的记者对一位长者的采访记录:

记者:您能形容一下您听到那个消息时的感觉吗?

长者:当时还没有什么感觉,因为一时还弄不明白。

记者:花了多长时间才弄明白呢?

长者:因人而异吧,立刻明白的几乎没有,有人要半分钟,有人要几分钟,有人要几天,当时还有些孩子一直处于恍惚状态中,直到超新星纪元真正到来时才明白是怎么回事。现在想想真是奇怪,那么简单的一个信息怎么就那么难理解呢?

记者:那您呢?

长者:很幸运,我三分钟后就明白了。

记者:描述一下当时的震惊好吗?

长者:没有震惊。

记者:什么……那恐惧呢?

长者:没有恐惧。

记者:(笑笑)都这么说,当然,我理解,这种震惊和恐惧的程度是很难用语言表达清楚的。

长者:请相信,震惊和恐惧这类感觉当时真的没有,现在想想,我们自己也难以理解。

记者:那是什么感觉?

长者:陌生。

记者:……

长者:在我们那个时代,发生过这样一件事:一个先天性的盲人,有一天不小心从楼梯上摔下来,这震动不知把他脑袋里的哪根神经打通了,他的眼睛忽然能看见了! 于是,他好奇地到处看啊看……这就是我们当时的感觉,这世界对我们来说突然变得完全陌生了,好像我们以前从未见过它似的。

(选自《我们来自公元世纪》,亚柯著,北京,超新星纪元46年版)

在国家心脏的这个大厅里,这五十四个孩子现在就体味着这种强烈的陌生感,仿佛一把无形的利刃凌空劈下,把过去和未来从这一点齐齐斩断,他们面对的是一个陌生的世界。

这时,透过那宽大的窗户可以看到刚刚升起的玫瑰星云,它把蓝色的光芒投到大厅的地板上,仿佛宇宙中的一只巨眼,凝视着这个怪异得不可理喻的世界。

那一个星期的时间里,太阳系处在高能射线的飓风之中。高能粒子如暴雨般冲击着地球,使得大地和海洋笼罩在稠密的射线暴雨中!高能粒子以难以想象的高速度穿过人们的躯体,穿过组成躯体的每个细胞。细胞中那微小的染色体,如一根根晶莹而脆弱的游丝在高能粒子的弹雨中颤抖挣扎,DNA双螺旋被撕开,碱基四下飞散。受伤的基因仍在继续工作,但经过几千万年进化的精确的生命之链已被扭曲击断,已变异的基因现在不是复制生命,而是在播撒死亡。地球在旋转,全人类共同经受着一场死亡淋浴,在几十亿人的体内,死神的钟表上满了弦,嘀嗒嘀嗒地走了起来……

全世界十三岁以上的人将全部死去,地球,将成为一个只有孩子的世界。

这五十四个孩子与外面其他的孩子不同，紧接着还有个消息，将使他们眼中刚刚变得陌生的世界四分五裂，将使他们悬浮于茫然的虚空之中。

郑晨首先醒悟过来，“总理，这些孩子，如果我没有猜错，是……”

总理点点头，平静地说：“你没有猜错。”

“这不可能！”年轻的小学老师惊叫起来。

国家领导人无言地看着她。

“他们是孩子，怎么可能……”

“那么，年轻人，你认为该怎么办呢？”总理问。

“……至少，应在全国范围内选拔。”

“你认为这可能吗？怎么选？孩子们与成人不一样，他们并没有一个全国范围的从上至下的社会结构，所以不可能短时间内在四亿孩子中找到最有能力和最适合承担这种责任的人。十个月的时间只不过是一种预测，我们拥有的实际时间可能比这短得多，成人世界随时都可能丧失工作能力，在这人类最危难的时刻，我们绝不能让整个国家处于没有大脑的状态——我们还能有别的选择吗？所以，我们与世界上的其他国家一样采取了这种非常特殊的选拔方式。”

“天哪……”年轻的老师几乎要晕倒了。

这时，主席走到她面前说：“你的学生们未必同意你的看法。你了解平时的他们，却并不一定了解极限状态时的他们。在极端危难的时候，人，包括孩子，都有可能成为超人！”

主席转向这群对眼前的一切仍然不太明白的孩子，说：“是的，孩子们，你们将领导这个国家。”

第三章

大学习

世界课堂

大学习开始的这天，郑晨走出校门，去看望她的学生们。她班里的四十五个孩子，除了两个外地未归的，其中有八个经过山谷世界的考察被选送到中央，其余的孩子现在已分散到这个城市中，以他们的父母为师，开始了人类历史上最艰难的学业。

郑晨首先想到的学生是姚瑞，在剩下的三十五个孩子中，他要学习的课程属于较难的一类。郑晨乘地铁很快来到了近郊的一个火力发电厂。在超新星爆发前，由于首都的环保要求，这座电厂已停止运转，等着被拆除，但现在它又开始发电了，仅仅是作为一个课堂。

郑晨在厂门口见到了自己的学生，还有他的父亲——这个发电厂的总工程师。当姚总向她问好时，郑晨百感交集地说：

“您就像我六年前一样，要第一次走上讲台了。”

姚总笑着摇摇头，“郑老师，我肯定比你当年更没信心。”

“在以前的家长会上,您总是对我的教学方式不满意,今天我倒要看看您是怎么做的。”

“我们是历史上最难的老师了。”总工程师长叹一口气说,“好了,我们该进教室了。”

他们三人走进厂门,同他们一起走进厂的,还有许多对父子、母子。

“好粗好大的烟筒!”姚瑞指着前方兴奋地喊道。

“傻小子,以前我就告诉过你,那不是烟筒,是冷却塔!看那边,厂房后面,那才是烟筒。”

姚总领着儿子和郑晨来到冷却塔下面,这里正向一个圆池子中下着暴雨。姚总指着那个圆池子对姚瑞说:“那就是经过冷却的发电机循环水,那水是温的,十五年前刚进厂时,我还在那里面游过泳呢。”提到自己年轻的时候,他不禁轻轻叹了口气。

他们接着来到几座黑色的小煤山前,“这是贮煤场,火力发电厂是靠煤的燃烧产生的热能发电的。我们这个厂,如果满发,一天要消耗一千二百吨煤——你想不出这是多少吧?看那列有四十个车皮的运煤火车,这么多煤大约要装满六列这样的火车。”

姚瑞吐了吐舌头,对郑晨说:“郑老师,真够吓人的!我以前还真不知道老爸的工作这么有气魄!”

姚总长出一口气说:“傻小子傻小子,爸爸真像在做梦啊!”

他们沿着一条长长的输煤皮带走了好长时间,来到一台很大的机器旁,那机器的主体是一个不停转动的大圆筒,它发出的声音像不间断的惊雷,让姚瑞和郑晨头皮发炸。姚总紧贴着儿子耳朵大声说:“这是磨煤机,刚才那条长皮带运过来的煤在这里被磨成细粉,很细的,就像面粉那样……”

然后他们又来到一座钢铁高楼下，这样的高楼有四座，同冷却塔和烟筒一样，远远就能看到。姚总介绍说：“这就是发电锅炉。刚才磨煤机中磨出的煤粉，在这个大锅炉的肚子里用四根喷枪喷出去燃烧，在炉膛正中形成一个火球。煤这样能燃烧得很充分，烧完后只剩下很少的东西，你看，这就是煤烧完剩下来的东西。”他张开手，让儿子看手掌里的一小撮东西，像是许多半透明的小玻璃球，这是在他们路过一个方形水池时，他从池边上抓的。他们来到一个小窗前，透过它可以看到锅炉里刺目的火光，“这是巨型锅炉的墙壁，它是由无数的长管子排列而成的，管子中流动着水，吸收了燃烧的热量后，这些水就变成了高压蒸汽。”

他们又进入了一个宽敞高大的厂房，里面有四个大机器，都是躺着的半圆柱体，“这就是汽轮发电机组，锅炉的高压蒸汽被引到这里，推动汽轮机，带动发电机发电。”

最后，三人来到了主控室。这是一个明净的地方，高大的仪表盘上信号灯如繁星闪烁，一排计算机屏幕上显示着复杂的图形。除了值班的运行人员外，这里还有不少随父母前来的孩子。姚总对儿子说：“我们刚才只是走马观花。整个火力发电厂是一个极其复杂的系统，涉及众多的专业，要有很多人一起工作才能使它运行起来。爸爸的专业是电气，电气专业又分高压和低压，爸爸是搞高压的。”说到这里他停了一下，默默地看了儿子几秒钟，“这个专业是危险的，它涉及的电流可以在0.1秒内把人烧成灰，要想避免这样的事发生，你必须对整个系统的结构和原理了解得十分清楚。我们现在正式开始吧！”

姚总拿出一卷图纸，抽出了其中的一张，“先从系统的主接线图开始吧，它比较简单。”

“我觉得一点也不简单。”姚瑞瞪着那张图说，他显然对有人能把那么多错综复杂的线条和符号画到一张纸上感到吃惊。

“这是发电机。”爸爸指着由四个圆圈组成的图形说，“发电机的原理你知道吗？”儿子摇摇头，“那好，这是母线排，发出的电是从这里送出的，你看到它是三相的，知道什么是三相吗？”儿子摇头，爸爸又指着四对相互套着的圆圈说：“那好，这是四台主变……”儿子问：“‘主变’？”“啊，就是主变压器。这是两台厂变……”“‘厂变’？”“啊，就是厂用电变压器……你知道变压器的原理吗？”儿子摇头，“那最基本的，电磁感应原理你知道吧？”儿子摇头，“欧姆定律总知道吧？”儿子还是摇头，爸爸终于忍不住把图纸一摔，“那你他妈知道什么？你上的学都就饭吃了吗？”儿子带着哭腔说：“我们没学过这些呀！”

姚总转向郑晨，“那你们这六年都教了孩子些什么？”

“别忘了您儿子只是个小学生！像您这样的教法，孩子是什么都学不会的！”

“我必须在未来的十个月内使这孩子接受电力学院的全部教育，还要把自己二十年的工作经验传授给他。”他长叹一声道，“郑老师，我觉得我在干一件不可能的事情。”

“可，姚总，这是必须干的事情。”

姚总和郑晨对视良久，又叹了口气，然后拿起图纸转向儿子，“好好好，那电流电压你总知道吧？”儿子点点头，“那电流的单位是什么？”“多少多少伏……”“狗屁！”“啊，对，那是电压的单位。电流的单位是……是……”“安！好，儿子，我们就从这儿开始吧！”

……

正在这时，郑晨的手机响了，是她的另一名学生——林莎的母亲打来的。林莎家与郑晨家是邻居，郑晨与林莎妈妈很熟，这位医生在电话中说，她没法给女儿上课，让郑晨过去配合一下。于是，郑晨与姚总工程师和他的儿子匆匆告别，向市里赶去。

郑晨在林莎母亲工作的一家大医院里见到了母女俩，她们站在医院后院的一间房子外面，正激动地说着什么。郑晨可以看到她们后面的房门上标着三个醒目的大红字——解剖室。

“这里的味儿真难闻！”林莎皱着眉说。

“这是福尔马林，一种防腐剂，解剖用的尸体就浸泡在这种液体中。”

“妈妈，我不想看尸体解剖，我刚才已经看了那么多肝啊肺的。”

“可你必须搞清这些器官在人体内的相对位置。”

“以后我当医生，病人得什么病，我给他吃什么药不就行了吗？”

“可是莎莎，你是外科医生，你要动手术的。”

“让男孩子去当外科医生吧！”

“别这么说，妈妈就是外科医生，女外科医生也有很多非常出色的。”

问明情况后，郑晨答应陪林莎一起进解剖室，这才使林莎勉强答应去上解剖课。刚打开解剖室的门，郑晨就明显地感到林莎紧紧抓住自己的那只手在颤抖，其实她自己的状态也比这个小女孩儿好不到哪里去，只是她努力克制着不让恐惧外露而已。一进门，郑晨就隐隐感到一股寒气掠过面颊：天花板上的日光灯发出惨白的光，解剖台前围着一圈小孩和两个大人——他们都穿着白大褂，加上这里的地板和墙壁也是白色的，使这个白色世界显得阴森森的。唯一的例外是，解剖台上的那个东西是暗红色的。

林莎的妈妈拉着女儿来到解剖台前，指着那暗红色的东西让她看，“为了解剖方便，尸体要进行一些预处理，要剥掉一部分皮肤。”

林莎猛地掉头冲出解剖室，在外面呕吐起来。郑晨紧跟出来给她拍背，她这么做只是为了找个理由走出那间屋子，她努力克制着与小女孩儿一起呕吐的欲望，同时感觉到在阳光下真好。

林莎的妈妈随即也跟出来，弯下腰对女儿说：“别这样莎莎，看尸体解剖是一个实习医生很珍贵的机会，慢慢会习惯的。你把尸体想成一台停转的机器，你只是在看这台机器的部件，那样就会好受些了。”

“妈妈，你也是机器！我讨厌你这台机器！！”林莎冲妈妈大叫着转身要跑，但郑晨一把拉住了她，“林莎，听着，即使不当医生，别的工作也同样需要勇气，说不定比这还难呢！你得赶快长大！”

费了很大的劲儿，她们终于使林莎重新回到了解剖室，郑晨和她的学生站在解剖台前，看着锋利的柳叶刀带着轻轻的嗞嗞声切开柔软的肌肉，看着白色的肋骨被撑开，看着紫红色的脏器露出来……事后，郑晨非常惊奇当时是什么支撑着自己，更不知道是什么支撑着那个以前连蚕宝宝都害怕的小女孩儿。

……

第二天，郑晨同李智平在一起待了一整天。李智平的父亲是一名邮递员，在这一天，他带着儿子一遍遍地熟悉自己走了十多年的邮路。黄昏时，儿子第一次一个人走完了父亲的邮路。出发前，李智平曾试图把那个大邮袋装到自己那辆心爱的山地车上，但怎么也装不上去，于是他只好把邮袋放回爸爸那辆骑了十多年的旧飞鸽上，把车座放到最低，骑着它穿行在城市的大街小巷中。尽管孩子已经把邮路和所有的邮递点都记住了，但做爸爸的总不放心，从孩子独自上路起，他和郑晨就骑着自行车远远地跟着这个男孩儿。当这孩子骑到邮路的终点——一座机关大楼的门口时，父亲赶上来，拍拍儿子的肩说："好了孩子，你看这活没什么难的吧？我干了十几年，本来可能干一辈子的，但以后只能由你来干了。爸爸只想告诉你，我这十几年没有送错过一次邮件。这在别人看来也许没什么了不起的，但我自己心里很自豪。孩子，记住，不管工作多平凡，只要你尽心尽责去干，就是好样的！"

……

第三天，郑晨去看望了她的三个学生：常汇东、张小乐和王然。前两个孩子同李智平一样，生长在一个很普通的家庭中；只有王然稍稍不同，他的父亲是著名的围棋选手。

常汇东的父母是开理发店的个体户。当郑晨走进那个小小的理发店时，常汇东正在给今天的第三位顾客理发，理完了，那人看着镜子里自己那坑坑洼洼的脑袋，笑嘻嘻地连声说好，常汇东的父亲很过意不去，坚持不收他的钱，可那人却执意要给。第四位顾客仍点名让孩子理发，当常汇东给他披上罩单的时候，他说：

"小鬼，在我脑袋上好好练习练习，反正我也理不了几次发了，但将来小朋友们还是少不了理发师的，可不能一个个头发长得跟小野人似的。"

随后，郑晨也让常汇东给自己修剪一下头发，结果被这孩子弄得一团糟，末了还是孩子的妈妈帮着修了半天，才勉强看得过去。走出理发店，郑晨感到自己年轻了不少，其实自超新星爆发之后她就有这种感觉。面对一个突然变得陌生的世界，人们的感觉截然不同：要么年轻了许多，要么年老了许多。郑晨很庆幸自己属于前者。

……

张小乐的父亲是一家单位集体食堂的炊事员。当郑晨见到张小乐时，他和几个小伙伴刚刚在大人们的指导下做完了主食和大锅菜，几个孩子战战兢兢地站在售卖窗口前，看着他们做的饭菜一点点卖完，看着外面集体食堂的大饭厅里坐满了吃饭的人，他们紧张地等了几分钟，好像没什么异常。这时，张小乐的爸爸用勺子敲了敲窗子，高声宣布：

“各位，今天的饭菜是我们的孩子做的！”

饭厅中安静了几秒钟，接着响起了一片热烈的掌声。

……

郑晨印象最深的还是王然父子。郑晨到他们家时，孩子正准备离开家去驾驶员培训班学习。父亲送了儿子好远，长叹一口气，对郑晨说：“唉，我真是没用，活这么大，都不能教给孩子一点实实在在的本事。”

儿子让他放心，说自己肯定能学会开车，肯定能成为一名好司机。

父亲拿出了一个小包递给儿子，“把这个带着吧，没事时多看看多练练，千万不要扔了，以后总还是会有用的。”

同郑晨走了好远，王然才打开那个包，里面是一罐围棋子和几本棋谱。他们回头看看,王然的父亲,国家围棋九段棋手,还在目送着儿子。

同许多孩子一样,王然的命运后来发生了戏剧性的变化。一个月后,郑晨又去看过他一次。他本来是打算学习汽车驾驶的,却阴差阳错地开上了推土机,这孩子学得很快,郑晨再次见到他是在近郊的一个大工地上,他已经能独立开着大型推土机干活了。看到老师来了,王然很高兴,他让郑晨坐到驾驶室里看他工作。当推土机来来回回地平整着土地时,郑晨注意到不远处有两个人专注地看着他们,让她有些奇怪的是,那是两名军人。干活的推土机共有三台,都是由孩子驾驶的,但那两名军人好像特别留意王然开的这一台,不时地冲这边指指点点。终于,他们挥手示意推土机停下,其中一名中校仰头看着驾驶室中的王然大声说:

“孩子,你开得不错,愿不愿意跟我们去开更带劲儿的东西啊?”

“更大的推土机吗?”王然探身问道。

“不,开坦克!”

王然愣了几秒钟,随即兴奋地打开车门跳下地去。

“是这样,”中校解释说,“由于种种原因,我们这支部队这么晚才考虑培养新一代的接班人,现在时间很紧,想找些有驾驶基础的孩子来,这样上手快些。”

“开坦克和开推土机一样吗?”

“有相似之处,都是履带车辆嘛。”

“那坦克一定比推土机难开吧?”

“也不一定,至少坦克前面没这个大铲子,驾驶它不用考虑前方的受力问题。”

就这样,王然这个九段棋手的儿子成了一名装甲部队的坦克驾驶员。

……

第四天,郑晨去看望了两个女生:冯静和姚萍萍,她们都被分配在保育院工作。在即将到来的孩子世界,家庭将在相当长的一段时间内名存实亡,保育部门将成为规模很大的机构,有很多女孩儿将在这个行业中度过她们剩余的童年时光,抚养那些比她们更小的婴幼儿。

当郑晨在保育院找到她的那两个学生时,她们的妈妈正在教她们怎样带孩子,与这里其他的女孩儿一样,她们对哭闹的小宝宝完全束手无策。

“真烦人!”姚萍萍看着小床里大哭不止的小宝宝说。

她妈妈在旁边说:“这是需要耐心的。宝宝不会说话,他哭就是说话,你要搞明白他的意思。”

“那他现在是什么意思呢?我给他奶他又不吃。”

“他现在是想睡觉了。”

“想睡觉就睡嘛,哭什么?烦人!”

“大部分孩子都是这样的,你把他抱起来走走,他就不哭了。”

果然如此。萍萍问妈妈:“我小时候也这样吗?”

妈妈笑了:“你哪有这么乖,常常哭叫一个小时都不睡的。”

“妈妈,我现在才知道你带大我真是不容易。”

“你们以后更不容易。”妈妈黯然神伤,“以前托儿所的宝宝们都有父母,而以后,只有你们把他们带大了。”

在保育院里,郑晨一直呆呆地很少说话,以至于冯静和姚萍萍都关切地问她哪里不舒服。

郑晨想到了自己还未出生的孩子。

现在世界各国都已经禁止生育了,很多国家还为此立法,从而成为公元世纪最后的法律。但在这个时候,法律和政令都失去了作用,怀孕的女性有一半选择把孩子生下来,郑晨就是其中之一。

第五天,郑晨回到了学校。学校里,低年级的孩子仍在上课,而给他们讲课的则是高年级的孩子,这些孩子将被培养成老师。郑晨走进办公室时,看到了自己的学生苏琳和她的妈妈,苏琳的妈妈也是这个学校的老师,她这会儿正在教女儿如何当老师。

“这些孩子真笨,讲了多少遍了,两位数的加减法还是不会!”苏琳气恼地将面前那堆作业本一把推开。

妈妈看着女儿说:“每个学生的理解能力是不同的。”她挨个儿拿起作业本翻看,“你看,这个是不理解进位的概念,这个呢,是搞不懂借位的概念,你必须区别对待。你看看这个……”她递给苏琳一本。

“笨,就是笨! 这么简单的算术都学不会。”苏琳看了一眼就把那个作业本丢到一边,上面歪歪扭扭写着几道两位数加减法的算术题,都犯了她这两天批阅作业时已经看烦了的那些愚蠢的错误。

“这可是你五年前的作业本啊,我一直为你留着。”

苏琳吃惊地拿起那个本子,看着那些稚拙的字迹,一点都没认出来那是自己写的。

妈妈说:“教书是一项需要耐心的艰苦工作。”她叹了一口气,“不过你的学生还是幸运的,你们呢? 孩子啊,以后谁教你们呢?"

苏琳说:"自学呗。妈妈,您不是说过,第一个教大学的人肯定没上过大学吗?"

"可你们连中学都没上过啊……"妈妈又叹了一口气。

……

第六天,郑晨在西站送走了自己的三个学生:卫明和金云辉是去参军的,卫明的父亲是一名中校陆军军官,金云辉的父亲是一个空军飞行员。赵玉忠的父母是外地来京打工的,现在要同儿子一起回河北的农村老家去。郑晨向金云辉和赵玉忠许诺以后一定去看他们,但对卫明,她却不敢许下这样的诺言,这孩子服役的部队在中印边境,她知道在自己有生的不到十个月的时间里,肯定去不了那里了。

"郑老师,你的宝宝生下后一定写信告诉我他的去向,我和同学们会好好照顾他的。"卫明说完,有力地握了一下老师的手,头也不回地走进车厢,坚定地完成了这次永别。

看着远去的火车,郑晨再也控制不住自己,捂着脸哭了起来,她觉得自己变成了一个脆弱的孩子,而她的学生们都在一夜之间长成了大人。

……

大学习中的世界,是人类历史上最理智和最有秩序的世界,一切都在有条不紊地进行着。但就在不久前,这个世界险些毁于绝望和疯狂。

在短暂的平静期后,各种不祥的迹象开始显现出来:首先是植物的异常和变异,接着是各种动物的大量死亡,地面上到处是鸟和昆虫的尸体，海面上浮着大片大片的死鱼，地球上的许多物种在几天内就消亡了。射线给人类造成的伤害也开始显现出来，所有的人都出现了同样的症状：低烧，浑身乏力，原因不明的出血。最初，虽然发现了孩子的修复功能，但并没有被最后证实；虽然各国政府都在为孩子世界做准备[①]，但部分医学机构却认定所有的人都将死于致命的辐射病。尽管各国政府都极力封锁消息，这可怕的消息还是很快传遍了世界。人类社会的第一个反应是心存侥幸，医学家成了人类寄托希望的上帝，不时传出消息说某某机构或某某科学家研制出了救命的药物，与此同时，尽管医生反复说明现在人们患的不是白血病，但诸如环磷酰胺、氨甲蝶呤、阿霉素和强的松这类治疗白血病的药物依然变得比黄金还珍贵。另外还有相当多的一部分人则把希望寄托在可能存在的真正的上帝身上，一时间，形形色色的教派如野火般四处涌现，各种或规模宏大或稀奇古怪的祈祷场面使一些国家和地区仿佛回到了中世纪……

但希望渐渐破灭，绝望像链式反应一样扩散开来，越来越多的人失去理智，最后演化为集体的疯狂，即使神经最坚强的人也不能幸免。政府渐渐无力控制局势，赖以维持秩序的警察和军队本身也处于极不稳定的状态中，甚至政府本身都处于半麻木状态，全人类共同承受着有史以来最大的精神压力。城市里成千上万辆小汽车撞成一堆，爆炸声和枪声此起彼伏，失火的高层建筑向空中腾起巨大的烟柱，到处都是疯狂的人群；机场都因秩序混乱而关闭，美洲和欧洲大陆的空中和地面交通全部瘫痪……新闻媒体也处于瘫痪和混乱之中，比如那天的《纽约时报》上只有一行大得吓人的黑字，很能说明当时所有人的心态：

---

①指山谷世界那段时期，当时山谷中的孩子们并不知道外部世界的混乱情况。

Heaven seals off all exits!!!(天有绝人之路!!!)

各种教派的信徒们或者变得更虔诚,以使自己有足够的精神力量迎接死亡;或者抛弃了一切信仰,破口大骂。

但在发现孩子们的修复功能后,疯狂的世界立刻平静下来,其速度之快,用一位记者的话说:“像关上了开关。”从当时一个普通妇女留下来的一篇日记中,我们可以大致了解当时人们的心态:

我和丈夫紧紧靠在一起,坐在家里的沙发上,我们的神经实在受不了了,这样下去即使不病死也要被恐惧折磨死。电视上终于又有了图像,屏幕上可以看到滚动的文字,那是政府关于最后证实孩子们修复功能的公告,不断地重复播放着,后来电视台好像恢复了正常,播音员出现了,也在念那则公告。我看完后,像长途跋涉到最后的人一样,长长地出了一口气,疲惫的身体和神经松弛下来。这几天,我固然为自己担心,但心的大部分都悬在我的小晶晶身上,我千万遍地祝愿祈祷,让晶晶别得我们这吓人的病!现在知道孩子能活下去了,我悬着的心放了下来,我的死突然变得一点也不可怕了。我现在极其平静,能如此从容地面对死亡连我自己都难以相信。但我丈夫还是那个样子,他浑身打战,倒在我身上几乎昏了过去,而以前他在我面前一直以真正的男子汉自居。我这么平静,也许只因为我是个女人,女人比男人更懂得生命的力量,当女人成为母亲时,她就在孩子身上看到了自己生命的延续,懂得了死没有什么可怕的,懂得了她可以和死神对抗!只要男孩儿和女孩儿们活下去,这种对抗就会继续下去，很快又会有母亲，又会有新的孩子，死不可怕！但男人们就体会不到这些。“咱们为晶晶准备些什么呢？”我伏在他耳边低声问，就像我们要因公出差几天一样。这话刚出口，我的心又痛苦地悬了起来，天哪，这不是说往后整个世界就没有大人了吗？那孩子们怎么办?！谁给晶晶做饭？谁拍着他睡觉？谁带他过马路？夏天怎么办？冬天怎么办……天哪，托人照顾他都不可能，以后只剩孩子，只剩孩子了！不，这怎么行？这怎么行!？可不行又怎么样呢？马上就要到冬天了，天哪，冬天！晶晶的毛衣刚织了一半儿……不写了，我得给晶晶打毛衣了……

（选自《末日遗笔集》，三联出版社，超新星纪元8年版）

紧接着，大学习开始了。

这是人类历史上一个最奇特的时期。人类社会处于一种前所未有、以后也不太可能重现的状态中，整个世界变成了一所大学校，孩子们紧张地学习着人类生存所必需的所有技能，他们要在几个月的时间内掌握运行世界的基本能力。

对于一般的职业，各国都是由子女继承父母，并由父母向他们传授必需的技能——这样虽然会带来许多社会问题，但也是能想出来的最可行、效率最高的办法了。

对于较高级的领导职务，一般是在一定的范围内选拔，然后在岗位上进行培训。选拔的标准每个国家各不相同，但由于孩子社会的特殊性，这种选拔很艰难，从后来的情况看，这种选拔大部分是不太成功的，但它毕竟使人类社会保持了基本的社会结构。

最艰难的是国家最高领导人的选择。在短时间内,这几乎是一项不可能完成的任务,各国都不约而同地采取了极不寻常的方法:模拟国家。模拟的规模各不相同,但都以一种接近真实国家的近乎残酷的方式运行,想从那充满艰险和血与火的极端环境中,发现具有领袖素质的孩子。以后的历史学家们都觉得这是公元末最不可思议的事,各个模拟国家那短暂的历史成为超新星纪元传奇文学津津乐道的题材,生发出专门的小说和电影类别,这些微型历史越传越玄,渐渐具有了神话色彩。对这段历史虽然有不同的解说,但超新星纪元的历史学家们大都承认,在那样极端的历史条件下,这也是最合理的选择。

农业无疑是最重要的技能,幸运的是,这也是孩子们比较容易掌握的一项技能。与城市里的孩子不同,农村的孩子或多或少都见过或参与过父母的劳动,倒是在工业化国家的大型农场中,孩子们学会种地要更难一些。在世界范围内,借助已有的农业机械和灌溉系统,孩子们完全可以生产出维持生存所需要的粮食,对人类来说,这奠定了文明延续的基础。

另外,维持社会运转的其他一些基本技能,如服务性行业和商业等,孩子们也能较快地掌握;金融系统的运转复杂一些,但孩子们经过努力也能使它部分运转起来,况且,孩子世界的金融运作肯定简单得多。

纯粹的高度技巧性工作孩子们也能较快地掌握,这倒是大大出乎成人们的意料。孩子们很快成为虽不熟练但基本合格的汽车司机、车工和电焊工,最让人们惊奇的是,根据需要,他们也能成为高速歼击机的飞行员。人们现在才发现,孩子们对于掌握技巧有一种天生的灵性,随着年龄的增长,这种灵性反而消失了。

但需要知识背景的技术性工作则难得多。孩子们可以很快学会开汽车，但很难成为一名合格的汽车修理工；小飞行员可以驾驶飞机，但要让充任地勤人员的孩子正确判断和处理飞机故障，却几乎是一件不可能的事。工程师级别的技术人才更难从孩子中培养。所以，使一些技术复杂而又是社会运转所必需的工业系统（如电力系统等）运转起来，是大学习中一项艰巨的任务，这项任务只能部分完成。几乎可以肯定，即将到来的孩子世界在技术上将要后退许多，最乐观的预测也要后退半个世纪，还有人甚至认为孩子世界将重新回到农业时代。

但在所有的领域中，孩子们最难掌握的是科学研究和高层次领导。

很难想象孩子世界的科学是什么样子，要想了解和掌握人类抽象的前沿科学理论，这些只有小学文化的孩子还有漫长的路要走。虽然在目前的情况下，基础科学的研究还不是人类生存的当务之急，但存在着这样一种危险趋势：不善于进行理论思维的孩子，将使孩子世界中的科学理论思维在相当长的一段时间里完全停滞。停滞之后的科学思维能否恢复？如果不能，人类会不会丢掉科学，再次进入黑暗的中世纪？

高层次的领导才能则是一个更现实、更迫切的问题：最难学的东西是成熟，高层次领导者所需要的政治、经济、历史等各方面的知识、对社会的深刻了解、大规模管理的经验、处理各种人际关系的技巧、对形势的正确判断、在巨大压力下做出重大决策时所需的稳定的心理素质等等，正是孩子们最缺乏的，而这些经验和素质又根本不可能在短时间内教给他们，事实上这些东西是教不会的，只能从长期的生活、工作经历中得到。所以身为高级领导者的孩子，完全可能在幼稚和冲动中做出大量的错误决策，这些决策将带来的巨大的，甚至是毁灭性的灾难，可能是孩子世界所面临的最大危险，后来超新星纪元的历史证明了这一点。

在以后的几个月时间里，郑晨穿行于城市之中，帮助她的学生们学习成人的生存技能。这些学生分散于城市的各处，但在她的感觉中，孩子们仍会聚在一个班集体中，这座城市就是一个大教室。

她腹中的胎儿一天天长大，她的身体也渐渐沉重起来，这并不仅仅是因为怀孕，同其他所有大于十三岁的人一样，超新星病的症状在她的身上越来越明显，她已处于持续不断的发烧中，太阳穴上能感到血脉的跳动，浑身软得像泥一样，行动越来越困难。虽然经诊断，胎儿的发育情况良好，是一个没有罹患超新星病的健康小生命，但她非常怀疑自己一天天恶化的身体状况是否能支撑到把他生下来。

在住进医院之前，郑晨最后看望的两个学生是金云辉和赵玉忠。

金云辉现在在一百多公里外的一个空军基地接受歼击机飞行员的训练。在机场跑道的起点，郑晨从一群穿着飞行服的孩子中找到了金云辉，他们旁边还有几名空军军官。当时，所有的人都笼罩在紧张恐惧的气氛中，他们都仰头盯着空中的某个方向，郑晨费了很大的劲儿才在那个方向看到一个银色的白点，云辉告诉她，那是一架在5000米高度失速的歼击机。那架进入尾旋状态的歼8像块石头一样下坠，郑晨同在场的所有人一起看着它坠落了2000米，这是跳伞的最佳高度，但大家期盼的伞花并没有出现，是弹射器出了故障，还是驾驶员找不到按钮，或者，他还想救这架飞机？这些人们永远不可能知道了。军官们放下望远镜，看着下坠的飞机在正午的阳光中银光一闪，消失在远方的山脊后面，随着一大团裹着火焰的黑烟从山后腾起，人们听到了一阵沉闷的爆炸声。

大校师长远离人群站着，木然地望着远方的烟柱，如一尊石雕一动不动，仿佛连他周围的空气都凝固了。云辉悄悄告诉郑晨，那架歼击机的驾驶员，就是大校十三岁的儿子。

不知过了多长时间，政委首先打破了沉默，他努力使自己眼眶中的泪水不流下来，“我早就说过，孩子开不了高性能歼击机！反应速度、体力、心理素质，无论从哪方面说都不行！再说，在教练机上只飞了不到二十个小时就放单飞，再飞三十个小时就上歼8，这不是拿孩子的命闹着玩儿吗?!”

“不飞才是拿孩子的命闹着玩儿。”师长走过来说，他的声音异常沉稳，“你们都知道，人家的孩子已经开着F15和幻影2000满天飞了，我们再在训练上缩手缩脚，那要死的可能就不只是我儿子了。”

“8311准备起飞!”一位上校飞行员喊道，他是金云辉的父亲，喊出的是儿子的飞机号码。

云辉拿起头盔和航图袋，加压飞行服是为孩子飞行员们紧急赶制的，很合身，但头盔还是大人们的，很大，屁股后面的手枪也显得很大很沉。当云辉走过父亲身边时，父亲拉住了他：

“今天的气象条件不太好，注意横切气流，万一失速，首先要冷静，判断尾旋方向，然后再按我们多次练过的动作脱出。记住，千万要冷静!”

云辉点点头。郑晨看到父亲抓儿子的手松了些，但还是松松地抓着，好像儿子身上有什么力量把它吸住似的，孩子轻轻动了一下肩膀，挣脱了父亲的手，向跑道起点的那架歼10走去。进入座舱前他没看父亲，只对远处的郑晨笑了笑。

郑晨在机场上等了一个多小时，直到云辉驾驶的歼击机安全降落才离去。这之前，她长时间地仰望着蓝天上一条雪白尾迹前的那个银点，听着歼击机引擎闷雷般的轰鸣声，无论如何也无法相信飞在天上的是她班上的一个小学生。

郑晨最后看望的是赵玉忠。在河北平原上那片平坦的麦田上，冬小麦已全部播下了，郑晨和玉忠坐在地头，太阳在天空中暖洋洋地照着，身下的土地也是暖暖的软软的，像母亲的怀抱。后来太阳被挡住了，他们抬头看到了玉忠爷爷那张庄稼人的脸。

爷爷说："娃，这田地可是有良心的啊，你真出了力气，它就给你收成。我活了这么一把年纪，觉得最实诚的也就是这田地，为它流汗，值。"

看着这片已播种的田野，郑晨长出一口气，她知道，自己的使命已经完成，可以放心去了。她想让自己享受一下这最后的轻松，但一个沉甸甸的牵挂仍压在心头挥之不去。开始，郑晨以为这牵挂来自肚子中的孩子，但很快就发现不是，她的挂念远在三百公里外的北京，在那八个孩子身上，他们正在国家的心脏学习着人类历史上最艰难的课程，学习着他们几乎不可能学会的东西。

总参谋长

“这就是你们将要保卫的国土。”总参谋长指着一幅全国地图对吕刚说，吕刚第一次看到这么宽大的地图，满满占据了大厅一整面墙。

“这就是我们所处的世界。”总参谋长又指着一幅同样宽大的世界地图说。

“首长，给我一支枪吧！”吕刚说。

总参谋长摇摇头，“孩子，当你亲自向敌人射击之日，也就是国家灭亡之时。下面我们要去上课了。”说着，他又转向地图，用手掌从北京向上量出短短的一段，“我们马上要飞过的距离是这么长。眼睛看着地图，你的脑子里就要出现广阔的大地，要想象出大地上的每一个细节，这是一个军事指挥员的基本功。你作为一名指挥全军的高级指挥员，看着这张地图，要对我们广阔的国土在感觉上有一个总体的把握。”

总参谋长带着吕刚走出大厅，与他们一起的还有两名上校参谋，他们一起钻进了停在院子里的一架军用直升机，直升机在轰鸣中起飞，转眼间,他们已飞行在城市上空了。

总参谋长指着下面密密麻麻的建筑群说:“像这样的大城市,在我们的国土上有三十多个,在一场全面战争中,它们最有可能成为战场焦点或战役发起点。”

“将军,我们要学习怎样防守大城市吗?”吕刚问。

总参谋长又摇摇头,“具体的城市防御方案,是方面军或集团军司令的事。你要做的是,决定一个城市是防守还是放弃。”

“首都也能放弃吗?”

总参谋长点点头,“为了战争的最后胜利,首都有时也是可以放弃的,这要依当时的战局而定,当然,对于首都,还要考虑很多其他的因素。但有一点可以肯定:做出这种决定是极其艰难的。在战争中,用自己的有生力量不顾一切地去拼命是最容易不过的事,优秀的指挥员不会自己去拼命,他会设法让敌人拼命。孩子,记住:战争需要的是胜利而不是英雄。”

直升机很快飞离了城市,下面出现了连绵的山脉。

总参谋长说:“孩子,世界一旦爆发战争,将不太可能是现在意义上的高技术战争,战争的样式可能与第二次世界大战相似——但这只是猜测。你们的思维方式与大人们有很大的不同,孩子战争也可能是以一种我们所无法想象的全新面貌出现。但现在,我们只能教你们大人的战争。”

直升机飞行了大约四十分钟后,下面出现了广阔的布满丘陵的大地,其上有大片的沙化地带和残缺不全的植被,还有几道长长的沙尘。

“孩子,课堂到了!”总参谋长说,“就在下面这个地区,20世纪80年代初曾举行过世界军事史上最大规模的陆战演习,现在,我们又把这里变成了模拟战场,集结了五个集团军,我们将在这里学习战争。”

吕刚向下看看,“五个集团军? 在哪儿?”

直升机迅速降低高度,吕刚看清了那一道道长长的沙尘原来是从一条条公路上扬起的,他看清了公路上的坦克和其他军用车辆,它们像小甲虫似的爬行着,在每条公路上,这队列都一直延伸到看不见的天边。吕刚还看到有几只“小甲虫”没有沿公路走,也没有扬起沙尘,速度快得多,那是低空飞行的一个直升机编队。

总参谋长说:“在我们下面,蓝军正在集结,他们将很快向红军发起进攻。”他用手指着南方,在丘陵起伏的大地上画了一条看不见的长线,“看,这就是红军的防线。”

直升机向防线方向飞去,降落在一座小山脚下。这里的地面布满了纵横交错的车辙印,现出大片被履带翻起的红土。他们一行人走出直升机,经过几辆绿色的通信车,进入了山脚的一个洞口。吕刚注意到,在通信车边忙碌的军士和值守在洞口外向他们敬礼的哨兵中,有大人也有小孩儿。

一扇厚重的铁门打开后,他们进入了一个宽敞的洞厅,迎面的三块大屏幕上都显示着战场态势图,图上布满错综复杂的红色和蓝色箭头,像一群奇怪的爬行动物。洞厅中央有一个面积很大的沙盘,周围还有一圈亮着屏幕的电脑。沙盘周围和电脑前有许多穿着迷彩服的军官,吕刚看到他们中大半是孩子。看到总参谋长进来,所有人都马上立正敬礼。

“是红山战役显示系统吗?”总参谋长指着那些大屏幕问。

“是的,首长。”一名上校回答。

“孩子们会用吗?”

上校摇摇头,“正在学,还离不开大人。”

“把作战地图也挂上吧,那毕竟是最可靠的。”

当几名军官搬出大卷的作战地图时,总参谋长对吕刚说:“这就是红军的指挥中心。在这个模拟战场上,现在有几十万名孩子在学习战争,他们学习的内容从如何做列兵到如何成为集团军军长,不一而足;而你,孩子,你的课程是所有人中最难的,我们无法奢望你能在短时间里学会太多的东西,但你必须在这个高度上对战争有一个正确清晰的概念和感觉,当然做到这点也不容易。以前,从一名军校见习官到你现在的位置,至少需要三十多年的时间,而没有这三十多年从下至上的经历,我后面要讲的一些东西你是很难理解的,我们只能尽力而为,好在你未来的对手也比你高不了多少。从现在起,要努力把你看过的那些战争电影忘掉,忘得越彻底越好——你很快就会看到,电影上的战争与真正的战争不是一回事,甚至与你在山谷世界中指挥的那场战斗也不是一回事,你将来要指挥的战役,规模可能是那次的上万倍。”

总参谋长转身对旁边的一名大校说:“开始吧。”

大校敬礼后转身离去,不一会儿就回来了,“报告首长,蓝军已对红军防线发动全线进攻。”

吕刚向四周看看,没发现什么明显的变化,看看大屏幕上的态势图,那密密麻麻的红、蓝箭头也没有动起来。唯一与刚才不同的是,沙盘和作战地图前的大人们停止了紧张的讲解,孩子们则都戴上了耳机和对讲话筒,站在那里等待着。

总参谋长对吕刚说:“我们也开始吧。孩子,现在你已经得到敌人进攻的报告,你要做的第一件事是什么?”

“命令防线上的部队阻击敌人!”

“这等于没说。”

吕刚茫然地看着总参谋长,这时,从演习导演组那边又有三位将军走过来。接着,有微微的振动从外面传来。

总参谋长提示:“你的命令内容是什么?根据什么发布这样的命令呢?”

吕刚想了一会儿,“啊,对了,判明敌人的主攻方向!”

总参谋长点点头,“正确,但如何判明呢?”

“敌人投入兵力最多、攻击最猛烈的地方就是主攻方向。”

“基本正确,但你如何知道敌人在什么位置投入兵力最多和攻击最猛烈呢?”

“我到前沿最高的山顶上去观察!”

总参谋长不动声色,另外三位将军则都轻轻叹了口气,其中一位中将正想对吕刚说什么,被总参谋长制止了,他说:“那好,我们去观察吧。”

一名上尉递给总参谋长和吕刚每人一顶钢盔,同时又递给吕刚一架望远镜,然后为他们打开了那道大铁门。门一开,一阵爆炸声迎面传来,吹来的风中有一股淡淡的硝烟味。当他们穿过那条长长的洞道来到外面时,爆炸声变得震耳欲聋,脚下的地面微微颤动,空气中的硝烟味也变得浓烈起来。强烈的阳光使吕刚眯起了眼,他四下看看,眼前的景象与刚来时没什么差别:还是那几辆绿色的电台车,布满车辙印的地面,以及附近几座在阳光下显得异常平静的小山。吕刚找不到炮弹的炸点,那爆炸声仿佛来自另一个世界,又似乎近在耳边。有几架武装直升机紧贴着对面的山顶急速掠过。

有一辆吉普车在等着他们。车沿着一条盘山公路疾驶，只用几分钟时间就上到了指挥部所在山脉的峰顶。山顶有一座雷达站，巨大的天线无声地转动着。一个孩子士兵从一辆雷达控制车半开的车门中伸出脑袋朝他们这边看，大钢盔在他的脑袋上一晃一晃的，他很快缩回去，把车门关上了。

下车后，总参谋长向四周挥了一下手，对吕刚说："这就是一个视野很好的制高点，你观察吧。"

吕刚四下看看，这里的视野确实很好，布满丘陵和小山的大地在他面前无限地延伸开去。他首先看到了远方炮弹的炸点，那些炸点的距离都很远，有些新炸点可以看到腾起的烟团和溅起的尘柱，有几个山头可能已被轰击了一段时间，罩在弥漫的大片烟尘中，只能看到烟尘中爆炸的闪光。这些炸点在各个方向都能看到，在可视的广阔区域内分布得稀疏而均匀，并不是吕刚所想象的成一条线。他举起望远镜，漫无目标地扫视着，稀疏的植被、裸露的岩石和沙地从望远镜的视野里飞快地掠过，除此之外，什么都看不到。他把镜头对准远处一座正被轰击的山头，视野中只有一片弥漫的烟雾，烟雾后面的景物很模糊，仍旧只是植被、岩石和沙地。他屏住呼吸细看，终于从山脚下的干河谷中发现了两辆装甲车，但它们转眼间就拐进山谷不见了；他又在一条位于两座小山间的公路上看到一辆坦克，但它驶出不远又折了回去……吕刚放下望远镜，迷茫地看着这广阔的战场。

防线在哪里？蓝军从哪个方向进攻？红军的阵地在哪儿？甚至连这两支大军是否存在都无法确定，视野里只有远方稀疏的炸点和几个冒烟的山头，那些山头不像是激战的地方，倒像是点缀在大地上的几处孤独的狼烟。这就是五个集团军激战的战场？

总参谋长在旁边笑了，“我知道你心中的战场是什么样的：一块平坦的大平原，敌人的进攻部队排着整齐的方阵，像接受检阅似的冲过来；而你的防线像一道长城似的横贯整个战场，作为最高指挥官的你，站在防线这边的一个小山头上，像看一个沙盘似的把整个战场一览无遗，像移动棋子似的调动部队……这种战场也许在冷兵器时代存在过，但即使在那时，那也只是一场小战斗，成吉思汗或拿破仑也只能亲眼看到他们战场的一小部分。在现代战争中，战场的地形复杂，由于高机动性和远程重火力的威力，双方军事力量的分布更加稀疏，行动更加隐蔽和诡秘，所以现代战场在一个远方的观察者眼中几乎是隐形的。你这种指挥方式，可能只适合于指挥一个连的一名上尉，我说过，忘掉战争电影。我们回去吧，回到最高指挥员的位置上去。”

当他们再次进入指挥部时，这里已发生了很大的变化，刚才的宁静消失了，很多大人和孩子军官在对着电话和无线电话筒高喊；在沙盘和地图旁，孩子们在大人军官的指导下，根据耳机中传来的信息紧张地标注着，大屏幕上显示的态势图也在不停地变换。

总参谋长指着这一切对吕刚说：“看到了吗？这儿才是你的战场。作为一名最高指挥官，你的活动范围还不及一名士兵大，但你的眼睛和耳朵却可以从这里延伸到整个战场。你要学会适应和使用这种感官，对于一个好的指挥员来说，他的脑子中应该能很快形成一幅活生生的战场图像，每一个细节都真实生动——这并不容易。”

吕刚抓抓脑袋说：“在这么个山洞里，全凭这些电台和电脑传来的情报进行指挥，总觉得有些别扭。”

“如果你了解了这些情报的性质，就会觉得更别扭了。”总参谋长说着，带吕刚来到一块大屏幕前，拿起一根激光教鞭在上面画了一个小圈，对旁边操作电脑的一名孩子上尉说：“小鬼，把这个区域放大。”

那名小上尉用鼠标拉出一个方框把那个区域圈住，并把它放大至整个屏幕。总参谋长指着那幅图说：“这是305、322和374这三个高地区域的态势图。”他又指指两旁的大屏幕对小上尉说：“再显示两幅同一区域不同情报来源的图。”那孩子鼓捣了半天没弄出来，一名少校走过来拿过鼠标，很快就把那两幅态势图检索出来，并分别显示在两边的大屏幕上。吕刚注意到，三幅态势图上的地形完全一样，等高线标出的三个高地构成了一个等边三角形，但标示双方动态的红、蓝箭头，无论是在数量、方向，还是在粗细上，都有很大的不同。

少校向总参谋长介绍说：“第1号态势图的情报来源是D集团军114师3团，他们守卫305高地，情报认为对这个地区进攻的蓝军有两个团的兵力，攻击重点是322高地；第2号态势图的情报来自D集团军的陆航团的空中侦察，情报认为蓝军在该地区投入了一个团，攻击重点是374高地；第3号图的情报来自F集团军21师2团，负责守卫322高地，他们认为蓝军攻击三个高地的总兵力达一个师，攻击重点是305高地，并企图从322和374高地两侧迂回。”

吕刚问：“这三个情报说的都是同一个时间的事吗？”

少校点点头，“是的，是半小时前，同一时间同一地区。”

吕刚看着这三块大屏幕陷入了迷茫，“怎么三个情报的差别这么大?!”

总参谋长说:“在复杂的战争环境下,战场侦察的变数很大,不同的侦察者对同一目标的侦察可能得出完全不同的结果。”

“那怎样判断哪个是真实的呢?”

总参谋长对少校说:“把这三个高地同一时间的所有情报都拿来。”少校拿来了厚厚的一摞纸,足有一部《三国演义》那么厚。

“哇,这么多?!”吕刚惊叹道。

“在现代战争中,从战场传来的情报信息是极其丰富的,你要对这些信息进行综合分析,从中看出某种趋势,才有可能做出正确的判断。你在电影上看到的,派一名英勇的侦察兵深入敌后,而指挥员凭他的一个情报做出整个战役的决策,是十分可笑的。当然,并不是要你去一张张读这些情报,那是参谋们的事,整个战役中的信息处理量是极其庞大的,必须借助C3I系统,但最后的判断要由你做出。”

“真复杂……”

“更复杂的是,你从这海量的情报信息中看到的趋势不一定是真实的,它可能恰恰是敌人所进行的战略欺骗。”

“像盟军在诺曼底让巴顿干的那事?”

“很对!下面,就由你从这些情报中分析出蓝军的主攻方向。”

味精和盐

一支小小的车队驶出京城，来到近郊一处僻静的周围有小山环绕的地方停下了。主席和总理，还有三个孩子：华华、眼镜和晓梦下了车。

“孩子们，看。”主席指指前方，他们看到了一条铁路，只有单轨，上面停着长长的载货列车，那些列车首尾相接拉成长长的一列，成一个巨大的弧形从远方的小山脚下拐过去，一眼看不到尽头。

“哇，这么长的火车！”华华喊道。

总理说：“这里共有十一列货车，每列车有二十节车皮。”

主席说：“这是一条环行试验铁路，是一个大圆圈，刚出厂的机车就在这条铁路上进行性能试验。”他转身问一名工作人员：“好像已经停止使用了，是吗？”

工作人员点点头，“是的，停用很久了。这条试验铁路是20世纪70年代建成的，不适合做现在的高速列车试验。”

“那你们以后只好另建一条了。”总理对孩子们说。

“我们可能不需要试验高速列车了。”华华说，主席问他为什么，他指着天空说：“我设想了一种空中列车，它由一架动力强大的核动力飞机做火车头，牵引着一长串无动力滑翔机，比火车可快多了。”

总理说：“很有意思，可这空中列车怎么起飞和降落呢？”

“那应该不成问题！”眼镜说，“具体怎么办我不知道，但这东西在历史上有先例，在二战中，盟军曾用一架运输机牵引一串滑翔机运载空降兵。”

主席说：“我想起来了，那是为了争夺敌后的莱茵河大桥，是历史上最大规模的空降作战。”

总理看着主席说：“如果常规动力的运输机都能牵引，这东西还真有现实意义，它有可能使空中运输的成本降到现在的十分之一。”

主席问：“国内有人提出过类似的设想吗？”

总理摇摇头，“从来没有！看来，孩子们与成人相比并非样样都处于劣势啊。”

主席仰望着长空，深情地感叹道：“是啊，空中列车，还可能有空中花园，美好的未来啊！不过，我们还是先帮孩子们克服劣势吧，我们可不是带他们来讨论列车的。孩子们，”他指指最近处的那一列火车，“去看看那上面装着什么！”

三个孩子向列车跑去，华华顺着梯子爬上了一节车皮，然后眼镜和晓梦也爬了上去。他们站在装得满满一车皮的白色大塑料袋上，向前方看去，这一列车全装着这种白色的袋子，在阳光下反射着耀眼的白光。他们蹲下来，眼镜用手指在一个袋子上捅了个小洞，看到里面是一些白色半透明的针状颗粒，华华蘸起一粒用舌头舔了一下。

“当心有毒！”眼镜说。

“我觉得好像是味精。”晓梦说着，也蘸起一粒舔了一下，“真的是味精。”

“你能直接尝出味精的味道？”华华怀疑地看着晓梦。

“确实是味精，你们看！”眼镜指着前面正面朝上的一排袋子，上面有醒目的大字，这种商标他们在电视广告上经常看见，但孩子们很难把电视上那个戴着高高白帽子的大师傅放进锅里的一点白粉末同眼前这白色的巨龙联系起来。他们在这白袋子上走到车皮的另一头，小心地跨过连接处，来到另一节车皮上，看看那满当当的白色袋子，也是味精。他们又连着走过了三节车皮，上面都满载着大袋的味精，无疑，剩下的车皮装的也都是味精。对于看惯了汽车的孩子们来说，这一节火车车皮已经是十分巨大了，他们数了数，确如刚才总理所说，整列货车共有二十节车皮，都满满地装着大袋味精。

“哇，太多了，全国的味精肯定都在这儿了！”

孩子们从梯子下到地面，看到主席和总理一行人正沿着铁道边的小路向他们走来，他们刚想跑过去问个究竟，却见总理冲他们挥挥手，喊道：“再看看前面那些火车上装的是什么！”

于是，三个孩子在小路上跑过十多节车皮，跑过机车，来到与这列火车间隔十几米的另一列火车的车尾，爬到最后一节车皮的顶上。他们又看到了装满车皮的白色袋子，但不是刚才看到的那种塑料袋，而是编织袋，袋子上标明是食盐。这袋子很结实，但还是有少量粉末漏了出来，他们用手指蘸点尝尝，确实是盐。前面又是一条白色的长龙，这列火车的二十节车皮上装的都是食盐。

孩子们下到铁路旁的小路上，又跑过这列长长的火车，爬到第三列的车皮顶上看，同第二列相同，这列火车上装的也全是食盐。他们又下来，跑去看第四列火车，还是满载着食盐。去看第五列火车时，晓梦说跑不动了，于是他们走着去，走过这二十节车皮花了不少时间，结果第五列火车上也全是食盐。

站在第五列火车车皮的顶上向前望，他们有些泄气了：列车的长龙还是望不到头，弯成一个大弧形消失在远处的一座小山后面。孩子们又走过了两列载满食盐的列车，第七列列车的头部已绕过了小山，站在车皮顶上终于可以看到这条列车长龙的尽头了，他们数了数，前面还有四列火车！

三个孩子坐在车皮顶的盐袋上喘着气，眼镜说："累死了，往回走吧，前面那几列肯定也都是盐！"

华华又站起来看了看，"哼，环球旅行，我们已经走过这个环行铁路大圆圈的一半了，从哪面回去距离都一样！"

于是孩子们继续向前走，走过了一节又一节车皮，路途遥遥，真像环球旅行了。每节车皮他们不用爬上去就知道里面装的是食盐，他们现在知道盐也有味儿，眼镜说那是海的味道。三个孩子终于走完了最后一列火车，走出了那长长的阴影，眼前豁然开朗。他们面前出现了一段空铁轨，铁轨的尽头就是那列停在环行铁路起点的满载味精的火车了，孩子们沿着空铁轨走去。

"呀，那里还有一个小湖呢！"晓梦高兴地说，那个大池塘位于环行铁路的圆心，水面反射着已经西斜的太阳的光芒，金灿灿一片。

"我早看见了，你们只顾看味精和盐了！"华华说，他正平伸着两臂在铁轨上走，"你们上那根，咱们比赛谁走得快。"

眼镜说:“我出汗,眼镜总往下滑,其实我肯定比你走得稳,走钢丝稳比快强,你一掉下来就全完了。”

华华又快走几步,“你们看,我既快又稳,一直走到头都不会掉下来的!”

眼镜若有所思地看着他说:“现在看来确实如此,但要让你像真正走钢丝那样,把铁轨悬空,下面是万丈深渊,你还能走到头吗?”

晓梦看着远方金光闪闪的水面,轻轻地说:“是啊,我们的铁轨就要悬空了……”

三个十三岁的孩子,九个月后这个世界上最大的国家的最高领导人,一时陷入了沉默。

华华从铁轨上跳下来,看了眼镜和晓梦一会儿,摇摇头,大声说:“我就看不惯你们这种没信心的样子! 不过,以后玩的时间可真不多了。”说完,又跳上铁轨摇摇晃晃地走起来。

晓梦看着华华笑了笑,那笑对于一个十三岁的女孩儿来说成熟了些,但华华觉得很动人,“我以前也没有多少玩儿的时间,至于眼镜,这个书呆子,也不怎么玩儿,看来受损失最大的就是你了。”

“其实领导国家本身就很好玩儿。今天也好玩儿,这么多的味精和盐,这么长的列车,多壮观。”

“今天是领导国家吗?”眼镜哼了一声说。

晓梦也满脸疑惑,“是啊,为什么让我们看这些呢?”

“也许是为了让我们了解全国味精和盐的库存量吧。”华华说。

“那也应该让张卫东来看,他是主管轻工业的。”

“那个笨蛋,他连自己的课桌都收拾不整齐呢。”

……

在环行铁路的起点上，主席和总理站在火车旁谈着什么，总理在说着，主席缓缓地点头，两人的脸色凝重严峻，显然已谈了很长时间，他们的身影与黑色的高大车体形成了一幅凝重有力的构图，仿佛一张年代久远的油画。当他们看到远远走来的孩子们时，神情立刻开朗起来，主席冲孩子们挥了挥手。

华华低声说："你们发现没有，他们在我们面前时和他们自己在一起时很不一样，在我们面前，好像天塌下来也是乐观的；他们自己在一起时，那个严肃，让我觉得天真的要塌下来了。"

晓梦说："大人们都是这样，他们能够控制自己的情绪，华华，你就不行。"

"我怎么了？我让小朋友们看到真实的自己有什么不好？"

"控制自己并不是虚假！知道吗？你的情绪会影响周围的人，特别是小朋友，最容易受影响，所以你以后要学着控制自己，这点你应该向眼镜学习。"

"他？哼，他脸上比别人少一半神经，什么时候都那个表情。行了晓梦，你比大人教我的还多。"

"真的，你没有发现大人们教的很少吗？"

走在前面的眼镜转过身来，那"少一半神经"的脸上还是那副漠然的表情，"这是人类历史上最难上的课，他们怕教错了。不过我有预感，他们就要开始滔滔不绝地教我们了！"

"孩子们辛苦了！今天下午你们可真走了不少的路，对看到的东西一定印象很深刻吧？"主席对走到面前的孩子们说。

眼镜点点头说："再普通的东西，数量大了就成了不普通的奇迹。"

华华附和道："是的，真没想到世界上有这么多的味精和盐！"

主席和总理对视一笑，总理说："我们的问题是：这么多的味精和盐够我们国家所有的公民吃多长时间？"

"起码一年吧。"眼镜不假思索地说。

总理摇摇头。

华华也摇头，"一年可吃不了这么多，五年！"

总理又摇头。

"那是十年？"

总理说："孩子们，这么多的味精和盐，只够全国公民吃一天。"

"一天？！"三个孩子大眼瞪小眼地呆立了好一会儿，华华对总理不自然地笑笑，"这……开玩笑吧？"

主席说："按每人一天吃一克味精和十克盐计，这每节车皮的载重量是六十吨，这个国家有十二亿公民。一道很简单的算术题，你们自己算吧。"

三个孩子在脑子里吃力地数着那一长串"0"，终于知道这是真的。

晓梦说："这仅仅是盐和味精，要是油呢？要是粮食呢？！"

"那些油可以积成前面的那个大池塘，粮食可以堆成周围这几座小山。"

孩子们呆呆地看着那池塘和小山，好长时间说不出话来。

"天啊！"华华说。

"天啊！"眼镜说。

"天啊！"晓梦说。

总理说:“这两天,我们一直在试图找到一个办法,使你们对自己国家的规模有一个正确的认识,这很不容易。但要领导这样一个国家,没有这种认识是不行的。”

主席说:“带你们到这里来,还有一个重要目的:让你们明白运行一个国家最基本的规律。在这之前,你们肯定把国家的运行想得极其复杂,它确实是复杂的,比你们想象的更复杂,但它最基本的规律却是十分简单的,我想你们已经知道了。”

晓梦说:“必须首先保证这个国家的人民有饭吃!我们每天都要为国家的公民提供一列车的味精、十列车的盐、一个大池塘的油、几座小山的米面,如果有一天供不上,国家就会陷入混乱,十天供不上,国家就完了!”

眼镜点点头,“这叫生产力决定生产关系、经济基础决定上层建筑!”

华华也点头:“看到这长长的列车,傻瓜也明白这道理了。”

主席两眼看着远方说:“可是孩子,有许多十分聪明的人都不明白这个道理。”

总理说:“孩子们,我们明天将带你们去继续认识这个国家。我们要去最繁华的城市,要去最偏僻的山村,要让你们了解我们已经建立起来的工业和农业体系,让你们了解人民的生存状态。我们还要给你们讲历史,这是认识现实最好的办法;还要给你们讲更多更复杂的国家运行的知识,但记住,没有什么比今天你们学到的更基础、更深刻,你们将来的路将难上加难,但只要牢记这个规律,就不会迷失方向。”

主席一挥手说:“不要等到明天了,今天夜里就出发吧,孩子们,时间不多了。”

第四章

交接世界

大量子

国家信息大厦远看呈一个巨大的A字形，它在超新星爆发之前就已基本建成，是数字国土的中心。数字国土是一个覆盖全国的宽带网，是互联网的升级产物，也已在超新星爆发之前基本建成，这成了大人们留给孩子国家最好的礼物。设想中的孩子国家的国家结构和社会结构都比大人时代要简单得多，这就使以数字国土为基础管理国家成为可能，这样，国家信息大厦将成为孩子中央政府办公的地点。

总理带着一群孩子国家领导人第一次来到信息大厦。当他们走上大门前宽阔的台阶时，守卫大厦的哨兵——脸色苍白，嘴唇因高烧而开裂——向他们敬礼，总理走到一名哨兵面前默默地拍拍他的肩膀，哨兵可以看出总理的身体也一样在虚弱下去。

大人们的病情发展得很快，大学习开始后六个月，全世界便开始了交接准备。

进门前，总理停下脚步，转身看了一眼大厦前阳光下的广场，孩子们也随着总理停下来看着广场，那里，蒸腾的热浪使空气像水珠一样颤动着。

“已经是夏天了。”一个孩子低声说，而在以前的这个时候，北京的春天才刚刚来临。

超新星爆发对地球的另一个影响开始显现出来：冬天消失了。刚刚过去的冬季气温一直保持在十八摄氏度以上，大地的绿色一直没褪，实际上是过了一个长长的春天。

对于地球气温升高的原因，科学界有两种理论解释。一种被称为爆发学说，认为是超新星爆发的热量导致全球气温上升；另一种是脉冲星学说，认为气温上升是由于超新星的残骸脉冲星的能量引起的。比起爆发学说，脉冲星学说提出的机理更为复杂。目前已观察到，脉冲星产生了一个强大的磁场，天体物理学家们猜测，宇宙中其他的脉冲星周围也存在着这样的磁场，只是因距离太远而从未被观察到。现在，脉冲星只有八光年远，整个太阳系都处于磁场之中。地球上的海洋是一个巨大的导体，在地球的运行中，这个导体切割脉冲星磁场的磁力线，在海洋中产生电流，这时，地球就成了一个宇宙发电机的转子。这种电流从局部看很微弱，完全不会被航行于海面的船只感觉到，但它分布于地球上的整个海洋，总体效应相当可观，正是这种海洋电流产生的热量使全球升温。

在以后的两年内，全球气温的急剧升高将导致极地冰川和格陵兰冰原融化，升高的海平面将淹没所有的沿海城市。

如果爆发学说正确，气温上升是由于超新星爆发产生的热量引起的，那么全球气温将很快恢复正常，地球各大冰川将逐渐恢复，海面会缓慢地下降到正常位置，世界将只是经历一场短暂的大洪水。

如果脉冲星学说正确，情况则复杂得多：升高的气温将被固定下来，各大陆许多现在人口密集的地区将变得炎热而不适于居住，同时，南极将变成气候宜人的大陆。在这种情况下，世界格局将发生天翻地覆的变化。

现在，科学界倾向于脉冲星学说，这使得即将到来的孩子世界更加吉凶未卜。

走进宽阔的大厅后，总理对孩子们说："你们自己去看看中华量子吧，我在这里休息会儿。"他在长沙发上坐下后长长地出了一口气，"它会向你们介绍自己的。"

孩子们进入了电梯，电梯开动后他们感到一阵失重，看到指示牌上的数字成了负的，这才知道中华量子的主机房在地下。电梯停止后他们走出去，来到一个窄而高的门厅里，随着一阵低沉的隆隆声响起，蓝色的大钢门慢慢地滑向一侧，孩子们走进了高大宽敞的地下大厅，大厅的四壁发出柔和的蓝光。大厅正中，有一个半球形透明玻璃罩，它的半径有十多米，孩子们站在这个大玻璃半球前，就像看着一个巨大的肥皂泡。钢门在孩子们身后又隆隆地关上，大厅四壁的蓝光渐渐地暗下去，最后完全熄灭了，但黑暗并没有出现，一束强光从地下大厅高高的顶部射下，透过玻璃罩，把圆形的光斑投到玻璃罩中的两个几何体上，一个是竖立着的圆柱体，另一个是平放着的长方体，表面都是银灰色。它们相互间的位置似乎是随意摆放的，仿佛散落在原野上的古代宫殿的残留物。这时，地下大厅其他的部分都隐没于黑影里，只有这两个几何体醒目地凸现在光束之中，给人一种强烈的神秘感和力量感，使人想起欧洲原野上的巨石阵。这时一个男音响起，嗓音十分浑厚悦耳，还带着动听的余音：

“你们好！你们看到的是中华量子220的主机。”

孩子们四下张望，不知这声音来自何方。

“你们可能没有听说过我，我在一个月前刚刚诞生，是中华量子120的升级产品。在那个黄昏，当温暖的电流流遍我的全身时，我成了我，随着几亿行的系统软件从存储器中读出，变成每秒钟闪动上亿次的电脉冲进入我的内存，我飞快地成熟，在不到五分钟的时间内，我从婴儿长成了巨人。我好奇地看着周围的世界，但最令我震惊的还是我自己，自身结构的复杂和庞大令我难以置信，在你们看到的这个圆柱体和长方体中，包含着一个复杂的宇宙。”

“这台大计算机不怎么样，它说了半天什么都没介绍清楚！”华华说。

眼镜说：“这正是它高智能的表现，这不是家用电脑里已存贮好的傻乎乎的自我介绍，它这番话是看到我们之后才想出来的！”

中华量子显然听到了眼镜的话，它接着说：“是的，中华量子的基本设计思想是采用模仿人类大脑的神经元并行结构，这同传统计算机的冯·诺依曼结构是完全不同的。我的核心是由三亿个量子CPU组成的，这些微处理器相互以数目惊人的接口联结，构成了一个庞大复杂的CPU网络，这个网络是人类大脑结构的再现。”

“你能看到我们吗？”有孩子问。

“我能看到一切，通过数字国土，我的眼睛遍布全国和全世界。”

“你都看到了什么？”

“大人和孩子的世界交接正在进行。”

以后，孩子们都把这台超级量子计算机叫大量子。

新世界试运行

国家试运行已达十二小时，运行报告第24号：

各级政府和行政机构运转情况正常。

电力系统运转正常，正在运行中的总机组容量为2.8亿千瓦，全国电网运行基本正常，只有一座中等城市和五座小城市发生断电事故，正在全力修复。

城市供水系统运转正常，73%的大型城市和40%的中型城市能保证不间断供水，其余大部分保证定时供水，只有两座中型城市和七座小型城市发生断水事故。

城市供应系统运转正常，服务系统和生活保障系统运转正常。

电信系统运转正常。

铁路和公路系统运转正常，事故率只略高于成人时代。民航系统已按计划停运，将于十二小时后开始局部试航。

公安系统运转正常，全国社会秩序稳定。

国防系统运转正常，陆、海、空军和武警部队换防已顺利完成。

现在国土上出现了五百三十七处构成威胁的火灾，大部分为输电系统事故引起；构成威胁的水灾较少，各大河流处于安全状态，防汛系统运转正常，只有四处小规模水灾，其中三处系小型水库闸门没有及时开启引起，一处系贮水罐破裂引起。

目前只有3.31%的国土面积处于危险气候条件下，没有发现地震、火山等其他大规模自然灾害的迹象。

目前全国孩子人口中有3.379%处于疾病之中，1.158%的人口缺少食物，1.090%的人口缺少卫生的饮用水，0.6%的人口缺少衣物。

……

到此为止，国家试运行基本正常。

以上报告由数字国土主机汇总并整理，下一次报告将在三十分钟后输出。

"我们这样管理国家，倒像是在一座大工厂的中心控制室里工作。"华华兴奋地说。

真是如此。现在，由几十个孩子组成的新国家领导集体都集中在国家信息大厦巨大的A字形顶端。这是一个宽敞的圆形大厅，大厅包括天花板在内的所有墙壁都由极化纳米晶体材料制成，在不同的电流条件下，呈现出发光的乳白色、半透明或全透明状态，当纳米材料变成全透明时，其折射率可调到与空气相近，这时大厅中的人们仿佛处于露天平台上,居高临下鸟瞰北京全景。但现在,墙壁和天花板都变成了乳白色,发出柔和的白光;而环形墙壁的一部分则变成了一块宽大的巨型屏幕,试运行报告的文字就显示在大屏幕上,如果需要,纳米材料的环形墙壁全部都可以变成大屏幕。孩子们面前有一圈电脑和各种通信设备。

大人国家领导集体的几十位领导人都坐在孩子们后面,看着他们工作。

孩子世界试运行是从早上八点开始的,这时,从国家元首到城市清洁工的所有岗位,孩子都接替成人开始独立工作。孩子世界诞生了。

孩子世界试运行之顺利出乎所有人的意料,在此之前,世界一直被一种悲观论调所笼罩,大人们普遍认为孩子们一旦接手世界,人类社会将陷入一片混乱:城市中的电力和供水将中断,火灾四起,地面交通将陷入全面瘫痪,通信中断,核导弹因计算机故障飞出发射井……但这一切都没有发生,世界的过渡令人难以置信地平稳,以至于人们都没有觉察到。

当郑晨在剧痛过后听到婴儿的第一声啼哭时,她怀疑自己是不是已经到了另一个世界。在超新星病已经恶化的情况下分娩,其危险是可想而知的。据医生说,她产后活下来的可能性不到百分之三十,对此,无论郑晨还是医生都不太在意,她不过是可能比别人早走几个月而已。但现在孩子出生了,预料中的产后大出血并没有出现,郑晨活下来了,又多了几个月的生命,在场的医生和护士(有三个是孩子)都认为这是奇迹。

郑晨抱过自己的孩子,看着那个粉嘟嘟的小生命大哭不止的样子,自己鼻子一酸,也哭了起来。

“郑老师呀,你应该高兴才对!”接生的医生在床边笑着说。

郑晨抽泣着说:“你们看他哭得多伤心,他肯定知道未来的路有多难呢!”

医生和护士们相互对视了一下,都露出一丝神秘的微笑,然后他们把郑晨的床推到窗边,撩开了窗帘。明亮的阳光照了进来,郑晨看到,蓝天下高层建筑静静地立着,路上不断有汽车疾驰而过,医院大楼前的广场上稀稀拉拉有几个行人……城市还是昨天的城市,觉察不到任何变化。她疑惑地看了医生一眼。

“世界试运行已经开始了。”医生说。

“什么? 这已经是孩子世界了吗?!”

“是的,试运行已经开始四个多小时了。”

郑晨的第一个反应是抬头看看电灯,她后来知道这是试运行开始时人们的普遍动作,好像电灯是衡量世界是否正常的唯一标志。灯都稳稳地亮着。昨天晚上,新世界试运行的前夜,郑晨是在噩梦中度过的,梦中她看到自己的城市在燃烧,她站在中心广场大声喊叫,却没见到一个人,似乎这城市里只剩下了她自己……但现在她看到的,是一个无比宁静的孩子世界。

“郑老师,您看看我们的城市,运转得像一首轻音乐那样和谐呢。”一名孩子护士在旁边说。

医生说:“你的选择是绝对正确的,对于孩子世界,咱们以前都太悲观了。现在看来,孩子们会把世界运行得很好的,说不定比我们还好。你的小宝宝绝不会经历你想象中的那么多苦难,他会很幸福地长大的,你放心好了。看看外面的城市,还有什么不放心的呢?”

郑晨久久地看着窗外宁静的城市，听着外面传进来的大都市的细微声音，这真是一首乐曲，但不是小护士说的轻音乐，而是一首最美的安魂曲，郑晨听着听着，情不自禁地流下泪来。这时，她怀中的宝宝停止啼哭，第一次睁开了美丽的眼睛，惊奇地打量着这个陌生的世界。郑晨觉得自己整个的心忽然开始慢慢地融化，化作一团轻云、一个幻影，她生命的全部重量，都转移到怀中的这个小生命上去了。

已到深夜，信息大厦中的这一群孩子国家领导人并没有太多的工作可做，各个行业领域的工作都由中央各个专业部委处理了，他们大部分时间只是密切注视着孩子国家的第一次运行。

"我说过，我们可以做得很好的！"华华看着大屏幕上一次次出现的正常试运行的报告，兴奋地说。

眼镜不以为然地摇摇头，"我们什么也没做啊，你总是盲目乐观，要知道，大人们还在，铁轨还没悬空呢！"

华华好一阵儿才领会到眼镜最后一句话的意思，他把头转向坐在旁边的晓梦。

"当一个小小的家庭只剩下孩子的时候，生活都是很难的，别说一个国家了。"晓梦两眼看着外面说，这时，环形墙壁已被调成全透明，四周是一片灿烂的灯海。

这时，人们都抬头仰望，透过透明的天花板，可以看到夜空中出现了一簇簇白色的闪光，那闪光很强，每出现一次，都给夜空中的几片残云镶上了银边，在大厅的地板上映出了人影。最近几天夜里常常出现这种闪光，大家都知道，那是在上千公里外的太空轨道上爆炸的核弹造成的。

在世界交接前，各个有核国家纷纷宣布全部销毁核武器，把一个干净的世界留给孩子们。那些核弹大部分在太空中引爆，也有一些被发射到绕太阳运行的轨道上去，在超新星纪元陆续被行星际飞船发现，成了新一代的燃料。

看着那些来自太空的闪光，总理说："超新星教会了人类珍惜生命。"

有人接着说："孩子们的天性是爱好和平的，战争肯定会在孩子世界消失。"

主席说："其实把超新星称为死星是完全错误的，冷静地想想，构成我们这个世界的所有重元素都来自爆发的恒星，构成地球的铁和硅、构成生命的碳，都是在远得无法想象的过去，从某个超新星喷发到宇宙中的。这颗超新星虽然在地球上带来了巨大的死亡，却很可能在宇宙的别处创造出更为灿烂的生命，超新星不是死星，而是真正的造物主！人类也是幸运的，如果它的射线再稍强一点儿，地球上就不会剩下一个人了，或者更糟，剩下一两岁的娃娃们！这颗超新星对人类甚至可能是一颗福星，不久，世界将只剩下十五亿人，这之前威胁人类生存的许多问题可能在一夜之间迎刃而解，被破坏的自然生态将慢慢恢复。我们留下的工业和农业体系，即使只运行起三分之一，也可毫不困难地满足孩子们的一切需要，使他们生活在一个现在无法想象的富足社会中，他们不必为生活物质而奔波，从而有更多的时间从事科学和艺术，建立一个更完美的社会。当超新星第二次袭击地球时，孩子世界肯定已经学会了怎样挡住它的射线……"

华华抢着说："那时我们会引爆一颗超新星，用它的能量飞出银河系！"

华华的话引起一阵掌声，主席高兴地说："孩子们对未来的设想总比我们先进一步，在同你们相处的这段时间里，这是最使我们陶醉的。同志们，未来是美好的，让我们用这种精神状态迎接那最后的时刻吧！"

公元钟

最后告别的时刻终于来到了，十三岁以上的人们开始汇集到他们最后的聚集地去迎接死亡。公元人大部分是悄悄离开的，没有让他们正在专心工作的孩子们知道。后来的历史学家认为，这个决定是十分正确的，很少有人能有那样的精神力量，去承受这人类历史上最惨痛的生离死别。如果公元人在这最后的时刻都去见他们的孩子一面，整个人类社会将可能完全陷入精神崩溃之中。

最先离开的是病情最重的人和较为次要的工作岗位上的人，他们乘坐各种交通工具离开，那些交通工具有的要跑很多趟，有的则一去不复返。

被称为终聚地的最后聚集地都在很偏僻的地方，很大一部分设在渺无人烟的沙漠、极地甚至海底。由于世界人口锐减至原来的五分之一，地球上大片地区重新变成人迹罕至的荒野，直到很多年后，那一座座巨大的陵墓才被发现。

“我如今把一件奥秘的事告诉你们。我们不是都要睡觉，乃是都要改变，就在一霎时，眨眼之间，号筒末次吹响的时候。号筒一响，死人就要复活成为不朽的，我们也要改变。这必朽的总要变成不朽的，必死的总要变成不死的……死啊，你得胜的权势在哪里？死啊，你的毒钩在哪里？阿门——”

电视上，身着红色长袍的梵蒂冈教皇正在向全世界做公元世纪的最后祈祷，他在诵读《新约全书·哥多林前书》第十五章。

“该走了。”郑晨的丈夫轻轻地说，同时弯腰从小床上抱起熟睡的婴儿。

郑晨默默地站起身，拿起一个大提包，里面装着给孩子用的东西，然后去关电视，这时，联合国秘书长正在进行告别演讲：

“……

“人类文明被拦腰切断，孩子们，我们相信，你们会使这新鲜的创口上开出绚丽的花朵。

“至于我们，来了，做了，走了。

“……”

郑晨默默地关上电视，与丈夫一起最后环顾一遍自己的家，他们看了很长时间，只想把这里的一切都刻在记忆中——郑晨特别看了看书架上垂下的吊兰和鱼缸里静静游动的金鱼，如果真有另一个世界的话，她会把这记忆带过去的。

走出家门，他们看到林莎的父亲正站在楼道里，他们知道，在医院里上班的林莎并不知道大人们要离开了。

“林医生呢？”郑晨问。

林莎的父亲向开着的房门指了一下，郑晨走进去，见林莎的妈妈正拿着一支记号笔在墙壁上写着什么，字迹几乎盖满了她能够得着的所有墙壁：

好孩子，饭在电视机边上，吃的时候一定要把鸡蛋汤热热，记住，千万不能喝凉的！热的时候要用煤油炉，不要用液化气炉，记住，千万不要用液化气炉！热的时候要把煤油炉放在楼道里，热完记住把炉子灭掉，记住，灭掉！暖瓶里是开水，塑料桶里是凉开水，喝的时候把塑料桶里的水兑点儿暖瓶里的热水，记住，千万不能喝水龙头里的凉水！夜里可能会停电的，不要点蜡，你睡着时忘了吹会失火的，不要点蜡！你书包里有一支手电筒和五十节电池，可能会很长时间没电的，电池要省着用；枕头（左边的上面绣着荷花的那个）下面有一只皮箱，里面放着药，治什么病怎么用上面都写好了；感冒药可能常用，给你放到外面了，要知道自己得的什么病，不要乱吃药，感冒的感觉是……

“好了，真的该走了。”林莎的父亲跟着郑晨走进来，从他妻子的手中拿走了笔。

林医生茫然地四下看看，然后，她又习惯性地拿起了那个小手提袋。

“我们没必要拿什么了。”丈夫轻声说着，把那个小手提袋从妻子手中轻轻地拿走，放到沙发上。手提袋里面只有一面小镜子、一打纸巾和一本小电话簿，林医生平时出门总要拿着它，如果不拿就好像少了身体的一部分，一整天都惶惶不安——学心理学的丈夫说，这表明她对人生缺少安全感。

“我们还是拿两件衣服吧，那边冷。”林医生喃喃地说。

“不用，我们感觉不到的。现在想想，我们以前走路时带的东西太多了。”

两家人下了楼，迎面看到一辆已经坐满人的大客车，有两个小女孩儿跑了过来，那是郑晨的学生，现在已成为保育员的冯静和姚萍萍，在郑晨眼中她们依旧那么弱小，没有别人的照顾自己也难以生活。她们是来接孩子的，但郑晨抱紧自己四个月大的孩子，好像怕她们抢走似的。

“这个小弟弟爱哭，你们多费费心；他两个小时吃一次奶，每次九十毫升，吃奶后二十分钟就想睡觉，睡觉时要是哭，就是饿了，拉了或尿了他一般不哭；他可能缺钙，我把补钙的口服液放到这个包里了，一定记得给小弟弟每天喝一支，否则会得病的……”

“车在等着我们呢。”丈夫扶着郑晨的双肩轻轻地说，她本来可能会没完没了地叮嘱下去的，就像林医生可能会没完没了地写完所有的墙壁，但终于还是颤抖着把宝宝放到了小保育员那纤弱的双臂上。

郑晨由林医生扶着向汽车走去，车上的人默默地看着他们。突然，宝宝在后面蓦地大哭起来，郑晨触电似的回头——在小保育员的怀中，孩子的小胳膊小腿从襁褓中挣出来乱抓乱蹬，仿佛知道爸爸妈妈正在踏上不归路……郑晨仰面倒下时，看到天是红色的太阳是蓝色的，然后就眼前一黑什么都不知道了。

汽车开动以后，林医生无意中向窗外看了一眼，浑身顿时僵住了：孩子们正远远地向这里跑来，尽管大人们走得很安静很隐秘，他们还是发现了。孩子们沿着大街跑，拼命地追着汽车，同时还挥手哭喊着什么，但汽车很快加速，他们终究还是越来越远了。就在这时，林医生看见了自己的女儿，她一个踉跄摔倒了，接着又赶紧爬起来，向汽车的方向挥着手，渐渐地，林莎跑不动了，她双手捂着膝盖蹲在路边哭了起来。这么远，林医生相信自己肯定看到了女儿膝盖上的血，她把大半个身体探出车窗外，一直看着女儿变成一个小点儿消失在远方。

郑晨醒来时，她发现自己正躺在开往终聚地的汽车上，一睁眼首先看到的是车座上暗红色的坐垫，她觉得那是自己破碎的心流出的血染成的，她心里的血已流干，快要死了，但丈夫的一句话使她暂时又活了过来：

“亲爱的，我们的孩子会艰难地长大，会生活在一个比我们更好的世界里，我们该为他高兴才是啊。”

“张师傅，我可坐了您大半辈子的车了。”姚瑞的父亲被人扶上车后，对老司机说。

张师傅点点头，“姚总，这次路可远啊。”

“是啊，这次路远。”

车开了，姚总工程师离开了这座工作了二十多年的发电厂，现在，他十三岁的儿子是厂里的总工程师。他想从大客车的后窗看看厂子，但后面挤了很多人，看不见。车走了一段后，不用看也知道上了那座小山冈，这条路他一天四次走了二十多年了，从这里是可以看到发电厂全景的。

他再次想从后窗向外看，还是看不见，但那里有人说：

“姚总，放心，灯都亮着。”

又走了一段，这是最后能看到厂子的地方了，只听又有人说：“姚总，灯还亮着。”

灯亮着就好，发电厂最怕的就是厂用电中断，只要厂用电没断，再大的故障也能处理。没多久，他们的车贴着城市的边缘开过，加入高速公路上向同一目的地进发的车流中，有人又说：“城里的灯也都亮着呢。”

这不用别人说，姚总工程师自己也看到了。

“一一五师四团卫明前来换岗！”卫明向父亲立正敬礼。

“一一五师四团卫建林交岗，执勤期间本团防区一切正常！”父亲也向儿子敬礼。

现在东方刚刚露出鱼肚白，这个边境哨所四周静悄悄的，那些顶部积雪的山峰还在沉睡中，对面的印军哨所一夜没有灯光，好像已人去房空了。

没有更多的话，也不需要更多的话了，卫建林中校转身艰难地跨上儿子骑来的马，向营地驰去，去赶开往终聚地的最后一班车。走下长长的山坡，他回头看去，儿子仍立正站在哨所前，在寒风中一动不动地目送着他，与儿子一起立在蓝白色晨光中的，还有那块神圣的界碑。

当大人们全部离开后，公元钟启动了。公元钟出现在每一个地方，它出现在全世界的电视屏幕上，出现在几乎所有的网页上，出现在城市中的每一块电子广告牌上，出现在每个城市的中心广场上……公元钟没有一丁点儿钟的形状，它只是一个绿色的长方形，这个长方形由六万一千四百二十个像素组成，每个像素代表一个终聚地，通过卫星信号，全世界所有终聚地的状态都显示在公元钟上。当某个像素由绿色变成黑色时，即表示这个终聚地中所有的人都已死亡。

当公元钟全部变成黑色时，即表示地球上已没有十三岁以上的人了，孩子们将正式接过世界政权。

至于最后如何关掉绿色，各个终聚地采用的方法不同：有些终聚地所有人的手腕上都带有一个很小的传感器——负责监视生命状态及最后发出死亡信号，这东西后来被称为“橡树叶”。但第三世界国家则采用一种更简单的方法：在医生估计的时间里自动关闭绿色。应该不会由人来关闭绿色，因为这时终聚地中所有的人早已失去知觉，不过后来确实发现，有些终聚地的绿色显然是由人来关闭的，这已成为一个永恒的谜。

终聚地的设计因国家和民族而各有异同，但大体都是在地下开挖的巨大洞窟，人们聚集在这些地下广场中度过生命最后的时刻。每个终聚地聚集的人数平均在十万人左右，但也有人数多达百万的终聚地。

公元人在终聚地中留下的遗笔，大部分是记录与地面世界告别的情景和感受，对于终聚地的情景，只留下了极少的记录。有一点可以肯定，所有的终聚地都是平静地度过了最后的时刻，许多终聚地还在人们尚有残存体力的时候，举行了音乐会和联欢。

超新星纪元有一个节日，叫终聚节——这一天，人们都会聚到那些终聚地的地下广场中，体验公元人的最后时刻，公元钟再次在各种媒体上出现，重新由绿色变成黑色。那些潮湿幽冷的地下广场重新躺满了黑压压的人群，只有一盏昏暗的泛光灯在高高的洞顶亮着，无数人的呼吸声只能使这里的寂静更加深沉……这时，每一个人都会成为哲学家，都会重新思考人生和世界。

每个国家的领导人都是最后离开的。在信息大厦里，两代国家领导人进行着最后的告别，每位大人领导人都把他们的学生拉到身边，做最后的叮嘱。

总参谋长对吕刚说："记住：不要进行跨洲或跨洋的远距离大规模作战，海军也不可与西方的主力舰队进行正面决战。"

这话总参谋长和其他领导人已对吕刚说过多次，像每次一样，他点点头说记住了。

"再给你介绍一下他们——"总参谋长指着他带来的五位孩子大校说，"他们是特别观察小组成员，只在战时行使职责，他们无权干涉你们的指挥，但有权了解战时的一切机密。"

五位小大校向吕刚敬礼，吕刚还礼后，问总参谋长："他们到底是干什么的呢？"

"关于他们的最终职责，在需要的时候你们会知道的。"总参谋长说。

面对华华、眼镜和晓梦，主席和总理长时间默默无语，据历史记载，这是大多数国家的大人和孩子领导人最后告别时比较常见的一幕：要说的话太多了，多到无话可说；要表达的东西太重了，重到非语言能承载。

主席最后说："孩子们，在很小的时候，大人们就教导你们：有志者，事竟成。现在我要告诉你们，这句话是完全错误的。只有符合科学规律和社会发展规律的事，才能成，人们想干的大部分事，不管多么努力，都是成不了的。作为国家领导人，你们的历史责任就是要在一百件事情中除去九十九件不能成的事情，找出那一件能成的来，这很难，但你们必须做到！”

总理说：“记住那些味精和盐。”

最后的分别是平静的，在同孩子们默默地握手后，大人们相互搀扶着走出大厅，主席走在最后，出门前，他转身对新的国家领导集体说：

“孩子们，世界是你们的了！”

超新星纪元

大人们离开后的几天，小领导人们都是在公元钟前度过的，这个公元钟显示在信息大厦顶端大厅里的大屏幕上，那个巨大的绿色长方形使大厅里的一切都映照在绿光中。

第一天国家的情况很正常，各专业部委卓有成效地处理着各行业的事务，国土上没有大的变故发生，孩子国家似乎正在由试运行平稳地过渡。同试运行时一样，守在信息大厦顶部的孩子国家领导集体也没有太多的工作要做。

第一天夜里，公元钟上没有任何变化，还是一片无瑕的纯绿色。孩子领导者们在这片绿光中一直待到深夜才去睡觉。但当他们正起身要走时，有个孩子喊了一声：

“你们看，上面是不是出来了一个小黑点呀？”

孩子们走到大屏幕跟前仔细看，上面果然有一个正方形的小黑块，只有硬币大小，好像是这发出绿光的光滑墙面上脱落的一小片马赛克。

“是屏幕的这一小片坏了吧?”一个孩子说。

“肯定是,我以前那个电脑的液晶屏就出现过这种情况。”另一个孩子附和着。其实检验这说法是否正确很简单,只要看看别的屏幕就行了,但没人提出来,大家都回去睡觉了。

比起大人来,孩子们更善于自我欺骗。

第二天早晨,当孩子们再次来到公元钟前时,自我欺骗已不可能了:那绿色长方形上已出现了许多黑点,零星分布在各处。

从这里看去,下面的城市很安静,街道上空空荡荡,见不到行人,只偶尔有一辆汽车驶过。这座大都市在喧闹了一个世纪后,似乎睡着了。

天黑后,公元钟上的黑点数量又增加了一倍,一些黑点已连成了片,像是在绿色丛林中出现的一片片黑色的林间空地。

第三天早晨,公元钟上黑色与绿色的面积已几乎相等,呈现出一幅由这两种色彩构成的斑驳复杂的图案。这以后,黑色面积增加的速度急剧加快,那黑色的死亡“岩浆”在公元钟上漫延,无情地吞没着生命的绿草。到了晚上,黑色已占据了公元钟三分之二的面积。已是深夜了,公元钟像一个魔符,把孩子们紧紧吸引到它的面前。

晓梦拿起遥控器把大屏幕关了,她说:“大家快去睡觉吧,我们这几天每天都在这里待到很晚,这不行的,要抓紧时间休息,谁知道下面会有什么工作在等着我们呢?”

于是,大家都回到大厦中自己的房间里去睡觉。华华关了灯在床上躺下,拿起掌上电脑接入网络,又调出了公元钟,这很容易,现在几乎所有的网页上都是公元钟了。他着魔似的看着那个长方形,没有觉察到晓梦推门进来了——她一把拿走了华华的电脑,华华看到,她的手里已拿了好几个掌上电脑。

“快点睡觉！你们什么时候才能学会控制自己？我得挨个把房间所有的电脑都收了。”

“你怎么总像个大姐姐似的?!”当晓梦拉开门走出去时，华华冲她喊。

孩子们在公元钟面前感到了巨大的恐惧，但使他们欣慰的是，国家仍在平稳地运行着，像一部和谐的大机器，这一切通过数字国土显示出来，使孩子们坚信他们实际已接过了世界，一切将永远这样平稳地运行下去。这天夜里，他们还是离开那已经继续黯淡下去的公元钟，回房睡觉了。

第四天早晨，当孩子们走进大厅时，他们忽然生出一种走进坟墓的恐惧。这时天还没大亮，大厅中一片黑暗，前三天的绿光已完全消失了。他们走进这黑暗，发现公元钟上只剩下一片绿色的光点，就像冬夜中稀疏的寒星，直到把灯全部打开，他们的呼吸才顺畅了。这一天，孩子们一步也没有离开公元钟，他们一次次数着钟上的绿点，随着绿点一个个减少，悲哀和恐惧一点点地攫住了他们的心。

“他们就这么丢下我们走了。”一个孩子说。

“是啊，他们怎么能这样?”另一个孩子说。

晓梦说：“妈妈去世的时候我就在她身边，当时我也是这么想：她怎么能就这么丢下我走了呢？我甚至恨她，可到了后来，我总觉得她好像还在什么地方活着……”

有孩子喊：“看，又灭了一个!”

华华指着公元钟上的一个绿点说："我打赌，下次是这个灭。"

"赌什么？"

"我要是猜不对，今天晚上就不睡觉了！"

"今天晚上可能谁都睡不成觉了。"眼镜说。

"为什么？"

"照这个速度，公元世纪肯定要在今天夜里终结。"

绿星星以越来越快的速度一个接一个地消失，看着已是一片黑暗的公元钟，孩子们感觉自己仿佛悬在一个无底深渊之上。

"铁轨真的要悬空了。"眼镜自语道。

接近午夜零点时，公元钟上只剩下最后一颗绿星星了，这黑暗荒漠中的唯一一点星光，在公元钟的左上方孤独地亮着。大厅中一片死寂，这群孩子如石雕般一动不动地盯着它，等待着公元纪元的最后终结。但一小时过去了，两小时过去了，那最后一颗绿星星一直顽强地亮着。孩子们开始互相交换眼色，窃窃私语起来。

太阳从东方升起，越过这个宁静的城市上空，又在西边落下，在整个白天里，公元钟上的那唯一的一颗绿星星一直亮着。

到中午的时候，信息大厦中出现了一个传言，说治愈超新星辐射的特效药早就研制出来了，由于生产的速度缓慢，只能满足少数人的需要，为避免社会混乱就没有公布这个消息。后来，世界各国秘密地把最有才能的人集中起来，用这种药治好了他们的病，现在亮着的那个绿点就是他们的聚集地。仔细想想，这种事也并非完全没有可能。于是，他们又调出联合国秘书长发布的世界交换宣言重看一遍，注意到其中有这样一段话：

"……只有当公元钟完全变成黑色时，孩子才在宪法和法律意义上真正接过了世界政权，在此之前，成人仍拥有对世界的领导权……"

这是一段很奇怪的话。当大人们前往终聚地时就可以交出政权了，为什么非要等到公元钟完全熄灭呢？只有一种可能：某些终聚地中的某些人仍有活下来的希望！

到了下午，孩子们已经对这个想法信以为真了，他们惊喜地看着那颗绿星星，仿佛在险恶的夜海上见到了远方的灯塔。他们开始查询那个终聚地的位置，并设法与它取得联系——但这些努力都落空了，所有的终聚地都没有留下任何线索，它们仿佛处于另一个世界。孩子们又剩下了等待，不知不觉天又黑了。

夜深了，在大厅里的公元钟前，在那颗不灭的绿星星的抚慰下，一天一夜没合眼的孩子们相继在椅子和沙发上睡着了，梦中他们都回到了爸爸妈妈的怀抱。

外面下起了雨，雨点打在已调成透明的落地窗上，发出清脆的声响。下面的城市全笼罩在雨中的夜色里，寥落的灯光变得朦朦胧胧，雨水在透明墙壁的外侧汇成一道道小溪流下去……

时间也在流动，像透明的雾气无声无息地穿越宇宙。

后来，雨大了起来；后来，好像又刮起了风；再后来，天空中出现了闪电，还响起了雷声。

这雷声把孩子们惊醒了，大厅中响起了一声惊叫——

那颗绿星星消失了，公元世纪的最后一片橡树叶已经落下，公元钟上一片漆黑。

现在地球上已没有一个大人了。

这时，雨停了，大风很快扫光了半个夜空的残云，巨大的玫瑰星云出现了。玫瑰星云在苍穹中发出庄严而神秘的蓝光，这光芒照到大地上就变成了月光那样的银色，照亮了雨后大地上的每一个细节，使下面城市的灯光黯淡了许多。

孩子们站在这座A字形建筑高高的顶端，凝视着宇宙中发着蓝光的大星云，这古老恒星庄严的坟墓和孕育着新恒星的壮丽的胚胎，给一群幼小的身躯镀上了一层梦幻般的银色光辉。

超新星纪元开始了。

第五章

超新星纪元初

超新星纪元初一小时

超新星纪元第1分钟

孩子们站在透明墙壁前，面对着太空中壮丽的玫瑰星云和星云照耀下的首都，茫然地打量着大人们给他们留下的这个世界。

超新星纪元第2分钟

“啊……”华华说。

“啊……”眼镜说。

“啊……”晓梦说。

“啊……”孩子们说。

超新星纪元第3分钟

“现在只剩咱们了？”华华问。

“只剩咱们了？”晓梦问。

“真的只剩咱们了?”孩子们都问。

超新星纪元第4分钟

孩子们都沉默着。

超新星纪元第5分钟

“我怕。”一个女孩儿说。

“把灯都开开吧!”另一个女孩儿说。

于是,大厅里的灯都亮了,但玫瑰星云映在地板上的孩子们的身影仍很清晰。

超新星纪元第6分钟

“把墙都关上吧,我不敢待在露天里!”那个女孩儿又说。

于是,大厅的环型墙壁和天花板都被调成不透明,刚刚诞生的超新星纪元被隔在了外面。

“还有那个大黑块儿,好吓人!”

于是,大屏幕上的公元钟也被消去了。

超新星纪元第7分钟

在消去了公元钟的大屏幕上,由上至下显示出一幅巨大的全国地图,这幅地图十分详细精确,虽然地图的高度有四米多,宽度有十米左右,上面最小的图符和地名文字只有普通印刷体那么大,即使贴着屏幕也只能看清下面一部分,要想看地图的细部,就需要用鼠标把这一部分圈住后放大。错综复杂的发光细线和色块布满了大厅的这一面墙，形成一个色彩和图形的奇观。

孩子们静静地等待着，没有任何动静，大地图上，标志着北京的小星星一闪一闪地发着红光。

超新星纪元第8分钟

这时，什么地方一声蜂鸣短暂地响了一下，大地图的下方出现了一行字：

接口79633呼叫，处于呼叫状态接口数：1

大地图上，有一根长长的发着红光的细线把北京和上海连了起来，细线的中点标着这条通信通道的号码：79633；与此同时，一个男孩子的声音响了起来：

“喂，北京！北京！喂，北京吗?！有人吗……”

华华回答：“有人！这儿是北京！”

“你是小孩儿。大人，有大人吗？”

“这里没有大人了，哪里都没大人了！没见公元钟已经灭了吗？”

“哪儿都不会有了，是吗？”

“是的，你在哪儿？”

“我这儿是上海，这楼上就我一个人！”

“你那儿怎么样？”

“什么怎么样？你是说外面吧？我不知道。从窗户里看街上一个人都没有，一点儿声音都没有，我们这儿满天都是云，下雨呢！云上面透下蓝光来，真吓人呢！”

“喂，现在就剩下我们了……”

“我现在该干什么呢？”

“我怎么知道！”

“你为什么不知道？！”

“我为什么知道？”

“因为你是北京啊！”

“……”

蜂鸣又响了一下，屏幕显示：**接口5391呼叫，呼叫接口数：2**。大地图上，又一条红色亮线从北京伸出去，终点在黄河边的一个城市，那是济南。华华第二次按下R键，千里之外的另一个男孩子的声音传了过来：

“北京！北京！我们要北京……”

晓梦说：“这儿是北京！”

“哈，通了！”这一句显然是对他周围的其他孩子说的，华华和晓梦听到一阵嗡嗡声，一定有不少孩子挤在电话旁。

“喂，北京，我们现在怎么办呀？！”

“你们怎么了？”

“我们……大人们走以前把我们集中到这里，可现在没有人管我们了。”

“你们在什么地方，有多少人？”

“在学校里，我在办公室里打电话，外面有五百多个同学呢！我们现在该怎么办呀?”

“我不知道……”

“你不知道?!”然后,那孩子显然又转向身边的人说:“北京说他们不知道,他们不知道咱们现在该怎么办!”

立刻又有几个比较小的声音传了过来:“连北京也什么都不知道?!”“他们怎么知道?! 那里也和咱们这儿一样,只剩孩子了。”“真的没有人管我们了!”“是啊,现在还能有谁呢……”

“大人们没跟你们交代什么吗?”这个声音和刚才那个不一样,显然是又一个孩子抢过了话筒。

“你们的上级领导呢?”

“谁知道,他们那里接不通!”

铃声又响了,大地图上立刻同时增加了三根红线,分别把西安、太原和沈阳同北京连接起来。这时,地图上的红色亮线已有五根,每根亮线的中部都标明了相应的接口序号,屏幕上显示:**处于呼叫状态的接口数:5**。华华用鼠标点了一下其中连接沈阳的那条红线,大厅中响起了一个小女孩儿的哭声,听声音她只有三四岁:

“呜呜,喂,呜呜呜呜,喂……”

“我是北京,你怎么了?!”

“我饿,饿,呜呜……”

“你在哪儿?”

“在家……家,呜呜呜……”

“爸爸妈妈没给你留下吃的吗?”

“呜呜,没有。”

晓梦像个小阿姨似的对那个看不见的小女孩儿说:“好孩子,别哭,你好好找找,啊?”

“找……找不到。”

“胡说! 家里怎么可能没吃的?!”华华大声说。

“天哪,你会吓着她的!”晓梦瞪了华华一眼,接着对那个小女孩儿说:“好孩子,你到厨房找找,肯定会有吃的。”

话筒中没有声音了,华华又急着想接通其他序号的通信口,但晓梦坚持要继续等等。不一会儿,那小女孩儿又哭着回来了:

“呜呜,锁着,呜呜,门锁着……”

“那……你想想,每天早晨去幼儿园以前,妈妈从什么地方给你拿吃的?”

“幼儿园早上吃油饼。”

“嗯……星期天呢?”

“妈妈从厨房里拿吃的,呜呜……”

“真要命! 每天都是从厨房里拿吗?”

“有时吃方便面。”

“对了,知道方便面在哪儿吗?”

“知道。”

“好极了,快拿来!”

话筒中又没声了,很快有嘶嘶啦啦的声音传来,“我拿来了,饿,呜呜……”小女孩儿说。

“吃啊!”华华不耐烦地说。

“袋袋……袋袋打不开。”

“嗨，真笨，咬住一个角儿，用手使劲儿往下拉！”

“天哪，她咬得动吗？她现在可能正长牙呢！”就在晓梦正想告诉她怎么开方便面袋时，话筒里刺啦响了一声，接着是嘎嘣嘎嘣啃方便面的声音。

“不要那样吃，你看看暖瓶在哪儿……”

那小女孩儿对晓梦的声音全不理会，只顾自己嘎嘣嘎嘣地吃着。华华又要接别的地方了，当他抬头看大地图时，吃了一惊：红线已增加到十几条，而且还在飞快地增加，它们大多是从大城市发出的，有的城市还伸出了两条，所有的红线全部汇聚到北京。终端屏幕上显示的正在呼叫的通信接口已达五十多个（地图上并未完全显示出来），而且那个数字还在跳动着向上升。孩子们呆呆地看着，当他们想起再接通一个城市时，地图上的红色亮线已无法计数，显示的呼叫接口已达一千三百多个。这里的网址只是信息大厦上万个网址中的十个，已接到的呼叫只是冰山之一角。

全国的孩子们都在呼叫北京。

超新星纪元第15分钟

“喂，北京！爸爸妈妈怎么还不回来呀？”

“什么？你现在还不知道……”

“我不知道他们去哪儿了，他们让我不要乱跑，在家里等着……”

“他们肯定没对你说自己还会回来。”

“嗯，没。”

“那么听着，他们回不来了！”

“啊？！”

“出去看看，找别的小朋友去，去吧。”

“妈妈妈妈，我要妈妈……”

“别哭，你多大了？”

“妈妈告诉我，三……三岁，呜呜……”

“听着，别要妈妈了，妈妈要很长很长时间才能回来呢，到旁边的房子里去找哥哥姐姐们……”

“喂，北京！作业什么时候交？”

“什么？！”

“我们集中到这儿以后，老师给留了好多好多作业，让我们困了就睡觉，醒了就做作业，不要到外面去，哪儿都不要去。然后他们就走了。”

“你们那儿有吃的和水吗？”

“有，我们是说作业……”

“见鬼，现在随你们便了！”

“喂，北京，听说没大人了是吗？”

“是的，没了……”

“喂，北京，谁管我们呀？”

“去找你们的上级领导！”

“喂，喂！喂！！”

……

十几分钟内，信息大厦中的孩子们接了无数这样的电话，但还不到已显示的呼叫总数的百分之一——现在已有一万八千多个通信接口在呼叫北京，地图上的红线密密麻麻。孩子们开始有选择地通话，听头几句话觉得不重要，立即转向别的。

超新星纪元第30分钟

“喂，北京！这里不好了，油库着火了，那些大油罐都炸了！着了火的油跟一条火河似的向这里流呢！马上就流到我们镇子了！”

“消防队呢？”

“不知道啊！从来没听说过有什么消防队呀？！”

“听着，让镇子里所有的小朋友都撤出去！”

“那……镇子不要了吗？”

“不要了，快！！”

“这……我们的家……”

“这是命令！中央的命令！！”

“……是！”

……

“喂！北京？！我是××市，着火啦！！有好几处，最大的一处在市百货大楼！”

“你们的消防队呢?”

“在这儿!”

“让他们去救火!”

“这就是火场了! 可消防栓里没有水啊!!”

“去找有关部门修,再用车到附近的水源拉水……对了,首先把火场周围的小朋友们都撤出来!”

……

这时,大厅里收到的呼叫数已猛增到十多万个,地图上只能显示那些计算机认为级别较高的信道,即使这样,整个地图已几乎全被红线盖住,不断有新的红线代替了旧的,全国地图上几乎每个区域都有大量红线伸向北京。

“喂,喂! 北京! 总算要通了,你们他妈都死了?! 为什么丢下这儿不管?!”

“你才死了呢! 我们哪儿管得了那么多?!”

“你们听听!”

话筒中传来一阵喧响……

“这是什么声音?”

“这是小娃娃在哭!”

“有多少?!”

“数不清,至少有近千个,你们把他们丢在这儿不管了?!”

“天哪,你是说你们那里有近千个小娃娃?!”

“他们最大的还不到一岁！”

“有多少人照顾他们？”

“我们只有五十多人！”

“大人们走时难道没有留下保育员照看他们？”

“留下了几百个女孩子，但刚才几辆汽车把她们都拉走了，说有更紧急的事儿，现在这里就剩我们几十个了！”

“天哪！听着，首先派出一半人去找别的孩子，男孩儿女孩儿都行，让他们来照顾这些小娃娃！快，最好到广播站去广播！！”

“是！”

“娃娃们哭什么？”

“饿的？渴的？我们也不知道。我在附近找到了些花生米，但他们不吃。”

“真混蛋，你给小娃娃吃花生米？！他们要吃奶！”

“我哪儿来的奶？！”

“周围有商店吗？”

“有！”

“进去找，会有奶粉的！”

“那……我们就得砸开商店门了，这能行吗？”

“行，不要去柜台，那不够，去仓库里找，要快！”

……

“喂，喂！北京！这里发大水了！！”

“现在是春天，哪儿的水？！”

“听说是上游水库闸门忘了提起来，水漫坝，把坝冲垮了！现在水已淹了半个城市，小朋友都跑到市区的这一半来了！那水来得好快，我们跑不过它的！！”

“让小朋友们上楼顶！”

“有人说楼泡了水会塌的！”

“不会，快去通知，用喇叭广播！”

……

“喂，北京！喂！你们听，这么多娃娃在哭呢！”

“也是没有人照顾吗？”

“没有医生啊！”

“医生？怎么回事？！”

“他们都病了！！”

“怎么会都病了？！可能是饿了哭吧。”

“不是，我们自己也病了！全城的孩子都病了！自来水有毒！！喝了以后头晕、拉肚子！”

“去医院找医生啊！”

“医院里没人！！”

“去找你们市长！”

“我就是市长！”

“一定要找到医生！！同时去自来水公司查清污染来源，还要赶快收集矿泉水之类的干净水，要不以后的情况会更严重的！”

……

“喂！北京！我是××市，我们市政府被上万名孩子围住了！他们好像在集体发疯，又哭又闹，向我们要爸爸妈妈！”

……

“喂，喂！北京！（咳嗽）市郊化工厂着火爆炸了，毒气漏出来，（咳嗽）随风吹到市里，让人喘不过气来啊！（咳嗽）”

……

“喂！北京！有一列火车出轨了，上面拉着一千多个孩子，不知死了伤了多少，我们怎么办啊？！”

……

“北京！那方块儿都黑了，我们怕！呜呜……怕……”

……

大群孩子的哭声、惊叫声……

“喂！这里是北京！你们是哪儿？你们怎么了？！”

哭声、惊叫声……

“喂！喂！！”

哭声、惊叫声……

……

超新星纪元第1小时

大屏幕上显示，这时呼叫北京的接口已以惊人的速度激增至三百万！！慌乱之中，不知谁用鼠标点中了声音播放放大功能，所有通道的话音都被同时放大并放出，一阵巨大的音浪在大厅中回响激荡，如同大海的狂潮一般，一阵高似一阵，孩子们不由得都捂住了耳朵。几百万个声音都在重复着相同的两个字：

“北京！”

“北京！！”

“北京！！！”

……

就在孩子们一愣神的时间里，呼叫的接口数又猛增一百万，达到了四百万个！那来自整个国土的声浪仿佛要把这个大厅吞没。女孩子们失声惊叫着，华华在终端屏幕上鼓捣半天终于把声音关掉了，大厅里立刻安静下来。这时，孩子们的神经已到了崩溃的边缘，但是他们努力克制着，重新开始一个挨着一个地和几百万个呼叫者通话。

全国的孩子都在呼叫北京，就像呼唤现在仍在地平线下的太阳一样，北京就是希望，就是力量，是孩子们在空前绝后的孤独中唯一的寄托。但这场超级灾难来得太快了，大人们不可能把一切都安排好，这时在无数声呼唤的汇聚点上，只有一群十三岁的孩子，他们和其他孩子一样无依无靠，一样带着深深的恐惧和无边的茫然面对这个刚刚诞生的孩子世界。

孩子领导者们接着那无穷无尽的电话，他们知道自己不比远方的那些孩子强多少，但仍尽力回答每一个电话，他们明白首都传过去的每一个字对那些在恐惧和孤独中挣扎的孩子来说，都是夜海中的一束阳光，都将带给他们巨大的安慰和力量。孩子们被这紧张的工作累得头晕眼花，他们的嗓子嘶哑了，有的已发不出声，只好轮流着和那些远方的孩子通话。他们恨自己力量弱小，恨不得生出十万张嘴来。面对着那几百万声呼唤，他们像是在用杯子舀干大海。

晓梦叹了口气说："外面的世界，还不知道乱成什么样儿了呢。"

华华说："我们亲眼看看吧。"说着，拿起遥控器把墙壁调成了全透明。外面的景象让孩子们愣住了：下面的城市有好几处火光，几根烟柱从城市中升起，像插在城市上的黑色的大羽毛，这些"黑羽毛"时而被城市中跳动的火光染成红色，时而被电力设备短路的弧光映成青色……下面空旷的街道上可以看到几个匆匆跑过的孩子，他们的身影从这里看去只是几个小黑点。突然，那些黑点和街道、连同整座城市都隐没于黑暗之中，高层建筑群在火光的映照中时隐时现，全城断电了。

大厅中响起一个冰冷冷的声音："外部电源已经中断，信息大厦应急后备电源启动。"

这时，大量子在屏幕上显示出最近一期的国情报告：

超新星纪元已开始1小时11分钟，国家运行报告第1139号：

各级政府和行政机构运转出现异常，62%的政府机构完全停止运转，其余绝大部分机构不能正常发挥功能。

电力系统异常，63%的火力发电厂和56%的水力发电厂停止运转，全国电网运行处于严重的不稳定之中，8%的大城市和14%的中小城市完全断电。

城市供水系统异常,81%的大型城市和88%的中小型城市已经断水,其余大部分只能勉强保证间断供水。

91%的城市供应系统、服务系统和生活保障系统已完全瘫痪。

85%的铁路和公路系统已经中断,交通事故急剧增加。民航系统已完全瘫痪。

全国社会秩序混乱,城市中由惊恐引起的集体骚乱急剧增加。

现在国土上能检测到的火灾有31136537处,其中55%为输电系统事故引起,其余为燃油和化工原料失火。

目前国土上水灾较少,但构成威胁的水灾隐患正急剧增加,89%的大河流堤坝处于无人守护状态,94%的大型水利枢纽随时可能发生如溃坝之类的恶性事故。

目前只有3.31%的国土面积处于危险气候条件下,没有发现地震、火山喷发等其他大规模自然灾害的迹象,但国土的灾害防御能力已降至极低,一旦发生大规模自然灾害,将造成重大损失。

目前全国孩子人口中有8.379%处于疾病之中,23.158%的人口缺少食物,72.090%的人口缺少卫生饮用水,11.6%的人口缺少衣物,以上百分比都在急剧增加之中。

……

警报!特级警报!国家处于危险之中!!

这时,大幅的全国地图又出现了,国土上满布的大块红色,标明了已处于高度危险的区域。地图一张张地切换着,每张上面红色斑块的分布情况都不一样,表示出电力、供水、交通、火灾等不同种类的危险区域。

最后定格的是一张综合分析图,在这张图上,国土布满了急剧闪动的红色,像是一片燃烧的火海。

巨大的精神压力已使孩子们支撑不住了,最先出现崩溃征兆的是负责全国医疗卫生工作的林莎,这个身材柔弱的小女孩儿扔下话筒,坐在地板上大哭起来,还不停地喊着:“妈妈! 妈妈……”

负责轻工业的张卫东随即也扔下话筒,大声说:“这根本不是我们孩子干的事,我干不了了,我辞职!”说着就向门口走去。

吕刚抢先一步堵住门口,用力地把张卫东推了回去。

但局势已失去控制,女孩子们哭成一团,男孩子们也情绪狂躁地纷纷摔下话筒向门口拥来。

“我也干不了了,我要出去!”

“我早就知道我干不了,非要让我干,我也要出去!”

“是啊,我们是孩子,怎么能担这么大的责任?!”

……

吕刚拔出手枪,径直朝上放了两枪,子弹穿透天花板,在纳米材料上打出了两块雪花状的裂纹,“我警告你们:这是临阵逃脱!”吕刚厉声说。

但枪声只使这群男孩子停了几秒钟,张卫东说:“你以为我怕死吗?不是的,现在我们干的事,比死要难多了!”后面的孩子们又向门口拥来,有人说:“你冲我开枪吧!”有人附和道:“那对我可是件好事儿。”

吕刚叹了口气,拿枪的手垂了下来,张卫东走过他身边,拉开了门,孩子们依次走出门去。

“你们等等,我有话要说!”华华在后面冲他们喊,孩子们仍在向外走,但华华的下一句话像魔符似的把他们都定住了:

“大人们来了！”

男孩子们都转过身来看着华华，已走出门的又全都折回身来。华华接着说：“他们已走进信息大厦，再等等，好，已走进电梯，他们就要到我们这儿来了。”

“你在做梦吧？”有孩子问。

“我是不是做梦没有关系，现在的关键是，我们该怎么办？当他们进入这个大厅时，我们该怎么办？”

孩子们一时陷入了沉默。

“我们要对他们说：欢迎来到孩子世界，请指导我们的工作！但你们要明白，这已是孩子世界，孩子们已按照宪法和法律，庄严地接过了世界，这是我们的世界了！我们会经历艰难，会有源源不断的灾难和源源不断的牺牲，但我们将对这一切负责，我们将承担一切！我们到了这个位置上，并不是由于我们的才能，而是由于这场意外的灾难，但我们的责任是和以前这个位置上的大人们一样的，我们不可能逃避！”

这时，晓梦在电脑上打开了一个通信信道的音响，大厅中顿时响起一片孩子的哭声，这哭声显然是来自一大群婴儿的，她说：“你们听听，你们现在离开岗位，就是历史上最大的罪犯了！”

“我们不离开又能怎么样？我们没有能力领导国家的！”一个孩子说。

华华的双眸映着外面城市的火光，显得异常明亮，他说：“我们还是从另一个角度想想问题吧。我们中有几个是一个班的，一起学习、一起玩了六年，我们都了解彼此的理想。还记得超新星爆发前的毕业晚会吗？吕刚想当将军，现在他成了总参谋长；林莎想当医生，现在她领导着全国的医疗卫生工作；丁风想当外交官，现在他成了外交部长；常云云想当老师，现在她成了教委主任……有人说，人生最幸福的事莫过于实现了童年的理想，那我们就是最幸福的人了！我都记不清我们曾多少次在一起畅想未来世界，我们都为自己想象中的美好世界而激动，最后总是要感叹：我为什么还不长大？现在我们要亲自建设自己想象中的世界了，你们却要逃跑！当那最后一颗绿星星一直亮着时，我也和你们一样，觉得真有大人活下来了，但当时我的感觉与你们完全不同：我只觉得很遗憾。”

华华最后一句话让孩子们很吃惊，一个孩子说：“你撒谎！你和我们一样，是盼着大人们回来的！”

华华坚定地说：“我没撒谎！”

“……那也就你一个人有这种怪感觉！”

“不，我也有。”

这不高的声音来自大厅的一个角落，大家找了半天才发现声音的来源：在一个远远的角落里，眼镜盘腿坐在地板上。不知从什么时候开始，大家已忘记了他的存在，刚才他也根本没有去同大家一起接电话。最让孩子们惊奇的是，他旁边的地板上扔着三只方便面的空纸碗。这是历史上人类情绪波动最剧烈的时候，被历史学家们称为人类的精神奇点，作为国家领导者的这群孩子更是承受着前所未有的精神压力，哪里还能想到吃饭？孩子们已有两三顿忘记吃饭了，但眼镜显然都不慌不忙地吃了。现在，他坐在地板上，为了舒服，甚至还从沙发上找了个靠垫倚着一个电脑工作台的台角，他悠闲地靠在那里，手里端着一大杯速溶咖啡（他是少有的嗜好咖啡的孩子）。

华华冲他喊:“你这家伙！你在那儿干什么?!”

“干现在最需要干的事:思考。”

“你怎么不来接电话?!”

“你们这么多人在接,有我不多,没我不少。如果你们热衷于此,建议再从外面大街上找几百个孩子来帮你们,他们干这个不会比你们差。”

眼镜还是以前那副面无表情的样子,似乎眼前这非常时刻根本不存在似的——他这种风度现在对其他孩子有一种巨大的镇静作用。他站起身,慢慢地走过来,说:

“大人们可能搞错了。”

孩子们一脸茫然地望着他。

“孩子世界可能完全不是他们想象的样子,甚至也不是我们想象的样子。”

华华说:“可现在情况紧急,你却在梦游!”

眼镜不动声色地说:“梦游的是你们。你们现在是干什么的?一个大国的最高领导者,在这种时候却去指挥消防队灭火,去催保育员给娃娃喂奶,甚至去教小女孩儿吃饭,你们不觉得丢人吗?”说完,他双手一撑坐到身后的电脑工作台上,不说话了。

华华和晓梦对视了一眼,好几秒钟都没说话,然后晓梦说:“眼镜是对的。”

“是啊,我们一时都忙晕了。”华华叹口气说。

晓梦说:“把墙关上吧。”墙壁很快被调成了不透明的乳白色,使这里立刻与混乱的外部世界隔开了,晓梦指指周围又说:“把电脑和大屏幕也关上吧。我们安静三分钟,在这三分钟里,谁也不许说话,什么都不要想。”

大屏幕消失了,所有的墙面都变成了乳白色,孩子们仿佛置身于一个从大冰块中挖出的空间里,在这个宁静的小世界里,孩子领导集体开始慢慢地恢复理智了。

悬空时代

超新星纪元第2小时

三分钟后，有孩子要打开电脑和大屏幕，被华华制止了。他说：“我们真够丢人的，其实现在的局面根本不值得我们这么惊慌。我首先请大家明白一点：国家现在的状态我们早就该预料到的。”

晓梦点点头表示同意，“是的，试运行时那样的平稳才真是不正常呢，孩子们不可能有那样的能力！”

华华说：“对于处理现在紧急局面的各种细节，我们不会比外面的各个专业部委做得更好，我们现在该回到自己的任务上：真正想清楚发生这一切的原因，深层的原因。”

孩子们开始讨论起来，大家不约而同地问起同一个问题：“真是奇怪，孩子世界已平稳运行了这么多天，为什么突然陷入混乱了呢？”

“悬空。”眼镜说，他刚从那个角落冲了一杯咖啡回来。

孩子们都没听明白他说的那个词。

眼镜解释说:“这是八个月前看华华走铁轨时我们想到的,那时我们正在看味精和盐。当时我们想,如果那根铁轨悬空了,不知走在上面的华华会怎样?公元钟熄灭之前,孩子世界的铁轨是放在大人世界坚实的大地上的,孩子们可以平稳地走在上面;公元钟熄灭之后,这根铁轨悬空了,下面的大地消失了,只剩下无底的深渊。”

孩子们纷纷赞同眼镜的分析。

华华说:“显然,公元钟上最后一颗绿星星的熄灭是孩子世界失衡的导火索,当孩子们得知世界已没有大人时,他们在心理上就一下失去了支撑。”

眼镜点点头,“还应该注意到,这种心理失衡的大众效应是很可怕的,一百个这种心理合在一块儿,其总值就可能超过一万。”

晓梦说:“爸爸妈妈走了,把我们丢在这儿,这感觉大家都能体会得到。我分析一下现在国家的情况,你们看对不对:全国所有的孩子现在都在寻找一种精神上的依靠,以代替从前对大人们的依靠,那些省和市一级领导机构中的孩子也一样,这就使得这些中间的领导机构瘫痪了,使整个国家的惊慌浪潮毫无缓冲地全都冲到我们这儿来了!”

“那我们下一步要做的就是恢复这些中间领导机构的功能!”一个孩子说。

晓梦摇摇头,“这在短时间是根本不可能的,现在的形势已经很危急了!我们现在能做的,就是让孩子们找到一种精神上的依靠,这样,各级领导机构的功能自然就会恢复。”

“怎么才能做到呢?”

“不知你们注意到了没有,刚才我们处理那些紧急事件,比如说救火,并不比现场的那些孩子有更多的办法,甚至还不如他们,但他们接到我们的指示后,都很快镇静下来,把局势控制住了。”

“你怎么知道?”

吕刚告诉大家:“刚才,我们接过那一个个电话后就再也没去管它们了,只有晓梦不时回头询问一下事情的进展,她比我们都细心。”

“所以,”晓梦接着说,“孩子们能从我们这里找到新的精神依靠。”

“那我们在电视中发表讲话吧!”

晓梦摇摇头,“那种讲话的录音和录像现在就在不停地播放,没有用的,孩子们的精神依靠与大人们不同,他们现在最渴望的是来自刚刚失去的爸爸妈妈的拥抱,这种父爱和母爱是针对他个人的,而不是泛泛地针对全国孩子的。”

“这个分析很深刻。”眼镜点点头说,“处于孤独和危险中的每个孩子,只有亲自和中央通话,知道我们在关心着他个人,才能找到这种精神依靠。”

“这就是说,我们还得像刚才一样去接电话?”

“我们能接多少呢?应该从外面再多找些孩子来,让他们代表中央同全国的孩子联系。”

“找多少?全国有三亿孩子呢!电话我们永远也接不完!”

孩子们又感到了刚才那种用杯子舀大海时的绝望,面对这不可能完成的任务,他们只有叹息。

有孩子问眼镜:“博士,你既然知道那么多,说说现在该怎么办?”

眼镜呷着咖啡说:“我分析问题还成,解决问题就不行了。”

华华突然问:“你们想过大量子吗?”

所有的孩子都眼睛一亮。自进入信息大厦工作以来，量子计算机的能力给他们留下了深刻的印象，它像一个大水库，吞下了从数据国土上涌来的浑浊的数据洪流，从溢流孔中流出的却是清澈的统计和分析数据，通过数据国土，它把整个国家置于自己的监控之下，可以细到每个工厂每个班组甚至每个人！没有它，孩子国家根本无法运行。

“对了，让大量子替我们接电话！”想到这一点后，孩子们立刻打开了大屏幕，那幅着火的全国地图又显示出来，红色的面积更大了，大厅里到处都映着红光。

华华问：“大量子，你能听到我们吗？”

“能，我在等候指令。”大量子的声音在大厅中的什么地方响了起来，这是一个浑厚的男声，孩子们听到这声音总会产生一种还有大人在的幻觉，对这台超级计算机生出一种强烈的信赖感。

“现在的情况你都看到了，你能为我们回答那些来自全国的呼叫吗？”

“可以，我有各类知识库，在处理如断电和火灾这类紧急情况时会比你们更专业一些；我还可以一直与通话对象保持联系，直到他们不再需要我。”

“那你怎么不早说？你也太不够意思了！”张卫东喊道。

“你们没有问过我。”大量子不动声色地说。

华华说：“那你就开始工作吧，除了帮助孩子们处理紧急情况外，最重要的是让他们知道国家的存在，让他们知道我们一直同他们在一起，一直在关心着他们每一个人。”

“好的。”

“等等，我有个想法，”晓梦说，“我们为什么要等着孩子们来电话呢？我们可以让计算机给全国所有的孩子去电话，同他们建立联系，根据他们每个人的情况主动提供帮助！大量子，这能做到吗？”

大量子略略停顿了一下，说：“这将同时运行两亿个语音进程，可能要损失部分镜像冗余功能。”

“能说明白些吗？”

“就是说，我需要调用以前留着应付紧急故障的部分容量，运行的可靠性会稍差一些。”

华华说：“没有关系的！只有这样，全国的孩子才会真的觉得我们就在他们身边。”

眼镜说：“我不同意这样做！把国家全部交给计算机，谁能预测会有什么后果呢？”

华华说：“如果不这么做，后果倒是很容易预测的。”

眼镜不吱声了。

林莎提了个问题：“让大量子用什么样的声音说话呢？”

“当然是现在这个大人的声音了！”

“我不同意。”华华说，“我们应该让孩子们对孩子产生信任感，而不应该让他们只想着依靠再也不会回来的大人！”

于是，他们让大量子用各种孩子的声音说话，最后选中了一种很沉稳的男孩儿的声音。

然后，量子计算机唤醒了它沉睡的力量。

超新星纪元第3个小时

大厅另一面乳白色的墙壁上又出现了一个大屏幕，屏幕上也显示出一幅全国地图，但只是在黑色的背景上用亮线简单地画出了各个行政区。大量子告诉孩子们，这幅地图是由大约两亿个像素组成的，每个像素代表国土上的一台终端或一部电话，当大量子接通一部终端或电话时，相应的像素就由黑变亮了。

大量子呼叫全国的过程，如果用一个可视图像显示的话，将呈现一场极其壮观的大爆炸。数字国土可以看作一个由无数信息炸弹组成的巨大网络，这些信息炸弹就是网络中的各级服务器，错综复杂的光纤和微波信道就是导火索。大量子是雄居网络中心的一颗超级炸弹——它在全国各直辖市还有八台，其中有四台处于热备份中。呼叫开始时，这颗超级炸弹爆炸了，信息的洪流以它为中心放射状地扩散开去，很快撞到第二级服务器上引爆这一圈炸弹，信息洪流从上万个炸点放射状地扩散开去，又引爆了数量更多的第三级服务器……信息爆炸就这样一级一级地扩散下去，当最后一级炸弹被引爆后，爆炸的冲击波从各个炸点细化成两亿多条纤细的信道，终止于两亿多台电脑和电话上。这时，整个国土被一张细密的数字巨网罩住了。

在大屏幕的那张地图上，黑色的国土上亮点如繁星般涌现，这星星的密度急剧增加，几分钟后，整片国土已变成了发出耀眼白光的一个整体。

这时，全国所有的电话都响了起来。

在北京市内一家面积不大的保育院中，冯静和姚萍萍与她们负责看护的四个婴儿一起待在一个大房间里，这些婴儿中有她们的老师郑晨的孩子。老师和爸爸妈妈一起，已永远消失在茫茫的黑夜之中，只留下她们这些孤儿看护着更小的孤儿。许多年后有人朝她们感叹：那时在一夜间失去了双亲，真没法想象你们会悲伤成什么样子！其实，当时压倒这些孩子的根本不是悲伤，而是孤独和恐惧，哦，还有恼怒，对已离去的大人们的恼怒：爸爸妈妈真的就这么丢下我们走了?！人类对死亡的适应能力，远大于对孤独的适应能力。冯静和姚萍萍所在的这个育儿室原是一间教室，现在显得空阔而寂静，那些天黑前还哭闹不已的婴儿现在都一声不响，仿佛被这死寂窒息了。在两个女孩儿的感觉中，她们周围的世界仿佛已经死了，这个星球上仿佛只剩下大房子中的这几个孩子。从窗户看出去，那个死寂啊，没有人，没有一丝生气，好像连地下的蚯蚓和蚂蚁都死光了……冯静和姚萍萍守着电视机，把频道挨个儿调来调去，自从公元钟灭了以后，她们这里的电视上就没有任何图像了，后来才知道是有线台坏了。她们多希望看到点什么啊，哪怕就是以前最让人厌烦的广告，也会让她们感动得掉下泪来——但屏幕上只有一片雪花点，看上去那样的荒凉和寒冷，仿佛是现在这个世界的缩影。看久了眼花，似乎房子里和窗户外面到处都是雪花点……后来看到外面亮了些，冯静想出去看看，犹豫了好几次，终于壮着胆儿下定决心去开门。当时，她和抱着郑晨孩子的姚萍萍互相紧紧地靠在一起，当她站起来同他们温暖的身体脱离接触的那一瞬间，感觉就像在茫茫无际的冰海上从唯一的一只小救生艇上跳下去一样。冯静走到门边，手刚触到门锁，浑身突然打了一个寒战：她听到一阵轻微的脚步声。她不怕人来，但那细碎的脚步绝不是人的！冯静立刻缩回去，紧紧搂住抱着婴儿的姚萍萍。那脚步声越来越大，显然是冲她们这儿来的！那东西走到门前，停了几秒钟，天哪，她们接着听到了什么？爪子的抓门声！两个女孩儿同时惊叫一声，没命地发抖，好在抓门的声音终于停了，那脚步声远去了。后来知道，那是一只饥饿的狗……

这时，电话铃响了！冯静扑过去一把抓起电话，传来一个男孩子的声音：

“你好，我是中央政府，根据你们所在保育院电脑的记录，你们这个小组有两个保育员，冯静和姚萍萍，负责看护四个婴儿。”

这是来自天国的声音，冯静泪如雨下，哽咽着说不出话来，好不容易才回答：“是的。”

“你们那个区域目前没有什么危险，据最后记录，你们的食品和饮水是充足的，请你们照顾好四个小弟弟小妹妹，下一步该怎么办我会通知你们的。如果有问题或紧急情况，请打电话010-8864502517，不用记，你们的电脑开着，我把号码显示到屏幕上了。如果想找人说话也可以给我打电话，不要害怕，中央政府随时和你们在一起。”

信息很快从广阔的疆域汇集到大量子上来，在数字国土上，这个过程是刚才大爆炸的反演。两亿多段对话以光速涌入大量子的内存中，被抽象成长长的波形图，如一座座望不到头的山峰的剪影。这些波形像一片乌云飘过模式数据库的上空，在更高的地方，模式识别程序的眼睛盯着这浩浩荡荡的游行队列，在数据库大地上为每一小段波形寻找它的相似物，抽象出一个个的字和词，这些字词滂沱暴雨般地泻入缓冲区的峡谷，在那里组合成一段段的语言代码，这些代码再次被语义分析程序的利齿剁碎、搅拌、糅合，从中抽取出真正的含义。当大量子理解了它所收到的信息后，一个无法用语言描述的复杂过程又开始了，推理程序的飓风扫过知识数据库的大洋,使结果从深处浮上来,使洋面布满了细碎的浪花——这浪花再经过一个与前面相反的过程,被调制成无数的波形,如汹涌的洪水涌出量子计算机的内存,流进数字国土,变成在无数的话筒或电脑音箱中响起的那个男孩子的声音。

在地下二百米深处的机房中,圆柱体主机上的指示灯疯狂地闪成一片,与主机房隔离的冷却机房中,冷却机组以最大功率工作着,把大流量的液氦泵入巨型电脑的机体内,使超导量子电路保持在接近绝对零度的超低温状态下运行。在电脑内,高频电脉冲的台风在超导集成电路中盘旋呼啸,0和1组成的浪潮涨了又落、落了又涨……如果有一个人缩小为几亿分之一后进入这个世界,他首先看到的是一个惊人的繁乱景象:在芯片的大地上,上亿条数据急流在宽度仅几个原子的河道中以光速湍急地流着,它们在无数个点上汇聚、分支、交错,生成更多的急流,在芯片大地上形成了一张无边无际的复杂蛛网;到处都是纷飞的数据碎片,到处都是如箭矢般穿行的地址码;一个主控程序漂行着,挥舞着无数只的透明触手,把几千万个飞快旋转着的循环程序段扔到咆哮的数据大洋中;在一个存储器一片死寂的电路沙漠中,一个微小的奇数突然爆炸,升起一团巨大的电脉冲的蘑菇云;一行孤独的程序代码闪电般地穿进一阵数据暴雨中,去寻找一滴颜色稍深一些的雨点……这又是一个惊人有序的世界,浑浊的数据洪流冲过一排细细的索引栅栏后,顷刻变成一片清澈见底的平静的大湖;当排序模块像幽灵似的飘进一场数据大雪时,所有的雪花在千分之一秒内突然按形状排成了无限长的一串……在这0和1组成的台风暴雨和巨浪中,只要有一个水分子的状态错了,只要有一个0被错为1或1被错为0,整个世界就有可能崩溃!这是一个庞大的帝国,在我们眨一下眼的时候,这个帝国已经历了上百个朝代!但从外面看去,它只是一个透明护罩中的圆柱体。

以下是两篇当时普通孩子与大量子交流的记录:

当时我在家里,我家在高层住宅最顶上:第二十层。记得电话铃响时我坐在沙发上,正盯着白花花什么也没有的电视屏幕。我扑过去抓起电话,听到一个孩子的声音:

“你好,我是中央政府,我在帮助你。听着,你所在的大楼已经失火,现在火已蔓延到第五层。”

我放下电话,从窗子探出身向下看。这时东方已亮,玫瑰星云在西边落下去一半,它的蓝光同晨光混合起来,把城市照得十分怪异。我看看下面,街道上空无一人,至于这座大楼的底部,哪儿有火的影子?我回身抓起电话说:“这里没有失火。”

“不,确实失火了,请照我说的做。”

“你怎么知道的?你在哪里?”

“我在北京。你所在大楼中的火警红外传感器监测到火情,把信号发送到了市公安局的中心计算机,我已同那台计算机对过话了。”

“我不信!”

“你可以出去摸摸电梯的门,但不要打开电梯,那样危险。”

我照他的话做了——门外没有什么失火的迹象,但一摸电梯门我大吃一惊,门热得烫手!记得以前给每个住户发的防火小册子上说,高层建筑底层失火时,电梯井就像一个火炉上的烟囱,会迅速地把火抽向上层。我跑回房间,再从窗子向下看,发现底层正冒出一大股黄烟,紧接着，二、三层的窗子中也有烟雾冒出来。我急忙转身抓起电话：

“告诉我，怎么下去?!”

“电梯和楼梯都已无法通行，你只有从消防滑筒下去。”

“消防滑筒?”

“消防滑筒是一条带松紧的长长的布筒，通过一条特制的防火竖管从楼顶垂到楼底，大楼失火时，楼上人员可通过这条布筒滑到楼下，在进入布筒向下滑时，如果速度太快，可用手臂撑住布筒的内壁减速。”

“可我们楼里安装这东西了吗?”

“安装了。在每层的楼梯口，有一个红色的小铁门，看上去像垃圾道，那就是滑筒的入口。”

“可……你肯定那是滑道吗？要真是个垃圾道，我爬进去不是烧死就是摔死！还有，你是怎么知道这些的？也是从公安局的计算机里知道的吗?”

“不。公安消防部门的计算机应该存有这方面的资料，但我查遍那里的数据库也没有找到，于是，我又接通设计这幢住宅楼的市建筑设计院的计算机，查阅了它存贮的图纸，才看到这里确实安装了滑道。”

“那么楼下呢？别的小朋友呢?!”

“我正在给他们打电话。”

“等你一个个打完电话我们的楼早烧成灰了！我下楼梯去叫他们!”

“不能去，危险！其他的孩子我已全部通知到了，你待在家里不要动，拿着电话，等我通知你时再进滑道。现在下层的小朋友们正在从滑道下去，为了安全起见，滑道中的人不能太拥挤。不要害怕，十分钟后毒烟气才会到达你那一层。”

三分钟后，我接到他的通知，从那个红铁门钻进滑道顺利地滑到底层，安全地从消防门中出去了。在外面，我遇到了一起出来的二十多个孩子，他们都是在来自北京的那个声音指引下脱险的。有个住底层的孩子告诉我，火是十分钟前才烧起来的。

当时我被吓坏了，完全没有想到这样一件事：那个北京孩子检索两台计算机的资料（有一台还查阅了所有的数据库），连带与二十多个孩子通电话，仅用了不到十分钟时间！

……长这么大我从没这么痛苦过：肚子痛、头痛、眼前绿糊糊一片，不停地呕吐几乎使我窒息。我已没有力气站起来——就是能站起来走出去，现在外面也不会有什么医生了。我挣扎着爬向写字台，去拿上面的电话，但还没等我的手碰到话筒，铃先响了，话筒中传来一个男孩子的声音：

"你好，我是中央政府，我在帮助你。"

我想告诉他我的处境，但还没开口就"哇"的一声又吐了，这次能吐出来的只有一些水了。

"你胃难受，是吗？"

"是……是……我难受……你怎么知道？"我喘着气艰难地说。

"我在五分钟前刚刚接通市自来水厂的中心计算机，发现水净化控制系统的一个监控程序由于无人值守出现了错误操作，水量减小后仍按十小时前的水量通入净化用氯气，致使现在市区东半部自来水中的氯含量比安全标准高出9.7倍，目前已造成很多孩子中毒，你就是其中之一。"

他一说我想起来了，我就是因暖瓶中没水，去厨房喝了自来水后开始难受的。

“等一小会儿将有一个孩子来看你，这之前不要再喝你房间的水了。”

他的话刚说完，门开了，一个陌生的女孩子走了进来，她一只手拿着一个药瓶，另一只手提着一个保温瓶。她带来的药和水使我的身体很快好转起来。我问她怎么知道我病了，甚至知道该拿什么药，她的爸爸是不是医生，她告诉我说是中央打电话让她来的，至于药，是另外几个男孩子给她的，那几个孩子的爸爸也不是医生，是中央让他们到医院药房去拿的。中央打电话从家中找到他们，他们都在医院旁边住，当他们走进药房时，中央也正好把电话打到那儿，药房中的电脑终端还显示出了药名，但是他们仍找不到，接着电脑终端竟显示出了药瓶的彩色外形！中央让他们把所有能找到的药都放到三轮车上，用电脑给他们打印出一长串地址让他们去分发。那几个孩子在路上又遇到了两组从其他医院出来的孩子，他们也带着大量同样的药。孩子们有时找不到地址，街道两旁的电话机就响起铃声，他们随便拿起一个，就听到中央在给他们指路……

（选自《孩子和人工智能——全信息化社会的无意识尝试》，吕文著，科学出版社，超新星纪元16年版）

超新星纪元第4个小时

信息大厦顶端大厅中的孩子们惊喜地发现，大屏幕全国地图上的红色开始减退，且减退的速度越来越快，好像是一场遇上了暴雨的森林大火。

超新星纪元第5个小时

全国地图上的红色已由块状变成点状，且国土上的红点也在快速减少。

超新星纪元第6个小时

全国地图上仍有很多红点，但来自数字国土的国情报告显示，整个国家已脱离危险状态。

超新星纪元初，人类社会经历着有史以来最剧烈的变化和震荡，划分时代的标准已由公元世纪的几十年或上百年变成几天甚至几个小时。超新星纪元初的六个小时就被以后的历史学家们视为一个时代，被称作悬空时代。

筋疲力尽的孩子领导者们走出大厅来到阳台上，一阵清新的凉气使他们打了个寒战，这清凉的空气进入肺部袭遍全身，他们的血液仿佛在几秒钟内全被换成了新鲜的，呼吸和心跳一下都变得欢畅起来。太阳还要等一会儿才能升起来，但外面的天色已亮，城市的细部都能看得比较清楚了。火光和烟雾消失了，路灯都亮着，表明城市供电已恢复，但建筑物中的灯光并不多，大街上空无一人，城市很宁静，似乎刚刚开始安睡；地面上湿漉漉的，反射着清晨的天光和路灯橘黄色的光芒，那雨还是在公元世纪下的；一只叫不出名字的小鸟儿在清凉的空气中飞快地掠过，留下一声短短的啼鸣……

东方曙光渐明，新世界将迎来她的第一次日出。

第六章

惯性时代

视　察

悬空时代彻底打破了世界试运行时一切顺利的幻影，也摧毁了孩子们那时建立起来的信心，他们终于明白：生活远比他们想象的艰难。但不管怎样，孩子国家还是蹒跚起步了。

在超新星纪元的头两个月里，孩子国家致力于恢复悬空时代的创伤，并努力使一切进入正轨。几乎所有的工作都困难重重。为了了解国情，三位孩子领导人到全国各地进行了为期两周的视察。孩子们是坦率的，每到一地，各个行业的孩子都向他们吐露心声，由此了解到的社会状况让他们大吃一惊。现在，大众的心态概括起来就是三点：累、无聊、失望。

在视察的第一天，天津的一个孩子给华华看了一张他们的日程表：早上六点起床，匆匆吃完饭，半个小时后开始上文化课——是小学五年级的课程，主要靠自学。八点半上班工作，直到下午五点下班。吃完晚饭后，七点开始上专业课,学习与自己工作有关的知识和技能,十点结束后,还要上一个小时的文化课,到夜里十一点,这一天才算结束。

那孩子说:"累,真累! 我现在最大的愿望就是一觉睡到世界末日!"

在上海,小领导人视察了一所保育院。在孩子世界,养育婴幼儿成了一项社会性工作,保育机构的规模都很大。一进保育院,三个小领导人就被一大群女孩儿保育员拉住,非要让他们照看一个小时的娃娃不可。尽管随行人员和警卫极力制止,但女孩子们人数越来越多,小领导人简直成了他们的人质,无奈之下,只好从命。他们被保育员带到一个大房间里,每人负责看护两个小宝宝。三人中,晓梦做得最好,两个宝宝在她的照顾下似乎很舒心,但一个小时下来她也累得腰酸背疼。相比之下,华华和眼镜就惨了,他们负责的那四个宝宝一直大哭不止,奶不喝,觉不睡,只是大哭,声调之高就像四个小火车汽笛。很快,他们的哭声就引得周围小床上的宝宝们都跟着哭了起来,到最后,华华和眼镜觉得他们的精神几乎已到了崩溃的边缘。

"唉,现在才知道,妈妈把我带大可真不容易。"华华对在场记者由衷地说。

一个小保育员说:"哼,你妈妈就带你一个,我们一个人要看两三个宝宝呢! 晚上还上课,真要把人累死了!"

"对,我们干不了这活儿,让男孩子们来干吧!"其他的女孩儿纷纷附和。

给小领导人印象最深的是视察山西一座大煤矿,他们目睹了一个采煤班的工作过程。刚一交班，割煤机就出故障趴窝了，在地下几百米深的狭窄潮湿、黢黑无比的矿井中，修理那台卡在矸石缝中的大机器是一次噩梦般的体验，除了技巧，还需要超强的体力和耐心。好不容易把机器修好，输煤皮带的正中又被划开了一大段。把皮带上残留的煤都铲下去后，小矿工们已经变成了一个个小黑人，面孔上只有张嘴时的白牙能看清。换皮带是一件更累人的活儿，换完皮带，孩子们已经累得完全不想动了。快下班时，他们好不容易采出了一车煤，但拉煤的电轨车又出问题了——开出不远就出了轨。孩子们用撬杠和千斤顶之类的工具折腾了半天，出轨的煤车纹丝不动，他们只好把车上的煤全卸下来再复位，这又是一件要命的活儿，扬起的煤尘足以让人窒息。电轨车复位后，还要把煤重新装回去，这消耗的体力可比卸煤时大多了。当孩子们终于下班时，一个个浑身煤尘，横七竖八地躺在更衣室的地上，连去洗澡的力气都没有了。

“这还算好的呢！”一名小矿工对小领导人说，“至少今天没人受伤。你知道，井下六大件：煤、石头、铁、木头、骨头、肉，数骨头和肉最软了，我们的就更软！”

在孩子国家，为了维持正常的社会生活，孩子们必须以成人的体力和精力来工作，这对大多数孩子来说是难以承受的。还不仅如此：能从事一般工作的孩子年龄要在八岁以上，而从事复杂工作的年龄要在十岁以上，所以劳动人口的比例比大人时代低，这就使得孩子们的工作强度比成人高，加上他们还要上课学习，其劳累的程度可想而知。新纪元开始以来，几乎每个孩子都出现了头疼和神经衰弱这类症状，国民的整体健康状况急剧衰退。

但最让小领导人们担心的，还是孩子们的精神状态：现在，孩子们对工作的新鲜感已经彻底消失，在他们眼里，大多数工作都极其枯燥无味。孩子们的思想都不成熟，很难系统地思考和规划自己的人生，同时他们也没有需要为之尽责的家庭，这就使得他们很难理解自己工作的意义。在缺少精神支点的情况下，繁重而乏味的工作对他们来说自然成了一种负担和折磨。当小领导人视察一座发电厂时，一个孩子的话很生动地说明了这种心态：“我每天的工作就是坐在控制台前，盯着这些仪表和屏幕，不时把走偏的参数调整过来，我觉得自己都快成这部大机器上的一个零件了。唉，这样活着有什么意思啊？”

在回北京的飞机上，三位小领导人看着下面山峦起伏的大地陷入了沉思。

“我真不知道这样还能维持多久。”华华说。

晓梦说：“生活总是不容易的。孩子们现在还没有摆脱小学生的思考方式，不过他们慢慢会适应的。”

华华摇摇头，“我表示怀疑。我觉得大人们为我们制定的生活方式未必行得通，他们是从大人的角度来考虑孩子的，他们并不真正了解孩子的特点。”

晓梦说：“没有别的路可走，要想得到味精和盐，就得付出艰苦的劳动。”

经过公元末那生动的一课，味精和盐在孩子们口中已经成了经济基础的代名词。华华说：“艰苦的劳动不等于痛苦的劳动，不等于没有乐趣和希望的劳动，孩子应该有孩子的劳动方式。眼镜说得对，我们现在还没有找到孩子世界的内在规律。”

于是，他俩把目光投向坐在后面的眼镜，在整个视察过程中，眼镜的话都很少，只是默默地看。他从不当众发表意见，有次在视察一家大企业时，对方非要让他这位小首长讲话，他面无表情淡淡地说：“我只负责想，不负责说。”这话后来成了一句名言。现在，他还是那副样子，手端咖啡杯，面无表情地望着窗外的白云和大地，不知是在欣赏还是在思考。

华华冲他喊：“喂，博士，你总得发表点看法啊。”

“这不是真正的孩子世界。”眼镜冒出一句。

华华和晓梦都吃了一惊。

眼镜说：“你们想想，超新星给人类带来的变化有多大？世界上突然只剩下孩子，还有随之而来的其他巨大变化，随便举一例吧：现在的社会已成了一个没有家庭的社会。要是在过去，仅此一项，就足以使整个社会形态发生翻天覆地的变化。刚刚过去的悬空时代也证明，孩子世界有许多我们以前想象不到的问题。可现在呢？现在的一切与大人时代好像根本没什么本质的区别，社会还是在按照原来的轨迹运行，你们不觉得奇怪吗？”

晓梦问：“那你觉得应该是什么样儿的才正常呢？”

眼镜缓缓地摇摇头，“我不知道，但肯定不应该是这样儿。我们现在看到的可能只是大人时代的惯性在起作用，有什么问题（东西）肯定在很深的地方隐藏（积累）着，只是暂时还没表现出来罢了。真正的孩子世界可能还没有开始呢。”

华华问：“你是说我们面临着第二个悬空时代？”

眼镜又摇了摇头,“我不知道。”

华华站起身,“我们这几天想得够多了,我看还是先转移一下注意力吧。咱们去驾驶舱看看他们开飞机好吗?”

“你不要总去干扰人家!”晓梦说。

但华华还是去了。在视察的途中,他常到驾驶舱去,不知不觉与小飞行员们已混得很熟了。开始他只是好奇地问这问那,后来就发展到要求试着开开飞机,小机长坚决不同意,说他没有执照。这次华华又闹着要开飞机,机长回绝不掉,只好让他试试。华华刚接过驾驶杆,这架国产运20就像过山车似的大跌大升,他只好又把驾驶杆还给机长。

华华对机长说:“我们换换得了。”

机长笑着摇摇头,“我可不换。领导国家比驾驶飞机难得多,你们现在的麻烦可大了!”

其实,就在这时,在两万米下那块广阔的国土上,眼镜所说的那种东西已完成了积累,就要显示出它的力量了。

全国大会

历史学家认为，在超新星纪元初的六个小时里，小领导人们利用数字国土和量子计算机结束悬空时代是一个伟大的壮举，以后的大量研究——包括用数学模型进行的模拟表明，如果当时不能及时控制局势，国家可能陷入不可逆转的彻底崩溃之中。

但随着历史的延续，这个行动显示出其更深刻的意义。这是人类第一次用网络和计算机把整个社会联为一体，有一句形象的描述：在那一刻，全国所有的孩子都坐到一间教室里去了。能做到这点，除了量子计算机和数字国土为其提供的技术基础外，孩子国家相对简单的社会结构也是一个重要因素——在相对复杂的大人时代，这种全社会在同一时间集中到网络上的做法几乎是不可想象的。

正是由于悬空时代的经历，所有孩子都对把他们从孤独和恐惧中解救出来的数字国土和量子计算机留下了深刻的印象，并从此对网络产生了深深的依赖。在艰苦劳累的惯性时代，网络成了孩子们逃避现实的世外桃源,孩子们不多的业余时间都在网上度过;同时,由于国家是以数字国土为基础运行的,大部分孩子在工作和学习时也离不开网络,因此,网络渐渐成为孩子们的第二现实,而且他们在这个虚拟现实中比在真实世界里愉快得多。

在数字国土上,形成了许多虚拟社区,几乎所有能上网的孩子都是某个或多个社区的成员。公元钟熄灭和悬空时代留下的创伤是很深的,孩子们对孤独产生了一种本能的恐惧,现实生活中他们只有依靠集体来摆脱大人们突然离开所带来的孤独感,在网上世界也是这样。网上社区越大越容易吸引更多的孩子,这样就使得某些社区急剧膨胀,不断合并或吞并其他规模较小的社区。其中,一个名叫新世界的社区发展最快,其他的社区纷纷与之合并。当三位小领导人起程到全国视察时,新世界社区的成员已达五千万之众。

孩子领导人并没有太留意网上社会的发展——华华倒是在不多的闲暇时间里上网玩过点游戏,新世界社区中不少规模宏大的网络游戏给他留下了深刻的印象,其中有一款以古代三国为背景的战争游戏,双方军队的人数都超过千万,在那广阔的战场上,骑兵如褐色的洪流覆盖了整个大地;还有一款大海战游戏,里面出现了由几十万艘战船组成的舰队;另外还有一款空战游戏,每次空战都有几百万架战机,仿佛是弥漫着整个空间的尘埃……

当三位孩子领导人视察归来时,数字国土上的形势已发生了根本的变化,现在只剩下一个社区:新世界社区。这个社区的规模异常惊人,其成员数量已近两亿,也就是说,全国达到上网年龄的孩子几乎都是它的成员。

眼镜很看重这件事，他说："这就是说，在我们的现实国家之上，现在又叠加了一个虚拟国家，这是一件非同寻常的事，我们应该成立一个委员会专门关注网上国家的形势，积极参与进去。"

但事情的发展比他们预想的要快得多，在小领导人视察回来后的第三天，大量子对他们说："新世界社区的成员想与三位国家最高领导人对话。"

华华问："哪些成员？"

"所有成员。"

"所有成员不是有近两亿吗？怎么对话？聊天室、BBS，还是E-mail？"

"同数量如此庞大的人群对话，那些原始方式是行不通的。在目前的数字国土上，已进化出了一种全新的对话方式，大会方式。"

"大会？我当然能对两亿人讲话，但他们怎样跟我说话呢？派代表吗？"

"不，大会方式能让两亿人同时跟你说话。"

华华听到这儿笑了起来，"那一定够吵的。"

眼镜说："事情可能不是那么简单。"他又问大量子："这种大会方式的对话每天都有吗？"

"是的，今天就有一次大会，社区的成员们将讨论与你们对话的事。大会将在晚上十一点半举行。"

"为什么那么晚？"

"大多数孩子到那时才下班、下课，才有时间上网。"

眼镜对华华和晓梦说："我们以普通游客的身份先进去看看吧。"两人都无异议,于是他们叫来了负责数字国土运行的总工程师——潘宇,这个男孩子在大人时代曾获得过信息奥运会的金牌,现在是国内的计算机权威。三位小领导人说明意图后,潘宇让人拿来了四顶虚拟现实头盔。

晓梦皱皱眉头说:“我一戴这东西就头晕。”

潘宇说:“新世界社区有两种模式:图像模式和虚拟现实模式,用虚拟现实模式进入可以看得更真实。”

这段时间,小领导人们每天都工作到很晚,今天在大厦顶层的办公大厅里,他们要么批阅文件,要么打电话,要么与前来汇报工作的小部长谈话,又是忙到夜里十一点才下班。到十一点二十分时,办公大厅里只剩下三位小领导人和潘宇了,他们心照不宣地戴上了已与终端接驳的虚拟现实头盔。

随即,四个孩子立刻感觉自己悬浮于一个蓝色的广场之上,那广场就是WINDOWS的图形界面,但其图标都变成了立体的,犹如广场上的一座座雕塑。鼠标箭头像一个迅疾的飞行物掠过广场上空,在什么地方点了一下后,一个窗口从广场上升起来,窗口里有许多形象生动的卡通小人儿,排列成了整齐的方阵。

潘宇的声音响了起来:“自己在社区里的形象本来是可以定制的,但那太麻烦,我们还是用现成的吧。”

于是,他们每个人都用鼠标选取了一个卡通人儿作为自己在虚拟世界中的替身。现在,他们每个人都能看到其他三个人的卡通替身在周围飘浮的样子,很是好玩儿。

潘宇说:“大会快开始了,我们不要到社区的其他地方去了,直接去会场吧。”

转眼间，他们已进入了新世界社区的大会会场。这里给人的第一个感觉就是广阔和空旷，上面是纯净的深不可测的蓝天，下面是平坦的一望无际的沙漠，蓝天上有一行大字“新世界大会”，每个字都发着光，如万里晴空中的五个太阳照耀着下面广阔的沙漠。除此之外，这个世界再也看不到其他的东西了。

“人呢？怎么没有人啊？”华华问，他四下看看，除了悬浮在周围的三个伙伴，就只有沙漠和蓝天了。

潘宇的卡通替身惊奇地瞪圆了那本来就大得出奇的眼睛：“怎么，你看不到人！？”

三位小领导人又往四下看了看，确实没有人。

潘宇好像明白了什么，说：“我们下去吧。”他动了动鼠标，他们四个便开始朝沙漠下降，很快，下面的沙地清晰起来，显示出它精细的结构，华华、眼镜和晓梦惊愕地发现，那沙漠中的每一颗沙粒，竟然都是一个卡通小人儿！这时，他们才知道两亿是个什么概念，这个“沙漠”，原来是由两亿个卡通小人儿组成的！

全国的孩子大部分都在这儿了。

他们继续向着这浩瀚的人海落下去、落下去，到了人群中一看，四周站满了卡通小人儿。他们觉得空中好像有什么东西，仔细一瞧，那是蓝天上刚刚出现的一些小黑点儿，正零星地降下来，其中有两个落到距他们较近的地方，原来那也是两个卡通小人儿——看来还不断有孩子进入会场。

“你们怎么还是游客啊？”旁边的一个小卡通人问，他没有腿，取而代之的是一个闪闪发光的轮子。他的两条细胳膊向前一伸,两个手掌上就出现了一个脑袋,与他长在脖子上的那个一模一样,他把那三个脑袋玩杂耍似的在空中转圈抛扔,每时每刻都有一个脑袋代替他脖子上原来的那个,"你们赶快登录成社区的正式成员吧,国家领导人就要来和我们对话了。如果是游客的话,你说的话是不会被统计在内的。"三位小领导人不知道他是怎么识别出游客和正式成员之间的区别的。

"真是,现在还有不是正式成员的游客。哼!"一个小卡通人附和着。

"还懒得自己造替身,从菜单里选现成的,真不体面!"另一个卡通人儿说。

但说话的这两位也体面不到哪里去:其中一位可能懒得做身体,把两条长长的腿直接安到脑袋下面,没有手,却从耳朵那里长出了两只翅膀;另一位除了脑袋什么都没有,那个脑袋像一个大鸡蛋飘浮在地面以上半米处,脑门上支棱出一个小小的螺旋桨,飞快地转动着。

这时,空中又出现一行发红光的字:**"现在会场人数已达194,783,453人,大会开始。"**

那个一亿九千多万的数字最后的位数还在飞快地增长着。

这时,天空中响起一个声音,是现在所有人都熟悉的大量子的声音:"我已把你的要求转达给了国家领导人。"

潘宇对三位小领导人说:"注意,大量子说的是'你',不是'你们'。"

"那他们什么时候来啊?"空中又响起一个童音,虽分不清男女,但十分响亮,还有长长的回声。与此同时,天空上又出现了几个发着红光的字:**虚拟公民1:98.276%**。

潘宇小声解释说:"那个百分数表示持这种意见的人数比例。"

“这是谁在说话?”华华问潘宇。

“就是那个虚拟公民1啊!”

“他是谁?”

“他不是‘谁’,他是由这里近两亿孩子组成的一个人。”

“我刚才看到周围这些人的嘴都在动,像在说什么,可是又听不到声音。”

“是的,他们都在发言,这两亿条发言只有大量子能听到,它对这批信息进行总结归纳,把两亿孩子的发言归纳为一条发言。”

“这就是所谓的大会方式吗?”

“是的,这种方式能使一个对象与上亿个对象同时对话,比如这时,两亿个孩子就变成了一个人,所以大量子说‘你’而不是‘你们’。这种过程极为复杂,需要很高的智能和极快的处理速度,要知道,这次的发言算短的,可要全部打印出来,打印纸大概能绕地球一周。这种归纳只有量子计算机才能做到。”

这时,大量子回答虚拟公民1道:“他们说要考虑一下再做决定。”

眼镜插进来说:“但这里面有个问题:假如两亿孩子的意见分歧很大,不可能归纳为一条发言呢?”

潘宇把一根手指放到嘴上:“嘘——马上就要出现这种情况了。”

空中又一个声音响了起来,但音调与刚才明显不同,让人明显感觉到是另一个人在说话:“他们一定会来的!”这时天空中显示:**虚拟公民2:68.115%**。

另一个不同声调的话音响起:“那不一定,他们不一定来。”天空显示:**虚拟公民3:24.437%**。

“他们不来怎么行？他们必须来！他们领导国家，就得和全国的小朋友对话。”天空显示：**虚拟公民4：11.536%**。

“如果他们就不来怎么办？”天空显示：虚拟公民3：23.771%。

“那我们就自己干！”天空显示：**虚拟公民5：83.579%**。

“我说过，他们一定会来的！”天空显示：**虚拟公民2：70.014%**。

潘宇说：“你们看到了，如果出现不同意见，虚拟公民1就会分裂为两个或多个，而分裂的数目究竟会有多少，又要根据设定的精度等级来定，最高的精度就是把所有的发言原文列出，这当然是不可能的。值得注意的是，每次分裂出的一位虚拟公民1一般是一个基本确定的群体，往往都具备了特有的性格特征，他会在后面多次出现，很像一个人，比如说刚才的虚拟公民2和虚拟公民3。”

……

看了一会儿后，华华对潘宇说：“咱们出去吧。”

“按动你们衣服上的退出按钮。”他们很快都找到了自己卡通胸前的那个按钮，转眼之间就回到了WINDOWS广场。

“真是奇迹！”摘下头盔后，华华惊叹道。

晓梦说：“在那个网络世界里根本不需要领导人，所有事情都可以由两亿孩子商量着做。”

眼镜沉思着说：“这对现实世界一定会产生深刻的影响，我们对这事关注得太迟了！”

晓梦问：“那我们还要去跟他们对话吗？”

眼镜说：“这可得慎重。这是人类历史上从未有过的事，谁也不知道可能发生什么,我们应该对它进行更多更深的思考后再行动。”

“没有时间了。我还是那句话:假如我们不去,倒是可以肯定会发生什么。”华华说。

眼镜和晓梦想了一下,都同意他的话,于是,他们连夜召开了一次会议专门研究这件事。他们发现,领导集体中有相当一部分孩子都去过新世界大会,知道那里的情况,他们大多认为那是一件值得高兴的事。一个孩子说:

“我们做的事本来就有些力不从心,如果国家真的能那样运行,倒把我们解脱出来了。”

大家一致同意由三位最高领导人代表中央去新世界大会与两亿孩子对话。

三位小领导人第二次进入新世界大会会场时,其虚拟影像用的就是他们在现实世界中的形象。大量子为他们在会场的正中搭了一个高高的讲台。为了适应环境和准备得更充分,他们早早就来了,当全国的两亿孩子纷纷登录进来时,密集的卡通人群像云层一样遮住了整个天空。他们目睹了一场自天而降的卡通小人的暴雨。当那无边的人海平静下来时,两亿双眼睛都聚焦在了讲台上。

“我觉得好像都快要熔化了。”晓梦低声说。

华华则显得很兴奋,“我和你不一样,我第一次找到了领导国家的感觉! 你呢,博士?”

眼镜不动声色地说:“不要打扰我,我在想问题。”

大会开始了,虚拟公民1首先讲话,从天空中显示的数字看,他的组成比例高达97.458%。

“我们对这个新世界很失望。大人们离开以后，只剩下了我们这些孩子，本来应该有一个好玩儿的世界，但这个世界一点都不好玩儿，还不如过去有大人的那个世界好玩儿呢。”

晓梦说：“过去大人们给我们吃的、穿的，我们当然可以放心玩了，但现在不一样，我们要工作，否则就会饿死，我们不要忘记那些味精和盐！”

虚拟公民2(63.442%)：“晓梦，我说你不要被那一车皮味精和十车皮盐给吓住了，那是给大人时代的十三亿人吃的，我们可吃不了那么多。”

虚拟公民3(43.117%)：“晓梦说话怎么也跟大人似的？没劲没劲！”

虚拟公民1(92.571%)：“反正我们不喜欢现在这个世界。”

华华问：“那你们想要一个什么样的世界呢？”

以后的历史学家们在研究虚拟公民1对这个问题的回答时，查看了量子计算机对单个成员发言的原始记录，虽然只留下了一小部分，也有40GB，大约相当于两百亿个汉字。如果用普通印刷体将这次发言全部印成三十二开大小的书，这本书将厚达八百米。以下是几段较有代表性的发言：

小朋友们想上学就上学，不想上就不上；想玩儿什么就玩儿什么，不想玩儿什么就不玩儿什么；想吃什么就吃什么，不想吃什么就不吃什么；想去哪儿就去哪儿，不想去哪儿就不去哪儿……

以前大人们管得我们真难受，现在他们不在了，国家是小朋友们自己的了，可该好好玩儿玩儿了……

在我们的国家里，马路中间可以踢足球……

我想吃多少巧克力国家就给我多少，我的小花猫咪咪想吃多少鱼罐头国家就给它多少鱼罐头……

我们天天过年，每人每天发十包小炮、二十个二踢脚，还有三十根闪光雷；每人每天发一百块压岁钱，要一块一块的新票儿……

吃包子可以只吃馅儿……

以前孩子只能小时候玩儿，长大了就不能玩儿，因为要上班。我们也会长大的，我们可不想上班，我们要一直玩儿……

爸爸以前说我要是不努力学习，长大后就要去扫大街；以后如果我不努力，国家不能让我去扫大街……

国家要准我们全都住到大城市里去……

学校里只上音乐、图画和体育三门课……

考试不要老师监考，小朋友们可以自己给自己打分……

国家给学校每个班级配五十台游戏机,每个学生一台,一上课就玩儿,谁银河大战积分到不了十二万就让他退学！嘀嘀嘀,咚咚咚,真带劲儿……

在我家那里建一个超大的游乐场,里面就同北京密云的那个一样,但要比那个大十倍……

国家要定期给我们发洋娃娃,每次都要不一样的……

拍一部好看的动画片,要一万集,永远放不完……

国家给每只小狗建一幢漂亮的别墅……

……

大量子从这两亿条发言中归纳出了简明的一句,说这句话的是由96.314%的与会者构成的虚拟公民1:

"我们想要一个好玩儿的世界!"

晓梦说:"大人们已为国家制订了详细的五年计划,这是我们必须遵循的!"

虚拟公民1:"我们觉得大人制订的五年计划没意思,我们自己制订了一个五年计划。"

华华问:"能让我们看看吗?"

虚拟公民1:"这就是我们这次大会的目的呀！我们按照自己的五年

计划,在社区内建立了一个虚拟国家,让大量子带你们去看看吧,你们肯定会喜欢的!"

华华对着天空说:"好吧,大量子,带我们去看看吧!"

好玩儿的国家

话音刚落，眼前的蓝天和人海消失了，三个孩子悬浮于无际的黑色虚空之中，当他们的眼睛适应了这一切时，看到在深邃的远方出现了星星，接着，一个蓝色的星球在太空中出现了，像一个发着蓝光的水晶球悬浮在宇宙无边的夜海之中，表面上分布着旋涡状的雪白云带，看上去无比脆弱，仿佛轻轻一碰就会破碎，它那天蓝色的血液就会漏到冷寂的太空中。蓝色的水晶球慢慢移近，渐渐显示出它的巨大，最后，这巨大的蓝色星球占满了整个空间，以至于孩子们都能看清海洋和陆地的分界线。完整的亚洲大陆出现在上万公里的远方，褐色的大陆上现出一条弯弯曲曲的红线，红线闭合，画出了这个东方古国的边境线和海岸线。国土在继续移近，孩子们已能隐隐约约地看到国土上褶皱似的山脉和血脉似的大河。这时，大量子的声音响了起来：

“我们现在位于两万多公里高度的地球轨道上。”

地球在脚下缓缓移动，他们似乎在朝什么方向飞。晓梦突然喊：

“看，前面好像有一条长丝线呢！”

真的！只见一条长丝线从太空中向国土上垂下去，它的上半部分以黑色的太空为背景，可以看得很清楚，仿佛一根从太空垂向地球的纤细的蛛丝，其中一端就悬在太空中；而它的下半部分则同大陆的色彩混在一起，能勉强看到这根“蛛丝”一直垂下去，一端远远地落在大约是北京的位置上。原来，三个孩子就是在向这根“蛛丝”飞去，随着距离的接近，他们看到那“蛛丝”像丝线一样光滑，不时有一段反射着耀眼的阳光。除此之外，还能看到位于太空顶端的“蛛丝”也闪闪发光，好像有一盏灯。随着距离的更加接近，孩子们发现那根“蛛丝”从一条极细的长线变得有了一定的宽度，接着，他们甚至能隐约看到“蛛丝”上的细微结构了。直到这时，孩子们才知道那根超长的“蛛丝”是什么——它们不是从太空中垂到地球上，而是从地球上升起来的——孩子们一时都不敢相信自己的眼睛。

“哇，那是座大楼耶！！”华华惊叫道。

那确实是座摩天大楼，楼面是晶莹的全反射镜面，从地面高耸到太空中。

虚拟公民1的声音在三个孩子耳边响起：“这是我们全国孩子的家。这座大楼的高度有两万五千公里，共有三百万层，平均每层住一百个孩子。”

“你是说全国的孩子都住在一幢楼里？”华华吃惊地问。当他们降落到楼顶上时，发现这完全可能：“蛛丝”的纤细只是距离和比例上的错觉，楼顶的面积差不多有两个工人体育场那么大！楼顶广场中央的那盏巨型信号灯有地球上一座二十层楼那么高，它旋转着，闪烁着让人不敢直视的强光,可能是警告太空飞行器不要撞上来。

他们走过广场,从另一端的一个入口下到这座超级大楼的最上一层:第三百万层。这层是一片绿草坪,草坪中央有一座喷泉,喷泉的水柱反射着柔和的人造光。草坪上散落着几十间童话中才能见到的那种精致小屋,这就是这一层一百个孩子的住处。他们走进一间小屋,映入眼帘的是一个典型的儿童房间,各种玩具随意堆放在小床和小桌上。他们又走进另一间小屋,也是一个儿童房,但陈设与前一间完全不同。他们随后进入的每个房间都各不相同,显示出强烈的个性。

下一层楼,这层也是一小片草原,不过没有喷泉,而是有一条清澈的小河,孩子们的小屋散见于河边。他们随意走进几间小屋,里面的陈设依然各不相同。

再下一层的景色发生了很大变化,是一片幽静的雪原,雪在这永恒的暮色中发出一种淡淡的蓝色,大片的雪花仍不停地从空中飘落,给孩子们的小屋都盖上了厚厚的白顶,有几幢小屋的门前还立着雪人儿,看来这一层的孩子都喜欢冬天。

下一层是森林,孩子们的小屋建在林间空地上,在薄薄的晨雾中,初升太阳的光亮透过树林,在晨雾中投出道道光柱,林中不时传来小鸟的鸣啭。

他们一直向下走了二十多层,每层都是一个奇异的小世界,有的永远下着小雨,有的遍布金黄的沙漠,其中一层甚至还有一片小小的海洋,海上漂浮的帆船就是孩子们的家。

“这些都是怎么做出来的?”眼镜问。

大量子回答说:“这是用一个虚拟国家的游戏软件生成的。这个软件来源于以前的虚拟城市游戏软件，可以让一个人建起一座城市。虚拟国家软件可以用部件库提供的部件来构造虚拟世界，也可以自己生成虚拟图形。”

他们仔细看了看周围的一切，每一株小草、每一颗石子都栩栩如生，“造这座楼的工作量可真够大的！”华华感叹道。

虚拟公民1回答：“当然，先后有八千多万孩子参加了这座楼的建设，有一亿多孩子亲手布置了他们自己的小屋。”

孩子们在大量子的指引下进入了电梯，这电梯凸出在楼外，呈全透明的流线型，站立其中可以看到灿烂的群星和下方的地球。

晓梦问：“你们不会真的计划在现实世界中也建这样一座楼吧？”

虚拟公民1大声说：“当然打算了！不然画这张图纸干什么？下面你们要看到的图纸，都是我们打算真建的！”

华华说：“谁要住到这楼的顶层可就倒霉了，他上来一趟坐两万五千公里的电梯怎么吃得消？”

“不要紧的，这座大楼里的每一部电梯都是一枚小火箭，速度比大人时代发射卫星的火箭还快。你们看！”

这时，一部尾部喷火的电梯以惊人的速度从大楼下方的无底深渊中升了上来，快到顶时，那流线型的电梯尾部的火焰消失了，顶部却开始喷火，使它减速停下。虚拟公民1介绍说：“这种电梯的速度可以达到每小时六万公里，从地面到这儿只需二十多分钟。”

眼镜从鼻子里哼了一声：“照我刚才看到的刹车速度，那电梯里的人怕被压成肉酱罐头了。”

虚拟公民1没有回答眼镜的话，他对这些细枝末节的小问题显然并不在意。这时,他们的电梯尾部也开始喷火,并以吓人的速度降下去,这速度开始几秒还能感觉出来,后来大楼的表面在超高速中看上去变成了一条平滑的连续大道,他们反而觉得静止了,只有电梯内显示屏上的层数在以千层为单位飞快地减少。他们没有感到向下的加速,还是稳稳地站在电梯的底面,虚拟软件显然把这一层忽略了。但它有一点是对的:这里虽处于太空,但并没有失重,一般轨道飞行器的失重是因其运行造成的,而不是因为其高度,在这个高度上,地球引力仍会发挥作用。

华华说:“先不谈建造这大楼的可行性。我想知道,这有什么必要呢?为什么全国的孩子都要住到一幢楼上呢?”

虚拟公民1回答:“把其他的地方腾出来玩呀!”

许多年后的历史学家们认为,超级大楼设想中所蕴涵的深刻的象征意义,它可能源自公元钟熄灭后孩子们心中共有的孤独感。

“我们的国土那么辽阔,还不够你们玩儿的?”晓梦问。

“等会儿你们就知道了,那是远远不够的!”

“不过这大楼确实很棒!”华华由衷地赞叹。

“下面看到的会更棒!”

火箭电梯继续飞快地下降,渐渐地,地球边缘的弧形不再那么明显了,下面大陆的细节也越来越清晰了。

晓梦看看这上下两个方向都望不到头的高楼,惊叹道:“这楼的高度是地球直径的两倍呢!”

眼镜点点头,“像地球的一根长头发。”

华华说:“想想当它从地球的背阳处转到向阳处,太阳从上向下依次照亮它那长长的楼体,那是多么壮观啊!”

这时，电梯上方的火焰移到了下方，开始减速。很快，楼面已能看到层格，只过了几秒钟，电梯就停下了，软件又忽略了这减速所产生的能在一瞬间把电梯乘客压成肉饼的超重。孩子们看到，电梯仍处于太空中，但虚拟公民1说："现在我们位于大楼第二十四万层，也就是距地面两千公里的高度，再往下不坐电梯了，我们将用另一种方法下去。你们看外面有什么？"

他们从电梯看出去，只见有一条长线从下面地球方向升上来，因为很细，到下面深处就看不清了。在上升的过程中，这条长线转了两个大环，中间还有各种各样的弯曲，好像一个顽童用笔在地球和太空这幅画上随意乱画了一道曲线。这条长线向高楼延伸过来，在电梯下面与楼面相接，在近处可以看到，这原来是一条窄轨道，由两条铁轨组成。

虚拟公民1问："你们猜这是什么？"

华华说："好像是北京到上海的铁道被一个巨人拎起一头接到了这里。"

虚拟公民1笑出声来："你形容得很好，作文一定不错。不过，这条轨道可比那条铁路长，它的长度有四千多公里，这是我们计划建造的一条过山车轨道。"

过山车?！孩子们吃惊地看着这条超长轨道，它在阳光中很醒目，在远处盘绕的那两个大环闪闪发光。

"这么说它一直通到地面?！"

"是的，我们就要坐过山车从这里下去了。"

说着，一辆舟形小车从楼里沿轨道移出来停在了电梯下面，这是游乐场里常见的那种过山车，有五排双人座位。电梯的底部开了一个小门,从这里正好能下到过山车上——软件又把太空中的真空忽略了。

三个孩子上车后,过山车立刻平稳地沿轨道向前行进,开始以很慢的速度滑出大楼的阴影,滑进太阳明亮的光芒之中。滑到第一道大坡时,速度骤然增加。孩子们戴的虚拟现实头盔只有视觉功能,感觉不到向下的加速度产生的影响,否则,他们在进入太空后就能第一次感觉到失重了。不过,这失重很快就会变成超重,过山车已进入第一个大环,孩子们看见星空和地球围着他们转了一圈。当过山车再次平稳下来后,坐在最后面的晓梦回头看看,发现他们刚刚经过的那个大环正在飞快远去,而超级大楼已再次变成了一根细细的蛛丝,这"蛛丝"向上消失在星空中,仿佛是从那灿烂的星海中垂下来的。过山车很快通过了第二个大环,这个环比上一个大得多,但通过所用的时间却更短,过山车显然在飞快地加速。接下来是一长段向下的滑行,但向下只是一个大趋势,过山车时而跌下深谷,时而跃上高峰。在这段路的尽头,轨道被弯成了一段螺旋状的线圈,当过山车进入这个螺旋管时,孩子们仿佛处于宇宙的中心,地球和星空围着他们不停地飞转着;螺旋管由水平渐渐转成与地球垂直,这时孩子们眼中的地球又变成了一个大唱片,在他们前面飞快地转动着。出了螺旋管后,轨道仍与地球保持垂直的方向,过山车实际上是在笔直地下坠,这时,孩子们应该又能感到失重了。在前方,轨道被绕成了一团乱麻,这团乱麻的直径可能有上百公里,过山车冲进了一个错综复杂的迷宫,似乎无休无止地在里面绕了起来,好几次到达了出口附近,但很快又沿着某条线路绕回到进口处。这时,孩子们已不再处于宇宙的中心,整个宇宙成了某个顽童手中把玩的盒子,朝着各个方向胡乱地颠倒着。过山车终于绕出迷宫,沿一条平直的陡坡下滑,再次急剧加速。这段路走了很长时间,前面的轨道看上去早已变成了一条光滑的带子,由此已完全体验不到速度感。孩子们注意到,他们头顶的太空由漆黑变成了淡紫,这淡紫又渐渐转成深蓝,星星变得模糊了,地平线已很难看出曲率。坐在最前面的华华看到过山车的流线型车头上出现了一道火焰,这火焰急剧扩展,最后终于把整个过山车都笼罩在了其中——软件到底还是没有忽略大气摩擦力。火焰消失后,孩子们发现他们已位于大片的云海之上,头顶是碧蓝的晴空,与太空中那黑白分明的光照景象相比,这大气中的阳光似乎能渗透到衣服的每一道褶纹中。前面的轨道又是一连串的大环和起伏的低谷高峰,由于现在有了更加明确的参照物,过山车的运行比在太空中显得更加疯狂和惊心动魄。在过山车平稳滑行的间隙,孩子们看到在远处的大地上竖立着许多巨型的架子,那些架子有上万米高——远在云层之上,它们有的与地面成一个直角三角形,有的则呈巨门状,仿佛是竖立在大地上的一些巨型的三角尺和圆规。华华问那是什么,虚拟公民1回答:

“那是滑梯和秋千,是给小娃娃们玩的。”

华华想象不出什么样儿的小娃娃能从那万米高的滑梯滑下来,更想象不出那些超级秋千怎样荡得起来。

过山车沿着一条平缓的斜坡滑完最后一段路程,孩子们觉得他们正在向一个草原降落,草原上好像开满了各种色彩的花朵,但当降落下来后,他们才发现这草原是由无数彩色橡胶球组成的——游乐园中那种胶球游泳池的放大物,一眼望不到边,简直可以称之为胶球海了。过山车在胶球海上滑行了很长一段距离才停下来,它激起的胶球在周围噼噼啪啪地下起了彩色的大雨。他们不知道谁会跳进这怪异的海里玩儿,也不知道进来后又该怎么出去。他们小时候都有过在胶球游泳池中“游泳”的经验,知道在里面移动是一件很难的事。这时,过山车的两旁弹出了两个大轮子,它们在胶球中转动起来,推动着过山车前进,过山车这时成了在胶球海中行驶的一只小艇,艇首激起胶球的彩浪,发出奇怪的咕咕声。虚拟公民1告诉他们,这个胶球海有近千平方公里。

“这会耗尽全国的橡胶,那我们以后用什么做汽车轮胎呢?”晓梦问,虚拟公民1没有回答,这可不是他关心的事。

过山车驶出胶球海后,三个孩子就近参观了一座巨型滑梯,这是一座水滑梯,水顺着那条望不到顶的宽宽的梯面哗哗流下,真像一条飞泻而下的天河。想象着自己从上万米的高空顺着这条天河一路滑下,华华感到全身顿时充满了战栗不已的快感,他要求滑一次这座水滑梯。

“华华,你怎么这么贪玩?我们在干正事儿呢!”晓梦制止道。

虚拟公民1也说:“是的,从这里到大升降塔有四十多公里呢,我们还是节约点时间吧。再说,玩电脑中的虚拟模型有什么意思?等我们建好真的以后玩儿,那才带劲呢!”

孩子们离开超级水滑梯后,又看到一个宽阔的大平台,由几根通向云端的粗钢索凌空吊起,上面可以站几百人。他们最初以为那是一个悬空的大操场,但虚拟公民1告诉他们说,这是巨型秋千的踏板。他们向两边看看,果真看到了千米之外秋千那直插云霄的支柱。他们现在终于明白荡秋千的原理了:大平台的底部有一排火箭发动机。

他们接着又参观了碰碰车场,那碰碰车每辆都有大人时代的巨型自卸卡车那么大,光轮子就有两米多高,加上它们周围的防撞充气护垫,看上去俨然是一个庞大的怪物——成千上万的怪物在一个宽阔的大平原上追逐撞击，激起了遮天的尘埃。不用说，玩这种游戏那是需要相当的胆量和牺牲精神的。

虚拟公民1介绍说："这是新五年计划中的第一开发区，主要是建造巨型的游乐设施，你们没看到的还有巨型的勇敢者转盘和观览转轮等，如果天气好，你们可以在上百公里外看到这些设施。现在，让我们去看第二开发区吧，那是游戏机区。"

话音刚落，周围的场景迅速切换，三个孩子好像置身于一个大城市中，周围都是高大的建筑物，那些建筑物形状奇特，有的像巨大的古代城堡，有的外面环绕着错综复杂的管路，有的表面布满圆孔——就像一块巨大的奶酪。

"这些大楼都是游戏厅吗？"华华问。

"不，它们都是单个的游戏机。"

"这么大的游戏机？！那……它们的屏幕在哪儿呢？"

"这种游戏机的概念与以前不同，你得走到它里面去玩，那里面都是用全息影像或真实设备构造的场景，每个游戏从机器的最底层开始，一层层玩儿上去，到最顶层结束。你玩的时候不是像以前那样用鼠标或游戏杆，你自己就是场景中的一分子，你得不停地奔跑搏斗……比如那个像城堡的游戏机，内部是一个王国的宫殿，你在内部要与无数的敌人决斗，最后获胜才能成为国王。这个有许多洞的机器内部是一个魔窟，你在里面要用激光剑杀死毒龙之类的怪物，最后才能救出公主……当然，这些游戏机都是为小娃娃们准备的，它们体积有限，只能运行一些小型游戏。"

"什么？这还是小型的！？那大型的有多大？！"

“大型的游戏机是没有形状的，它们占据的面积一般以一个地区为限。”

场景切换，三个孩子来到一片广阔的平原，远处，由古代士兵组成的许多方阵正在挺进，他们的盔甲在阳光下熠熠生辉，竖起的长矛如一片茂密的麦田。“看到了吗？这是一个古代战争游戏，玩的人将率领一支上万人的机器人军队同另一支军队作战。这里还有西部游戏，你将骑着马带着左轮枪进入一片广阔的蛮荒之地，经历各种奇遇……”

“这第二开发区占地面积有多大？”

“大概有一百万平方公里，这样才能建造足够多的游戏机。下面我们去看第三开发区：动物园区。”

场景切换到一个森林和草原的交接处，数不胜数的各种动物在草原上游荡，从森林中进进出出。“这些超级动物园是真正的动物王国。这些动物园里没有笼子，所有的动物都在大自然中自由行动，走进这些动物园，你就是走进了各种动物出没的大山和旷野。在这里，你将穿上带电的安全服，任何猛兽都不能伤害你。你可以在林中骑着大象旅行，与孟加拉虎合影……这里最大的一个动物园面积将近三十万平方公里，比英国还大。这个动物园没有任何道路，直升机是唯一的交通工具，走进这里，你就像走进了人类诞生初期的原始世界。此外，我们还要建三座动物城市，这些城市有同人类城市一样的街道和高楼，但里面住的全是可爱的小猫小狗以及其他被小朋友们视为朋友的小动物，你们可以走进去同它们玩儿，也可以把你最喜欢的带走……这个开发区占地也有将近一百万平方公里。”

“用得了这么大吗？”

“看你说的！动物要自由迁徙，鸟儿要自由飞翔，不大些行吗？下面我们参观第四开发区:探险区。”

场景不停地切换,孩子们先后游览了险峻的雪山、无边的草原、幽深的峡谷、湍急的大河……

他们最后停在一个大瀑布下,华华好奇地问:“这些地方好像什么也没建呀?”

“对,不但如此,以前的所有其他建筑还要拆掉,我们要使这一地区完全恢复原始状态。”

“干什么呢?”

“探险呀!”

“我记得第二开发区中有的游戏不就可以探险吗?”

“那完全不同! 游戏是用软件预设好的,出现的事情都可以预料,而这里却是完全天然的,你不知道进去后会遇到什么,这样才刺激好玩儿! 再说,这里的面积比第二开发区的一个游戏机可要大多了。”

“第四开发区的面积有多大?”

“整个大西北!”

“怎么这么大?!”

“废话! 探险嘛当然要大,几步就走到头了那还有什么险可探?!”

“要这么干,国土的面积确实不够大。”

“所以,第五开发区只好规划一个占地面积较小的项目。”

“还有第五开发区?”

“对,糖城开发区。”

转眼之间,三个孩子又置身于一座城市中,与前面几个开发区的庞大宏伟相比,这座城市可以说是小巧玲珑,里面的建筑物都不高,它们最大的特点就是色彩鲜艳而形状单一,好像是用一块块大积木搭成的。"这就是糖城,所有的建筑物都是用糖建成的,你们看这座棕色的体育场,是用巧克力建成的;那座半透明的大楼,是用冰糖建成的……"

"可以吃吗?"

"当然!"

华华走近那座棕色的体育馆,用鼠标点了一下大门边的棕色圆柱,立刻抠下一块来;晓梦也走到旁边一所精致的小楼房边,轻轻碰了一下晶莹剔透的窗玻璃,玻璃立刻碎了,晓梦拾起一小块儿,想象着这薄薄的冰糖放入口中那甘甜的感觉。

好长时间没说话的眼镜哼了一声:"既违反经济规律又违反科学规律,这糖做建筑材料强度够吗?"

虚拟公民1回答:"正是基于这个考虑,糖城的建筑物都不高。为提高强度,我们计划在内部加上钢筋骨架。"

"天热不怕化吗?"

"真让你说着了。"场景又切换了,但这次没走远,只到了糖城的近郊,这里是围绕着糖城的一座座小山,那些小山色彩艳丽、曲线柔和,仿佛是从水彩画上搬下来的。

虚拟公民1说:"可惜你们闻不到,这里才叫香呢,这些山是冰淇淋山!"

孩子们仔细看后发现,那些小山上四处流淌着奶油的小河,有的还形成了奶油小瀑布。在山谷中,这些小河汇成了一条大河,那乳黄色的奶油河面涌着线条柔和的浪花,缓缓地流淌着,没有一点儿声音。"由于对气候条件考虑不足,冰淇淋都化了,看来糖城还要建在更寒冷的地方才行呢。”

以后，超新星纪元的历史学家们对糖城进行了大量的研究，他们首先感到迷惑的是：公元末的孩子早就不喜欢吃糖了，他们在自己想象中的新世界里，为什么对糖这么痴迷呢？也许，糖对于孩子，永远是一种成人所无法理解的象征，一种美丽的符号。

历史学家们在分析了大量子的原始记录后得知，新的五年计划和虚拟国家的创造者主要是五到十一岁的孩子，更小的孩子不过是在跟着他们起哄，但由于在人数上占据的绝对优势，他们在以统计和归纳为基本原则的新世界大会上形成了一股不可战胜的力量。由于对现实的失望，十一岁以上的孩子中有相当一部分也卷入进来，且渐渐变得跟虚拟世界的创造者一样狂热，最终真正保持理智的孩子只剩下了极少数。

争　论

场景最后一次切换后，三个小领导人又回到了新世界大会的会场，回到了那个无际人海之中的讲坛上。放眼望去，他们觉得下面不仅是眼睛的海洋，还是嘴的海洋——那两亿张嘴都在不停地说着只有大量子才能听清和记住的话。

虚拟公民1(91.417%)问："你们觉得这个新五年计划怎么样？你们愿意领导我们一起去实现它吗？"

华华问："这儿就你一个人吗？没有第二个虚拟公民了？"

虚拟公民1说："有的，公民2来过几次，但那人太讨厌，让我给骂回去了。喂，公民2，你有胆量就站出来说话吧！"

于是，一场人类历史上规模最大的争论爆发了，直接参加这场超级争论的人数达两亿之多，广阔的国土上到处可见电话机或电脑旁大喊大叫或飞速击键的孩子。为了一个梦想中的世界，每个孩子都在充分发挥自己那两亿分之一的作用。在这两群意见对立的孩子中，小群的平均年龄远大于大群，但遗憾的是，大量子在归纳发言时不考虑年龄因素（也很难考虑），因此大群的影响占据了绝对优势。所以，有大量的低龄儿童参加了这次决定国家命运的会议，这些小娃娃最无理智，也最任性，无形中成了一股极其危险的社会力量。

虚拟公民2(8.972%)怯生生的声音响了起来："华华、眼镜、晓梦，别听他们的，那都是一帮不懂事的只知道玩儿的小不点儿在起哄。我建议：修改大会的统计和归纳规则，按发言者的岁数适当加权！"

下面的人海骚动起来，卡通小人儿们不但在大喊大叫，还在手舞足蹈，整体看上去，仿佛一阵狂风刮过人海，海面上巨浪滔天。

虚拟公民1："我们是小不点儿，你们有多大?！顶了天也就十三岁，说不定前几天还让爸爸打屁股呢，现在就想冒充大人，没羞没羞没羞没羞没羞！告诉你们，现在大人们都不在了，现在只剩咱们小朋友们了，谁也管不着谁，谁也别教训谁！"

虚拟公民2："问题是你们的五年计划根本不可能实现。"

虚拟公民1："你不干怎么知道不能实现？如果在一百年前，你能想到全国两亿孩子站到同一个广场上开会吗？你个胆小鬼！"

虚拟公民2："如果能实现，那大人们为什么没有那么干呢？"

虚拟公民1："大人们？哼，他们根本不会玩儿，当然不可能建出一个好玩的世界！大人们的世界里一切都那么乏味！他们自己不好好玩儿，成天板着脸吭哧吭哧上班干活，还死死管着我们这不能做那不能做，这不能玩儿那不能玩儿，成天上学上学上学，考试考试考试，做乖孩子做乖孩子做乖孩子，没劲没劲没劲没劲！现在，就剩下我们了，我们一定要建设一个好玩的世界！！"

晓梦说:“你们那个好玩的世界怎么生产粮食呢?没有粮食我们会饿死的!”

虚拟公民1:“大人们留下来的东西可多可多了,一时吃不完的!”

虚拟公民2:“不对,总会吃完的!”

虚拟公民1:“就吃不完就吃不完!大人们那时就没见吃完嘛!”

虚拟公民2:“那是因为他们在不停地生产出新的粮食。”

虚拟公民1:“生产生产,烦死了,不要听不要听不要听!”

虚拟公民2:“可要是东西有一天都吃完了,怎么办呢?”

虚拟公民1:“吃完了再说呗!我们要先建设好玩的世界再考虑粮食,大人时代那么多人,不是没费多大劲儿就吃饱了吗?”

晓梦喊道:“小朋友们啊,大人们为了吃饱可是费了很大很大劲儿的!”

虚拟公民1:“我们没看到,谁看到了?!晓梦你看到了?嘻嘻!”

虚拟公民2:“你们没看到不等于他们没费劲儿,你们这些小傻瓜!”

虚拟公民1:“你才是傻瓜!假大人,没劲没劲没劲!”

华华问:“退一万步说,就算实施你们的五年计划,你们能承受得了那么重的工作吗?”

虚拟公民1:“我们当然能承受!”

华华:“你们可能每天要工作二十小时呢!”

虚拟公民1:“我们可以每天工作二十四小时!”

华华:“你们中要有一半人是博士才行!”

虚拟公民1:“我们会努力学习,我们每人看十万本书,我们都会成为博士的!”

华华:“算了吧,现在你们已经累得受不了了!”

虚拟公民1:“那是因为现在的工作没劲儿！现在不好玩儿！好玩儿就不累了！我们能一天工作二十四小时！我们都能成为博士！我们就要建成那个好玩的世界!!就要就要就要就要!!!”

人类的群体效应十分强大,这在一场有几万观众参加的足球赛中就能表现得很明显;而当两亿人(而且是孩子)站在同一个广场上时,这种效应之强大,是以前的社会学家和心理学家想都不敢想的。在这里,个体在精神上已不存在,只能融入群体的洪流中。很多年后,据很多参加这次新世界大会的孩子回忆,他们当时已完全失去控制,什么理智什么逻辑,对这亿万个娃娃已彻底失去了意义。眼下,他们什么也不想听,什么也不想做,他们只是要要要——要那个他们梦想中的世界,要那个好玩儿的国家。

虚拟公民1:“请国家领导人回答我们,你们到底接受不接受我们的五年计划?”

三位小领导人互相对视了一下,晓梦说:“小朋友们,你们已经失去了理智,你们回去再好好想一想吧!”

虚拟公民1:“我们失去了理智？笑话！我们两亿人不比你们三个人有理智？笑话笑话笑话笑话笑话!!”

这时,新的虚拟公民开始分裂出来。

虚拟公民3(41.328%):“看来国家是不接受我们的五年计划了,我们自己干吧!”

虚拟公民4(67.933%):“自己干？说得容易！你以为这是在计算机里造虚拟世界啊？在现实世界里真干,一定要有国家的领导和组织才行!”

虚拟公民3:“唉……”

下面人海中的浪潮平息下去,一时间又变成了凝滞的沙漠。

晓梦:“小朋友们,已经很晚了,大家回去睡觉吧,明天还要工作呢!”

虚拟公民1:“唉,工作工作工作,学习学习学习,真没劲啊,真累啊,没劲没劲没劲,累累累累累……”

这有气无力的声音渐渐消失,人海中的孩子们开始向上飞入天空,退出大会会场。这是开会时那场卡通人大雨的反演,会场上的人海像阳光下的水渍一样快速蒸发着,转眼间就全部消失了。这时,大地上显示了一行字:“第214次新世界大会结束。”

摘下头盔后,三位小领导人很久没有说话。

至此,超新星纪元走完了它的第二个时代,这个时代比悬空时代长得多,历时三个月,它仍然是由眼镜在无意中命名的,历史学家把它称为“惯性时代”。

历史沿着大人时代的惯性滑行三个月后,孩子世界露出了它的真面目。

第七章

糖城时代

美梦时期

新世界大会后，一切似乎都还是按照原来的轨道运行着。但同时，也出现了一些新迹象，最明显的是旷课现象，有些孩子在工作后，只是睡觉或上网，不再上早课和晚课。这种现象并没有引起小领导人的重视，他们认为这是因为工作疲劳而出现的正常现象，完全没有想到它是某种预兆。直到后来，这种现象迅速蔓延，不但有工作的大龄孩子普遍旷课并开始出现旷工，没有工作的幼龄孩子也纷纷抛弃了学习。这时小领导人们才想到，这种现象后面可能隐藏着某种东西，但为时已晚，形势发展的速度骤然加快，还没等他们及时采取任何措施，孩子世界的第二次社会悬空发生了。

与第一次不同，这次悬空并没有以大灾难的形式出现，相反，却像一个欢乐的节日。这天是星期天，要在以往，这天上午是城市最安静的时候，孩子国家的工作制改成了每周六天，经过了六天劳累的孩子们大都还在沉睡中。但今天不同,信息大厦中的孩子们发现,自大人们离开后就陷入沉睡状态的城市突然复活了!大街上到处都是孩子,似乎所有的孩子都出门上了街,令人想起久违的大人时代的繁华景象。孩子们三五成群地手拉手走过,他们欢笑着、歌唱着,整个城市都沉浸在一片欢乐之中。整个上午,孩子们都在城市里漫步,看看这儿摸摸那儿,好像他们是第一次见到这个城市、第一次见到这个世界,他们的每一个细胞都充盈着一种感觉:

这世界是我们的了!

糖城时代分为两个阶段:美梦时期和沉睡时期。现在,它的第一个阶段开始了。

下午,孩子们都回到了自己的学校。在学校里,他们想起了大人时代孩子们无忧无虑的时光,又找回了童年的感觉。他们惊喜地见到了公元世纪的同学和朋友,大家互相拥抱着祝贺对方能经过那场大灾难活到今天。至于明天会怎么样他们已不去想了,在这之前他们已想过,再想就太累了,规划明天本来就不是孩子们的事。

入夜,狂欢达到了高潮,城市开亮了全部的街灯,夜空中烟花怒放,使玫瑰星云黯然失色。

在信息大厦中,小领导人们默默地看着外面灿烂的灯海和绚丽的焰火,看着大街上一群群欢呼雀跃的孩子,眼镜说:

“孩子世界这才真正开始。”

晓梦轻轻叹息,“以后会怎么样呢?”

眼镜显得十分平静,“放宽心,历史像一条大河,会沿着它该流的河道流，谁都挡不住。”

“那要我们干什么？”华华问。

“我们是历史的一部分，是大河中的几滴水，顺着流呗。”

华华也叹息了一声，“我也是刚刚明白这点，想想以前的感觉，还以为我们这儿是国家这艘大船的驾驶舱呢，真可笑。”

第二天，虽然像电力、交通、电信这样关键系统的孩子们仍在坚守岗位，但大部分孩子已不去工作了，继悬空时代之后，孩子国家再次陷入瘫痪。

同悬空时代不同，这次国土上并没有多少报警信息。在信息大厦顶层的办公大厅里，孩子领导集体召开了紧急会议，但谁都不知道该说什么，该干什么。长时间的沉默之后，华华从抽屉里拿出一副墨镜戴上，说：“我出去看看。”然后就走了出去。

华华走出信息大厦后，找了一辆自行车，径直沿着大街一路骑去。今天街上的孩子跟昨天一样多，但看上去比昨天更兴奋。华华把自行车停在一家商场门前，商场的门大敞着，孩子们进进出出，开心不已。华华也走了进去，只见商店里有很多孩子，而且大多在柜台里面，所有的孩子都在忙着挑选自己喜欢的东西。

华华看到一辆电动玩具车吱吱地叫着，钻到了一个柜台下面。顺着小车来的方向，他猜测那是玩具柜台——那里聚集的孩子最多，各种玩具摊了一地：小小的汽车坦克和机器人在那个小天地中四处乱窜，撞开一群群东倒西歪的洋娃娃，不时引起孩子们一阵阵欢笑声。这些孩子到这里来本是想找一件自己喜欢的玩具，来了后才发现好东西太多了，根本拿不了,就索性在这里玩起来了。这些孩子全比华华小,他走进他们中间,看着他们摆弄着那些高级玩具,不由想起了昨天的虚拟公民1孩子在新五年计划中描述的那个世界。华华刚刚过了迷恋玩具的年龄,但他依然能感受到孩子们的这种兴奋之情。

男孩儿和女孩儿渐渐分成了两群,各自做着自己感兴趣的事。其中,男孩群又分成了两拨儿,双方各自用电动玩具组建了一支相当庞大的军队:成百辆坦克和各式战车、上百架作战飞机、一大群电动机器人以及许多奇形怪状叫不上名的武器,在他面前的水磨石地面上铺成了闪闪发光、呜呜作响的一大片。他周围的二十多个男孩儿一个个全副武装:腰上系了一串手枪,肩上挎着闪闪发亮的冲锋枪,手中还拿着几个高级电动玩具的遥控器。敌人进攻了,在光滑如镜的战场上,一大片小小的钢铁怪物哇哇叫着黑压压地扑了过来。华华面前的微型军队也气势磅礴地冲了出去,在距他们四五米处两军相遇了,叮叮咣咣,响起了一片令孩子们兴奋的撞击声,随后,撞成一堆的战车有一半躺在那儿呻吟,另一半则四下乱窜,像捅了一个铁蜂窝。对方的机器人军队进攻了,三排十几厘米高的钢铁小人儿庄严地挺进着,但一遇到那堆战车,队形就乱了;这时,华华这边的预备队出动了,这是三十辆遥控小汽车。这群汽车以最高时速冲入机器人群,把那些钢铁士兵撞得四下横飞。这些战车在孩子们的控制下灵活转向,追歼着未被击中的机器人……水磨石地面的战场上到处是底儿朝天的电动小车和细小的机器人残肢。第一次战斗结束后,孩子兴头正高,但柜台上的东西已不够再发动一次战役了。这时,一个男孩子兴奋地跑来说,他找到了百货大楼的仓库。孩子们立即都蜂拥着随他跑去,一阵紧张的搬运后,十几大箱的战车和机器人运到了,孩子们把柜台推开，空出更大的战场，几分钟后，一场规模更大的战争爆发了……

那一群女孩儿则被洋娃娃和各种毛茸茸的玩具动物包围了，她们给那些洋娃娃组成了数不胜数的家庭，并把他们安置在积木搭成的漂亮小房子旁边。那小房子的建设速度极快，以至于她们不得不请男孩儿们把柜台挪开，最后她们在水磨石地面上建起了一座美丽的城市，城市里住满了金发碧眼的洋娃娃。正当小姑娘们得意地欣赏她们创造的世界时，男孩儿们的上百辆遥控小坦克成密集队形冲了过来，没遇任何抵抗就侵入了这美丽的王国，并把它搅了个一塌糊涂……

华华又转到食品柜台去，那里，一群小美食家正在尽情地享受。他们忙着挑选自己最喜欢的东西，但每样只咬一口，以留着肚子装别的东西。柜台和地上撒满了被咬了一个缺口的精美的巧克力；饮料大都被打开了盖，但每瓶只喝过一口就扔了；一大堆启封的罐头，每听也都只被尝过一勺……华华看到一群小女孩儿站在一大堆色彩动人的糖果前，她们的吃法真特别：把每种糖剥开后飞快地舔一下就扔掉，再在糖果堆里翻找另一种没尝过的。很多孩子已经吃得很饱了，但仍不肯退场，看上去像在干一件很不轻松的活儿。

华华向商场外走去，一出门，迎面撞在一个四五岁的小女孩儿身上，那女孩儿抱着的一大堆洋娃娃蓦地全掉到地上，足有十几个，她二话不说，把背在身上的一个崭新大旅行包往地上一扔，坐在那儿蹬着两只小腿儿大哭起来——华华看到那旅行包中也装满了大大小小的洋娃娃，真不知这小丫头要那么多洋娃娃干什么。外面的孩子比华华来时又多了许多，所有的孩子都兴高采烈的，他们中有一大半都抱着从商场中拿出来的自己喜欢的东西，男孩子大多抱着肉罐头和电动玩具，女孩子则拿着精美的高级糖果、漂亮衣服和洋娃娃……

华华回去的路上骑得很慢，因为孩子们都在马路中间玩耍，有的在踢足球，有的围成一圈打扑克，好像城市大街突然变成了学校的操场。华华遇到孩子开动的汽车，全都是喝醉酒似的走着S形路线，其中有一辆高级奔驰轿车，车顶上坐着三个男孩儿，路中间的孩子们都小心地躲着它，轿车没开多远就撞到了路边的一辆面包车上，车顶上的几个孩子都掉了下来……

华华回到信息大厦，眼镜和晓梦问他看到了什么，他讲了在外面的见闻后，才知道这种事现在在其他地区也有发生。

晓梦说："据目前了解到的情况，外面的孩子想拿什么就拿什么，似乎所有的东西都像空气和水一样可以随意取用。由于旷工，国有财产无人保护，但最奇怪的是，非国有财产被随意取用时也无人声明拥有权，所以孩子在随便拿取东西时，没有发生任何冲突。"

眼镜说："这也不难理解：如果失去的私人财产能很快从别处得到，那也就不存在私人财产了。"

华华则感到非常震惊，"这就是说，大人时代的经济规则和所有制形式在一夜之间都崩溃了？"

眼镜说："现在的情况十分特殊：我们正处在人类历史上物质财富最丰富的时期，这一方面是由于人口的锐减，另一方面，在超新星爆发后的这一年中，大人社会一直在超量生产，以便给孩子们留下尽可能多的东西。如果按人均算，现在社会上的物质财富等于在一夜之间猛增了五到十倍！在如此丰富的物质财富面前，社会的经济结构和人们的所有制观念都会发生惊人的变化，我们突然处于了一种很原始的共产主义状态。”

晓梦问：“你是说我们提前进入了未来？”

眼镜摇摇头，“这只是个暂时的假象，并没有相应的生产力基础。大人们留下的东西再多也会消耗完，那时，社会的经济规则和所有制形式又会恢复原样甚至倒退，而在这个过程中，社会可能要付出血的代价！”

华华拍案而起，“应该让军队立刻采取行动，保卫国有财产！”

晓梦点点头，“我们已经和总参谋部研究了这事，大家一致认为，应该首先让大城市中的部队撤出来。”

“为什么？！”

“现在情况紧急，但军队也是由孩子组成的，在这种情况下自然也处于松懈的状态。要想保证行动成功，必须做好充分的准备，使部队进入最佳状态，这要花时间，但别无他法。”

“那好吧，但要快！这一次比公元钟熄灭时还要危险，国家会被吃光的！”

以后的三天时间里，孩子们一直很吃惊：大人们居然留下来了那么多东西——那么多好吃的，那么多好玩的！随即又感到不解：理想世界是这么近，为什么过去我们没有走进它呢？现在，孩子们忘记了一切，即使在新世界大会上多少有一些理智的大孩子，对未来的忧虑现在也被狂欢冲得烟消云散。这是人类历史上最无忧无虑的时刻，整个国家成了孩子肆意挥霍的一个乐园。

在糖城时代，郑晨班上的三个学生——现在的邮递员李智平、理发师常汇东和厨师张小乐一直在一起，他们几天前就不工作了：邮政系统几乎停止了运行，李智平没什么邮件可送；没什么人到常汇东的理发店去理发，孩子们不像大人们希望的那样注重仪表；至于食堂的大师傅张小乐那就更清闲了，孩子们都到更好的地方找吃的去了。在美梦时期的那三天他们睡得很少，身体里的每个细胞都处于高度亢奋状态。每天清晨，天刚蒙蒙亮他们就醒来了，因为这时他们总觉得有个声音在高叫着：“哈哈，快看，美妙的一天又来了！”

每天第一次走出家门来到清凉的晨风中时，三个男孩儿都有一种飞鸟出笼的美妙感觉。这时他们是完全自由的，没有任何纪律限制，没有任何作业要完成，想去哪儿就去哪儿，想玩什么就玩什么。那几天的上午，他们这些男孩子玩的都是一些运动很剧烈的游戏——小些的孩子玩打仗游戏或捉迷藏，那些小家伙一旦藏起来你就别想找到他们，因为城市里的任何地方他们都可以进去；而他们这些大孩子则玩开汽车（那都是真汽车啊！）、踢足球、在大街正中滑旱冰等等。孩子们都玩儿得很卖力，因为他们除了玩儿之外还有一个目的：为午宴做准备。那几天吃得太好了，但好吃的还远远没有享受完。每天上午，孩子们尽最大努力在游戏中消耗能量，他们最大的愿望就是在吃下一顿饭时，能兴高采烈地说一声：“我饿了！”

十一点半，城市里的游戏停止了，十二点，孩子们的午宴开始了。城市里有数不清的宴会点，三个孩子很快就发现，总在同一个宴会点吃是不明智的，因为每个点吃的大多是从同一个仓库中运来的东西，连着吃不免有些单调。但体育场宴会点是个例外，那是这个城市里最大的一个宴会点，每天都有一万多人参加！那里的食物更多。走进体育场，就像走进了一个迷宫，那迷宫的墙是用罐头和糕点筑起来的！稍不留神，你就会被脚下一堆堆的精美糖果绊倒。有一天，李智平从高处的观众席上向下看，只见黑压压的孩子拥到堆在宽阔草坪上的食物山上，就像一大群蚂蚁拥到了一大块奶油蛋糕上一样。每天的宴会后，食物山总要降低一些，但很快又被新运送到的食品堆高……那个宴会场他们去过几次后，渐渐积累了一些经验：当发现某种好吃的东西时，每次只能吃一点点，否则它很快就会不好吃的。张小乐吃午餐肉的教训就很能说明问题：第一次他一顿吃了十八种，共二十四听！当然不是每罐都吃光，只是每听吃几小块儿。从此以后，那东西到口里味道简直像锯末。另外他们发现：啤酒和山楂糕是两种极其有用的东西，以后几天全凭这两种东西开胃了。

体育场的宴会固然壮观，但给三个孩子印象最深的还是在亚太大厦中见到的宴会。这座大厦原是市里最豪华的酒店，那里的餐桌上摆满了他们以前只在外国电影里见过的高级食品，但就餐的全是小猫和小狗！那些小动物喝多了法国葡萄酒和英国威士忌，一个个摇摇晃晃地迈着舞步，逗得它们周围的小主人们哈哈大笑。

下午，由于中午的宴会吃得太多，孩子们只能玩儿一些运动量较小的游戏了，比如打扑克、玩电子游戏和打台球等，或者干脆一动不动地看电视。到了下午，有一件事是必须做的——喝啤酒。那时每人下午平均喝两到三瓶，以加速消化。天黑之后，三个孩子加入全城规模的狂欢中，尽情地唱歌跳舞，一直持续到深夜十二点，直到这时，他们才有胃口去应付晚宴了……

孩子们很快就玩儿累了，他们发现，世界上原来并没有什么永远好玩儿的，也没有永远好吃的，当一切都能轻而易举地得到时，一切很快就变得乏味了。孩子们累了。渐渐地，游戏和宴会成了一种工作，而他们是不想工作的。

三天以后，孩子军队进入城市，担负起保卫国家财产的职责，食品和生活必需品实行定量分配，无度的挥霍很快被制止住了。对局势的控制比预想的要顺利，没有爆发大规模的流血冲突。

但接下来的局面并没有像小领导人们希望的那样好起来，孩子世界的每一段进程，都呈现出一种公元世纪的大人们完全想象不到的怪异面貌。

糖城时代进入第二个阶段：沉睡时期。

沉睡时期

接下来的那些日子里，李智平他们三个人的生活除了到配给点去领吃的，主要就是睡觉。他们每天睡十八小时左右，多的时候甚至达到二十小时！除了吃饭外，没有人催他们起床，所以三个孩子就一直躺下睡了。后来，越睡越能睡，脑袋成天昏沉沉的，动不动就犯困，干什么都没意思，干什么都累，甚至连吃饭都觉得累人。现在他们发现，无所事事居然也累人，而且这种累更可怕。以前学习和工作累了可以休息，可现在休息本身也累人了，只有睡觉，越睡越懒，越懒越睡。他们睡不着的时候也不想起，浑身的骨头好像都成橡皮的了，软软的，绵绵的，于是就那么躺在床上望着天花板，头脑中空白一片，什么都想不起来。真是令人难以置信，这样头脑空空地躺着居然也累人！所以躺一会儿也就又睡着了。渐渐地，三个孩子已失去了日夜的概念，觉得人类就是睡觉的动物，醒着反而成了一种不正常的状态。那些日子，他们成了梦境的居民，一天大部分时间都生活在梦中。梦中的世界比醒着的时候好，在梦中，他们一次又一次走进新五年计划给大家描述过的那个国家，走进超级大楼，坐上大过山车，走进糖城，轻轻敲下一块窗玻璃含在口中，享受着那梦中才有的甜蜜……梦中的他们远比醒着的时候精力充沛，所以他们就开始依恋起梦中的世界来。每当醒来时，三个孩子都会互相讲述自己的梦，这是他们之间在这些日子里唯一的交流，讲完后又蒙上被子，再次扎进梦之海去寻找上次梦中去过的那个世界，但往往找不到，只能不情不愿地进入另外一个。渐渐地，梦中的世界也开始褪色，同现实越来越接近，最后他们几乎难以分清这两个世界的界限了……

后来，张小乐在一次外出领食物时，不知从哪里搞来了一箱白酒，于是三个孩子开始喝酒。在美梦时期就有孩子开始喝酒，现在，酗酒更是成了一种普遍现象，孩子们发现，那些火辣辣的液体可以给他们那已经麻木的神经和身体带来巨大的快感，怪不得大人们那么喜欢它！那天喝完酒时还是中午，醒来时天已经黑了，而在他们的感觉中，仿佛只过了四五分钟，酒让他们睡得太死了，连梦也不做了。醒来时，他们每个人都觉得周围的世界有些不正常，但顾不得更多地考虑这些，因为渴得厉害。喝了一些凉水后，他们才开始考虑世界究竟是哪儿不正常。很快他们就看出来了：怎么房子四壁是固定不动的？他们必须使眼中的世界恢复正常才行。于是寻找酒瓶，李智平最先找到一瓶，他们轮流喝起来，一股热辣辣的火焰从他们每个人的嗓子眼儿流了下去，很快燃遍全身。三个孩子看了看周围，房子的四壁开始缓缓地移动了，他们觉得身体变成了一团云絮，四壁和一切都在动，不但水平地转，还左右摇晃，仿佛地球已变成了一叶漂泊在宇宙之海上的小舟，随时都会沉没。邮递员李智平、理发师常汇东和厨师张小乐躺在那儿，享受着大地摇篮般的摇动和旋转，想象着自己被一阵风吹起，吹向那无边的宇宙之海……

孩子国家政府做出了巨大的努力，在沉睡时期保证了国家各关键系统基本运行正常，在这个时期，城市一般都保持了基本的水电供应，交通畅通，电信系统和数据国土也运行正常。正是由于这种努力，使得糖城时代没有发生悬空时代那种席卷全国的事故和灾难。有的历史学家把历时四十多天的沉睡时期称作“一个被延长了上百倍的正常夜晚”，这是一个很贴切的比喻：虽然夜间大部分人都在沉睡中，但社会仍在正常运转。也有人觉得这时的国家像一个植物人，虽在昏睡，但机体内的生命活动仍在维持着。

这一时期，孩子领导者们使用各种方式试图把孩子国家从沉睡中唤醒，但所有的努力都失败了。他们多次采取在悬空时代拯救国家的行动：让大量子拨通全国所有的电话。但没有什么回应，大量子采用新世界大会的方式把收到的所有回话归纳起来，往往只有一句：

“讨厌，人家睡觉呢……”

小领导人们又来到了网上的新世界社区，整个社区人烟稀少，一片荒凉。在新世界大会的会场，广阔的平原上人影稀稀拉拉。自沉睡时期开始以后，华华和晓梦几乎每天都会在数字国土上露面，每天向全国的孩子们问候一句：

“喂，小朋友，你们怎么样了？”

回答都一样：“活着呢，真烦人！”

话是这么说，但孩子们并不讨厌华华和晓梦，如果他们哪天没出现，大家都觉得心神不定，互相问问：今个儿网上怎么没见那俩好孩子？“好孩子”这个称呼带着讽刺也带着善意，反正后来大家就这么称呼他们了。而小领导人们每天听到一声“活着”，似乎心也多少放下了些，只要这声“活着”在，最可怕的事情就还没有在国土上发生。

这天夜里，当华华和晓梦进入新世界会场时，发现这里的孩子比昨天多了些，有一千多万人，但这些上网的孩子都是些喝得迷迷糊糊的小酒鬼。会场上的这些小卡通人儿手里大多拎着一只大酒瓶——有的酒瓶长度甚至超过他们的身高——一步不离地自动跟着它的主人。这些卡通人儿在会场上或摇摇晃晃地闲逛，或几个人凑成一小堆，醉态百出地闲聊。他们每人都与外界电脑旁的真身一样，不时抡起大瓶子来灌一口数字酒，那些瓶子里流出的酒可能都是图形库中的同一个元素，闪闪发光，像炽热的钢水，卡通人儿把它喝进去之后，浑身也闪亮几下。

“小朋友们，你们怎么样了？”晓梦在会场中央的讲台上像每天一样问，好像在探望一个可怜的小病人。

一千多万个孩子回答了她，大量子归纳出他们的话，结结巴巴的：“我们……挺好，活着呢……”

“可你们这么活着像什么呢？”

“像……像什么？那你说怎么活好？”

“你们怎么能完全放弃了工作和学习呢?!”

“工作有什么……意……意思？你们是好孩子，你们工……工作吧。”

“喂！喂！”华华喊。

“穷叫唤……什么？没看见大家都喝了不少，都在睡觉？”孩子们回答。

华华恼怒起来，“喝了睡睡了喝，你们是什么？是小猪？！”

“你嘴……嘴干净点儿，你在那儿成天骂我们，算什么班……班长？[①]要想让我们听你的也可……可以，你现在，干了这……这瓶！”

一只粗大的酒瓶从蓝天上降下，悬浮在华华面前，挑逗似的跳动着。华华一挥手打碎了它，那钢水似的酒液洒了一地，在讲台周围的会场到处流淌，闪闪发光。

“呸，小猪！”华华说。

“你再说？！”顿时，会场上四面八方无数只酒瓶向讲台飞来——不过，立刻就被讲台周围某种软件屏障吸收，消失在空中。但是很快，那些扔酒瓶的孩子手中变戏法似的又出现一只酒瓶。

华华说：“等着吧，不工作会饿死你们的！”

“那你也跑不了！”

“真该打你们这些小猪的屁股！”

“哈哈哈哈，你打得……过来？你可是在跟两亿小朋友说话，你等着看谁打……谁的屁股！”

……

华华和晓梦摘下虚拟头盔，透过大厦的透明墙壁看着外面的城市。糖城时代的沉睡时期已进入睡得最深的阶段，城市里灯光稀少，玫瑰星云把城市罩在一片神秘的蓝光之中，那林立的高层建筑表面的玻璃反射着冰冷的蓝光，像一片沉睡的冰峰。

晓梦说：“昨天晚上我又梦见妈妈了。”

---

①班长是全国孩子对华华的称呼，他们称眼镜为学习委员，称晓梦为生活委员。

华华问："她对你说什么了？"

晓梦说："唉，我先给你说说我小时候的一件事吧，也记不清那时我是多大了，反正很小呢。从第一次看见彩虹起，我就把它当成了一座架在空中的五彩大桥，我想那一定是一座水晶做的大桥，里面闪着五彩光柱。有一次大雨过后，我就没命地朝彩虹那儿跑，我真想跑到它的脚下，攀到它那高得吓人的顶上，看看天边那座大山后面是什么，看看世界到底有多大。但我跑，它好像也在向前移，最后太阳一落山，它就从下往上地化了！最后，我就一个人站在野地里，满身泥水地哭啊哭，妈妈答应我，再下雨时她就和我一起去追彩虹。于是，我就一天天盼着再下场大雨，功夫不负有心人，终于等来了一场有彩虹的大雨，那天妈妈正好去幼儿园接我，她就把我放到自行车的后座儿上，骑着车向彩虹那边飞奔。可太阳又落了，五彩大桥又化了。妈妈说再等下一场大雨吧，可我等啊等，等了好几场雨都没有彩虹，最后等来了一片雪花……"

华华看着晓梦说："你小时候很爱幻想的，可现在不是。"

晓梦轻轻地说："有时候，你不得不快些长大……不过，昨天夜里我又梦见妈妈带我去追彩虹了！我们追上了它，然后就顺着它爬上去了！我爬到了那座五彩大桥的最顶儿上，看到星星就在身边飘来飘去，我抓住一颗，星星冰凉冰凉的，还叮叮咚咚地响着音乐呢！"

华华感慨地说："现在看来，超新星爆发之前的那些日子倒真像是梦。"

"是啊，"晓梦说，"只想在梦里再回到大人们在的时候，再去做孩子。现在，那种梦真的越来越多了。"

"只做过去的梦不做未来的梦，这就是你们的误区。"眼镜端着一大杯咖啡走过来，这几天他很少说话，也不参与在数字国土上与全国孩子的对话，大部分时间都在无表情的思考中度过。

晓梦叹了口气说："未来还有梦吗?"

眼镜说："这就是我和你们之间的最大分歧：你们把超新星爆发看作一场灾难，现在的一切努力都是为了度过这场灾难，只盼着孩子们快快长大；但我认为这是人类的一次重大机遇，我们的文明可能因此而得到极大的发展和升华。"

华华指着外面在玫瑰星云的蓝光中沉睡的城市说："看看现在的孩子世界，有你说的这种希望吗?"

眼镜呷了一口咖啡说："我们刚刚错过了一次机会。"

晓梦和华华对视了一下，晓梦看着他说："你肯定又想出了什么，说吧!"

"我在新世界大会上就想出来了。你们还记得我说过的推动孩子世界的基本动力吗？在看过孩子们的虚拟国家又回到大会讲台上时，面对那两亿人的人海，我突然悟出了那动力是什么。"

"什么?"

"玩儿。"

晓梦和华华默默地思考着，没有说话。

"首先我们要搞清玩儿的确切定义：这是一种只属于孩子的活动，与大人的娱乐有区别，娱乐在大人的社会中只是主体生活的一种补充，而玩儿可以成为孩子生活的全部，孩子世界很可能成为一个以玩儿为本位的世界。"

晓梦说："但这跟你说的文明发展与升华有什么关系呢？难道这些

能玩儿出来吗?”

眼镜反问:“那你认为人类文明是怎么发展起来的呢？是由于勤劳吗?”

“难道不是吗?”

“蚂蚁和蜜蜂更勤劳,它们发展出了多高的文明呢？人类那些愚钝的先祖用简陋的石锹刨地开荒,后来他们嫌累了,才学会了冶炼青铜和铁;后来还是觉得累,心想能不能让什么东西替他们干活呢？于是发明了蒸汽机、发现了电和核能;再后来思考都觉得累了,想找个东西替他们干,于是发明了电脑……文明的发展不是由于人类的勤劳,而是因为他们的懒惰！你在大自然中观察一下就会知道,人类是最会偷懒的动物。”

华华点点头说:“这说法有些偏激,但很有道理,历史的发展是一件十分复杂的事,我们不能把它简单化了。”

晓梦说:“我还是不同意不劳动能使文明发展的说法。难道你们认为孩子们现在这样睡大觉是对的?”

“是指他们不劳动吗?”眼镜说,“你们可能还记得,在超新星爆发前,美国人刚推出了一部虚拟现实电影,这是一部前所未有的大片,时代华纳为此投入了上百亿美元,它被视为有史以来人类在电脑中制作的规模最大的虚拟现实模型。但是,我们都看到过的孩子们制作的那个虚拟国家,我让大量子估算了一下,它的规模是那部大片的三千倍!”

华华又点点头,“是的是的！那个虚拟世界真是太大了,而且里面的每一颗沙粒和每一株小草都做得那么精细完美。在过去上电脑课时,我做一个鸡蛋的模型还要干一天呢,做出那个虚拟国家要多大的工作量啊!”

眼镜说："你们总觉得孩子们懒，不努力工作，但你们想过没有，他们在劳累一天后，夜里快十二点了还要在电脑前继续干一件同样很累的工作：做他们的虚拟国家。据报道，有很多孩子因此而累死在了电脑前。"

晓梦问："是不是能由此找到我们目前陷入困境的原因呢？"

"原因很简单：大人社会是一个经济社会，人们劳动是为了获得经济报酬；孩子社会是一个玩儿的社会，孩子们劳动是为了获得玩儿的报酬，而这种报酬，现在几乎为零。"

华华和晓梦频频点头，晓梦说："我并不能完全接受你的理论，比如在孩子社会中经济报酬也是不可少的，不过，我这么多天来雾蒙蒙的脑子里好像终于有了些亮光！"

眼镜接着说："从社会整体来说，当玩儿原则取代经济原则来决定社会运行时，有可能产生巨大的创造力，使得以前被经济原则束缚的人类潜力释放出来。举个例子：在大人时代，让一个人付出他全部积蓄的三分之二到太空旅游一次，大部分人是舍不得的；但在孩子世界，在玩儿原则制约的世界，大部分人就会这么做！这就使得新世界的宇宙航行会像大人时代的信息产业一样飞速发展起来。玩儿原则比经济原则更具有开拓性和创造力，玩儿需要到很远的地方去，玩儿需要不断看到新奇的世界奥秘，玩儿将由低级向高级发展，最终像大人时代的经济一样推动科学的发展，而这种推动力会比经济大得多，最终使得人类文明产生一次爆炸性的飞跃，达到或超过在这个冷酷的宇宙中生存下去的临界速度。"

华华若有所思地说："这就需要在孩子世界变为大人世界之后，玩儿原则也能一直延续。"

“这不是没有可能的，孩子世界将创造一种全新的文化，由孩子世界成长起来的大人世界肯定不会是公元世纪的简单重复。”

“妙极了，真是妙极了！你刚才说，在新世界大会的会场你就想到这些了？”

“是的。”

“当时为什么没说呢？”

“现在说了又有什么用？”

华华指着眼镜气恼万分地说：“你可真是个思想的巨人、行动的矮子！你一贯是这样！有了思想，不行动有什么用？！”

眼镜面无表情地摇摇头，“怎么行动呢？我们总不至于真的接受那个疯狂的五年计划吧？”

“为什么不？”

眼镜和晓梦像看一个陌生人似的看着华华。

“在你们眼中，这个五年计划难道只是一个虚幻的梦？”

“比梦更虚幻，人类要是有过一个离现实最远的计划，那就是这一个了。”眼镜说。

“可它正是你的思想的最好体现：一个被玩儿驱动的世界。”

晓梦说：“要说这个计划所表现出来的思想，那你说得对，但它没有任何现实意义啊！”

“真的没有吗？”

眼镜和晓梦面面相觑。

“真的没有吗？”华华又问一句。

“你不是在梦游吧？”眼镜问华华，说完才想起来，在几个月前悬空时代的关键时刻,华华也这么问过他。

华华说:“还记得那个包括了整个大西北的探险区吗?为什么不可以呢?国家现在的人口只有大人时代的五分之一,我们可以把一半的国土完全空出来(不一定是大西北),把那个广大地区内的城市和工业全部关闭,人口全部迁出,使其成为无人区,让其自然的生态慢慢恢复,变成一个国家公园。要知道,即使这样,另一半国土与大人时代相比也并不拥挤。”

眼镜和晓梦对华华的这个想法感到震惊,但紧接着,他们的思想也被激活了。

晓梦说:“对呀!这样做的结果是,有人居住的一半国土上的人口数增加了一倍,每个孩子的平均工作量相应减少了一半,这就解决了现在工作负担过重的问题,使他们有更多的时间去学习去玩儿。”

“更重要的是,”眼镜也兴奋起来,“玩儿就有可能成为我刚才所说的劳动报酬了。孩子们工作一段时间后,就可以挣到去那广阔的国家公园玩儿的资格和时间——那个公园的面积占一半的国土,有近五百万平方公里,应该是很好玩的。”

华华点点头,“从长远看,在这个广阔的公园中,虚拟国家中的那些超大型的游乐设施也有实现的可能。”

晓梦说:“我觉得这个计划是可行的,能使国家走出困境。这中间的关键问题是人口的大迁移,这在大人时代真是不可想象,但我们孩子国家的社会结构已经变得十分简单,基本上就是一个大学校的结构,这种情况下,这种大规模人口迁移并不是太难的。眼镜,你觉得怎么样?”

眼镜想了想说:“想法很有创造性,只是,这是一个前所未有的大行动,可能带来……”

“我们预料不到的后果!”华华同他一起说道,“你又来了,行动的矮子! 不过我们当然要仔细研究的,我提议马上开会! 我相信,只要这个计划一实施,立刻就能把国家从沉睡中唤醒!”

以上谈话后来被历史学家称为超新星纪元初的“午夜谈话”,它的意义无论怎么高估都不为过。在“午夜谈话”中,眼镜提出了两个重要思想,其一,玩儿将成为孩子世界的主要驱动力,这个思想后来成为超新星纪元社会学和经济学的基础;其二,认为孩子世界的玩儿原则将以某种方式影响到以后的成人世界,使人类社会发生质的变化。这个思想更为大胆深刻,影响也更为深远。

“午夜谈话”的另一个重要内容是:华华提出了第一个基于玩儿原则的未来规划,这个规划虽没有成为现实,但后来世界的运行都是基于这个基本模式的。以后有许多历史学家和作家做过这样的假想:如果华华的计划真的实现,历史进程会是什么样子。但大多数人对这个假想并不感兴趣,因为后来玩儿原则产生的真实的超新星纪元历史,其震撼和怪异远远超出了小领导者们的想象。

就在孩子领导集体连夜开会研究建设超大型国家公园的方案时,历史的进程被无情地打断了——他们收到了一份用电子邮件从地球另一端发来的通知,全文如下:

中国孩子,请你们的国家元首赶快到联合国来开会,这是超新星纪元第一届联合国大会，全世界的孩子国家的元首都会来，孩子世界有十分重要的事情商量。快点儿快点儿，大家等着你们呢！

联合国秘书长：威尔·乔加纳

第八章

美国糖城时代

冰淇淋盛宴

玫瑰星云还没升起，华盛顿城笼罩在暮色之中。又宽又长的摩尔街上看不到人影，东头詹金斯山国会大厦高耸的圆顶反射着最后一抹天光，给人一种寒冷的感觉；最西端的华盛顿纪念碑白色的尖顶指向刚刚出现的两颗星星，显得孤独而怪异。摩尔街旁那些白色的建筑物——圆形的杰弗逊纪念堂、巨大的林肯纪念堂、国立美术馆和史密斯学会的一些博物馆都没有多少灯光，倒影池中的喷泉已经停喷了，一潭没有一丝波纹的池水反射着黯淡的天光。这座由白色的欧洲古典建筑组成的城市像一片荒废了的古希腊遗址。

好像要驱散这种笼罩着整座城市的夜色和寂静，白宫灯火辉煌，乐声喧响，东门和北门外停满了插着各国国旗的小汽车。这是总统为各国孩子首脑举行的宴会，这些小首脑是为参加超新星纪元首届联合国大会而专程来到美国的。宴会原打算在西边的国宴厅举行，但那里面积太小，只能容纳一百多人，而这次赴宴的多达二百三十人，只好改在白宫面积最大的东厅了。三盏安装于一九〇二年的巨型波西米亚式水晶枝形吊灯悬在辉煌无比的天花板上，照着这个曾经举行过亚伯拉罕·林肯葬礼的地方。在这以白色和金色为基调的大厅中，两百多个身着高级晚礼服的孩子都已到齐，他们有的聚成一堆谈笑，有的站在涂有白色瓷釉的木镶板墙壁前，欣赏着上面那十二个精美的浮雕——这些浮雕是一九〇二年白宫装修时由皮奇里利兄弟雕琢的，在这里已有一百多年的历史了，现在看来好像是专门为这些孩子准备的一样，因为上面描绘的都是伊索寓言故事。剩下的孩子都挤在落地长窗前的一架斯坦威大钢琴前（那钢琴最引人注目的是它那三条粗大的美洲鹰柱腿），听漂亮的金发女孩儿、白宫办公室主任贝纳弹《啤酒桶波尔卡》。所有的孩子都假装不去留意大厅中的宴会长桌，那桌上摆满了令人垂涎的食物：既有豪华的法国大菜，如姜汁牛排、葡萄酒蒸蜗牛，也有地道的西部牛仔午餐，如烤蚕豆、浓汁猪排和核桃馅饼等。

这时，军乐队突然奏起了《美丽的亚美利加》，所有的小客人立即都停止了谈话，向门口转过身来。

超新星纪元第一任美国总统赫尔曼·戴维、国务卿切斯特·沃恩，以及其他美国政府高级官员迈步走了进来。

霎时间，所有的目光都聚焦在小总统身上。每个孩子身上或多或少都有一处出众的地方，有的是眼睛，有的是额头，有的是嘴巴……如果把一万个孩子身上最出色的部位分离出来，再用这些部位组成一个孩子，那就是赫尔曼·戴维了。这个男孩的外形实在是太完美了，以至于孩子们都不由觉得他很神秘，怀疑他是不是某架闪光的外星飞船带来的小超人。

其实,戴维不但是人类的娘胎所生,而且也并无什么高贵的血统。他的父系虽算苏格兰血统,但别说像富兰克林·罗斯福那样可以一直上溯到征服者英王威廉一世,就是到独立战争以前都搞不清;至于他的母亲,只是二次大战结束时一个非法入境的波兰移民。最使孩子们失望的是,戴维九岁以前没有任何值得一提的传奇经历。他的家庭平平常常,父亲是一个洗涤品推销员,从来没有过约翰·肯尼迪的父亲对儿子的那种期望;母亲是一个广告画师,从来没有过林肯的母亲对儿子的那种教诲。他的家人对社会政治活动漠不关心,据查,戴维的父亲参加过的唯一一次总统选举投票,还是以扔硬币的方式决定投民主党还是共和党候选人的票。至于戴维的童年经历,实在找不出什么可炫耀的。他在学校各科的成绩大部分是B,喜欢玩橄榄球和棒球,但没一样玩到校替补队员的水平。小记者们费了很大的劲儿总算查出他在三年级时曾担任过一个学期的教导生[①],可校方没有给他记下任何评语。但是,戴维像所有美国孩子一样,在自由自在漫无边际地挥霍童年时光的同时,不忘时时睁大第三只眼,瞄着那极其少见但仍可能会出现的机遇,一旦瞄准,就紧紧咬住不放。当超新星在太空中出现时,十二岁的戴维终于把他的机遇等来了。

听到总统发布了灾情报告后,戴维立刻意识到,历史已向他伸出手来。模拟国家中的竞争是残酷的,他险些把命丢了,但凭着自己突然爆发出来的卓越的领导才能和魄力,他击败了所有的对手。

不过,这一切并非进行得一帆风顺,就在爬上权力顶峰之际,戴维的心中蒙上了一层阴影,这就是切斯特·沃恩。

①西方学校中在高年级里选出的学生,负责在课外活动中辅导低年级的学生。

第一次看到沃恩的人，不管是大人还是孩子，都会倒吸一口冷气，然后赶快把眼睛移开。沃恩外表看上去正好是戴维的对立面，他首先是惊人的瘦，脖子犹如一根细棍，细得很难让人相信能支撑得住他那大得不成比例的脑袋；而他的双手简直就是包着皮的骨头枝。但他看上去并不像非洲饥饿的孩子，区别就在于他皮肤很白，白得吓人，以至于有孩子把他称为“小僵尸”——那白色的皮肤看起来像是透明的，细细的网状血管从皮肤下面显露出来，在那宽大的额头上一览无遗，使他看起来多少有些异类的感觉。沃恩的另一个特点就是面孔异常苍老、布满了皱纹，如果在大人时代，他多半要被当成上了年纪的侏儒。

那天，戴维走进白宫的椭圆形办公室，站在处于弥留之际的总统和最高法院大法官面前，当他把一只手放在办公桌的《圣经》上宣誓并接受任命时，第一次见到了沃恩；那时，沃恩远远地站在国旗下，背对着他们沉默不语，仿佛对正在发生的这历史性的一幕毫无兴趣。宣誓完毕后，总统给他们俩做了介绍：

“这是切斯特·沃恩，国务卿；这是赫尔曼·戴维，合众国总统。”

戴维伸出手去，随即又放了下来，因为沃恩一动不动，仍背他而立。最让他奇怪的是，当他准备向沃恩打招呼时，总统竟抬起一只手轻轻地制止了他，就像一个仆人怕人打扰他无比尊敬的主人专心思考而制止一名冒失来访者那样。过了好几秒钟，沃恩才慢慢转过头来。

“这是赫尔曼·戴维，我想你以前认识他的。”总统又重复了一遍，听那口气，看那神情，仿佛得重病的不是自己，而是那个古怪的孩子。

沃恩转过身来时，眼睛仍看着别的地方，只是总统的话音落后，才正眼看了戴维一下，然后，没有任何表示，甚至连头都没微微点一下，又转过身去背他而立了。就在刚才那一刻,戴维第一次看到了切斯特·沃恩的眼睛。那双眼睛眼窝很深,上面有两道很浓的眉毛,这使得眼睛完全隐没于黑暗之中,就像深山中两个阴冷的水潭,谁也不知里面藏着什么可怕的活物。但即使是这样,戴维仍觉得沃恩的目光犹如深水潭中伸出的两只湿乎乎凉冰冰的怪手,一下卡住他的脖子,令他喘不过气来。沃恩转身那一霎,戴维觉得他那双深藏的眼睛反射出的日光灯光芒,犹如两团爆炸的冷光……

戴维对权力有一种奇异的第六感。身为国务卿的沃恩比身为总统的他先到椭圆办公室,还有刚才所发生的那无比微妙的一幕,都使他隐隐有些不安。最让他耿耿于怀的是,沃恩拥有组织内阁的绝对权力。尽管宪法中规定了国务卿的这种权力,但过去的国务卿是由现任总统而非前总统指定的。此刻,前总统反复强调国务卿的这项权力,更是让戴维觉得不正常。

进入白宫以后,戴维尽可能避免同沃恩正面接触,好在后者大部分时间都待在詹金斯山上的国会大厦里,大部分时间他们只需通过电话联系就行。亚伯拉罕·林肯在不肯任命一个人时,曾这样说明他的理由:"我不喜欢他的样子。"当别人反驳说一个人无法对自己的样子负责时,林肯说:"不,一个人到了四十岁以后就应该对他的样子负责。"虽然沃恩年仅十三岁,但戴维仍觉得他应该对自己的样子负责。对沃恩的经历他知道得不多——其实别人也都知道得不多,这在美国是很不正常的:大人们在的时候,每一个高层领导人的经历都被选民们背得滚瓜烂熟。白宫和国会中以前认识沃恩的孩子很少,戴维只听联邦储蓄委员会主席谈起过他,那个女孩儿告诉戴维,她父亲——哈佛大学的一位教授——曾带那个怪孩子去过她家，她父亲认为，沃恩是一个在社会学和史学方面智力超常的孩子。这使戴维感到很费解。神童他见过不少，听说过的更多，他自己就有好几个获得威斯汀豪斯奖学金的朋友，但他们全部是在自然科学和艺术领域，他从未听说过社会学和史学方面的神童。社会学同自然科学不一样，仅凭智力在这个领域中不会有什么建树，社会学需要研究它的人拥有丰富的社会经验和对现实社会全角度的深刻观察；史学也一样，没有现实社会生活经验的孩子，很难对历史有一种立体感，而这种立体感是一名史学研究者不可或缺的。那么，这些需要时间和经历才能得到的东西，沃恩怎么会有呢？

但戴维毕竟是一个务实的孩子，他知道，同国务卿的关系一直这样僵持下去是不行的。他决定克制住自己的厌恶和恐惧（后一种感觉是他不愿承认的），到沃恩的住处去看望他一次。他知道沃恩整天都把自己埋在文件和书籍里，没有任何朋友，除非万不得已，很少开口说话；他还知道沃恩夜里也在办公室里看书，每天回去都很晚，所以他十点以后才去。

沃恩的住处在第十六街北段，华盛顿特区的最北端，这个地区叫黄金海岸和谢泼德公园。这里过去一度是犹太人的居住区，后来居住的则多为在政府和律师事务所做事的黑人中产阶级。在快到华盛顿下城的地方，有一大片没有装修的公寓大楼，这里是华盛顿被遗忘的角落之一，虽不像东南面的安纳柯斯蒂亚那么贫穷破旧，但在大人时代犯罪率居高不下，毒品买卖也不少。沃恩就住在这里的一幢公寓大楼里。

戴维的敲门声换来了沃恩一句冷冰冰的应答："门开着。"他小心翼翼地推开门，好像进入了一个旧书贮藏室。在一只黯淡的白炽灯的光亮下，可以看见房间里到处都是书，不过没有任何书架，其他的东西——桌子、椅子之类也没有，乱堆的书籍把地板全盖住了。这里甚至连张床也没有，只有一条毛毯铺在一堆略显平整的书上聊充作床用。戴维站在门边迈不开步，地上的书使他没法下脚。他远远地看着那些书，除英文书籍外，他勉强看出还有许多法文和德文著作，甚至还有一些破旧的拉丁文著作。他脚下踏着的是一本阿庇安的《罗马史》，往前点是《君主论》——作者名字被另一本书盖住了，再往前是威廉·曼彻斯特的《光荣与梦想》，还有让·雅克·塞尔旺·施赖贝尔的《世界面临挑战》、T.N.杜普伊的《武器和战争的演变》、小阿瑟·施莱辛的《民主党史》、康德的《判断力批判》、K.N.斯皮琴科的《政治和军事地理学》、亨利·基辛格的《选择的必要》……

沃恩刚才是坐在一堆书上的，戴维推门时，看到他正把一个透明的东西从左臂上拔下来——那是一个注射器。沃恩似乎并不在乎被总统看见这一幕，他站在戴维面前时，右手仍拿着那个注射器。

“你吸毒？”戴维问。

沃恩不说话，只是看着他——来自那双眼睛的无形怪手又伸了过来，戴维不禁有些害怕。他向四周看看，希望能发现个人影，但这幢楼里空空荡荡的，他失望了。

“我知道你不喜欢我，但你必须容忍我。”沃恩说。

“容忍一个吸毒的国务卿？”

“是的。”

“为什么？”

“为美国。”

在沃恩那达斯·瓦德式①的眼睛逼视下，戴维屈服了。他叹了口气，把目光移向别处，放弃了与沃恩的对视。

“我请你吃饭。”戴维说。

“去白宫？”

“是的。”

沃恩点了点头，向外做了个请的手势，两个人向楼下走去。在沃恩关上房门之前，戴维最后回望了一眼，发现屋里除了书和那条毛毯外，还有一个大得出奇的地球仪，那东西放在门边的墙角里，所以戴维刚才没看见——它的高度超过沃恩的头顶；支架是两个雕刻精美的希腊女神，一个是战神和智慧之神雅典娜，一个是能预言未来的卡桑德拉，她们共同举着那个大大的地球仪。

总统和国务卿在白宫的红厅里共进晚餐，这里是白宫的四大会客厅之一，原来是第一夫人用于接待来宾和举行小型宴会的地方。幽暗的灯光照着四壁绣有金黄色旋涡状图案的榴红色斜纹织锦缎，加上那个哥特式红木书橱和壁炉架上两个18世纪的烛台，使这里显得古老而神秘。

两个孩子坐在壁炉对面有大理石台面的小圆桌旁吃饭。小圆桌是白宫收藏品中最精美的家具，桌身用红木和各种果树制成，桌面镶着一块洁白的大理石，镀金的青铜女人头像俯视着桌上的那瓶苏格兰威士忌。沃恩吃的东西很少，只是喝酒，他喝完一杯又一杯，不到十分钟，那瓶酒就几乎空了。戴维只好又拿出两瓶，沃恩仍以同样的速度喝着，酒精对他似乎不起作用。

①《星球大战》中的黑勋爵，一个半人半机械的怪物。

“能说说你的爸爸妈妈吗?”戴维小心地问。

“我没见过他们。”沃恩冷冷地回答。

“那你……从哪儿来?”

“赫文岛。”

两人再也没说话,只沉默地喝着、吃着。戴维猛然回味起沃恩的后一句回答,不禁打了个寒战。赫文岛是纽约附近的一个小岛,那里有一个可怕的婴儿坟场,被吸毒母亲抛弃的私生子遗体都集中在那里。

“你难道是说……”他问沃恩。

“是的。”

“你是说,你是被装在果品箱里扔在那儿的?”

“我当时没那么大个儿,我是装在一只鞋盒子里的。据说那天一共扔了八个,我是唯一活着的。”

沃恩说这些话的时候泰然自若。

“你是被谁拾起来的?”

“他的名字有十几个,但我知道没一个是真名。他能用许多非常独特的方法把海洛因运输进美国。”

“我……我还以为你是在书房中长大的呢。”

“也对,那就是一个很大的书房,金钱和血就是书页。”

“贝纳!”戴维叫道。

那个叫贝纳的金发小女孩儿走了进来,她是白宫办公室主任,漂亮得像个玩具娃娃。

“多开些灯。”

“可……以前第一夫人招待客人时就是这种光线;要是客人再高贵

些，她干脆点蜡！”小主任不服气地说。

“我是总统，不是第一夫人，你当然更不是，我讨厌这昏暗的灯光！”戴维没好气地说。

贝纳一气之下把所有的灯都打开了——包括一个拍照时才用的强光灯，顿时，红厅中的墙壁和地毯都反射着耀眼的红光。戴维一下觉得好受多了，但他仍不敢正眼看沃恩。现在，戴维只希望这顿晚餐赶快结束。

壁炉上，一九五二年法国总统樊尚·奥里奥尔赠送的镀金青铜时钟奏出了美妙动听的田园曲，告诉两个孩子已是深夜了。沃恩起身告辞，戴维坚持要送他回家，他可不想让这个小怪物在白宫过夜。

总统的林肯轿车沿着静静的第十六大街驶去，戴维亲自开车，他没有让那个司机兼保卫特工的男孩子同自己一起来。一路上，两人一直沉默着，车驶到高大的林肯纪念堂前时，沃恩做了个手势，戴维把车停下了——刚停车他就后悔了，自己身为总统，为什么要听命于他呢？戴维不得不承认，对方身上具有一种他所没有的力量。

朦胧的夜色中，林肯白色的坐像出现在他们上方，小总统看着雕像的头部，希望林肯也能看着他，但那位一百多年前的伟人一动不动地平视前方，径直注视着倒影池对面刺破夜空的华盛顿纪念碑，还有大草坪尽头的国会大厦。

戴维很不自然地说：“他死的时候，陆军部长斯坦顿说：现在，你属于我们这个时代。我相信，我们死的时候也会有人说这句话的！”

沃恩对总统的话充耳不闻，只唤了一声：“戴维。”

"嗯?"戴维很惊奇,这是沃恩第一次叫他的名字,在此之前总是称他总统先生。

沃恩居然笑了一下,戴维一直以为他不会笑呢。接着,他提出了一个使总统措手不及的问题:"美国是什么?"

要是别人提这个问题,戴维无疑会非常恼火,但沃恩的发问却使他不得不转动起脑子来。是啊,美国是什么呢?美国是迪斯尼乐园,美国是超级商场和麦克唐纳快餐店,美国是成百上千种冰淇淋和千篇一律的热狗汉堡包,美国是西部牛仔的皮夹克和左轮枪,美国是登月火箭和航天飞机,美国是橄榄球和霹雳舞,美国是曼哈顿的摩天楼森林和得克萨斯怪山遍布的沙漠,美国是驴象图案下两党总统候选人的电视辩论……但最后,戴维发现自己头脑中的美国像一大块打碎的彩画玻璃,斑斓而散乱。他茫然地看着沃恩。

"还有你幼年时的印象吗?"沃恩又飞快地转了个话题,一般的孩子很难跟上他的思维速度,"在你四岁以前,家里的一切在你的眼中是什么?冰箱是冰箱吗?电视机是电视机吗?汽车是汽车吗?草坪是草坪吗?还有草坪上的那台割草机,看起来像什么?"

戴维的小脑瓜飞快地转动着,仍是一脸茫然,"你是说……"

"我什么也不想说了。跟我来。"沃恩径自走去。经过这段时间的交往,他承认总统有一个十分聪明的脑袋,但这只是按一般标准来讲——依他的标准来看,总统的迟钝简直令人难以忍受。

"那你告诉我美国是什么?!"戴维追上去大声问。

"美国是一个大玩具。"

沃恩的声音不高,但比起戴维的声音来,它似乎产生了更多的回荡。小总统呆立在林肯像背后,好半天才回过神来。他毕竟是一个聪明的孩子,虽一时不能完全理解沃恩的话,但却敏锐地感觉到了它的深度。他说:

“可是直到现在,孩子们还是把美国看作一个国家的。现在,国家正在像大人时代一样平稳地运行着,这就是一个证明。

“但惯性正在消失,孩子们正在从大人们的催眠中醒来,他们很快就要用自己的眼睛看世界了,并惊喜地发现这个大玩具。”

“然后怎么样?他们会玩儿吗?玩美国吗?”戴维问,同时对自己的想法感到非常吃惊。

“他们还能做什么?”沃恩微微地耸耸肩说。

“怎么玩儿呢?满街扔橄榄球、通宵玩电子游戏吗?”

这时,他们已走到纪念馆下层大厅的入口处。沃恩对着面前的大门摇了摇头,“总统先生,你的想象力令人沮丧。”然后推开门,示意戴维进去。

里面一片漆黑,戴维小心翼翼地走进去,沃恩在他后面打开了灯。适应了突然出现的亮光后,戴维惊奇地发现,这里堪称一个玩具的世界。他记得,这个大厅的墙上有朱尔士、古耳林制作的壁饰,以讽喻的手法巧妙地表达出解放黑奴和国家再统一的主题。但现在,玩具沿墙一直堆到天花板,把整面墙全挡住了。这里有数不清的各种洋娃娃、积木、玩具汽车、气球、滑板等等,戴维仿佛置身于一个色彩斑斓的玩具山谷中。沃恩的声音在后面响起:

“美国,这就是玩具美国,四下看看,也许你会获得一些启示。”

戴维的目光扫过这堆积如山的玩具,突然被一样东西吸引住了——

那东西放在一个不起眼的角落里，半埋在一堆鲜艳的布娃娃中，远看像一截黑色的树干。戴维走过去，使劲儿把那东西从布娃娃堆中拽出来，禁不住面露欣喜。这是一挺轻机枪，不是玩具，是真的！

沃恩走过来介绍说："这是米尼米型，比利时制造，我们叫它M249，是美军的制式班用轻机枪之一。它口径小，只有5.56毫米，轻巧紧凑，可火力并不差，最高射速每分钟一千发。"

戴维掂着米尼米那黑亮的枪身，与周围那些轻飘飘的玩具相比，它的金属质感带给他一种难以言表的舒适感受。

"喜欢吗？"沃恩问。

戴维点点头，爱不释手地抚摸着那冰冷光滑的枪身。

"那就留着做个纪念吧，算我送给你的。"说完，沃恩径直向大厅门口走去。

"谢谢，这是我得到的所有礼物中最让我高兴的一件。"戴维说着，抱着那挺轻机枪跟着沃恩走出了大厅。

"总统先生，如果你能从中得出应得的启示，我也很高兴。"沃恩淡淡地说。正在后面抚弄机枪的戴维听到这话后抬头看着他的背影，他走路时没有一点儿声响，在昏暗的纪念堂中，犹如一个飘行的幽灵。

"你是说……在那堆积如山的玩具中，我首先注意到了它？"

沃恩点点头。

这时，他们已经走到了纪念堂外面的台阶顶端。清凉的夜风使戴维的头脑一下清醒了，他蓦地悟出沃恩话中的深意，不由打了个寒战。沃恩伸手从他手里拿过了机枪，戴维惊奇地发现，在沃恩那两只看似枯枝般纤弱的手臂之中，沉重的机枪倒如一根轻飘飘的树枝。沃恩把枪举在眼前，在星光中打量着它。

“它们是人类创造出的最卓越的艺术品，凝聚了人类这种动物最原始的欲望和本能，它们的美是无可替代的——这冰冷的美、锋利的美，能攫住每一个男人的心灵，它们是人类永恒的玩具。”

沃恩熟练地拉开枪栓，毫不犹豫地向夜空中打了三个六发连射，枪声划破夜的寂静，在戴维听来就像一串尖利的爆炸，让他头皮发紧；枪口冒出三株对称的小火苗，使周围黑暗中的建筑颤抖着凸现出来。子弹在夜空中尖啸，像掠过城市上空的狂风，十八粒弹壳掉在大理石地面上发出悦耳的声响，仿佛是这首劲乐结束时的琴声。

“听，总统先生，人类的灵魂在歌唱。”沃恩陶醉地半闭着双眼说。

“哇——”戴维兴奋地叫出声来，从沃恩手中一把夺过机枪，惊喜地抚摸着它那温热的枪管。

一辆警车从纪念堂背面急冲过来，在台阶前尖叫着刹住，车上下来三名小警察，打着手电向上照，看到开枪的是总统和国务卿后，他们咕哝了几句，钻进车里走了。

戴维这时想起了沃恩刚才的话，“但你说的启示……也太可怕了。”

沃恩说：“历史无所谓可怕与不可怕，存在的就是合理的。历史对于政治家，就像油彩对于画家，无所谓好坏，关键看你如何驾驭它。没有糟糕的历史，只有糟糕的政治家。说到这里，总统先生，你明白自己的目标吗？”

“沃恩先生，我不习惯你这种老师对学生的口气，但很欣赏你讲出的道理。说到目标，难道与大人们的目标有什么不同吗？”

“总统先生，我怀疑你是否明白大人们是如何使美国强大的。”

“他们建立了航母舰队！”

“不对。”

“他们发射了登月飞船！”

“不对。”

“他们建立了美国的大科学、大技术、大工业、大财富……”

“这些都很重要，但还是不对。”

“那是什么？是什么使美国强大？”

“是米老鼠和唐老鸭。”

戴维陷入了沉思。

“在自以为是的欧洲，在封闭保守的亚洲，在贫穷落后的非洲，在世界的各个角落，在航母舰队到不了的一切地方，米老鼠和唐老鸭无所不在。”

“你是说，渗透到全世界的美国文化？”

沃恩点点头，“玩儿的世界即将到来，不同国家和民族的孩子有不同的玩法。总统先生，你要做的，就是让全世界的孩子都按美国的玩法玩儿！”

戴维又静静地思考了一会儿，然后看着沃恩说：“你真有当老师的天赋。”

“现在才教您这样浅显的课程，我感到羞耻；您，总统先生，也应该有这种感觉。”沃恩说完，头也不回地走下台阶，无声地消失在夜色中。

晚上，戴维在白宫最舒服的房间“皇后”寝室中睡觉。早先，英国女王伊丽莎白、荷兰女王威廉明娜和朱莉安娜、英国首相丘吉尔、苏联首脑勃列日涅夫和外交部长莫洛托夫访美时都在这里住过。以往，戴维在这张杰克逊总统送给白宫的华盖大床上一直睡得很舒服，这一夜却失眠了。他在室里来回踱着步，时而走到窗前，看着北面被玫瑰星云涂成蓝色的拉斐埃德公园；时而走到壁炉架上那面同花卉水彩画一起装在镀金木框中的华丽镜子前（这是一九五一年伊丽莎白公主访美时，代表她父亲英王乔治六世赠送给白宫的礼物），看着一脸困惑的自己。

戴维疲倦地在书桌前坐下，开始了他有生以来最长的一次沉思。他坐的那把红木椅子是乔治·华盛顿总统当年在临时首都费城用过的。

天快亮时，小总统走到“皇后”寝室的一角——那里摆着一台很大的电子游戏机，在这具有古典风格的房间中极不协调——坐下来叮叮咚咚地玩起了星际大战游戏，他越玩越起劲……不知不觉间，他又变得像以前那么自信了。

《美丽的阿美利加》奏完了，军乐队又接着奏起了《首领万岁》。戴维总统开始跟小客人们一一握手。

最先跟总统握手的是法国总统让·皮埃尔和英国首相纳尔逊·格林，前者是一个面色红润、感情丰富的小胖子；后者则是个细高个儿，身着笔挺的高级黑色晚礼服，雪白的衬领上系着漂亮的蝴蝶结，表情庄重，一副十足的绅士派头，似乎要把欧洲大人们的传统风度拿到这儿来示威似的。

这时，戴维总统已经走到长桌的一端准备致辞了。他的身后是乔治·华盛顿的全身画像，这幅画像在一八一二年美英战争中险些被毁，幸亏麦迪逊总统夫人在英军占领白宫前，拆开画框将画布带走了。现在，戴维身着潇洒得体的斜纹西服，在那幅年代久远的画像衬托下，愈发显得神采奕奕、光彩照人，以至于皮埃尔总统忍不住凑近格林首相低声说：

“天哪，你看他，简直太帅了！他要是戴上银色的假发，就是华盛顿；留上大胡子，就是林肯；穿上军装就是艾森豪威尔；如果坐在轮椅上，再披件黑斗篷，就是罗斯福了！他就是美国，美国就是他！”

格林首相对皮埃尔的浅薄很看不上眼，头也不回地对他说：“从历史上看，伟大人物的外表通常都很平常，比如你们的拿破仑，一米六五的个子，五短身材。他们是靠内在的力量吸引人，外表漂亮的人大多是绣花枕头。”

孩子们耐心等待着总统开始发表演说，但他很长时间都没有动静。随后，只见他用眼睛在人群中一扫，转身问旁边的白宫办公室主任：“中国孩子呢？”

“刚接到电话，他们正在路上，马上就到了。由于疏忽，C字打头的国家都通知晚了。”

“你是个白痴吗？你不知道C字打头的国家中有个人口占世界总人口五分之一的吗？你不知道其中有两个的国土面积都比我们大吗？”

贝纳不服气地说：“电子邮件系统出了故障，怎么能怪到我头上?!”

戴维说：“没有中国孩子，我们什么事也商量不成。我们再等等，大家先吃点喝点什么吧！”

就在孩子们纷纷拥向餐桌时，戴维大喊一声：“等等！”他看着丰盛的餐桌，对着旁边的贝纳说，“这堆猪食是你安排的？”

贝纳瞪着眼问：“有什么不对吗？大人那会儿都是这样的！”

戴维大声说：“跟你说过多少次了，别成天大人大人的，别再显示你对他们那些臭规矩是多么在行了！这是孩子世界！上冰淇淋！”

“哪有在国宴上吃冰淇淋的？”贝纳嘟囔着，但还是立即安排端上冰淇淋。

“太少了太少了！”戴维看着桌子上摆的一客客冰淇淋说，“不要这种小包装的，要用最大的盘子，每一个都装得满满当当！”

“哼，像什么样子！”贝纳小声嘀咕着，但还是不得不照办，让人端上了十大盘冰淇淋。那盘子可真大，每一盘都是两个孩子抬着端进来的，这十大盘冰淇淋在餐桌上摆好后，远远地就能感觉到它们的寒气。

戴维走过去，端起一只高脚杯，噗一声插入那乳黄色的“小山”中，把杯柄一撬拿出来，高脚杯中已装满冰淇淋。然后他举起杯子，几口就把那一大杯冰淇淋吞掉了，令旁边围观孩子们的嗓子眼儿和胃都一阵痉挛，但戴维却满意地咂了咂嘴，好像只是呷了一口温咖啡。

“好，各位，我们开始比赛吃冰淇淋，谁吃得最多，他的国家就最有趣；谁吃得最少，他的国家就最乏味。”说完，他又舀了一满杯冰淇淋大吃起来。

虽然这个标准令人质疑，但事关国家荣誉，小元首们都一人一只高脚杯模仿戴维那样吃了起来。戴维连吞了十大杯面不改色，其他的孩子为了使自己的国家不落个“乏味”的恶名，也跟着一通大吃——这一幕，都被旁边一群兴奋的小记者们拍摄下来了。最后，戴维以十五杯荣获冠军，其他的孩子元首也都把自己的小肚子吃成了冰柜，后来不止一人上吐下泻，急得在白宫里四处找厕所。

吃完冰淇淋后，小元首们都忙着去找烈性酒暖暖肚子。孩子们站成一堆一堆的，纷纷端着威士忌或白兰地喝着谈着，各国活泼生动的语言和电子翻译器呆板的英语交织在一起，让孩子们不时爆发出阵阵笑声。戴维端着酒杯到处走，脖子上吊着一个大大的电子翻译器，不时钻进某群人中去高谈阔论一番。

宴会热闹愉快地进行着。上菜的孩子服务员穿梭进出，每次刚把吃的摆上去，很快就被消灭一空，好在白宫的供应很充足，小主人无须为此发愁。空酒瓶在钢琴旁堆了一堆，孩子们渐渐喝多了。这时，发生了一件很不愉快的事。

英国首相格林、法国总统皮埃尔和几个北欧国家的小首脑，在一起津津有味地谈论着一个他们觉得很有趣的话题。当戴维端着一大杯威士忌挤进来时，皮埃尔正眉飞色舞地发表着什么高见，戴维把电子翻译器调到法语档，只听耳机中响起了这样的话：

“……反正，据我所知，大英帝国已没有合法的王位继承人了。”

“是的，我们正在为这个问题而苦恼。”格林点点头。

“大可不必。你们可以效仿法兰西建立一个共和国嘛！对，英格兰、大不列颠及北爱尔兰联邦共和国！这完全说得过去：国王是自己死的，又不是像我们那样被送上断头台的。”

格林缓缓地摇了摇头，很有大人风度地说：“不，亲爱的皮埃尔，那无论从历史还是从现实来讲都是不可想象的，我们对皇室的感情跟你们不一样，它是英国人的一种精神寄托。”

“你们太守旧，这就是日不落帝国的太阳一点点缺下去的原因。”

“你们喜欢变革，但法兰西的太阳也缺下去了，欧洲的太阳都缺下去了。拿破仑和惠灵顿难道能想象，这样的世界会议不是在伦敦巴黎或维也纳开，而是在这个粗俗的、不懂礼貌的牛仔国家开……算了，我们不谈历史了，皮埃尔。”格林看到戴维在旁边，收住话头，悲哀地摇了摇头。

“可现实也同样难办，你们现在到哪儿去找一个女王呢？”

“我们准备竞选一个女王。”

“什么？！”皮埃尔风度尽失地叫了一声，顿时又引来了好多人，使这里成了宴会上最引人注目的地方。

“我们要让一个最美丽、最可爱的女孩儿当女王。”

“这个女孩的家族和血统呢？”

“这些没有关系，只要她是英国人就行，关键在于她必须是最美丽最可爱的。”

“这太有意思了。”

“你们法国人不是喜欢变革吗？这也算是一项变革吧。”

“那你需要有候选人。”

格林从晚礼服的口袋中里拿出了一叠精致的全息照片递给皮埃尔，那是十个小女王的候选人。法国总统一张张地翻看那些全息照片，每看一张就发出一声长长的惊叹。这时，大厅中的孩子们几乎都围过来，纷纷传看那些照片，之后大家也同皮埃尔一样连连发出惊叹。照片中的小女孩儿们太美丽太可爱了，简直是十个小太阳！

“先生们，”军乐队的指挥说，“下面这支曲子是献给十个小女王的！”

乐队奏起了《致爱丽丝》。大家都没想到，这首轻柔如水的钢琴曲由军乐队演奏出来，竟然依旧那么轻柔动人，而且比钢琴更加使人陶醉。在这乐声中，孩子们不由得觉得，世界、生活和未来都会像十个小太阳那么美丽、那么可爱。

一曲奏完后，戴维礼貌地问格林：“那么，女王的丈夫呢？”

“也是竞选产生，当然是选一个最英俊最可爱的男孩儿了。”

“有候选人吗？”

“还没有，女王选出来以后才会进行下一步。”

“是的是的，这还要听女王的意见。”戴维理解地点点头，稍顿，他又以美国人特有的务实态度问道：“还有一个问题，女王这么小，怎么生王子呢？”

格林没有回答，只是哼了一声，以示对戴维缺乏教养的轻蔑。在场的孩子们对这个问题内行的不多，所以大家都在认真地思考，好一阵没人说话。后来，还是皮埃尔打破了僵局：

“我想，是不是这样，他们俩的婚姻只是，嗯，怎么说呢，象征性的，他们俩并不是像大人们那样住在一块儿，他们长大了才会生孩子，是这样吗？”

格林点点头表示同意，戴维也点点头表示懂了，随后，他好像突然变得谦逊起来：

“嗯，嗯，我想同您谈谈那个漂亮男孩儿的问题。”他用戴着雪白手套的两只手很有风度地比画着说。

“您为什么对这个感兴趣？”

戴维更谦逊了：“我是说，嗯，他还没有候选人。”

“是的，还没有。”

戴维这时看上去谦逊到了极点，他的食指向回钩着：“您看，我，我符合条件吗？”

周围响起了一阵轻轻的笑声，这使总统很恼火，他大喝一声：“安静！”然后，他又转向格林，耐心地等着对方回答。格林慢慢地转过身，从宴会桌上端起一只空酒杯，向旁边的小服务员微微做了一个手势，让他给自己倒满了，然后把那杯酒端到戴维面前，等酒面平静下来后说：

“您照一照。”

一阵大笑从周围的人群中爆发出来，这笑声持续不停，连小服务员和军乐队的小演奏员们都看着他们的总统大笑不止，其中笑得最开心的要数贝纳主任了。

被围在中间的总统脸上青一阵白一阵。其实戴维就是照照也绝对不次，说句实话：如果他是英国公民而非美国总统的话，他是够那个候选人资格的。各国孩子的嘲笑固然令他不快，但他最恼火的还是格林。这几天来，在同北约各国首脑的一连串接触中，最令他不快的就是这个首相。他一到美国就向戴维要这要那：要钢铁，要石油，要得最多的还是武器——造价五十亿美元的尼米兹级核动力航空母舰要三艘，造价二十亿美元的战略核潜艇一下就要八艘，俨然想重建纳尔逊时代的帝国舰队。更可气的是，他还要地盘，开始只是要二次大战前的太平洋和中东地区的一些殖民地，后来竟搬出一卷17世纪留下来的臭烘烘的牛皮地图——那地图上没有经纬线，南北极都是空的，美洲和非洲也是错误百出——指着那张地图告诉戴维，那时这儿是英国的那儿也是英国的，就差独立战争前的北美洲了！他认为，凭着与美国特殊的同盟关系，即使不能帮他们把这些地盘全夺回来，至少也要让他们拿回相当一部分；像目前他们剩下的那一点点面积，与他们昔日对西方文明做出的贡献相比是极不相称的！在过去的两次大战中，大英联合王国始终都是美国的神圣盟友，在上次大战中他们耗尽国力守住了英伦三岛，才使纳粹没有渡过大西洋打到美国来，而他们却因此衰落到这种地步。现在，地球表面这块大饼要重新分割了，山姆大叔的孙子们不至于像他们的爷爷爸爸们那么没心没肺吧！但是，当戴维提出要求，待到条件成熟，北约将在英伦三岛上布置密集的中程战略导弹，以便为向东挺进做准备时，他立刻变得同大人们那会儿的铁女人首相一样硬，声称他的国家和整个西欧都不想变成核战场，新的导弹不但不能布置，原来有的也要拆一些走……现在又发生了这样的事，他居然笑话起美国总统来了，就像一个以前阔绰现在破了产的绅士，还免不了要摆摆臭架子。想到这里，戴维气不打一处来，挥起一拳打在了格林的下巴上。

身材细长的小首相正得意地端着那杯给戴维当镜子的酒，在这一记突如其来的猛击之下，冷不丁从宴会桌上一个跟头翻了过去。顿时东厅大乱，孩子们围着戴维愤怒地大喊大叫起来。格林首相在别人的帮助下站了起来，他顾不得身上的鱼子酱和色拉，做的第一件事竟然是把弄歪了的领结扶正。把他拉起来的英国外务大臣是个又粗又壮的男孩子，他猛地向戴维扑过去，但被格林一把拉住了。格林的头脑在他身体站起来之前就经历了由热到冷的飞快转变，当他站直时，已经明白了这不是因小失大的时候。在这混乱的时刻，只有他一个人处于令人敬佩的冷静状态，他极有绅士风度地伸出右手竖起一根指头，用毫不变调的声音对旁边的外务大臣说：

"请草拟一份抗议照会。"

小记者们的闪光灯亮成了一片。第二天，所有的大报上都将出现格林身着装饰着各种冰淇淋的晚礼服、优雅地竖起一根指头的大幅照片，首相的政治家风度和绅士风度将传遍美国和欧洲，他在充分利用这个显示自己风度的天赐良机上得了满分；而戴维，只能怪自己酒喝得太多了。现在，面对一大群愤怒的小首脑和幸灾乐祸的小记者，戴维开始为自己辩解：

“你们说什么？我霸道，美国霸道，那英国人呢？他们霸道的时候你们还没有看见呢！”

格林又对他的外务大臣竖了一下指头：“请再草拟一份抗议照会，针对美利坚合众国总统对联合王国的无耻攻击，我们声明：我们和我们的爸爸妈妈爷爷奶奶都是世界上最懂礼貌的人，他们从来没有——而且永远也不会有这种缺乏教养的野蛮行径。”

“大家别信他！”戴维把两只手起劲地冲人群挥着，“我告诉大家，早在公元10世纪，英国人就自称为海洋之王，他们把自己航行所到的海洋全叫作不列颠海。在大海上，别国的船遇到英国船时都要向它行降旗礼，不然的话，英国军舰就要向这些船开炮！一五五四年，西班牙王子菲利浦二世乘船到英国去娶他们的玛利公主，就因为忘了向英国军舰敬礼，他的船挨了英国人好几炮；后来到了一五七〇年，又是为了海上敬礼的事，英国军舰差点炮击西班牙女王的船队！你们问问他，有没有这事儿？”

戴维毕竟是戴维，他强有力的反击一下把格林噎住了。戴维接着说：

“什么霸道不霸道，这都是大人们想出来的名词儿，其实就是那么回事儿！英国几百年前有世界上最大的舰队，他们那时干的事儿不算霸道，算是辉煌的历史；美国现在也有世界上最大最大的舰队，有尼米兹航空母舰，有核潜艇，有像蚊子那么多的飞机和蚂蚁那么多的坦克，可我们怎么没让别人见了美国船就降旗呢？凭什么说我们霸道?！哼，总有一天……”

戴维的话还没说完，下巴上就重重地挨了一拳，像刚才的格林一样从桌子上翻了过去。他没有让人拉，自己一个鲤鱼打挺站了起来，顺手抓起一只同他胳膊一样长的大香槟酒瓶向着袭击者抡了起来——但他的手在半空停住了，瓶中剩下的法国香槟咚咚咚地流了出来，在橡木地板上溅起一片白沫。

对面站着的是日本首相大西文雄。那个身材细长的东方男孩儿表情平静，若不是亲眼看见，真难以相信刚才那一拳是他打的。戴维手臂一软，举在空中的瓶子垂了下来。现在要说他受了谁的气不得不暂时忍受一下，那就是这个岛国上的小矮子了。(这只是二战以来的习惯叫法，实际上不但大西文雄的个子不比戴维低，日本孩子的平均身高现在也超过了美国孩子。)前两天，戴维在电视上看到CNN记者拍摄的一则新闻：画面上是广岛那座著名的塑像，一个死于原子弹爆炸的小女孩高举着一只大纸鸢。现在有一大堆白色的东西，像白雪一样把塑像埋住了一半，戴维以为都跟以前一样，那是孩子们献上的纸鸢，但是镜头拉近后仔细一看，哪儿是什么纸鸢，分明是无数架纸叠的战斗机！只见不断有一群群头上扎着太阳旗白带、高唱着《拔刀曲》的孩子把叠好的战斗机向塑像掷去，那些纸飞机像白色的幽灵一样在小女孩儿周围上下翻飞，在她脚下越堆越高，努力想把她埋住……

正在这时，中国孩子赶到了——华华和中国驻美大使杜彬风尘仆仆地走了进来，陪同他们来的还有美国副总统米切尔。

戴维找到了台阶下，他高兴地走过去同中国孩子热情拥抱，然后对所有孩子说：“好了，现在各国孩子都到齐了，我们开始商量孩子世界的大事吧！”

美国糖城时代

当中国孩子的飞机历尽艰辛，终于飞抵纽约肯尼迪机场上空时，只看到下面一片汪洋。地面塔台告诉飞行员，机场上水浅，只没小腿，让他放心降落，并指给他一条由两排稀疏的小黑点标示出的跑道，用望远镜可以看到那些小黑点都是停在水中的汽车。飞机降落时激起了冲天的水雾，水雾散去后，华华看到机场上戒备森严，水中到处都站着持枪的士兵。飞机停下后，很快被尾随而来的十几辆装甲车包围了，那些装甲车在浅水中疾驰，像小汽艇一样。从装甲车上跳下了一群全副武装的士兵，这些穿着野战迷彩服的孩子在水地上快速跑动着，像一群奇怪的小昆虫。士兵和装甲车很快就在飞机周围形成了一个包围圈，士兵们都背向飞机站着，手里平端着枪警惕地看着四周，装甲车上的机枪也都对着包围圈外。

当机舱门打开时，几个美国孩子沿着刚靠上的舷梯冲过来，他们中大部分都拿着步枪，只有少数几个人例外。华华的两名小警卫员端着手枪堵住舱门，想阻止这些人上来，但华华却示意他们让开，因为他认出了走在最前面的一个中国孩子，那是中国驻美大使杜彬。

那几个孩子进入机舱后，喘息着定了定神，杜彬指着一个金发男孩儿向华华介绍说："这位是美国副总统威廉·米切尔，专程来迎接你们的。"华华打量了一下这孩子，只见他穿着考究的西装，腰里却别着一支很大的手枪，显得极不协调。接着，杜彬向他介绍另一个穿迷彩服的孩子："这位是负责联大来宾安全的陶威尔少将。"

"你们就这么迎接我们？"华华质问米切尔，杜彬把他的话翻译过去。

"您想要仪仗队和红地毯也可以，前天芬兰总统在一个临时搭起的平台上享受那种礼遇时，被一颗流弹打断了腿。"米切尔说，杜彬又把他的话翻译给华华听。

华华说："我们不是来美国访问的，用不着那样的规格，但现在这样也太不正常了。"

米切尔叹息着摇摇头，"请体谅我们的难处，路上再详细说吧。"

这时，陶威尔从随身带的一个大包里拿出一件件外套让中国孩子们穿上，他说这是防弹衣。然后，他又从另一个包里拿出几支黑色短管左轮手枪递给华华和他的随行人员，说："小心，上满子弹的。"

华华吃惊地问："我们带这东西干什么？"

米切尔说："如今在美国外出不带枪，就像不穿裤子一样！"

飞机上的所有人走下舷梯后，米切尔带着华华和杜彬蹚水上了一辆装甲车，在此过程中，他们周围一直有一圈小士兵紧紧护卫，为他们阻拦可能射来的子弹，其他人则上了另几辆车。装甲车里又黑又窄，充满了油味儿，孩子们只能坐在固定于两侧的硬硬的长凳上。这个全副武装的车队很快就开动了。

“海平面上升得太快,上海也是这样了吧?”米切尔问华华。

“是啊,虹桥机场已经淹了,但有大人们在时紧急筑起的堤坝,市区还没进水,不过也维持不了多久了。”

“纽约市区也没进水,但真的不适合开联合国大会了。”

车队向纽约市区驶去,渐渐开上了没水的公路。透过装甲车的小窗看出去,在公路两旁不时可见翻倒的汽车——车身上弹痕累累,有的还在燃烧。路上还有许多武装的孩子,他们显然不是军人,有成群沿着公路走的,也有神色紧张地横穿公路的,他们手持与自己身高差不多的枪支,身上横一条竖一条地背着黄灿灿的弹链。行进途中,华华乘坐的装甲车正在超过这样一群孩子时,他们突然全部卧倒,几乎同时,从公路另一侧射来的子弹纷纷打在装甲车的外壁上,发出当当的巨响。

“你们这儿看上去真不正常。”华华说。

“这个时代嘛,不正常就是正常。”米切尔有些不以为然,“本该用防弹轿车来接你们的,但昨天一辆林肯防弹车在市区被一种特殊的穿甲弹打穿,把比利时大使打伤了,所以还是坐装甲车保险些,当然,用坦克更好,但市区的高架公路经不起它的重量。”

车队驶进市区时天已经黑了,纽约高大的楼群灯光璀璨,如同浓缩的银河。像每一个孩子一样,华华对这座世界上最大的城市充满了向往,他透过小窗,兴奋地看着那些光辉灿烂的摩天大楼。但很快,他就发现另一种光在大楼间闪动,那是暗红色的火光;同时,他还发现城市上空有几道烟柱升起。有时空中升起一颗照明弹,摩天大楼的影子在它那青色的镁光中缓缓移动。再近些，可以听到周围城市里此起彼伏的枪声，流弹在空中发出啾啾的怪声，不时还有爆炸的声响传来。

车队停了下来，前面传话说遇到了一道街垒。华华不顾劝阻下车观看，发现那是用沙袋筑成的一道工事，把公路截断了，工事后面的孩子们正在往三挺重机枪上装弹链。陶威尔将军在同他们交涉。

沙袋后面的一个孩子挥着手枪说："游戏要到半夜才能结束，你们绕道走吧。"

小将军大怒，"不要给脸不要脸，真想让我召一支阿帕奇中队来收拾你们吗？"

工事后面的另一个孩子说："你这人怎么不讲道理？我们现在不能跟你们玩儿，我们上午就和蓝魔队讲好了，现在不玩儿那不是失信了吗？你们要实在没有伴儿，就到后面等等，我们也许很快就完。"

这时，米切尔从后面走上前来，工事后面有孩子认出了他："喂，那不是副总统吗？看来这真是政府的车队！"

说话间，一个剃着光头的孩子从工事后面跳出来，在近处仔细看了看米切尔和其他人，冲工事后面的其他孩子一挥手："咱们还是别妨碍公务吧，让他们过去！"

于是，那些孩子都跳出来搬沙袋，正搬着，公路的一侧响起了密集的枪声，周围充满了子弹飞过的怪啸声和装甲车被击中时的当当声，外面所有的人一下都钻进装甲车或缩到沙袋后面去了。杜彬将华华一把拉进车里，听到工事后面有孩子用扩音器喊："喂，蓝魔队的头儿！停一下停一下！！"

枪声停了，那方向也有孩子用扩音器喊："红魔队，怎么回事儿？你看看表,不是商量好东部时间18点30分游戏开始吗?”

“政府的车队正从这里过,是送参加联合国大会的外国首脑的,等他们过去再说吧。”

“好吧,你们快点儿!”

“那你们最好过来几个人帮一下忙!”

“好的,这就过去!别开枪!!”

几个孩子起身从公路一侧的草坪跑过来,把他们的枪支堆成一堆,帮着这边的孩子搬起沙袋,很快就把路腾出了一个口子。干完后,蓝魔队的那几个孩子又拿起他们的枪向回走,光头男孩儿叫住了他们:“喂,别走呀,等会儿帮着把工事恢复了!还有,刚才我们有两个人受伤了。”

“那怎么着?我们也没犯规。”

“是的是的,但游戏再开始时我们双方的人数又不等了,最后怎么算输赢?”

“那好吧,麦克,你留在他们这边吧,这次游戏你就是红魔的人了,当然要像在蓝魔那边一样尽心尽力,但不能说出我们的作战计划。”

麦克说:“这你放心,我也想玩得有意思些!”

“好!红魔的孩子们,我给你们留下的可是蓝魔最出色的炮手了,昨天在华尔街和巨熊队玩儿,他一个人就干掉了他们三个!哈,这下公平了吧?!”

米切尔正要上车,有孩子喊:“副总统先生等等,我们有话跟你说!”很快一大群孩子就把米切尔围在了中间,他们脸上都涂着黑色的伪装色,只有眼睛和牙齿在火光中闪亮。孩子们七嘴八舌地说起来:

“你们是怎么搞的?大人们在过去的时代花费了万亿美元,给我们造出了那么多好玩儿的东西，我们现在却只能玩玩这些小玩意儿！”说着，他拍拍手中的M16步枪。

“对呀，为什么不让大家玩那些航空母舰?!”

“还有那些战斗机、轰炸机、巡航导弹，都可以玩儿嘛！”

“洲际导弹也可以玩儿呀！”

“对，把那些大家伙拿出来玩儿才有意思啊！像现在这样闲置好玩具，是浪费美利坚合众国的财富，政府不觉得羞耻吗?!”

“美国孩子玩儿不好，你们要负责任的！”

米切尔摊开双手说：“对不起各位，我无权代表政府在这里发表看法。对这些问题，总统昨天在电视上又一次……”

“怕什么，这儿也没有记者！”

“听说国会正准备弹劾总统，要再这样下去，你们民主党政府就要被推翻了！”

“昨天在电视上，共和党领袖已经许诺，要是他们上台执政，所有的海陆空大家伙都能让我们玩儿起来。”

“哇，他真是太可爱了！我会投共和党票的！”

“我还听说，军方准备自己玩儿了。”

“对，别听政府的，自己玩儿，成天演习有个啥劲儿？有本事把那些大家伙真的玩起来啊！”

陶威尔将军冲进人群，揪住那个说军方要自己玩儿的孩子衣领咆哮道：“你个小王八蛋，再造美国军队的谣就逮捕你！！”

那孩子挣扎着说：“那你去逮捕大西洋舰队司令和参联会主席吧，他们都说过要自己玩儿的！”

另一个孩子指着海的方向，那里频频的闪光好像是天边的雷雨，“看看吧，大西洋舰队这两天每天都在近海打炮，说不定他们已经玩起来了！”

米切尔四下看了看，然后压低声音说：“没说不让玩儿，总统和政府从来没不让玩儿，但玩儿要全世界一块玩儿，只有我们自己玩儿，不是自取灭亡吗？”

孩子们纷纷点头。

一个孩子拉住他问：“这些小首脑是来联合国商量玩儿的事吧？”

米切尔点点头，“是的。”

另一个举着反坦克火箭筒的孩子笑着说：“太棒了！好好谈，你们有责任让全世界都变得好玩儿！”

车队继续前行。华华问米切尔：“路这样危险，为什么不用直升机呢？”

米切尔摇摇头，“能用当然省事了。上个星期，在港口的一艘驱逐舰上丢失了十枚毒刺导弹，前天那些导弹中的一枚击落了一架纽约市警察局的直升机，FBI的人认为剩下的九枚肯定还在附近，所以我们从地面走比较安全。”

华华透过车窗看到了一片广阔的水面，水面的中央有一个巨大的被聚光灯照亮的人体。

“那是自由女神像吧？”华华问米切尔，得到肯定的回答后，他仔细望着那个美国的象征，很快发现有些不对劲儿，“她举着的那个火炬呢？”

米切尔说：“上星期被一个小杂种用无后坐力炮打掉了，另外，她的左肩也中了一颗火箭弹，被炸出了一个窟窿。”

华华问：“美国孩子们这是在干什么？”

在车顶那盏昏暗的小红灯映照下，米切尔看上去很恼火，“干什么干什么，我接到的几十个国家元首都这么问！孩子嘛，能干什么？玩呗！”

华华说：“我们的孩子就没有这么玩儿。”

“他们想玩儿也没有枪。”

杜彬伏在华华耳边说：“这是美国的糖城时代，全国都陷入暴力游戏中了。”

车队终于到达了联合国总部。当华华下车看到那至少在名义上还是地球办公楼的大厦时，不禁吃了一惊：大厦一片漆黑，与周围灯火通明的建筑物形成鲜明对比。这个外形如高大纪念碑的大厦左上角缺了一大块，大厦表面的玻璃一大半都没有了，还有几个大窟窿，其中一个正冒着黑烟。

一行人向大厦走去，地上满是玻璃碴和水泥块，大家都格外小心。这时，不远处的一个小男孩儿引起了华华的注意。这个看上去只有三四岁的娃娃，怀里抱着一支很大的滑膛枪，只见他吃力地把枪端平，对准几米外的一辆小汽车咣地开了一枪，枪的后坐力使他一个屁股墩儿坐在了地上——他那从开裆裤中露出的小屁股上沾了圆圆的两圈土——小家伙直勾勾地盯着那辆汽车，看到什么也没发生，又拄着枪站了起来；他把枪顶到地上哗啦一下推上一颗子弹，晃晃悠悠地把枪端平，对着汽车又是一枪，随即他再次跌坐在地上，汽车还是没有任何反应，这娃娃又站起来冲汽车开枪。他每开一枪就跌倒一次，开到第五枪时，汽车轰的一声腾起一团裹着火焰的黑烟燃烧起来，那个娃娃兴奋地高呼："呜呼噜——"扛着那支跟他差不多长的枪一蹦一跳地跑走了。

有一个人在大厦门口等着他们，他就是超新星纪元的第一任联合国秘书长乔加纳，一个阿根廷孩子。几个月前，华华在电视上看到过他和公元世纪最后一任大人秘书长交接职务的情景，现在，这孩子早已没有了当时的高贵气质——外套上落满了灰，领带被他扯下来捂着流血的头，一副狼狈相。米切尔问他出什么事了，秘书长脾气暴躁地说：

"就在五分钟前，大厦又中了一弹！看那里，就在那里！"他指指大厦中部那个正在冒烟的黑窟窿，"我当时刚出门，碎玻璃就像暴雨似的落下来……我再次要求你们为联合国总部提供有效的保护！"

米切尔说："我们已经尽力了。"

"这叫尽力了？"乔加纳指着破烂不堪的大厦高声质问，"我早就要求你们清除周围地区的重武器！"

陶威尔说："请听我解释。那一颗，"他指着大厦那缺了的一角说，"起码是105口径的，它的最大射程有二十公里。"

"那就清除半径二十公里范围内的所有重武器！"

米切尔耸耸肩说："这不现实。对这么大的范围进行搜查和军事管制会引起麻烦，同时也会让那帮共和党的小杂种抓住把柄，先生，我们是一个民主国家。"

"民主国家？我觉得自己正置身于一个变态的海盗窝！"

"先生，您的国家也好不到哪里去：布宜诺斯艾利斯上演了一场十几万人同时参加的足球赛，整个城市都成了赛场，城市的两端各设一个比凯旋门还宏伟的球门。十几万人踢一个球啊，那球到哪儿，人群就拥到哪儿,被踩死的人数以千计。这场超级球赛从开始到现在已持续了半个月,还没有停止的迹象,你们的首都已被糟蹋得不像样子。玩儿是我们孩子的天性,有时比吃饭睡觉更重要,怎么能阻止他们呢?”米切尔说着,指指大厦,“这里确实是不适合开联大了。据我所知,上周会议大厅的顶板被一颗迫击炮弹炸塌了,所以我们才建议联大在华盛顿开。”

“胡说!这次到华盛顿开,下次就要去航空母舰上开了!这是联合国大会,不是美利坚的大会,我们就要在联合国的领土上开!”

“可是各国首脑都已经集中到华盛顿了,全国只有那里禁止游戏,所以只有那里能确保大家的安全。”

“那就让他们回来!为了孩子世界的利益,他们必须冒险!”

“在这种地方开会,各位首脑和他们的国家都不会同意的。再说,即使他们回来也不行,您的工作人员呢?大厦中大概没剩下几个孩子了吧?”

“那些胆小鬼,他们都跑光了!他们不配称作联合国的工作人员!”

“谁愿意在这个鬼地方待呢?我们这次来,一是想让中国孩子实地看看,请他们理解不能在这里开会的原因,毕竟去不去华盛顿还是要由他们自己决定的;二是请您和我们一起走,我们已经在国会山上为联合国机构选定了专门的工作地点,并为您配备了新的工作班子……”

“闭嘴!!”乔加纳大怒,“我早就知道你们想取代联合国!”他指着远处对华华说,“你看看,周围的建筑物都完好无损,唯独联合国大厦遭到这么多炮击,鬼才知道这炮是谁打的!”

米切尔竖起一根指头说:“乔加纳先生,您这是对美国政府恶毒的诽谤,如果不是因为外交豁免权,我们会立刻起诉您!”

乔加纳没有理米切尔，拉住华华说："作为常任理事国，你们应该对联合国负起责任来。让我们一起留在这里吧！"

华华想了想说："秘书长先生，我这次前来的使命是与世界各国的首脑接触，了解他们对新世界的看法，并同他们交换意见。如果各国首脑都在华盛顿，那我们也必须到那里去，留在这里什么都做不了。"

乔加纳一挥手说："那好，你们都走吧！现在我看到了，这个孩子时代是人类历史上最让人恶心的时代！"

华华劝慰道："秘书长先生，世界确实完全变了，用大人时代的思维方式已经解决不了任何问题，我们应该努力适应这个新世界。"

米切尔笑着对华华说："您并不理解秘书长先生的雄心壮志，他曾表明这样一个思想：孩子世界应该取消各国政府，全世界统一由联合国直接领导，而秘书长先生自然就成了地球的领袖……"

乔加纳指着米切尔说："闭嘴！！无耻的诽谤！"不过，华华记得他在超新星纪元开始后不久确实表述过这个想法。

"你们去适应新世界吧，我将一直守在这里，为联合国送终！"乔加纳说完，捂着脑袋转身走进了黑灯瞎火的大厦。

车队继续上路，在远离市区的地方，有几架直升机正等着他们。当直升机朝华盛顿方向飞去时，从夜空中又可以看到纽约的灯海了。

华华问杜彬："你了解国内的情况吗？"看到杜彬点头后他又问，"你看他们的糖城时代与我们有什么共同之处？"

杜彬摇摇头，"我只看到了不同之处。"

"你看，枪林弹雨中的纽约城仍然灯火辉煌；你看，下边公路上那么多小汽车和公共汽车依然像平时一样穿梭奔忙……”

“是的是的，这点确实与我们有相似之处：虽然社会成了这样，但国家系统还在正常运转。”

华华点点头，“这是孩子世界所特有的现象，在大人时代是不可想象的。在他们的时代，社会状况恶化到现在的一半，国家就会崩溃。”

“不过我很怀疑这种正常状况还能维持多久。美国的军事机器现在处于一种十分危险的状态：美国孩子们手里握着世界上最庞大的武器系统，却不能尽早玩儿起来，他们心急如焚。另一方面，超新星纪元开始后，美国政治发生的最大变化就是军队登上了政治舞台，并对国家产生越来越大的控制力。为了安抚军方，美国政府举行了一次又一次毫无必要的军事演习，但演习终归是演习，远远满足不了美国孩子的心理需求。”

“现在的关键是：美国孩子打算怎么玩儿呢？”

“总之不能自己和自己玩儿。这与玩轻武器不同，他们庞大的武装系统要是自己玩儿起来可了不得……我有句话，不知该不该说……”

这时，下面的北美洲大地完全隐没于夜色中，外面能看到的唯一亮光是编队飞行的其他直升机的夜航灯，它们就像是悬在这浓重的夜色中似的一动不动。

“形势严峻啊——”华华沉吟着，显然已知道杜彬想说什么。

“真的，是该做最坏打算的时候了。”杜彬的声音有些颤抖。

世界游戏

在白宫东厅，世界小首脑们的聚会正在继续。美国总统开始致辞：

“领导各个国家的先生和女士们，欢迎你们到美国来！

“首先表达一点歉意，这就是不得不在华盛顿招待你们，我更愿意在纽约新世界贸易大厦的最高层举办这个宴会。我不喜欢华盛顿，这座城市根本无法代表美国。在这块高楼林立的新大陆上，我们所在的这座城市却好像回到了中世纪欧洲那阵儿，这座白宫，嗨，怎么说呢，简直就是一座乡村住宅，如果你们中有谁想到后面去找找马厩，我是不会责怪他的（笑声）。大人们把美国的心脏安放在这里，是因为这里同过去相连，不仅是同皮埃尔·查尔斯·朗方[①]的过去，而且是更久远的、同他们（总统指着欧洲国家首脑所站的那片）的家乡相连的过去。

“这也很准确地说明了我们目前所处的尴尬境地：我们处在孩子世界，却仍在过着大人的生活。想想在公元世纪的最后日子里，我们对即

①法国著名建筑设计师。华盛顿特区的设计者。

将到来的新世界怀着怎样的憧憬啊！那种憧憬多少冲淡了我们对自身不幸处境的悲哀，我们满以为，以他们的离去为代价，我们会得到一个美妙的世界。但是看看现在，这个世界依旧如此的沉闷和乏味，难道这就是我们想要的新世界吗？不是，绝对不是！我们看到，对新世界的失望已笼罩全球，这种现象不能再继续下去了，我们是孩子，我们要游戏！我们要玩儿！我们要把地球变成一个真正的孩子世界，一个好玩儿的世界！！”

会场响起一阵掌声，戴维继续说：“今天我们大家聚集到这里，是为了建立孩子世界的新秩序。那么，这种新秩序的基石是什么呢？不是雅尔塔体系的意识形态，也不是冷战后的经济发展，我们是孩子世界，这个世界的基石只能是——游戏！游戏对于孩子世界，就像宗教对于中世纪、探险对于大航海时代、意识形态对于冷战时期和经济对于公元末，在不同的时代，这类东西对于世界是存在的依据，是起点和终点！在大人世界中，孩子们过着一种不完美的生活，这主要表现在他们游戏的规模极受限制，他们只能做一些可怜的微型游戏，这种游戏只能在个人之间和小集体之间玩儿，其魅力非常有限。我们都幻想过大游戏、超级游戏，但在公元世纪，这只能是个无法实现的梦想。而在孩子世界，这个梦想应该变为现实！我们应该开始一场在各个国家之间玩的世界级规模的游戏！

“好在各国的孩子们也多少看到了这一点，他们已经开始玩起来了！我们这次聚会的目的，就是开始一场全球规模的游戏，使我们的世界真正变成一个好玩儿的世界！

“玩法自然是无穷无尽的，但我们在这里所要开始的游戏必须同时满足两个条件：1. 国家之间玩儿的；2. 最好玩儿最刺激的。现在，能够同时满足这两个条件的游戏只有一个：打仗游戏！！”

戴维一边说着，一边两手向下压——平息掌声，他长时间地保持着那个姿势，好像全世界此时都在为他欢呼似的，事实上这次没有任何掌声，台下一片寂静，孩子元首们一个个都呆呆地看着他。

“是美国孩子正在玩的这种打仗游戏吗？”有孩子问。

“正是，但我们要以国家规模让全世界都玩起来！”

“我反对！”华华大喊一声跳上了讲坛，对下面的孩子们大声说，“这种游戏是变相的世界大战！”

孩子们纷纷把自己的翻译器调到汉语档，听完华华的话后，俄罗斯总统伊柳欣也跳上讲坛说：“说得好！他们这是要把孩子世界变成地狱！”下面的孩子们纷纷响应：

“对，我们不要世界大战！”

“我们不打仗！我们不玩这个游戏！！”

“对！让美国孩子自己去玩儿吧！”

……

戴维沉着地笑笑，好像早就预料到这一切，他站到华华和伊柳欣的中间，亲热地用双臂搂住他们的肩膀，首先把头偏到华华那边说：“您想哪里去了，只是一个大游戏嘛。我们将以奥运会的形式玩儿，在这超新星纪元的第一届奥运会上，打仗游戏将完全按体育比赛的规则玩儿，各国在预定的地区公平竞赛，有预赛和决赛，有金牌、银牌和铜牌，怎么会是战争？”他又转向伊柳欣，“好玩儿的世界怎么会是地狱？”

“血流成河的奥运会？！”华华愤怒地质问。

“玩儿嘛，总要有些代价的，不然有什么刺激可言？再说，各国自愿参加，不想玩儿就算了。”

“除了你们，没有一个国家想玩儿的。”伊柳欣哼了一声说。

戴维竖起一根手指在伊柳欣面前晃晃，“不，亲爱的朋友，当事情都说清楚之后，我敢保证，所有的国家，包括您的国家，都愿意参加这届迷人的奥运会。”

“你开玩笑！”

“那就让我们看看……好了，下面我们讨论由哪个国家举办这届奥运会，这应该是我们这次聚会的主要议题之一。如果我没记错，大人时代确定的下一个举办奥运会的城市是曼彻斯特。”

“绝对不可能！！”格林像被烫了一下似的大叫，“您认为英国允许全世界的武装力量开进她的国土，把那里变成一个战场吗？！”

戴维对英国首相微微一笑，“这么说，大英帝国要放弃自己在公元世纪好不容易争来的荣誉和机会了？”接着他又转向土耳其元首，“你们真幸运，如果我没记错，伊斯坦布尔得的票数仅次于曼彻斯特。”

“不！我们不干！！”土耳其孩子也大叫起来。

戴维四下看看，拍了拍旁边伊柳欣的肩，又指了指台下站着的加拿大元首说：“现在，俄罗斯和加拿大无人居住的地域最为广阔，完全可以找出一块地方来开奥运会。”

“闭嘴！”加拿大元首厉声说。

“既然是你们提出玩打仗游戏，奥运会理应在美国开。”伊柳欣对戴维说，赢得了一片赞同声。

“哈哈哈哈……”戴维大笑起来，“其实我早就料到会是这样，谁都不想让这届最最伟大的奥运会在自己的国家开。其实，这个问题很好解决，大家忘记了地球上还有一个地方，它不属于任何国家，也没有任何人居住，像月球般遥远而荒凉。”

“南极洲？”

“是的，但不要忘了，那儿现在已经不是很冷了。”

华华说：“这是对《南极条约》的粗暴践踏！”

戴维笑着摇摇头说：“《南极条约》？那是大人们的条约，不会影响我们玩儿的！公元世纪的南极是个冻死人的大冰箱，这是《南极条约》存在的条件，如果那时南极的气候像现在这样，哼，那块大陆早就被分光了，哪儿还会有什么《南极条约》？”

一时间，小元首们沉默了，大家的脑子都在飞快地转动着。他们意识到问题的性质已经完全变了，南极——超新星爆发后已变得适于居住的南极，早就吸引了全世界的目光，对于许多国家来讲，那个大陆是未来唯一的希望。

戴维意味深长地看着下面的小元首们，“我重申，这个世界游戏是自愿参加的。也许，正如伊柳欣总统所说，除我们之外没有人愿意去，那好，我们去，美国孩子肯定要去南极的！现在让我们看看，有哪个国家不愿玩儿这个游戏呢？”

没人说话。

“我说过，大家都愿意玩儿的嘛。”戴维得意地对伊柳欣说。

第九章

超新星战争

南极洲

一阵低沉的轰鸣声从海上传来,像天边的春雷。

“这两天冰崩越来越频繁了。”华华望着声音传来的方向说。

话音未落,又响起了一阵更为清晰的轰隆声,这是在距岸边很近的一座冰山上发生的冰崩。从岸上可以清楚地看到一座高大的银色冰山的一角滑入海中,腾起高高的水雾,冰崩激起的大浪很快到达岸边,吞没了海滩上的一群企鹅,浪退后,那群被冲得七零八落的企鹅摇摇晃晃地向岸上奔跑起来。

吕刚说:“上星期,我和眼镜乘‘黄山号’驱逐舰经过罗斯冰障,那冰崩才叫壮观!”

“是啊,”眼镜说,“那冰悬崖可真长,在天边两头都望不到尽头,不时的这里塌一块那里塌一块,轰隆轰隆的,好像整个大陆都融化了!”

“罗斯海的陆缘冰已经融化了一半,照这样的速度发展下去,上海和纽约在两个月后都要变成威尼斯了。”华华忧虑地说。

此刻，华华、眼镜和吕刚三人正站在南极大陆的阿蒙森海岸边，他们来到地球顶端的大陆已经有一个多月了。那天，当他们的飞机在火地岛加油后第一次飞越南极海岸时，小飞行员惊叫道："呀，这陆地怎么跟熊猫似的？"他们在高空中看到了一个黑白相间的大陆，这与以前孩子们脑海中银白一片的南极大陆显然不同。事实上，这块大陆也是刚刚变成这样的，万年的积雪融化，露出了大片黑色的岩石和土壤。现在，三个孩子就站在海岸边这样一片积雪融化的开阔地上，极地的太阳低低地挂在地平线上，给三人投下长长的影子。风依旧寒冷，但却不再刺骨，还带着一丝早春的潮湿气息，这气息是以前的南极大陆从未有过的。

"看这个……"吕刚弯腰从地上拔起一株小草，那草呈深绿色，叶子厚实，样子很怪。

华华看看说："眼下这种草到处都能见到。他们说这是一种远古的植物，之前在其他的大陆上早就灭绝了，但它们的种子在南极的土地中保存下来，现在气候转暖后又复活了。"

"南极洲在遥远的过去也曾有过温暖的时代，世界，就是这么循环不止。"眼镜感叹道。

现在，参加世界战争游戏的各国军队正在向南极大陆集结。目前，已到达南极的各国陆军兵力达一百零二个师，约一百五十万人，其中包括美国二十五个师、中国二十个师、俄罗斯十八个师、日本十二个师、欧洲八个师，除此之外，还有来自其他国家的十九个师。总而言之，几乎世界上所有国家都参加了游戏，哪怕是只派一个连来。此刻，各国的兵力仍在通过海运和空运源源不断地向这里汇集，同时，不少国家在作为中转站的阿根廷和新西兰还滞留着大量兵力和物资。

由于各国军队多以阿根廷为中转基地,利用这个国家南方的港口和机场向南极进发,所以他们都是从与阿根廷南端仅以德雷克海峡相隔的南极半岛登陆的。但后来各国发现,对于大规模战争游戏来说,南极半岛实在太过狭窄,于是就把游戏区域定在了宽阔的玛丽伯德地。现在,在这片广阔的原野上,每个国家都在紧急修筑自己的陆上基地;同时,为了直接从海上取得补给,各国基地都紧靠阿蒙森海岸安营扎寨,在从罗德岛到达特角之间的狭长地带上,各国之间相距五十到一百公里不等。

三个孩子站在海边看了一会儿冰崩后,反身登上了等候在那里的三辆履带越野车中的一辆,随即,这支小小的车队向西驶去。他们眼下将去美国基地出席战争游戏成员国的第一次会议,本来是可以乘直升机去的,但三位小领导人想亲自看看这一带的地形,于是就决定从陆上走。现在,各国基地之间的简易道路尚未修通,只能乘这种大人时代的极地科学考察专用车前往。

沿途的景色是单调的,左边黑色的地面和银白的雪地交替出现,地形主要是平原和低矮的丘陵;右边是漂浮着座座冰山的阿蒙森海,从冰山上崩塌的大小不一的冰块布满海面。再远一点,可以看到停泊在海面上的各国船只。在罗斯海和阿蒙森海,集结了一万五千多艘船,构成了人类历史上最大的一支船队。这些船中,大的有像海上钢铁城市般的航空母舰和超级油轮,小的有几百吨的渔船,正是这只庞大的船队把一百多万人和巨量物资运送到了这个荒凉的大陆上。这些船只使得昔日冷寂的南极海域变得喧闹而拥挤,海面上仿佛出现了一座座连绵不断的城市。

越野车行驶一个多小时后，大地上出现了大片的野战帐篷和简易房，这里是日本基地。海滩上，一队队日本孩子正在操练队列，他们齐唱着军歌，步伐整齐，情绪激昂。但真正吸引中国孩子注意力的，是躺在海滩上的一头巨大的座头鲸，那头鲸的腹部已经被剖开，露出里面厚厚的粉红色肉层和深色的内脏。一群日本孩子在座头鲸庞大的躯体上爬上爬下，像一群忙碌的蚂蚁，他们用电锯大块大块地切下鲸肉，然后就由一台吊车放到卡车上运往营地。中国孩子们下了车，在旁边默默地看着，他们惊讶地发现——那头鲸居然还活着，嘴巴一动一动的，朝上的一只眼睛足有卡车的轮子那么大，蒙上白雾的眼睑正失神地看着他们。几个浑身血污的日本孩子从这个庞然大物的腹内钻出来，吃力地抬着一大块暗红色的脏器，那是鲸肝，吊车把它放到一辆卡车上，那巨大的肝体占满了车厢，颤悠悠地冒着热气。一个孩子拿着一把明晃晃的伞兵刀爬上车，从鲸肝上熟练地割下几块，扔给车下一群凶悍的军犬。在被鲸血染红的一大片雪地上，这被剖腹的巨鲸、趴在鲸身上割肉的孩子、涂满血污的吊车和卡车、在红色雪地上抢食的狗群以及正缓缓流向海中的两条被鲸血染红的小溪，构成了一幅超现实的恐怖画面。

吕刚说："日本舰队一直在罗斯海和阿蒙森海用反潜深水炸弹炸鲸，把鲸震昏后都拖上岸来食用，有时一次就能震昏一群鲸。"

"人类过去一个世纪保护鲸类的成果，可能要毁于一旦了。"眼镜叹息着说。

有几个日本孩子认出了中国孩子，忙从鲸身上跳下来，举起戴着沾血手套的手向他们敬礼，然后又爬上去干活了。

眼镜对华华和吕刚说："有一个问题，请你们诚实地回答：你们小时候真的从内心深处珍惜过生命吗?”

“没有。”华华说。

“没有。”吕刚说,“同爸爸一起在部队的那些日子,我每天放学都跟周围的农村孩子一起打鸟抓青蛙,看着那些小动物死在我们手上,我并没有什么特别的感觉,别的孩子应该也一样。”

眼镜点点头,“是的,真正认识生命的价值是需要漫长的人生体验的,生命在孩子们心中的地位远没有在大人心中那么高,奇怪的是,大人们总喜欢把孩子同善良啊、和平啊这些最美好的东西连在一起。”

“这有什么奇怪的?”华华看了眼镜一眼,“大人时代,孩子们都在他们的管束之下,更重要的是,他们完全没有集体参与冷酷的生存竞争的机会,自然不会暴露出自己的本性。哦,我这两天在读你带的那本《蝇王》。”

“那是本好书,戈尔丁是少数真正认识孩子的大人。可惜啊,更多的大人都是以君子之心度孩子之腹,而没有认识到我们的本性,这是大人们最后的也是最重大的失误,这个失误使超新星纪元的历史走向充满了变数。”眼镜口气沉重地说。

三个孩子又默默地看了好长时间,才转身上车继续赶路。

如果公元世纪有一个大人幸存到现在,他一定会认为眼前的世界是一场噩梦。在公元世纪最后的日子里,当世界上所有的核弹变成太空中的闪光时,即将到来的孩子世界在人们的想象中是一个天堂般的大同世界,那个世界充满了童真和友爱,孩子们以他们天生的纯洁和善良,像在幼儿园的花园中一样手拉着手建设美丽的新地球。更有甚者,还有人建议销毁人类全部的历史资料:“我们最后的愿望就是在孩子们心中留下一个稍微过得去点的形象,在那个和平美丽的新世界里,当那些善良的孩子看到我们的历史,看到这些战争、强权和掠夺,他们一定会将我们看成不可理喻、无比变态的动物。”

但大人们万万没有想到的是,超新星纪元开始后仅一年多,孩子世界就爆发了世界大战。这个世界的竞争规则之冷酷、行为方式之血腥之野蛮,不但在公元世纪,而且在整个人类历史上都是前所未有的。公元人不必担心他们在孩子心目中的形象,他们在孩子的眼中确实是不可理喻的,但这是由于他们的温和和克制,由于他们的神经异常脆弱,由于他们的道德准则无比可笑。公元世纪的国际法和行为准则在一夜之间被彻底抛弃,一切都变得赤裸裸的,谁都丝毫不必掩饰什么了。

对于是否出兵南极参加战争游戏,中国统帅部在开始时意见并不统一。对南极游戏的重要性大家都无异议,但晓梦提出了一个很现实的问题:“我们的周边很不稳定,比如印度,他们只打算派一个师参加游戏,而把百万大军留在国内,谁知道他们想干什么?如果全力参加游戏,我们将不得不抽调相当比例的陆军力量以及三分之二的海军力量——也就是说,三大舰队中的两个都要全部远航,这样肯定会造成本土防卫空虚。再看目前国内的情况,随着海平面的上升,沿海地区势必出现大洪水,除此之外,还可能出现其他大规模自然灾害,这都需要大批军队的支援。”

华华说:“这两个问题可以解决。首先,印度受巴基斯坦牵制——后者也同样留下了大量兵力,同时我们可采取外交攻势,迫使印度在各大国的压力下,以与我们同样的比例出兵南极参加游戏。至于自然灾害这类问题，没有军队当然不行，但也不是不能应付的。”

吕刚提出的问题更令大家心神不定：“我们的武装力量，从本质上说是一支本土防卫型力量，对于跨洲的远距离作战，既无经验也无能力。比如我们的海军，是在陆战理论衍生的思想基础上建立起来的，只是一支近海防御力量，完全没有远海作战能力，我们舰队的大部分舰只最远只到过曾母暗沙，这对于人家的现代海军来说连家门口散步都算不上，现在要远航南极……大人们在离开时反复强调不能越洋跨洲作战，这你们都是知道的。”

“可现在的世界已远远不是大人们想象中的那个世界了，我们不能墨守成规。”华华说。

“如果地球气候像这样发展下去，我们将有一半的国土变得炎热而不适合居住，南极洲与我们的未来息息相关。从世界范围看，对南极的争夺将不可避免。在公元20世纪80年代，当我国决定开始进行南极考察时，一位国家领导人曾说：这是在百忙之中走一步闲棋，有远见！但对我们来说，进军南极已不是闲棋，是迫在眉睫的事，这一步误了可能全盘皆输。”眼镜发表了自己的看法。

华华补充道：“不说南极的战略意义，单纯从战争游戏本身来说，在游戏中的表现可能就是各国在孩子世界中排座次的依据。”

孩子们一致认为，华华所说的这一点在未来可能具有更深远的意义，于是，参加南极游戏的决定就这样做出了。

出兵参加南极战争游戏的消息转眼就传遍了全国，这个消息迅速结束了糖城时代，沉睡了两个月的国家几乎是在一夜之间忽然惊醒了，用后来历史学家的话说:“像在热被窝里倒了一盒冰块。”仔细想想这也不奇怪:对一个社会的刺激,没有什么比战争更强烈的了。

除了战争带来的兴奋和紧张外,南极带给孩子们的新向往也是把社会从糖城时代唤醒的重要因素。在孩子们心中,遥远的南极是一个神奇美妙的世界,是摆脱当前枯燥乏味生活的唯一希望,他们相信,自己一定会在那个大陆上发掘一块广阔的土地,参与其中的孩子将会迎来一种全新的生活。在电视上发表的进军南极的动员令中,华华有这样一段话:

“我们现在的国土,是一张已被大人们画满了画的纸;而南极大陆呢,则是一大张空空的白纸,我们可以在上面尽情地描绘自己的梦想,建立我们梦中的乐园!”

这话产生了严重的误导作用,社会上因此出现了一种广为流传的说法,即国家将同时推行两个五年计划:在本土推行由大人们制订的乏味的五年计划;在南极大陆推行孩子们于网上虚拟国家中描绘的美妙的五年计划,建立公园国家——这说法使所有的孩子都兴奋不已。一时间,“南极乐园”成了媒体和网络的热门话题,也使全社会更加关注那个遥远大陆上的战争游戏。战争动员令发出之后,国家又恢复了惯性时代的井然有序,孩子们重新回到自己的岗位开始工作,国家重新高效率运转起来。

超新星战争是人类历史上第一场孩子战争,一开始就表现出了公元世纪的大人们无法想象的奇异特性。这是一场以游戏形式进行的战争,遵循着体育比赛的规则。

虽然各国已在南极陈兵百万,且各基地均以几十公里的间隔等距排列,但到目前为止,大家不仅相安无事,基地之间还有各种各样的交往和联系,这要在大人时代,战事可能早就开始了。例如,从各国本土至南极前进基地之间的海上运输线大多漫长而脆弱,南极大陆尚未开发,几乎不可能从本地得到供给,一旦打击和切断这些运输线,就会令敌国的基地在南极大陆上陷入灭顶之灾。但是,实际情况却与此相反,大国船队竟然纷纷主动帮助海上运力不足的国家向南极运送参加游戏的兵员和物资。

上述情况事出有因——这也是孩子战争最怪异之处:直到现在,各个国家都不知道自己的对手是谁,它们犹如奥运会中的运动员,只有等所有的比赛项目顺序排定后,才知道自己将与谁对阵。不过,虽然各种外交活动都在或公开或秘密地频繁进行,但并没有出现联盟,各国都保持着独立的运动员状态,在南极大陆这个广阔的游戏场上耐心等待着战争游戏开始。

离开日本基地又走了两个多小时后,中国孩子的车队到达美国基地。对这些第一次开赴前线的孩子来说,基地的规模着实令他们大吃一惊:密密麻麻的营帐和临时建筑一眼望不到边(据说沿海岸绵延十多公里),有些建筑相当高大,上面还伸出些密林般的天线;基地中散布着的数量众多的雷达天线,有一半都在防护罩里,那些白色的球形防护罩如同一只巨鸟随意下的大蛋;基地周围满是蛛网般的简易公路,穿行其上的各种军用车辆扬起阵阵南极大陆从未有过的尘土,使这一带几乎找不到一片干净的积雪。在海边的临时港口附近,各种物资沿海滩堆积如山;一队刚到达的大型登陆艇对着岸上张开黑洞洞的方口,从中吐出一排排坦克和装甲车,穿过浅海向岸上开来,这些钢铁巨兽冲上海岸从中国孩子的履带车两旁隆隆驶过时,他们感到地面都在颤抖。大型运输机一架接一架地从低空掠过,飞向基地的机场,在海面和地面上投下快速移动的影子,那些机场的跑道是用特制的带孔钢板铺就的。

游戏成员国首脑会议在一个用充气材料建成的宽敞大厅中举行,这里灯光明亮,温暖如春,大厅顶部装饰着色彩鲜艳的气球,军乐队奏着欢快的乐曲,仿佛在庆祝一个盛大的节日。中国孩子进入会场时,看到各国的小首脑都已基本到齐了。戴维总统走过来热情地迎接中国孩子,把他们领到了大厅中央的长桌旁——上面整齐地摆着上百顶钢盔,每顶钢盔里都盛满了亮晶晶的东西,各国的小首脑正围在长桌旁津津有味地吃着。

“尝尝,从罗斯海捞的磷虾。”戴维招呼道。

华华拿起一只半透明的磷虾,剥皮尝了尝,“生的?”

戴维点点头,“放心,南极的一切都是很卫生的。”他又递给眼镜一杯啤酒,从桌上放着的大盘冰块里夹了一块放进杯子,那冰块立即吱吱作响地冒出了气泡,“这是南极的天然冰,里面含有丰富的气体,以前欧洲最高级的饭店还专程从南极运这种冰呢,很贵的。”

“这些好东西很快就要消失了,看看你们在海边留下的油污。”眼镜说。

“我想先说一句与会议议程无关的话,”华华在长桌对面找到了日本首相大西文雄,盯着他说:“应该制止日本孩子滥捕鲸的行为,这样下去,南极的鲸类用不了多长时间就会灭绝的!”

大西文雄一边剥着磷虾皮,一边抬头对华华冷笑着说:“请把注意力集中到游戏上来吧,否则你们也会在南极灭绝的。”

“对对,让我们把注意力集中到游戏上来,”戴维兴奋地大声说,“这正是我们这次会议的目的！上次华盛顿一别,时间又过去了四个月,各国已在南极集结了相当数量的海陆空力量,游戏可以开始了——可惜直到现在,大家还不知道怎么玩儿呢！这次首脑会议就是商量怎么玩的,首先……”

“总统先生,应该由我来主持会议!”乔加纳在长桌的一头用一个空钢盔咚咚地敲着桌面说。

“哦,好的,奥委会主席先生,请吧。”戴维冲他微微地颔首。

在超新星纪元的首届也是最后一届联合国大会后,乔加纳一直以联合国秘书长的身份企图恢复这个已灰飞烟灭的国际组织,但到后来连他自己都觉得这种努力没什么希望了,就整日一人独守在残破的联合国大厦中无所事事。大厦里黑洞洞的,据说还闹鬼——每当玫瑰星云的光芒照进顶板已塌的会议大厅时,坐在轮椅上的罗斯福就在已塌了一半的讲坛上现身,各任联合国秘书长则轮流上前给他捶背;如果照进会议大厅的是月光,大厅中就会响起哒哒哒的声音,那是赫鲁晓夫的幽灵在听众席上敲桌子,但他手里拿的不是皮鞋,而是肯尼迪的脑袋……这些传说让乔加纳心里禁不住发毛,每天夜里只能借酒壮胆。正当他就要支持不下去的时候,忽然接到重新成立的旨在组织战争游戏的国际奥委会邀请,于是立即很高兴地接受了现在这个职务。

乔加纳朝长桌两边挥挥手,“请大家别吃了,坐好,我们要有个开会的样子!”

小首脑们在长桌旁依次坐好,纷纷戴上电子翻译器的耳机,不过,依然不时有人从面前的钢盔中取虾吃。

“我说过别吃了！总统先生，请让人把这些东西拿走！”乔加纳指着桌上的钢盔冲旁边的戴维喊道。

戴维斜了他一眼说：“主席先生，您要明白自己的位置：您只是游戏的协调人，没有权力在这里发号施令。”

乔加纳盯着戴维看了几秒钟，收回目光咽了口唾沫，“好，那会议开始吧。与会的国家元首我想大家互相都已经认识了，这里就不一一介绍了，但今天参加会议的还有各国的最高军事指挥官，请他们每人自我介绍一下好吗？”

于是，各国的小将军们开始逐一地做自我介绍。他们看上去比过去那些大人将军可神气多了，一个个身着裁剪合身的陆海空将官军服，肩章上镶着金光闪闪的将星，胸前挂着多彩的勋章和绶带，为整个大厅增加了不少光彩。

最后一个做自我介绍的，是美国海陆空军参谋长联席会议主席斯科特将军，这孩子上任之初，曾为在风度上究竟是模仿艾森豪威尔还是布莱得雷还是巴顿还是麦克阿瑟而犹豫不决，以至于他一天一个风度，搞得那帮小参谋晕头转向。今天，他选择了麦克阿瑟，还让一位参谋准备一个玉米烟斗，但南极显然找不到这东西，参谋只好给他找来了一个又大又亮的黑木烟斗，将军为此很发了一通火。现在，他不是像别国的小将军那样敬礼，而是冲大家挥舞着那个大烟斗：

“等着吧小子们，我会把你们打得屁滚尿流的！”

他这话只引来了一阵笑声。“斯科特将军，我们被您的肩章吸引了。”俄罗斯军队总参谋长佳沃洛夫元帅讥讽地说，斯科特的肩章上有七颗星。

“您对上面将星的数量有疑问吗？不错，美国授予过的最高军衔是六星将军，这还是那人死后礼仪性质授予的，但我就要在肩上放七颗星！哼，巴顿可以自己贪污勋章，我为什么不可以多戴一颗星？总统都没说什么，您想怎么样？”

“我只是奇怪您干吗不戴八颗星？那样对称一些。”

“不，那样构图显得太呆板，我更倾向于九颗！”

吕刚插话说：“干脆把你们的国旗戴上好了。”

斯科特大怒，“吕将军，您在讥笑我?！我不能允许！不能!!”

“你能不能有一天不和别人吵架？”旁边的戴维说。

“他在讥笑我……”斯科特指着吕刚说。

戴维从斯科特手中一把抢过那个大烟斗扔到桌上，“以后不许带这个不伦不类的玩意儿，我看见它就讨厌！还有，把你那个蠢肩章上的星扯下三颗来，别让媒体说闲话！”

斯科特的脸红一阵白一阵，他知道今天的风度选择是个错误，麦克阿瑟风度在总统面前是不适用的。

乔加纳又用那个代替会槌的钢盔敲了敲桌子，“好了好了，继续开会。这次会议的议程有两个：一是确定战争游戏的一个总原则，二是确定游戏的项目。下面进行第一项，我们提出的游戏总原则如下：为了使游戏刺激好玩儿，参加游戏的六个国家——美国、俄罗斯、欧盟（注意，在战争游戏中它算一个国家）、中国、日本、印度，它们作为世界游戏的常任理事国，必须遵守一揽子原则，即不加选择地参加所有游戏项目，其他国家可以自由选择愿意参加的项目。”

这个总原则获得了各国的一致赞同，戴维高兴地跳起来道：“好好，一个令人鼓舞的开端。”

乔加纳用钢盔敲了一下桌面，“下面进行第二项：确定游戏项目。”

“我先提一个，”戴维大声道，“航空母舰战斗群游戏！”

孩子们都愣了一下，乔加纳小心翼翼地问：“这……太大了吧？航母战斗群？那包括航空母舰上的飞机、护航的巡洋舰和驱逐舰、潜艇……这太大了。”

戴维说：“要的就是大！大家不就是想玩大家伙吗？”

华华站起来说：“是美国孩子想玩大家伙，这个游戏我们没法参加，中国没有航母。”

“日本也没有。”大西文雄说。

印度总理贾伊鲁说：“我们倒是有，可那是艘常规动力的旧玩意儿，再说我们也构不成战斗群啊。”

“照你们的意思，是让我们和欧盟、俄罗斯玩儿，你们在一边看热闹？”戴维质问道。

乔加纳点点头附和道：“这也不符合刚刚确认的一揽子原则。”

华华耸耸肩说：“那没办法，我们造不起航母。”

“我们是你们不让造。”大西文雄鼻子里哼了一声说。

斯科特指着华华和大西文雄说：“游戏才开始，就让你们给弄得没意思了！”

吕刚站起来提议：“要不这样，我们用驱逐舰队和潜艇对你们的航母战斗群。”

“不行！”戴维大叫。

“这孩子很聪明。”吕刚坐下后伏在华华耳边低声说，华华微笑着点点头。

其实，戴维清楚地知道，航空母舰在大人手中与孩子手中已完全不是同一种东西了。现在，海军航空兵的孩子飞行员只是刚刚放单飞而已，对舰和对地攻击的成功率很低，同时，航母战斗群的作战攻击是一个极其复杂的技术过程，孩子们不可能在短时间内掌握，在实际作战中，起飞的舰载机可能连目标都找不到。更令美国海军沮丧的还有航母的自身防卫问题：航母自身没有多少防卫能力，它们的安全主要是靠战斗群中的护航舰艇保证的，这个以宙斯盾系统为基础的航母防卫体系，综合了战斗群中巡洋舰、驱逐舰和潜艇上的多种武器系统，其软硬件技术的复杂程度，让大人们都头晕目眩，孩子们根本不可能使其正常运转。航母出海时，虽然还是像以往一样被各种舰艇前呼后拥，实际上自身防卫能力极差，加上它体积庞大行动笨拙，倒成了广阔海面上一个极好的靶子。眼下，有许多让美国孩子恐惧的武器，比如，中国海军号称“中国飞鱼”的C802反舰导弹，其战斗威力很大，只要有一枚突破“宙斯盾”的防线击中航母，就有可能击沉它。正如大西洋舰队司令所说：“我们的航空母舰现在就像一个浮在海上的大鸡蛋那么脆弱。”昔日的海上霸王，现在充其量只能作为战斗机的远程运输舰使用。但航空母舰绝不能被击沉，它是美国孩子的精神支柱，是美国力量的象征，因此在这次行动中，美国的航母都在远离海岸的太平洋中游弋，戴维刚才不过是虚张声势而已。

“那好吧，”戴维叹口气说，“就改成驱逐舰游戏吧。”

各常任理事国一致赞成，乔加纳把这个项目在小本子上记下来，然后抬起头说：“大家接着提……”

“潜艇游戏！”英国首相格林喊道。

“这个可能玩不起来，那就像一群孩子在一间大黑屋子里捉迷藏。”佳沃洛夫元帅摇摇头说，但乔加纳还是把这一项记了下来。

“别总提海上啊，陆上游戏呢？”华华质疑道。

“好吧，坦克游戏！”俄罗斯总统伊柳欣说。

“这是一个大游戏，应该细分一下。”斯科特将军说，“我提一个：相向逼近赛，双方坦克编队在远距离上同时向对方出击，在逼近中射击。”

“这倒是很符合这里广阔平坦的地形。要使这个游戏好玩儿，应该明确限制只用坦克炮，不能用导弹。”佳沃洛夫元帅说，大家没有提出异议。

“还应该规定一个最远的开炮距离，只有双方逼近到小于这个距离才能射击。”吕刚说，他说到最关键之处了：艾布拉姆斯、T90和勒克莱尔的火控系统都比中国孩子的98式要先进。

“三千五百米吧。”斯科特说。

“不行，一千米！”吕刚说。

……

孩子们又吵了起来，乔加纳打断他们说：“好了好了，这些技术细节问题留待各项目的专家小组解决吧，我们只确定大的项目构成！”

“这是个很关键的因素，必须现在确定！”华华毫不让步。但一番争执之后，终因寡不敌众，最大开火距离被定在了对中国孩子很不利的三千米。

“那我们也提一个坦克游戏分项目：超近距离撞墙游戏！”华华举手喊道。

“什么意思嘛？”孩子们都迷惑不解。

“规则是双方的坦克分别停在两条平行的砖墙后，听到比赛开始的发令，就撞倒砖墙互相攻击。这两堵临时筑起的墙相距有十到二十米！”

“呵呵，这个游戏可真够刺激的！”戴维笑着说。斯科特在旁边低声告诉他，艾布拉姆斯比中国的98式和俄罗斯的T90都重，有五十七吨，从静止加速到每小时三十公里只需七秒钟，撞起来不吃亏，所以他也就没反对这个项目。

“还有一个更刺激的坦克游戏：步兵和坦克对抗游戏！”佳沃洛夫元帅说。

“好游戏！”吕刚喊道，大家也都赞同。

“坦克游戏肯定还能想出许多好玩儿的，先就定下这些吧，在玩儿的过程中我们可以随时添新的。”乔加纳说着，把这几项坦克游戏记了下来。

“还有歼击机游戏！”斯科特大叫。

大家都没有异议，但有人提问：是否要分成用空对空导弹和只用机炮两个项目。

佳沃洛夫元帅摇摇头，“我看不用了吧？孩子们飞机开得都不熟，能空中格斗已经很不容易了，如果限制太多了，恐怕就玩不起来了。”于是，这个项目也定了下来。

“步兵轻武器游戏！”华华喊道。

“嗯，这是个传统的基础项目，但得细分，首先，轻武器如何定义？”佳沃洛夫元帅问。

“口径二十毫米以下的呗。”

“那是不是先分成工事内对射和冲锋对射两种游戏？前者双方在工

事中射击，后者则与坦克逼近赛相似，双方在一定距离向对方冲锋中射击，最远开火距离……就不要定了吧。”

“像俄罗斯式的手枪决斗。”有人嘀咕一句。

“武装直升机对抗赛！”戴维喊。

中国和印度孩子反对这个游戏，日本中立，但由于有美、俄、欧支持，这个游戏还是确定下来。

“手榴弹游戏！”华华喊道，“对了，这应该是步兵轻武器游戏中的一个分项。”

“你们怎么净提这些落后玩意儿？”戴维质问中国孩子。

“你们怎么净提这些先进玩意儿？”华华反问。

乔加纳又出来打圆场：“好了好了，大家的目标是一致的，都是为了玩好游戏，要互相理解，谁都挑自己的强项扔自己的弱项，那这游戏还怎么玩儿？”

“手榴弹是最基本的武器，为什么不能列入？”吕刚说。

“好好，列吧列吧，别以为我们在这方面就差多少。”戴维悻悻地说。

“这也应分为手榴弹工事对投和冲锋对投……”佳沃洛夫元帅说，“说到基本武器，大家怎么把炮兵忘了？”

孩子们一下都被点醒了，纷纷提出关于炮兵的游戏项目。

“火炮五公里对射游戏！”

“大口径炮十公里对射！”

“火箭炮三十公里对射！”

“自行火炮移动中对射！哈，在南极平原上这有点像海战了。”

“迫击炮！怎么把迫击炮忘了？！”

“就是就是,迫击炮可以近距离对射,还可以移动射击,哈哈,好玩儿!”

……

斯科特打断大家说:“我要说明:五公里以上的对射游戏可以进行空中侦察和火力校正。”

“反对! 这会使游戏复杂化,增加犯规机会!”吕刚说。

“赞成! 这会使游戏更有意思!”格林首相说。

“停!”乔加纳又猛敲了一下钢盔,“我说过,技术细节由专家组去解决!”

待乔加纳把炮兵游戏记完后,戴维跳起来说:“你们喜欢的项目提得够多了,我再提一个我们的:轰炸机和地面防空对抗游戏!”

乔加纳皱着眉头想了想,“这个游戏与坦克和步兵对抗游戏一样,双方的角色不对等,需要进行角色对换比赛,这样就大大增加了预赛次数,管理和裁判都有困难,这类游戏还是尽量少些吧。”

“嘿嘿,”华华冲戴维一笑说,“我敢肯定戴维总统没想到角色互换这个问题,他可能只想着美国是轰炸的一方,别人是防空的一方,对不对?”

戴维拍拍脑袋,“嗯,我确实忽略了这一点。”

“这也算是惯性思维吧,怎么样,美国孩子难道愿意在我们‘轰12’和俄罗斯‘图22’的轰炸下防空吗?”

“这……既然刚才主席先生说管理和裁判有困难,那这个项目就算了吧。”

斯科特插话:“可以加一个海陆游戏,比如,登陆和反登陆游戏。”

“这在管理和组织上也非常复杂,持续时间又长,未必好玩儿,我看还是算了吧。”佳沃洛夫元帅说,乔加纳和其他孩子紧接着也表示了同样的看法,这个游戏没有被通过。

“这一个准行:导弹对射游戏!”戴维心有不甘地又提出一个。

伊柳欣赞许地点点头,“好,好游戏!可以分成近、中程导弹和远程洲际导弹对射。”

“洲际导弹,哇!”戴维兴奋得手舞足蹈,“到现在为止,这是最棒的一个游戏了!”

“但禁用NMD①和TMD②。”伊柳欣冷冷地说。

“什么?!NMD和TMD当然要用!!”斯科特大叫起来。

“可常任理事国中有一半国家没有这些东西啊,这也不符合一揽子原则。”

“不管不管!我们就要用!我们百分之二百地坚持!不然就退出游戏!!”戴维挥舞着双臂狂呼。

“好,用就用吧。”吕刚一摆手淡淡地说。

“如果连宙斯盾都玩不转,NMD?哼。”佳沃洛夫元帅不以为然地说。

“好了,大家继续提别的吧。”戴维长出一口气,坐下来得意地看着别的孩子。

华华举手,“地雷游戏!”

“有趣,可怎么玩儿呢?”孩子们很感兴趣。

“比赛的双方各设两个雷区,大小让专家组定吧,雷区的中央插一面本国军旗,首先从对方雷区开出一条路取得军旗的一方为胜。”

---

①国家导弹防御系统,是美国用于在整个国家范围上抵挡外来洲际导弹袭击的军事防御系统。

②战区导弹防御系统,用以保护美国在全球的军事设施和盟友免遭导弹袭击的军事防御系统。

戴维不屑一顾地撇撇嘴，“哼，给幼儿园娃娃玩儿的，好，主席先生，记上吧。”

这时，一个太平洋岛国的总统站起来说：“几个小国希望我代表他们说句话：你们多多少少也得给我们一点儿玩儿的机会吧？”

“中国孩子提出的那些传统项目，你们不是都能与大家一起玩儿吗？”戴维说。

“您想得太简单了，总统先生，比如我的国家，目前在南极的兵力只有一个连，不到二百人，就说最简单的步兵游戏吧，估计玩儿一次就差不多彻底失去战斗力了。”

“那你们也可以提新玩法嘛。”

“我提一个，”越南总理黎森林说，“游击战游戏！”

“邪乎，怎么玩儿？”

“比赛双方用小股游击队互相袭击对方的基地，具体规则……”

“闭嘴！！”戴维一拍桌子跳了起来，“提出这样可恶的设想你们应该感到羞耻！”

“是的，应该感到羞耻！”格林首相也随声附和。

“这个这个……这确实会带来一定的混乱，”乔加纳对黎森林说，“早在华盛顿会议上，我们就达成了各国的南极基地不可侵犯的共识，这个提议，会动摇整个战争游戏的基础。”

这个游戏被否决了。

“现在南极已经变成了一个大国俱乐部，我们到这儿来真不知有什么意义！？”黎森林气愤地说。

乔加纳没有理会他，“会议进行到现在已经取得了令人振奋的成果，还有国家要提出新玩法吗?”他注意到了远远坐在桌子另一头的大西文雄,对他大声说:“大西首相,整个过程中您一直都没有发言。记得在第一届联大我们的那次会晤上,您表达了日本想在联合国中取得发言权的强烈愿望,现在日本是世界游戏的常任理事国了,您却保持沉默。”

大西文雄微微一鞠躬,缓缓地说:“我将提出一个大家都还没想到的游戏。”

“听听?”戴维说,所有孩子都期待地望着日本首相。

“冷兵器游戏。”

孩子们面面相觑,有人问:“冷兵器?什么冷兵器?”

“战刀。”大西文雄简略地回答,他端坐在那里,除了嘴,身体的别处像塑像般一动不动。

“战刀?我们大家都没有这东西啊。”斯科特迷惑地说。

“我有。”这个日本孩子说完,从桌下拿出一个长长的东西,那是一把鞘中的军刀,他轻轻抽出那把刀,寒光一闪,令所有的孩子都倒吸了一口冷气——那刀很薄,对着刀锋时只能看到一条细线。大西文雄用另一只手轻轻地抚摸着刀面,“它是用最优良的碳素合金制造的,锋利无比。”说完,他对着刀锋吹了一口气,孩子们能听到战刀发出一阵长时间的嗡嗡声,“它是双层叠合刀锋,一面钝了另一面就露出来,即使不磨也能永保锋利。”说完他把刀轻轻地放到桌面上,孩子们盯着那把寒光四射的利刃,都感到脊梁上嗖嗖地升起一股寒气。“我们可以提供十万把这样的军刀用于游戏。”

“这……也太野蛮了吧?”戴维怯生生地说,其他孩子纷纷点头。

“总统先生,还有你们其他人,都该为自己的神经如此脆弱感到羞耻。"大西文雄不动声色地说，同时指指军刀，"它是上面你们提出的所有游戏的基础，是战神的灵魂，也是人类最早的玩具。"

"那好吧，加入冷兵器游戏。"伊柳欣说。

"只是，这种军刀……就不用了吧？"戴维的目光回避着桌面上的军刀，仿佛怕它的寒光刺了眼似的。

"那就用步枪刺刀。"佳沃洛夫元帅说。

孩子们刚才的兴奋感不知何时已消失得无影无踪，他们的目光会聚到军刀上沉默着，好像刚刚从梦游中醒来，正在努力弄明白自己在干什么。

"还有谁要提出新游戏吗？"乔加纳问。

没人回答，大厅中一片死寂，孩子们似乎被那把军刀勾走了魂。

"那好吧，我们该准备开幕式了。"

一个星期后，超新星纪元第一届奥林匹克运动会的开幕式在南极大陆玛丽伯德地广阔的平原上举行。

参加开幕式的三十多万孩子，在平原上站了黑压压的一大片。这时，远方低垂了半年的太阳大部分已经沉到地平线下，只露出小小的一角，把最后一线暗红色的余光洒在黑白相间的大陆上，在孩子们那密密麻麻的钢盔上反射着微弱的亮光；深蓝色的天空中，银色的星星开始零星地出现。

开幕式很简单。首先是升旗仪式，由所有参战国派出的士兵代表举着五环旗绕场一周，接着，在一根高高的旗杆上，这面曾经象征着和平的旗帜在这新纪元的战场上升了起来。然后，孩子士兵们纷纷冲天鸣枪致敬，人海中，这一片枪声刚停，那一片又响了起来，如海潮般此起彼伏。在旗杆下的讲坛上，超新星纪元第一任奥委会主席乔加纳挥了半天手才平息了枪声。谁知他刚准备张口，旁边的一个孩子竟递过来一顶钢盔，他不明白这时为什么需要这个，气恼地一把推开了——他完全没有注意到主席台上西装革履的小首脑和来宾们都戴上了钢盔，只是急于发表讲话：

“新世界的孩子们，欢迎你们参加超新星纪元第一届奥运会……”

这时，他听到周围响起一阵噼里啪啦的声音，像下起了冰雹。他愣了两秒钟，一下明白这是刚才开枪的子弹掉下来砸到地上和钢盔上的声音，他这才想起了刚才拿给他的那顶钢盔大有用处，但还没等他回身寻找，脑袋上已重重地挨了一下——这颗自由落体的子弹正巧砸在他脑袋的伤疤上，那伤疤是几个月前联合国大厦一块掉落的碎玻璃留下的。这可能只是一颗北约制式的5.56毫米子弹，要是一颗中国或俄罗斯孩子手中的旧AK枪族7.6毫米子弹，怕要把他敲晕过去了。他在观众们的一片笑声中忍痛戴上钢盔，一边把手伸进钢盔下面揉着脑袋，一边在不断落下的金属雨点中大声说：

“新世界的孩子们，欢迎你们参加超新星纪元第一届奥运会！这是一届战争游戏奥运会，一届好玩儿的奥运会，一届刺激的奥运会，一届真正的奥运会！！孩子们，乏味的公元世纪已经终结，人类文明返老还童，又重新回到了快乐的野蛮时代！我们离开沉闷的地面回到自由的树上，我们脱掉虚伪的衣服长出漂亮的绒毛，孩子们，奥运会的新口号是：重在参与，更准、更狠、更具杀伤力！孩子们，让世界疯狂起来吧！下面我向大家介绍游戏项目……”

乔加纳掏出一张皱巴巴的纸，念了起来："经所有成员国协商，确定了超新星纪元第一届奥运会的游戏项目，项目分为陆、海、空三大类。

"陆类项目：坦克对抗游戏、坦克－步兵对抗游戏（步兵含重武器）、坦克－步兵对抗游戏（步兵不含重武器）、炮兵对抗游戏（含大口径炮五公里对射、火箭炮十五公里对射、自行火炮移动对射和迫击炮一公里对射）、步兵对抗游戏（枪械类）、步兵对抗游戏（手榴弹类）、步兵对抗游戏（冷兵器类）、导弹对抗游戏（含短程导弹对射、中程导弹对射，巡航导弹对射，洲际导弹对射）、地雷游戏。

"海类项目：驱逐舰游戏、潜艇游戏。

"空类项目：歼击机游戏、攻击直升机游戏。

"以上项目设金牌、银牌和铜牌三种奖牌。

"另外，综合性项目，如空地对抗赛、海空对抗赛等，因组织困难和裁判复杂，经协商，没有列入正式项目。

"下面，由参加游戏的世界孩子代表宣誓。"

宣誓的代表分别是一名美国空军中校飞行员、一名俄罗斯海军上尉和一名中国陆军中尉。誓词如下：

"我们宣誓：

一、严守游戏规则，否则愿接受一切惩罚；

二、为使游戏刺激好玩儿尽自己的责任，绝不给对手丝毫的怜悯！"

平原上又响起一阵欢呼声和枪声。

"各国武装力量入场！"

在随后的两个多小时里，各国的步兵和装甲部队从旗杆前蜂拥而过；接着，各国的坦克、装甲车和自行火炮等车辆与人群混在一起，形成一股混乱的钢铁洪流，激荡起遮天的尘埃。远处的海面上，各国军舰万炮齐鸣，炮弹在黑蓝色的暮空中炸出一片片雪亮的光团，仿佛整个大陆都在这巨响和闪光中颤抖。

平原重新沉静下来，空中的尘土还未散去，乔加纳喊出了开幕式的最后一项：

“点燃圣火！！”

空中响起了引擎的轰鸣声，孩子们抬头看去，只见一架战斗机正从东面远远飞来，在已经黑下来的天空中，它只是一个黑色的剪影，像硬纸板做的一样。飞机近了，可以看出那是一架外形丑陋的A10攻击机，尾部那两个大发动机仿佛是后来临时加上去的。那架A10掠过会场上空，在人群中间的一大块空地上投下一颗凝固汽油弹，沉闷的爆炸声过后，一大团裹着黑烟的烈火腾空而起，顿时，平原和人海都笼罩在橘红色的火光中，空地周围的孩子们都感到了扑面而来的滚滚热浪。

这时，太阳已完全落下去了，南极大陆开始了它漫长的黑夜——但黑夜并不黑，夜空中极光开始出现，地球两极的极光由于超新星的辐射而大大增强，那舞动的彩色光带照亮了大地的每一个角落。就在这南极光普照的广阔大陆上，超新星纪元的历史将继续它噩梦般的进程。

铁血游戏

王然中尉所在坦克营的三十五辆坦克，成攻击队形全速开进了很长一段距离还没有看到敌人，眼前只有一片开阔的布满残雪的平原。这是坦克游戏中的相向逼近赛。这支部队的出击位置是一处低洼地，这种装甲部队极佳的隐蔽地点在这平原地带是很不容易找到的。要按正规的作战方式，他们可以在夜间以很长的间隔单车进入，全部就位后仔细伪装，次日在敌人逼近时突然近距离出击……现在这些都不可能了，敌人早就知道他们的位置，他们也早就知道敌人的位置，还有两边的兵力，双方都知道得清清楚楚。这些情报绝对准确，都是双方互相通报的。对于他们将要与之作战的那三十五辆艾布拉姆斯，连它们每辆所带的弹药种类、数量以及履带或火控系统有什么毛病，彼此也都知道得一清二楚，这也是对方的美军指挥官昨天通报这边的，一切都像这南极光下毫无遮掩的平原般清清楚楚。他们所能发挥的，就是攻击队形的设置和射击的技术了。王然本来是驾驶员，但在前天的游戏中，他的坦克被摧毁了，他有幸逃得一命;也同样是在那场游戏中,现在这辆坦克的炮手阵亡了,紧急之中他就充当了这辆车的炮手。虽说对这个战位毫无把握,王然此时还是有些兴奋,炮手的感觉与驾驶员不同,坐在这高出许多的位置上,听着发动机的吼声,享受着速度的快感,让人不禁有些飘飘然起来。最让人心旷神怡的瞬间,是全速行驶的坦克越过一处不高不低的隆起地面时,它的履带完全离开地面——这辆98式坦克整个腾空又落下时那种美妙的失重:这个几十吨重的钢铁巨物刚才还像一架滑翔机那般轻盈,紧接着它就重重地落地,覆带重击下的大地像稀泥一样软……王然也随着坦克深深地陷下去,而这时,他感觉它又变得像大山般沉重。在这个过程中,他的每一个细胞都在兴奋地呐喊,这是骑兵冲锋时独有的感觉。

"首先我们把坦克战简化,简化为在完全平面化的平原上两辆相向而行的坦克对抗,当然这种状态在现实中是不存在的,就像几何学中的点和线在现实中不存在一样,但从中我们可以比较清晰地体会到坦克战的基本要素。在这个时候,取胜的关键是先敌开火和首发命中,这两者不是相加的关系,而是相乘的关系,也就是说,只要它们中有一个为零,总的结果就为零。这中间最有意思的是,它们两者是对立的,开火越早、距离目标越远,命中率就越低;反之亦然……"

这是一年前一位大人教官给小装甲兵们讲的课,不知怎么的,他的话这会儿在王然的脑海中反复回响,虽然现在觉得那都是些废话。现在,王然可以当那位大人装甲兵上校的老师了,因为那位上校从未经历过真正的坦克战,否则他一定会给王然他们讲一些更有用的东西。当然,上校也提到过,改进后的艾布拉姆斯的火控系统能使其在一英里以外的命中率达到百分之七十八,其实当时王然根本不理解这个数字的含义，可他现在理解了，而这时，王然和其他小战友参加装甲兵时的那个理想——当一个击毁几十辆敌坦克的英雄，已成了世界上最幽默的笑话。他们现在唯一的理想，就是能在被击毁之前也击中一辆敌坦克，赚个本儿。这理想档次并不低，如果在南极的每一辆中国坦克都能做到这一点，中国孩子就不会输掉这场游戏。

双方开始打照明弹了，外面笼罩在一片青光中。王然从瞄准器中看出去，前方黄蒙蒙的一片，那是行驶在他们左前方的108号车荡起的尘土。突然，视野中灰尘的黄色变成了映着火光的红色，一闪一闪的——视野清晰起来。他发现左前方的108号车拖着黑烟和火焰慢了下来，右前方的一辆坦克也燃烧着落在了后面，在此过程中，他丝毫没有听见这两辆坦克被击中时的爆炸声。突然，他们的正前方溅起一根尘柱，坦克撞了上去，王然听到碎石和弹片打在坦克外壳上的敲击声，这发以他的坦克为目标的炮弹打低了，从那根尘柱的形状看，它是一发尾翼稳定的高速穿甲弹。这时，他们的坦克已处于攻击队形的最前锋，王然的耳机中骤然响起了指挥车上中校营长的声音：

“目标正前方出现！各自射击！各自射击！！”

又是废话！跟前两次战斗一样，每到关键时刻他们都不能提供你想知道的信息，只会分散注意力。这时车速慢了下来，显然是让他射击了。王然从瞄准器中向前看，在照明弹的光芒里，首先看到的是地平线上遮天的尘埃，然后，在那尘埃的根部，他看到了一些黑点。他调节焦距，使那些艾布拉姆斯在视野中清晰起来，第一个感觉就是，它们不像他以前在照片上看到的样子——在那些照片上，这种主战坦克强壮而结实，像摞在一起的两块方铁锭；但现在它们后面都拖着长长的尘埃，显得小了许多。他用十字丝套住了一个，然后按键锁定了它，这时，那辆M1A2就像一块磁石，吸住了这门一百二十毫米滑膛炮的炮管，不管坦克如何颠簸起伏，炮管始终像指南针一样执着地指向目标。他按下击发钮，炮口喷出的火焰和气流在车前激起一片尘土，紧接着，他看到了远方这发炮弹爆炸的火光和烟团，这是“干净”的弹着点，没有一点尘土，王然知道击中了。那辆敌坦克拖着黑烟还在继续向前冲，但他知道它走不了多远就会停下来。

王然移动着瞄准器上的十字丝，试图套住另一个目标，但这时车外传来一声巨响。他的坦克帽和耳机隔音性很好，之所以知道那是巨响，是因为他浑身都被震麻了，瞄准器也黑了下来，与此同时，他的双腿突然一阵发烫，这感觉很像小时候爸爸抱起他放进热水浴池中一样。但这烫感很快变成了烧灼感，王然低头一看，发现自己此时正站在一个火炉上：下面的车舱已充满了暗红色火焰。很快灭火器自动启动了，舱内一片白雾，火势被暂时压了下去。这时，他发现脚下有一个黑色树枝状的东西在颤颤地动着，那是一条烧焦的手臂。他惊恐地抓住那手臂向上拉，惴惴不安地揣测着手臂的主人，是车长还是弹药手？但不管是谁，肯定都不会这么轻。王然很快发现了“轻”的原因：他拉的只是身体的上半部分，黑糊糊的一块，下面齐胸的断裂处还有火苗……他手一颤，那半个躯体掉了下去，这时他仍未看清那是谁，只是奇怪那手的手指怎么还能动？王然一把推开顶盖，以最快的速度爬了出来。坦克仍在行驶，他从后面翻下去时，重重地摔在了地上，周围都是从他刚离开的那辆坦克中冒出的黑烟。当风把烟雾吹开后，王然看到自己的坦克停了下来，它冒出的烟小了些，但仍有火苗从车体内喷出来。他现在确定坦克是被一枚聚能弹击中了，那颗炮弹爆炸时产生的高温射流切穿了装甲，使坦克内部变成了一座熔炉。王然起身蹒跚着向后走去，经过了好几辆燃烧的坦克，烧焦的裤子一片片地从他腿上掉下来。后面轰的一声闷响，他猛然回头一看，自己的坦克爆炸了，那庞然大物整个裹在了浓烟和火焰中。双腿一阵剧痛袭来，他一屁股坐在地上。周围到处都是爆炸和燃烧，摇曳着极光的夜空因浓烟而变得无比昏暗。在令人窒息的空气中，他感到了风的寒冷，这时，那位上校教官的话又在他的脑海中回响起来：

"……对于集群坦克作战，情况就复杂多了，这时，敌我坦克集群在数学上可以看成是两个矩阵，整个作战过程可以看成是矩阵相乘……"

废话，都是他妈的废话！到现在王然也不知道矩阵是怎么相乘的。他环顾战场，仔细地数着双方被击毁的坦克，现在要算的是对毁率。

三天后，王然拖着伤腿又上了第三辆坦克，这次他又成了一名驾驶员了。这天天还没亮，他们就进入了比赛位置。一百多辆坦克都紧贴着一堵长长的砖墙停放着。这是坦克对抗赛的一种：超近距离撞墙赛。规则是，双方的坦克分别停放在两条平行的砖墙后，一旦听到比赛开始的号令，就撞倒砖墙互相攻击。这两堵临时筑起的砖墙相距只有十米。这项比赛需要极其灵敏的反应，其取胜的关键在于攻击队形的排列而非射击技术，因为射击时根本不需要瞄准。公元世纪的那些大人教官绝不会想到，他们的学生要与敌坦克在几米的距离上对射；他们更不会想到，这出击的命令是由一名瑞士裁判员发出的，命令发出后，他就在远处半空中悬停的直升机上观战。

这以后的几个小时中，王然透过坦克前方观察窗所看到的全部外部世界就是这堵砖墙了。随着极光的变幻,它时而模糊时而清晰。他仔细地观察着面前的这片墙,观察着每一块砖上的每一条裂纹,研究着每一道还没有干的水泥勾缝的形状,欣赏着那看不见的极光在墙面上投射的光和影……他第一次发现世界有这么多可欣赏的东西,心里暗暗打定主意:如果真能从这次比赛中生还,一定要把周围世界的每一部分都当作一幅画来欣赏。

已沉默五个多小时的耳机里蓦地响起了出击的命令！这声音是那么突然,让正在研究上数第四行第十三块砖上裂纹构图的王然不由得愣了一秒钟,但也只是一秒钟,随即他就狠踏油门,让这头钢铁巨兽猛冲出去,与其他的坦克一起撞塌了这堵砖墙！当坦克冲出纷飞的砖块和尘土时,王然发现自己竟然已直冲进了敌人的装甲阵列！然后是短促的混战,滑膛炮的射击声和炮弹的爆炸声响成一片,外面强光闪耀,头上的炮塔在快速转动,装弹机咔咔地响个不停,舱内充满了炮弹发射药的味道。王然知道,这时炮手根本不需要瞄准,只需以最快的速度朝不同方向击发就行了。这疯狂的射击持续了不到十秒钟,随着一声巨响,世界在他眼前爆炸了……

等王然恢复知觉后,他发现自己已躺在战地救护所里了,旁边还坐着一位军报记者。

“我们营还剩几辆?”他无力地问。

“一辆都不剩了。”记者说,其实这他早该想到,那距离太近了,足以创造装甲兵战史上的世界纪录。记者接着说:“不过我还是要祝贺你们,1比1.2,你们第一次把对毁率反转过来了！你的车击毁了两辆,一辆勒克莱尔和一辆挑战者。”

“张强真行。”王然点点剧痛不已的头，张强是他驾驶那辆坦克的炮手。

“你也行，你们的炮手只打中了一辆，另一辆是你的坦克撞翻的！”

王然失血过多的大脑又昏睡过去，那疯狂的射击声在耳边响个不停，就像没完没了的暴雨打在铁皮屋顶上，但眼前出现的却始终是那堵抽象画般的砖墙。

……

王然所在装甲师的师长站在一座不高的丘陵上，目送着自己这个师的最后一个坦克营出击。当这条钢铁散兵线进入接敌位置时，所有坦克上的发烟管都启动了，他只看到一条白色的烟带。密集的爆炸声传过来，这个位置根本看不到敌人的坦克群，只能看到他们发射的炮弹在自己的坦克阵中爆炸，使那条白色烟带到处闪起炫目的光团。在这些爆炸的光芒中，一辆辆坦克的影子时不时地在烟雾中显现一下。这个十三岁的男孩儿突然觉得这情形很熟悉：有年春节他第一次放鞭炮，因胆小害怕，他刚把一整挂鞭炮点着就扔在了地上，那挂长长的鞭炮就在地上噼里啪啦地炸响，地上的烟雾中闪着一片小小的火光……

但这场战斗持续的时间远没有那挂鞭炮长，事实上在师长的感觉中还把它拉长了，因为他事后才知道，这场对射只持续了十二秒！十二秒啊，短短的十二秒，人只能呼吸六次左右，这个师的最后一个坦克营就全军覆没了。他面前是一片燃烧着的98式坦克，已稀薄下来的烟雾像轻纱似的覆盖在这片钢铁和火焰之上。

“对毁率?!”师长问旁边的参谋，掩饰不住声音的颤抖，就像一个站在天堂和地狱交叉处的灵魂，在问上帝自己该走哪条路。参谋摘下无线电耳机，说出了那个用上百个童年生命换来的冰冷又灼热的数字：

“报告师长，1.3比1！”

“还好，没有超标。”师长长出了一口气，知道在这里看不见的远处，也有数量相当于他们十三分之十的敌坦克在燃烧，游戏还在继续，但这个师已完成了自己的使命，他们的对毁率没有超标。

华华的另一名同学——卫明少尉与他所在的导弹排一起，参加了坦克-步兵对抗赛游戏中重武器组的比赛。所谓重武器组，是相对于轻武器组而言。在这种比赛中，对付坦克的步兵可以使用反坦克炮或导弹之类的重武器，而轻武器组只能使用反坦克手雷。但这并不意味着他们就比轻武器组的比赛容易多少，人家一个排只同一辆坦克比赛；他们呢，一个排要同三辆主战坦克或五辆轻型坦克比赛！

今天是小组预赛，卫明和他的小战友们昨天晚上仔细研究了作战方案。他们观察了昨天的比赛，参赛的是这个连的第二排，这个排选用了我军最先进的红箭12型反坦克导弹——过去的大人教官把这种导弹吹得很神，它同时使用三种制导方式，其中包括最先进的模式匹配式制导。结果在实际比赛中，二排发射的三枚导弹全因干扰偏离了目标，导致这个排最后只有五个人活下来，其余的全丧生在那三辆勒克莱尔的坦克炮和机枪下。而卫明所在的排要对付的M1A2电子干扰系统更厉害，所以他们决定采用比较落后的红箭7型导弹，它是有线制导，射程较近，但抗干扰能力强，同时其战斗部是经过改进的，穿甲能力由原来的三百毫米已经提高到了八百毫米。

这时，卫明和他的小战友们准备完毕，三枚反坦克导弹在他们排小小的阵地上一字排开，就像三根涂了白漆的短木桩，毫不起眼。一位在旁边观看的印度裁判向他们示意比赛开始，然后就撒腿跑开，拿着望远镜躲到远处的一排沙袋后面去了。当这种比赛的裁判也不容易，到目前为止，在坦克－步兵对抗赛中，已经有两位裁判送命，另外还有五位受伤。

卫明负责操纵三枚导弹中的一枚。在大人时代的训练中，他这个科目的成绩始终是排里最好的，这与他爱玩家里的那台小摄像机有关。操纵这种导弹的要领，就是要把制导器上的十字丝始终套住目标，在这个过程中，制导器就会自动引导导弹飞向目标。

地平线上出现了一片尘土，卫明从望远镜中看到了一大片敌坦克。今天中国孩子有一个步兵团参加这个项目比赛，那些坦克中的大部分将攻击这个步兵团的其他目标，其中只有三辆M1A2是冲着这个排的阵地来的。从预定的路线上，卫明很快识别出那三辆坦克，这时距离比较远，它们看上去都很小，还看不出有多凶猛。

卫明丢下望远镜，伏到制导器上开始瞄准中间的一辆，让十字丝稳稳地套住那个在尘埃中时隐时现的黑块，当确定它已进入三千米射程时，他按动发射钮，旁边的导弹噗的一声飞了出去，后面拖着细长的导线。随即，他听到两边又噗噗响了两声，另外两枚导弹也飞了出去。就在这时，那三辆M1A2的前端出现了闪动的火光，好像它们在眨眼睛似的。两三秒后，有炮弹落在卫明他们的右侧和后侧，几声巨响后，土块和石块暴雨般从天而降；紧接着，连续不断的炮弹飞射而来，卫明在爆炸声中不由自主地抱住了头，但很快回过神来，又把眼睛凑到制导器的瞄准镜上，但里面只有摇摆不定的地平线。等他终于再次找到目标并用十字丝锁定后,发现那辆坦克的右边腾起了一根尘柱,他知道这枚导弹打偏了。从瞄准镜上抬起头,卫明又看到了另外两根尘柱——位于那三辆坦克的后面,这就意味着所有的导弹全打空了!那三辆M1A2全力向他们冲来,它们不再打炮,显然已经知道这个阵地对它们已失去了威胁。这时,比赛实际上已变成轻武器组的坦克-步兵对抗赛了,只是这个排面对的主战坦克不是一辆,而是三辆。

"准备反坦克手雷!"卫明喊道,自己拿了一颗——这种头部带有磁性体的手雷很重——伏在掩体里盯着越来越近的敌坦克。

"排长,这……这怎么干啊?没学过呀!"卫明旁边的一个孩子紧张地说。确实没学过,那些训练他们的大人军官哪里会想到,有一天这些孩子要用手雷去和世界上最凶猛的主战坦克拼命。

那三头钢铁巨兽越来越近了,卫明感觉到了经由大地传来的颤动。机枪子弹如狂风般从他头顶上呜呜掠过,他低着头,估算着两地间的距离。当他感觉它们已冲到阵地前时,蓦地站起身来把手雷向中间那辆坦克投了出去,与此同时,他看到炮塔上机枪的枪口正对着自己闪光,子弹紧贴着耳根擦过。手雷划出一条弧线,粘在那辆M1A2扁平的炮塔上,就在发烟管前面一点的位置,吓得那个正在操作机枪的美国孩子一下就缩回炮塔里去了。这个排的其他孩子见状,也纷纷探出战壕向坦克投手雷,那些手雷有的粘到坦克上,有的掉到了地上。忽然,卫明旁边的一个孩子猛地扑倒在战壕外,背上现出一个很大的弹洞,握着的手雷滑落在距战壕两三米远的地方,但它一直没爆炸,可能那孩子忘了扳下发火栓。但投出的其他手雷都爆炸了,在爆炸的火焰和浓烟中,那三辆坦克完好无损地冲出来,径直轧过战壕。卫明飞身跳出战壕滚向一边,躲过了坦克的履带，但他的好几个战友则被轧成了肉酱；与此同时，随着轰隆一声响，一辆M1A2歪倒在战壕上不动了，原来，它撞倒了一个正跃出战壕向它投手雷的孩子，并把这孩子压在了履带下——孩子手中爆炸的手雷，炸断了履带，还搭上了一个轮子。

这时，远处的裁判打了一发绿色信号弹，宣布这场游戏结束。那辆瘫痪了的艾布拉姆斯上炮塔的门咣当一声打开了，从里面钻出一个戴坦克帽的美国孩子，看到卫明在下面冲他端起冲锋枪，立马又钻了回去，然后他从坦克里面露出半个脑袋，通过翻译器喊道："中国孩子注意游戏规则！中国孩子注意游戏规则！这场游戏已结束，停止战斗！"看到卫明扔下了枪，他才再次钻了出来，紧随他之后还有三个，他们从坦克上跳下来，手按在屁股后面的手枪上，警惕地看了看阵地上还活着的中国孩子，然后朝美国阵地方向走去。走在最后面的美国孩子脖子上挂着一个大大的翻译器，他走了几步停下来，扭头走到卫明跟前，敬了个礼，说了几句什么，翻译器翻译道：

"我是摩根中尉，少尉，你们玩儿得不错。"

卫明还了个礼，没说什么，突然他发现摩根的前胸跳了一下，一个猫脑袋从这孩子的装甲兵夹克中探出来，喵地叫了一声。摩根把那只小猫从怀里拿出来给卫明看，笑着说："它叫西瓜，是我们这个车组的吉祥物。"卫明看看那只猫，身上一圈圈的花纹使它看起来确实像个小西瓜。摩根中尉轻轻地把猫装回衣袋，又敬了个礼，转身走了。

卫明呆呆地站着，木然地看着南极大陆涌动着多彩极光的地平线，过了好长时间，他才缓缓地走到战壕边两个被压成肉酱的小战友旁，一屁股坐在潮湿的地上痛哭起来。

华华和眼镜在南极的第三个同学——金云辉少校，空一师的歼击机飞行员，现在正参加歼击机空战游戏，此时，他们这个中队的歼10编队正飞行在八千米的高空。天空能见度很好，驾驶舱里充满了极光投下的光晕。他们的对手，那支F15中队正与他们平行飞行，敌我编队相距仅三千米。这时，他的耳机中传来了比赛开始的信号：

“抛副油箱，抢占高度！”中队长命令。

金云辉扳下仪表盘角落上那个副油箱离合器的开关，猛拉操纵杆，使这架歼10昂头向上蹿去，超重使他眼前蓦地一黑。当眼前的黑雾散去后，他发现，周围敌我的编队一片混乱。他把飞机改平，但现在能做的不是攻击敌机，而是如何使自己不与其他飞机相撞，管它是敌机还是我机。不过，他的提心吊胆并没持续太长时间，周围的空域便空空荡荡了。金云辉呼叫僚机，没有听见回答。这时，他看到前面有一个在极光下闪动的银色亮点，很快他就确定那是一架F15，它好像也在找什么，肯定还没发现这架歼10。金云辉谨慎地缩短两机间的距离，忽然，敌机猛地拉高转弯，显然是发现了他。他把两枚导弹发射出去，看到那架F15抛出两枚镁热弹后向侧后方俯冲，甩掉了那两条白线，他也转向俯冲，再次咬住敌机，又发出两枚导弹，但被这小子一个侧滑又甩脱了。他按下动炮钮，感觉到了双联机炮射击时微微的振动，当敌机向左侧做摆脱动作时，他清楚地看到曳光弹的火鞭扫到了F15的机尾，中弹处好像冒出了一小团白烟，心中不由一阵狂喜，但接下来什么也没发生，F15还照样飞着。炮弹很快就挥霍光了，他已没有攻击武器了，只有逃命。想到对手在技术上显然比自己强得多，恐惧一下攫住了金云辉，他左滑右滑瞎飞一气，根本不管敌机现在在什么位置，实际上也完全看不到它。当报警雷达尖叫起来——警示后面有导弹跟踪时，他猛地向侧后做了一个摆脱动作，不料动作太猛，技术又不过关，飞机一下陷入了尾旋状态，像一块石头似的开始下坠。金云辉毫不犹豫地按下弹射开关，到现在为止，还没见过哪个孩子飞行员能把高速歼击机从尾旋状态中解脱出来。当他弹出机舱，伞在头顶张开后，立即四下寻找那架敌机，很快他就找到了——那架F15正向他俯冲下来，不知是想扫射还是想把伞冲翻，反正这两者都不违反比赛规则，他只有等死了。没想到就在这危急时刻，一个奇景出现了：F15的后面突然蹦出了一个白色的东西，是它的着陆减速伞！那伞在高速气流和发动机射流的冲击下很快成了碎片，而F15也被它拉得失速，与歼10一样进入尾旋。随即，金云辉看到那个美国孩子也弹出机舱，张开了伞。他们在远距离上互相朝对方竖起了大拇指。金云辉是真心诚意的，那孩子在技术上确实比他强得多，而且那减速伞也绝不是失手打开的，F15在高空飞行时伞是锁定的，它之所以意外释放，只可能是刚才歼10的机炮击中了机尾伞舱的缘故。

不一会儿，他们就在下方黑白相间的大地上看到了两团熊熊燃烧的火焰。

金云辉再次参加空中游戏是五天以后了。这次，他飞的是一架歼8，在空中与一架F15缠斗了近二十分钟后，两架歼击机并排飞着，双方都筋疲力尽，导弹用光了，机炮也打空了，什么结果都没有——其实在此过程中，金云辉已创造了奇迹，他把过去训练时做梦也不敢做的动作都做出来了。在空中格斗时，对自己可能的失事远甚于对敌机的担心，他想那个美国孩子也一样,因此他们两个大部分时间都是在提心吊胆地各飞各的,像两个半吊子侠客只是相距遥远地各自舞剑,而始终不敢真正接触。那架F15向金云辉的飞机靠过来,靠得很近,他很紧张地把稳操纵杆怕撞上,扭头看看,可以很清楚地看到座舱里的那个美国小飞行员,他先是向这边敬礼,然后两手都离开操纵杆,把指尖一合一合的——金云辉明白了他的意思,使劲点头表示同意。

他们相互脱离,当两机之间的距离足够远时再转向飞回来。金云辉小心地调整航向对准前方那个小黑点,然后按动弹射按钮弹出了座舱,就在伞张开的那一瞬间他后悔了:怎么能先跳伞呢?别让那小子骗了!但那个美国孩子很守信用,也弹了出来。两架已无人驾驶的歼击机相向而飞,但他们所期待的相撞并没有发生,它们在很近的距离上擦肩而过后,继续向前飞去,高度都在急剧降低,很快就变成两个小黑点消失了。

金云辉在降落途中向那个美国孩子挥挥手,对方也向他挥挥手,金云辉很得意:这小子用一架价值三千万美元的F15换一架一千五百万元人民币的歼8,真是个败家子儿!

南极洲正在进行的,是一种人类社会前所未有、以后也不太可能重现的战争模式:游戏战争。在这种战争中,敌对双方以一种类似于竞技体育的方式作战。双方的统帅部首先约定作战的时间、地点及双方的兵力,然后选择或制订一个共同遵守的作战规则,最后按上述约定进行战斗;与此同时,由一个中立的裁判委员会观察战斗并判定胜负。所有参战国的地位平等,没有联盟,轮番比赛。以下是两国统帅部安排比赛的一次通话记录:

A国:“喂,B国,你们好!”

B国:“你们好!”

A国:“我们把下一场坦克游戏的事儿定一下吧。明天怎么玩儿法?”

B国:“还玩儿相向逼近赛吧。”

A国:“好的,你们出动多少?”

B国:“一百五十辆吧。”

A国:“不行,太多了,明天我们有一部分坦克还要参加坦克—步兵对抗游戏呢。一百二十辆吧。”

B国:“也行。游戏地点在四号赛场怎么样?”

A国:“四号赛场?不太好吧,那里已经举行过五场相向逼近赛和三场超近距离赛,到处都是坦克残骸。”

B国:“残骸可以作为双方的掩蔽物,可以使游戏富于变化,玩起来更有意思。”

A国:“嗯,这倒也是,那就在四号赛场吧,不过游戏规则得稍稍修改一下。”

B国:“那就让裁判委员会去办吧。时间?”

A国:“明天上午10点正式开始吧,这样我们双方都有充足的集结时间。”

B国:“好吧,明天见!”

A国:“明天见!”

其实仔细想想，这种战争并非那么不可理解：规则和约定意味着一种体系的建立，这种体系一旦建立就有其惯性，一方违约意味着整个体系的破裂，后果不堪设想。关键的一点是，这种战争体系只有在游戏思维起决定作用的孩子世界才可能建立，它不可能在大人世界重现。

如果有公元人目击这场游戏战争，最令他们不可思议的应该不是战争的竞技体育方式，事实上这种对战方式在大人们的冷兵器战争时代也出现过，只是不那么明显而已；让他们迷惑和震惊的肯定是参战国的角色性质：战争中各国的敌人依比赛顺序而定。后来人们把它称为参战国的“运动员角色”，这种奇特的战争格局是人类历史上从未出现过的。

游戏战争还有一大特点，就是战斗的专门化：每场战斗都是单一的武器在对抗，各兵种的合成和协同作战基本上不存在。

奥运会开始后不久，陆地上的超新星战争就演化为大规模的坦克战。坦克是孩子们最喜欢的武器，没有一样东西比坦克更能激发男孩子们对武器的幻想。以前的大人时代，最让男孩子欣喜若狂的礼物莫过于一辆遥控电动坦克。游戏战争开始后，他们对坦克的迷恋更是到了肆无忌惮的地步：各国在南极大陆投入了近万辆坦克，大规模的坦克战游戏毫无节制地进行着，每次战斗都是双方成百上千辆坦克的大决斗。在南极大陆广阔的平原上，这一群群钢铁怪物疾驶着、射击着、燃烧着，到处都可以看到成片的被击毁的坦克——它们有的甚至要燃烧两三天，在风势减小的时候，会冒出那种又长又细、很特别的黑烟，这些黑烟在平原上聚成一丛一丛的，远远看去就像大地的乱发。

与坦克战的宏大和惨烈相比，空中战场则要冷清得多。歼击机空中格斗原本是最富于竞技性的作战，但由于所有的孩子飞行员都只接受过不到一年的训练，他们在高速歼击机上的飞行时间大多只有几十个小时，所掌握的技术充其量也就只够完成正常起降和在空中保持平衡而已，空中格斗所需的高超技术和身体素质对他们中的大多数人来说都可望而不可即，因此，双方歼击机编队的对抗赛大部分根本打不起来。另外，双方因自己失事坠落的飞机远远多于被敌机击落的，在空中格斗中，飞行员的大部分注意力都集中在作格斗飞行时别失事，很难全力攻击敌人；同时，现代歼击机在空中格斗时产生的加速度一般有6g以上，在做摆脱制导雷达锁定或导弹跟踪的动作时甚至可达9g，孩子脆弱的脑血管完全无法承受这样的过载，这也是空战打不起来的重要原因之一。当然，也出现过一些小飞行天才，比如前面与金云辉对阵、两次摆脱导弹跟踪的F15飞行员——美国的空中英雄凯洛斯，但他们毕竟只是少数，大多数人还是自愿选择惹不起躲得起的策略。

海上则更冷清了。由于南极大陆特殊的地理位置，对于驻守在这里的各国军队而言，海上运输线就是生命线，一旦海上运输被切断，南极的孩子们就如同被丢弃在另一个星球上一样，必将陷入灭顶之灾，因此，为保障海上运输线，各国都不敢拿自己的海上力量冒险。在海战游戏中，双方的舰艇相互都躲得远远的，一般都在海平线的视距之外；而海上超视距攻击作战因技术复杂，那庞大的导弹攻击系统在孩子们手中效率极低，很少能够命中目标，所以在海上游戏中只有几艘运输船被击沉。水下战场也一样。在漆黑的海底中驾驶着结构复杂的潜艇，只凭着声呐与敌人捉迷藏，这种作战所需要的复杂技术和丰富经验也不是孩子们在短时间里能掌握的，所以与空战类似，潜艇战同样打不起来，整个游戏中没有一枚鱼雷击中目标。导致这种局面的另一个因素是,南极没有潜艇基地,建造这种基地远比建造水面舰只的简易港口复杂,所以各国潜艇只能以阿根廷或澳洲为后方基地,这就使得常规潜艇很难在南极海长期活动,而拥有核动力攻击潜艇的国家并不多,因此在整个水下游戏中,只有一艘常规动力潜艇沉没——还是由于自己技术失误造成的。

在超新星战争的奥运会阶段,大部分的战斗都集中在地面战场,出现了许多战争史上从未有过的奇特的战争样式。

炮兵对抗赛中的加农炮五公里对射,是一种没有多少悬念的游戏,双方炮阵地的精确坐标都由裁判委员会通报双方,随着"开始"的口令发出,双方的火炮便疯狂地轰击对方。最初的游戏中,双方在开始前就已经瞄准完毕,结果往往是两败俱伤;后来修改了规则,在裁判委员会的监督下,游戏开始前双方的炮口都对着别的方向,开始后再进行超视距瞄准。这很像两个人的手枪决斗,关键在于快——瞄准、齐射,然后炮手火速撤离炮阵地(大口径火炮的移动很不灵活,把炮也撤走是不可能的),往往这时对方的炮弹已经在飞行途中了,几秒钟的时差就决定了双方的生死。再到后来,规则进一步改进:火炮在游戏开始后才拖向发射点,与此同时开始修筑炮位。这个规则更拉大了双方的差距,有时一方炮兵炮位的驻坑还没挖完,炮阵地就被敌人自五公里外射来的弹雨覆盖了。所以游戏时,炮阵地变成了一个极其恐怖的地方,站在那里就像站在地狱的边缘。孩子们把这种游戏称为"火炮拳击"。

相比之下,自行火炮的对射游戏变数更多。在这种游戏中,双方炮阵地的位置是变幻不定的，一方只能用弹道雷达通过敌方射来炮弹判断敌人的位置，但这也只是敌方上次射击时的位置，目前的位置只能以此为基点进行推测，并对不同方向和距离的多个位置进行试射。一个炮兵小指挥员对这种作战有一个形象的描述：“像用鱼叉在浑水中叉一条只露了一下头的鱼。”这种游戏双方的命中率很低，后来允许双方航空兵的炮火校正机参加游戏，才大大提高了射击的命中率。孩子们把这类游戏称为“火炮篮球赛”。

迫击炮是步兵的装备，但其对射也归入炮兵游戏的范围。由于迫击炮对射时双方的距离只有一两千米，属于目视范围之内，所以最为惊心动魄。这也是最耗费体力的游戏之一，双方的迫击炮手们扛着迫击炮不停地奔跑，一边躲避敌人射来的炮弹，一边寻找机会，支起炮来向远方同样处于奔跑状态的敌人射出自己的炮弹。在一片开阔的平原上，一组组移动的迫击炮手同爆炸激起的尘柱和烟团一起，构成了一幅不断变幻的抽象画。这种游戏有一个十分形象的别称：“迫击炮足球赛”。

最为恐怖的是步兵游戏，虽然这类游戏中使用的均为轻武器，但人员伤亡却更为惨重。

步兵游戏中最大规模的游戏是枪械对射，游戏分为工事类和冲锋类两种。

工事类枪械游戏，是双方躲在相隔一定距离的工事内对射，这种游戏持续时间短则一天，长则数天。但孩子们后来发现，在工事类对射中，由于敌人躲在工事中射击，暴露面很小，所以普通枪械伤杀力并不大——往往双方互相长时间倾泻弹雨，子弹密集得在空中相撞，战壕底的子弹壳几乎淹没小腿，最后一统计，不过是把对方的工事表面剥去了一层，并没有更多的战果。于是，双方都改用带瞄准镜的高精度狙击步枪来作战，在弹药的耗费量只是原来的千分之一的情况下，战果提高了十倍。在这种作战中，双方的小炮手们大部分时间都是在自己的掩体中观察对方阵地，一寸一寸地仔细观察，从每一片残雪、每一颗石子上发现异常，找到可能是敌人射孔的一点，然后再把一颗子弹送进去。在这种游戏中，前线一片空旷，孩子们都藏在掩体中，广阔的平原战场上看不到任何活物，只有狙击步枪特有的尖细射击声零星响起，然后是子弹穿过空气时的尖啸，叭——啾，叭——啾，仿佛是这南极光下空旷平原上一个孤独的幽灵在随意地拨动琴弦，使这寂静的战场更加肃杀。孩子们给这种游戏起了一个有趣的名字："步枪钓鱼"。

冲锋类对射游戏则是另一种景象。在这种游戏中，双方在射击的同时还互相逼近，很像19世纪冷热兵器过渡时代陆战战场的景象，那时，士兵们排成长长的散兵线在开阔的战场上行进射击。不过，由于现在轻武器的射程、射速和命中率都是那个时代的滑膛枪无法比的，所以双方的队列更加稀疏，而且大多数是在匍匐前进而非直立行进。由于在这种游戏中双方都没有工事掩护，所以伤亡率比工事类对射高得多，游戏时间也短得多。

步兵游戏中最为惨烈和惊心动魄的是手榴弹游戏，它也分为工事类和冲锋类两种。前者在游戏之前，首先修筑工事，双方工事的间隔仅为二十米左右，这是孩子投掷手榴弹所能达到的距离。游戏开始后，双方的步兵跃出工事向对方投出手榴弹，再闪回工事躲避对方投来的手榴弹。游戏所用的手榴弹一般是木柄型的，因为这种手榴弹投掷距离较远、威力较大，卵形手雷则很少使用。这种作战需要极大的勇气和体力，特别是极其坚强的神经。游戏开始后，对方的手榴弹如冰雹般砸过来，即使缩在工事中，外面惊天动地的爆炸声也令人魂飞魄散，更别提跃出去向敌人投弹了。这时，工事坚固与否很关键，如果工事顶盖让对方的手榴弹炸穿或揭开，那就一切都完了。这是伤亡率最高的游戏之一。孩子们把这种游戏称为“手榴弹排球”。

手榴弹对抗赛的另一个种类是冲锋类。这种游戏没有工事掩护，双方就在开阔地上冲向对方，当与敌人的距离缩短到投掷距离后投出手榴弹，然后以卧倒或向回跑出爆炸威力圈的方式来保护自己。这种游戏大都使用卵形手雷，因为可以携带得多一些。在进攻和躲避的过程中，双方的士兵最后往往混在一起，每个人的手榴弹只朝人多的地方扔。在一片开阔地上，在密集的爆炸烟雾和火光中，一群孩子或卧倒或奔跑，不时从一个袋子中摸出一颗手雷投出去，地上到处滚动着冒烟的手雷……这真是一幅噩梦般疯狂的画面，孩子们把这种作战称为“手榴弹橄榄球”。

与动听的名称相反，游戏战争是人类历史上最残酷的战争形式，在这种战争中，武器的对攻变得前所未有的直接，所造成的伤亡居各类战争之首。战争奥运会的每一场比赛结束时，无论胜负，双方的损失都惨不忍睹——比如，在一场坦克对抗赛中，即使是胜方也至少有一半的坦克被击毁。对于每个小战士来说，往往一次出击即为永恒。

这也使得后来的人们发现，在公元世纪人们对孩子的看法存在着根本性的错误。通过超新星战争人们明白，比起成年人，孩子更不懂得珍惜生命，因此对死亡也有更强的承受力。在需要的时候，他们会比成年人更勇猛、更冷静、更冷酷。后来的历史学家和心理学家一致认为，这样残酷疯狂的战争形式如果放到公元世纪，它所产生的难以想象的精神压力肯定会使参战者出现集体性精神崩溃——而孩子们在这场战争中临阵逃脱的大有人在，却极少听说有精神崩溃者。孩子们在这场战争中所迸发出的精神力量给后人留下了深刻印象，这在那些被大人们视为不可思议的小英雄身上表现得最为充分。比如，在手榴弹对抗赛中，就出现了一些被称为“回投手”的小英雄，他们从不用自己一方的手榴弹，只拾起敌人投过来的手榴弹扔回去。虽然他们很少有人能最后活下来，但孩子们都以做“回投手”为荣。有一首流传很广的战地歌曲唱道：

我是一名最棒的回投手
看着冒烟的手雷欣喜若狂
我飞快地拾起它们
像阿里巴巴拾起宝藏
……

在战争奥运会所有的战争游戏中，最野蛮、最恐怖的要数步兵游戏中的冷兵器游戏。在这个游戏中，双方用刺刀等冷兵器进行白刃战，使战争回到了它最古老的形态。以下是一名曾参加过这种作战的小士兵的回忆：

我在附近找到一个石块，最后一次磨自己步枪上的刺刀。昨天磨刺刀时被班长看见，挨了一顿斥责，他说刺刀不能磨的，那会损坏上面的防锈层,我不在乎,照样磨,总觉得这支步枪上的刺刀不够尖。我根本不打算从这场游戏中活下来,还要他妈的什么防锈层?

裁判委员会的那帮孩子挨个检查我们的步枪,确认里面没装子弹,还把枪栓也卸了下来;另外还搜我们身上,看有没有手枪之类的热兵器,最后我们五百个中国孩子全部通过了检查。可是裁判员们没有发现,我们每个人脚下的雪地里都埋着一颗手雷,那是在他们来检查之前埋下的,裁判员们离开后,我们都把手雷挖出来装在衣袋里了。这并不是我们想有意犯规,昨天晚上,一名日军上尉神神秘秘地来找我们说,他是反战协会的成员,在明天的冷兵器对抗赛中,日本孩子将使用一种吓人的武器。我们问是什么,他不回答,只说是一种我们绝对想象不到的武器,非常可怕,让我们防着点儿。

比赛开始了,双方的步兵方阵都向对方大步挺进,变幻的南极光下,上千把刺刀闪着寒光。我清楚地记得,当时呼啸的风吹起地上的残雪,仿佛在唱着凄厉的战歌。

我的位置在方阵后面靠边的地方,所以对前面的情况还是看得很清楚。我看到日本孩子的方阵在慢慢地逼近,他们都没戴钢盔,头上绑着白布条,边走边唱着什么歌。我看到他们手中都端着上了刺刀的步枪,并没有昨天夜里那个日军上尉所说的什么吓人武器。突然,我发现敌人的队形变了,密集的方阵变得稀疏了,成一行行纵队,每行纵队间都留出了两步宽的距离,这就在方阵中形成了一条条纵向的通道。接着,我看到方阵后面飞起了一片雪尘,在雪尘中有一大片黑色的东西紧贴着地面涌向前来,像洪水般很快追上了方阵。我正在纳闷,一阵低沉的呜呜声传了过来,仔细看那黑色的洪流,我的血液一下凝固了——

那是一大群凶猛的军犬。

那些军犬狂奔着穿过敌人方阵间的通道,转眼之间就冲进了我们的方阵。我们方阵的前半部分立马乱了,不断传来一阵阵惨叫声。那些不知品种的军犬凶悍异常,体型很大,直立起来比我们都高出一头。前面的战友们与那些恶犬厮打成一堆,地上到处都是一摊摊的鲜血。我看到一条军犬猛跳出来,嘴里衔着一条刚撕下来的胳膊……这时,已经逼近的日本孩子打乱了方阵,端着刺刀一窝蜂地冲上来,与那些军犬一起攻击我们,我的许多小战友在犬牙和刺刀下血肉模糊了……

“扔手雷!”团长大喊一声,我们没有丝毫耽搁,都掏出手雷拔下保险销扔向那一堆堆人和狗,在密集的爆炸声中,四处血肉横飞。

我们剩下的人冲过手雷的爆炸区,踏着战友、敌人和军犬的尸体冲向后面的日军,把自己变成了一架架搏杀机器,用刺刀、枪托和牙齿与敌人战斗。我首先跟一个日军少尉对刺,他大喝一声把刺刀向我的心脏捅来,我挥枪一拦,刺刀扎进了我的左肩,剧痛使我浑身一抖,手中的步枪掉在了地上,我本能地立即用双手死死抓住对方的枪管和刺刀的连接处,那一刻,我能感觉到自己温热的血正顺着枪管汩汩流下。与他来回推搡几下后,不知怎的,我竟然把他枪管上的刺刀拔了下来！我用还能动的右手从左肩上拔出带血的刺刀,握着它摇摇晃晃地向对手逼去,那小子呆呆地瞪着我,拎着丢了刺刀的步枪一转身,跑了。我没有力气去追他,于是就向周围看了看,正好看见我右边有个日本孩子把我的一个战友压在地上,双手死死掐住他的脖子。我就两步走过去,把刺刀猛地捅进那家伙的后背,之后,我连把刀拔出来的力气都没有了,只觉得眼前一黑,地面迎面扑来,那是褐色的泥泞地面,我的脸啪的一下贴在泥中,那泥是用我们和敌人的鲜血与南极的雪和泥土和成的。

三天后，我在战地救护所醒来了，急忙一打听，那场比赛我们竟然被判输了。裁判委员会的解释是：虽然双方都犯规了，但我们的情节更严重一些，因为我们使用的手雷绝对是热兵器；而日本孩子使用的军犬，只能算是温兵器。

（选自《血泥——超新星战争中的中国陆军》，郑坚冰著，新世界出版社，超新星纪元8年版）

随着战争奥运会的进程，战争的结局渐渐明朗，而这种结局完全出乎这种战争形式倡导者的预料。

从纯军事角度看，游戏战争完全不同于传统战争。由于战场是双方预先约定和位置相对固定的，双方力量在地理上的态势第一次显得不太重要，战役的目的不再是占据战略要地和城市，而纯粹是在战场上消耗对方。游戏战争开始以来，孩子们的注意力便都集中在一点上，这时，从双方的最高统帅部到最前沿的战壕，每个人想得最多和说得最多的都是一个词：对毁率。

在大人时代，敌我双方某种武器的对毁率在战争决策中也是一个受到关注的因素，但很少成为主要因素，为了达到某个战略或战术目标，统帅部可以不惜代价。但在孩子战争中，对毁率却具有完全不同的意义。这主要因为重武器在孩子世界是不可再生资源，他们不可能在短时间内生产出这些复杂的战争机器。坦克击毁一辆就少一辆，飞机击落一架就少一架，甚至连火炮这样相对简单的重武器，都难以从后方得到补充。因此，双方武器的对毁率几乎成为决定战争胜负的唯一因素。

在超新星战争中，由于孩子们难以掌握复杂的操作技术，攻方联盟高技术武器并没有起到很大的作用。比如，在公元世纪现代战争中起决定性作用的空中力量，在超新星战争中只是一个无关紧要的配角。由于对战场目标的侦察和定位涉及多学科的复杂技术，大部分作战飞机在出击后根本找不到要攻击的地面目标，就算能完成目标定位，孩子们也很难在空中精确地击中目标，只能进行天女散花似的大面积轰炸。再比如巡航导弹，作为美国在公元世纪末几次局部战争中威力无比的利剑，巡航导弹在超新星战争中没有起到太大的作用。因为在孩子世界，GPS全球卫星定位系统因运行不善已经接近于瘫痪，这使得巡航导弹失去了一个重要的制导手段。至于巡航导弹的另一个制导方式：地形匹配制导，由于它所涉及的技术更加复杂，要向导弹中输入飞向目标途中的地形雷达资料，目前这些资料的南极部分在大人们留下来的浩如烟海的数据库中难以检索到，也可能根本就不存在，自己探测生成更是不可能，所以也是一纸空文。

超新星战争是一场在技术水平上类似于第一次世界大战的战争，在这样的战争中，陆军的常规力量起着决定性的作用；而在游戏战争中，双方常规武器的对毁率并没有高技术武器那么悬殊。

坦克是这场战争中最重要的武器。在北约的陆战理论中，地面装甲力量与直升机构成的低空攻击力量是密不可分的，离开了武装直升机的火力掩护和空中侦察，坦克集群在战场上是很难生存的。正如公元世纪美军一位装甲指挥官所说：“离开了阿帕奇，艾布拉姆斯就像没穿裤子。”在超新星战争中，由于孩子们受训的时间太短，同由歼击机和轰炸机构成的中高空力量一样，直升机的低空攻击力量也难以发挥作用，且失事率和被击落的数量比歼击机更高。当一架阿帕奇由两个技术生疏、顾此失彼的孩子驾驶着徘徊于战场上空时,便成了地面肩射导弹绝好的靶子。所以在南极战场上,陆军航空兵驾驶员们最羡慕的攻击直升机,不是美国的阿帕奇,而是俄罗斯的共轴式双旋翼攻击直升机卡50。卡50的与众不同之处是配有类似于歼击机上的弹射座椅,这在直升机上是首创,因为直升机上方的旋翼使弹射逃生十分困难,卡50采取的方法是在启动弹射座椅前首先炸掉旋翼,这使它被击中时驾驶员的生还率大大提高。而对于阿帕奇,小驾驶员们在自己的直升机被击中后就只能等死了。在坦克游戏中,由于没有低空力量的配合和掩护,各国坦克的对毁率相差并不悬殊。

时光飞逝,转眼又过去了六个月。在这段时间,全球海平面继续上升,淹没了所有的沿海城市,上海、纽约、东京等都变成了水上城市,城里的孩子大部分都迁到了内地,剩下的孩子迫于生存压力,也渐渐适应了水城的生活,泛舟于高楼之间,维持着昔日大都市的一线生气。与此同时,南极洲的气候即使在漫长的黑夜仍继续转暖,平均气温在零下十摄氏度以上,让人如同身处温和的初冬。这块即将变得气候宜人的大陆的重要性,此时更加凸现出来。

分割南极大陆的国际谈判即将举行,每个国家在这场谈判中的重要筹码就是——它在南极战争游戏中的表现,所以各国的孩子都更加尽心竭力地投入战争游戏,他们向南极不断增兵,使得游戏的规模越来越大,战火在南极大陆上不断蔓延。

但是此时,战争游戏的发起者美国却陷入了深深的失望和失落之中。由于高技术武器在孩子们手中失去威力,美国并没有像它的孩子们所希望的那样成为游戏霸主,战争游戏呈现出一种他们不愿看到的多极状态,即将到来的南极谈判使美国孩子心急如焚。

战争游戏的最后一个项目即将开始,这也是美国孩子寄予最大希望的一个游戏:洲际导弹游戏。

“你没搞错?它真是冲我们来的?!”佳沃洛夫元帅问那个参谋。

“这是雷达预警中心说的,应该没错!”

“也许,它还会改变轨道?”伊柳欣总统问。

“不会的,弹头已进入末端制导,它现在已是没有动力的自由落体,就像一块掉下来的石头一样。”

这里是俄罗斯军队指挥中心,俄军统帅部的所有人都密切关注着在美俄之间举行的第一次洲际导弹游戏。现在,美国孩子以俄军指挥中心为目标,从万里之外的本土发射了一枚洲际导弹,这是严重违反游戏规则的,双方在游戏之前早已确定了各自的目标区,俄罗斯供美国打击的目标区距此地有上百公里之遥,对方不应搞错的。

“怕什么?反正也没有核弹头。”伊柳欣说。

“就是常规弹头也很可怕。这是一枚‘和平使者’洲际弹道导弹,好像是在20世纪80年代部署的,可运载三吨的常规高爆弹头,只要落在三百米内就会摧毁这里!”佳沃洛夫说。

“再说,它要是直接砸到我们头上呢?那就是什么都没带也会要我们命的!”一个上校参谋说。

佳沃洛夫说:“这也不是没有可能,‘和平使者’是最准确的洲际导弹之一，它的打击精度是一百米。”

这时，屋外传来一阵尖啸声，仿佛天空被一把利刃长长地划开了。“它来了！”有人惊叫道。大家都屏住呼吸，头皮发紧，等着那即将到来的一击。

外面响起一声沉闷的撞击，地面微微抖动了一下。大家拥出指挥大厅，看到半公里外的平原上有一根小小的尘柱正在落下。当伊柳欣和佳沃洛夫一行人驱车赶过去时，那里已有一辆铲车，一群拿着铁锹和锄头的士兵正在一个弹坑中挖着什么。

“弹头在一万米左右的高度好像抛出了一个小减速伞进行制动，所以在地下扎得不深。”在场的一名空军上校说。

半小时后，那枚扎入地下的洲际导弹弹头的底部露了出来，是一个直径两米多的金属圆柱体，边缘有三处爆破螺栓的残迹。孩子们看到边缘有一道缝隙，用钢钎一试，很轻松地就把这个金属盖子撬开了。孩子们惊奇地发现，弹头里有许多花花绿绿、大小不一的盒子——放在一圈防震垫里，小心地打开一个盒子，里面是用锡箔纸包着的一小块一小块的东西，再打开锡箔纸，露出了一个褐色的块状物。

“炸药！”有孩子警惕地说。

佳沃洛夫拿过那块“炸药”，仔细看了看，又嗅了嗅，咬下一块尝了尝，“是巧克力。”他说。

孩子们又打开其他的盒子，里面除了精致的巧克力外，还有几包雪茄。在其他的孩子忙着分吃巧克力时，伊柳欣拿出一支粗大的雪茄点上抽了起来，没抽几口，只听啪的一声——雪茄成了鞭炮，一团纷飞的彩带被炸了出来！孩子们看着手里只剩下雪茄屁股目瞪口呆的伊柳欣，哈哈大笑起来。

“三天以后，我们也打美国孩子的指挥中心！”伊柳欣扔掉雪茄屁股说。

“我有种不祥的预感。”在中国军队指挥中心的一次会议上，眼镜说。

“是的，我们的指挥中心应该立即转移。”吕刚说。

“有这个必要吗？”华华问。

“美国孩子在洲际导弹游戏中打击俄罗斯指挥中心，打破了基地不可侵犯的惯例，我们的基地目标也可能在这种游戏中遭到打击，而且弹头中装的不一定是巧克力和雪茄。”

眼镜说：“我的不祥预感更深一些，我觉得形势可能就要发生突变。”

从指挥中心的窗子望出去，地平线上已出现了白色的晨光，南极洲漫长的黑夜就要结束了。

在靠近北极圈的俄罗斯西北部荒凉的平原上，一枚加装了增程助推器的SS25洲际弹道导弹从一个十轮发射车上呼啸升空，只用四十分钟就几乎越过整个地球，飞临南极大陆上空，弹头沿一条平滑的抛物线下坠，击中了美国基地的一块雪地，弹着点距指挥中心只有二百八十米。在那枚导弹发射后，美国NMD和TMD系统曾先后发射了六枚反弹道导弹拦截它，美国孩子在大屏幕上惊喜地看着两个亮点几乎分毫不差地对撞，但这种惊喜一次次落空，在大气层之上的亚轨道上，那些拦截导弹无一例外地都与来袭导弹在几十米的距离上擦肩而过。

一阵惊恐过后，美国孩子挖出了弹头，发现俄罗斯孩子从两万公里之遥发射来了一瓶又一瓶的伏特加，酒瓶是特制的防震瓶；此外，还有一个漂亮盒子，上面注明是给戴维的礼物——打开一来，里面是个俄罗斯套娃，一个套一个，共有十个，都是戴维的样子，惟妙惟肖，最外面的娃娃笑嘻嘻的，越往里笑容越少，后来变得一脸愁容，最里面一个拇指大的“戴维”则干脆咧着嘴大哭。

戴维气急败坏地一把将那堆娃娃摔到雪地上，一只手揪住斯科特，另一只手揪住负责战略导弹防御系统的哈维将军，“你们都被解职了！你们这些白痴，你们向我保证过NMD和TMD会起作用的！你——”他对斯科特说，“你是不是说过，有了它们我们就进保险箱了?！你——”他又对着哈维喊，“你手下那些获过西屋奖的小天才都干什么去了？他们只会他妈的在网上当黑客吗?!”

“我们……我们六次都是差一点儿就把它打中了。”斯科特红着脸说。

连着三天没睡觉的哈维也顾不得总统的尊严了，甩开戴维的手大叫：“你才是个白痴！那两个系统是那么好玩儿的吗？光TMD的软件就有近两亿行代码，要不你来试试?!”

这时，一个参谋走来递给戴维一张打印纸，“这是乔加纳先生刚发来的，南极领土谈判议程的最新修改稿。”

美国统帅部的孩子们无声地站在那个大坑旁，坑底有一枚来自地球另一极的大弹头。沉默了一会儿后，戴维说：

“在领土谈判前，我们必须在游戏中取得绝对优势！”

沃恩说：“这是不可能的，游戏已经接近尾声。”

“你知道这是可能的，只是不愿向那个方向想而已。”戴维猛地扭头盯着国务卿说。

“您不会是指的那个新游戏吧？”

“对，新游戏！正是那个新游戏！早该开始了！”斯科特兴奋地替戴维回答。

“它会把南极游戏引向不可知的方向。”沃恩说，他看着远方，深陷的双眸映着地平线上白色的晨光。

“你总爱把简单的事情复杂化，以此显示你的学识！傻瓜都能看出来，那个新游戏将会立刻使我们在整个南极占据绝对优势，它会把南极游戏引向一个清晰明确的方向——”戴维冲沃恩挥了挥刚才参谋递给他的那张纸，“就像这张白纸一样清晰明确，没有什么不可知的！”

沃恩伸手从戴维手中拿过那张纸，“您认为这张纸是清晰明确的吗？”

戴维莫名其妙地看看他，又看看那张纸，“当然。”

沃恩用枯枝一样的手把纸对折了一下，说：“这是一次，”又对折一下，“这是两次，”再对折一下，“这是三次……现在，总统先生，您是不是认为这是一件很清晰明确的事，一件很容易预测的事？”

“当然。”

“那么，你敢把这张纸对折三十五次吗？”沃恩把那张已对折过三次的纸举到戴维面前。

“我不明白。”

“回答我，敢还是不敢。”

“这有什么不敢的？”

戴维伸手去拿那张纸，沃恩却用另一只手按住了他，戴维感觉沃恩的手冰凉而潮湿,像是一条蛇爬上了自己的手背,“总统先生,您是以一个最高决策者的身份说话,您的每个决定都是在创造历史。现在再想想,您真的敢这么做?”

戴维迷惑不解地看着沃恩。

“您还有最后一次机会:在做出决定之前,难道不想预测一下这件事的后果吗?就像预测那个新游戏的后果一样?”

“后果?把一张纸对折三十五次的后果?可笑。”斯科特轻蔑地说。

“比如说,那张纸会被叠到多厚?”

“有《圣经》那么厚吧,我想。”戴维说。

沃恩摇摇头。

“有我的膝盖到地面这么厚?”戴维问。

沃恩还是摇头。

“有那边的指挥中心这么厚?”

沃恩摇头。

“你总不至于说,有五角大楼这么厚吧?”斯科特讥笑说。

“这张纸单张的厚度约为零点一毫米,按此计算,对折三十五次之后,纸的厚度为六百八十七万一千九百五十米,也就是六千八百七十二公里,相当于地球半径。”

“什么?!只折三十五次……你在开玩笑!”斯科特大叫。

“他说得没错。”戴维说,他绝非笨孩子,很快就想到了那个国王和象棋的印度传说[①]。

---

①传说印度一个农夫发明了象棋的玩法后,很受国王赏识。国王为此想给农夫奖励,农夫提出的要求是,在64个方格内,从数字1开始,按每格加倍的方式添放麦粒,国王起初不以为意,没想到最后把粮库搬空也才够放50格。

沃恩把那张纸插到戴维的上衣口袋里，看看周围发呆的小统帅们，缓缓地说："千万不要对自己的判断力过分乐观，尤其对历史的进程而言。"

戴维垂头丧气地认输了，"我承认我们的头脑比你的简单得多，要是大家的头脑都像你那样，世界不知道有多可怕。但是，我们无法肯定会成功，也同样无法肯定它一定会失败，为什么不试试呢？我们要干下去！我们不可能不干下去！！"

沃恩冷冷地说："总统先生，那是您的权力，我该说的都说了。"

在曙光初露的南极荒原上，超新星纪元初的历史走到了最凶险的阶段。

一千个太阳

在与美国孩子的洲际导弹游戏开始之前，中国孩子的指挥中心秘密转移了——中心的所有人员连同必需的通信设备分乘十四架直升机，向内地飞行了四十多公里。这里的地形与沿海有所不同，出现了几座不高的锥形小山，上面的积雪尚未融化。指挥中心在这里支起营帐，背后是一座小山，前面是一片广阔的平原。

“第二炮兵司令部来电，问我们的弹头上装什么。”吕刚对华华说。

“嗯……装糖葫芦吧。”

接着，孩子们都举起望远镜观察海那边的天空，一名戴着耳机的小参谋给他们指示着大概的方向——远方的雷达预警中心正把逼近的美国洲际导弹信息传递给他。

“大家注意，他们说它已经很近了！方位135，仰角42，就是那个方向，应该能看到了！”

南极黎明的天空呈现一种深邃的暗蓝色，星星已经很稀疏了，但由于空中的极光大大减少,这时的天空看上去反而比过去的长夜黑了许多。在这暗蓝色的背景上,可以清楚地看到一个移动的光点,它的速度很快,不过又比流星慢一点,用望远镜观察,可以看到它拖着一条短小的火尾,这是弹头再入大气层时的摩擦发光。光点很快消失了,暗蓝色的苍穹中无论肉眼还是望远镜都看不到任何东西,那个光点似乎融化在这暗蓝色的深渊中了。但孩子们知道,那枚洲际导弹的弹头已经进入大气层,正在万有引力的作用下,沿一条精确的弹道坠向目标。

"没错,它的打击目标是基地,呵,更精确了,是指挥中心!"戴耳机的小参谋大声说。

"这次弹头里装的是什么呢?"

"也许是洋娃娃……"

孩子们纷纷议论着。

突然,黎明的世界变成了白昼。

"超新星!!"有孩子失声惊叫。

是的,这情景孩子们很熟悉,熟悉得刻骨铭心:这太像超新星爆发了,大地和山脉在突然出现的强烈阳光中变得清晰明亮,但这次天空没有变成蓝色,而是呈一种深紫色。阳光来自海的方向,孩子们朝那方向望去,立刻看到了地平线上的那个新太阳,与超新星不同,这个太阳呈现出一个比真太阳还大的球形,光焰逼人,孩子们都感到脸上一阵灼热。

吕刚最先意识到发生了什么,急忙大喊:"不要看它!会刺伤眼睛的!!"

孩子们都闭上双眼,但那急剧增强的光照穿透眼皮后仍然亮得耀眼,使人仿佛沉入光的海洋之中;孩子们又用手捂住双眼,强光依旧顽固地从指缝渗进来。这样过了一小会儿，一切终于又都暗了下来。孩子们小心地睁开眼，他们刚才被晃花的眼睛一时之间什么也看不清。

吕刚问大家："你们觉得刚才那个太阳亮了多长时间？"

孩子们纷纷回忆说，好像有十几秒钟。

吕刚点点头，"我觉得也有这么长，从火球的持续时间判断，它的当量可能超过一百万吨级。"

孩子们的视力恢复了。他们望着那个太阳出现又消失的方向，看到那个方向的地平线上有一团白色的东西在急剧扩大。

吕刚又喊："捂住耳朵！快！捂住耳朵！！"

孩子们捂住耳朵后等了一会儿，并没有爆炸声，但地平线上的那团蘑菇云已经顶天立地，在晨光中显出一片银白色。它与大地和天空的反差是如此之大，以至给人一种超现实的感觉，仿佛是叠加在现实画面上的一个巨大的幻影。孩子们呆呆地仰望着它，不知不觉地就把手从耳朵上放下来了，吕刚再次大喊：

"捂住耳朵！那声音要两分钟才能传过来！"

孩子们刚刚再次捂紧耳朵，脚下的地面便在一声巨响中像鼓皮似的抖动了一下，地表的浮土和残雪被震得有膝盖高，小山上的残雪像突然融化了似的向下流淌开去。这声巨响透过皮肉和骨骼钻进孩子们的脑子里，他们的身体仿佛被震成了碎末四下飞散，只剩下惊恐的灵魂在地面上颤抖着。

吕刚喊道："快到山后面隐蔽，冲击波就要到了！！"

"冲击波？"华华盯着他问。

"是的，到达这里时可能已衰减成大风了！"

孩子们刚绕到小山后面，周围突然狂风呼啸，几顶帐篷被连根拔起，里面的设备在地上四处乱滚，停在小山前面的直升机有一半倾覆了；接着，雪尘淹没了一切，周围什么都看不见了，飞石把直升机打得乒乓乱响。这狂风只持续了一分钟左右就很快减弱，最后完全停止了。空气中的雪尘缓缓降落，尘幕后面的地平线上出现了朦胧的火光，巨大的蘑菇云因扩散变得模糊起来，但体积越来越大，很快就占据了半个天空，风把它顶部的烟雾吹向一边，这个巨大的怪物仿佛披上了一头银色的乱发。

“基地被摧毁了。”吕刚沉重地说。

与基地的所有通信都中断了。大家透过还没有落尽的尘埃朝基地方向望去，只能看到地平线下隐隐的火光。

这时，一名小参谋走过来告诉华华，美国总统在呼叫他。华华问：“回答他会暴露我们的位置吗？”

“不会，发射机在另一个地方。”

无线电接收机里传出了戴维的声音：“哇，华华，那颗核弹没要你的命？你们转移指挥中心真是十分十分地聪明，知道你还活着我十分十分地高兴！我想你们已经知道，新游戏开始了！核弹游戏！哈哈，最好玩儿的游戏！那个新太阳多漂亮啊！”

华华愤怒地说：“你们这群可耻的家伙，你们践踏了战争游戏的所有规则！破坏了游戏的基础！！”

“嘻嘻，什么规则，好玩儿就是规则！”

“你们的大人也太不是东西了，居然给你们留下了战略核武器！”

“唉，只是无意中剩下一些罢了。我们的核武库很大，吃一块大面包总难免掉些渣的。再说了,谁知道俄罗斯的大面包有没有掉些渣呢?”

“他说到关键之处了。”吕刚伏在华华耳边低声说,“他们不敢对俄罗斯实施核打击,是怕他们的核报复,而对我们就没有这个担心了。”

“对这些小事嘛,不必在意,不必在意。”戴维在电台中说。

“我们没在意。”眼镜冷冷地说,“在这个疯狂的世界中,为道德原因而愤怒已没有必要,那太累了。”

“对对对,华华你听到了吗?这才是正确的心态,这样才能玩得好。”说完,戴维就挂断了通信。

随后,中国孩子立刻与参加南极游戏的其他国家联系,试图建立一个惩罚美国孩子违规行为的联盟,但结果令他们大为失望。

华华和眼镜首先与俄罗斯联系,伊柳欣在电台中不痛不痒地说:“我们已得知贵国的遭遇,深表同情。”

华华说:“这种可恶的违规行为应当受到严惩!如果这种恶劣的行径被容忍,下一步他们就会把核弹打到别国基地,甚至南极之外的其他各洲!贵国应该对违规者的基地进行核反击,目前可能只有你们有这个能力。”

“这种行为当然应该受到惩罚,我想,现在各国都盼望贵国进行核反击,以维护规则的尊严。我国也很想惩罚违规者,但俄罗斯没有核武器了,我们可敬的爸爸妈妈把那些核弹都发射到太空去了!”

与欧盟的联系更令人沮丧,轮执国主席英国首相格林一本正经地说:“贵国怎么能认为我们还留有核武器?这是对统一的欧洲最无耻的诽谤!请告知你们现在的位置,我们将派人递交一份抗议照会!”

华华放下话筒说:“这些小滑头都想明哲保身,坐山观虎斗。”

“十分聪明。”眼镜点点头说。

指挥中心与中国基地的联系初步恢复了,可怕的消息开始通过无线电不断传来:驻扎在基地的G集团军遭到毁灭性的打击,伤亡人数尚不清楚,估计这个集团军已基本丧失了战斗力。基地的设施大部分已被摧毁,幸运的是,由于游戏的地域范围不断扩大,原来驻扎在基地的另外两个集团军向内地移动了上百公里,这使中国孩子在南极大陆的力量有三分之二得以保存下来,但基地花费两个多月建成的港口在核袭击中遭到严重破坏,这些部队的供给已出现严重问题。

统帅部的紧急会议就在这座小山脚下一座临时搭起的大帐篷里举行。会议开始前,华华说他要出去一下。

“事情很紧急了!”吕刚提醒他说。

“就五分钟!”华华说完,转身就出去了。

过了半分钟,眼镜也走出了帐篷,只见华华仰面朝天地躺在一块雪地上,两眼呆呆地看着天空,眼镜走过去在他身边坐下。空气中的尘埃已经落尽,一阵阵微微的热风吹过来,带着一股融化残雪的湿气和土腥味儿。在海的方向的天空上,巨大的蘑菇云因为扩散,模糊得失去了形状,但体积更大了,已无法把它与天上的云层区分开来。在另一个方向的地平线上,晨光已涌上了半个天空。

“我真的支持不住了。”华华说。

“别人也好不到哪儿去。”眼镜淡淡地说。

“可我们和别人不一样，真要命！”

“你把自己想象成一台由冰冷硬件组成的电脑，现实就是数据，输入什么你计算什么，就能支持住了。”

“新纪元开始后，你一直是用这办法过来的？”

“新纪元开始前我也是用这办法，这不是什么办法，是我的本性。”

“可我没有这种本性。”

“要解脱也很容易：什么也别拿，从这儿朝任何一个方向一直往前走，你很快就会迷路，不久就会冻死或饿死在南极荒原上。”

“办法不错，只是我不想当逃兵。”

“那就当一台电脑吧。”

华华支起身，看着眼镜问：“你真的认为一切都能靠冰冷的推理和计算得来？”

“是的。在你认为是直觉的那些东西后面，其实隐藏着极其复杂的推理和计算，复杂得让你感觉不到它。我们现在需要的，除了冷静，还是冷静。”

华华站起身，拍拍后背上的雪，“走，开会去。”

眼镜拉住他，“想好你要说什么。”

华华在晨光中对眼镜微微笑了一下，“我想好了。其实对于一台冰冷的电脑来说，现在的形势只是一道很简单的算术题。”

会议开始后，孩子们长时间地沉默着，眼前急转直下的严峻形势一时把他们都震昏了。

D集团军司令打破沉默，猛地一砸桌子喊道：“我们的大人们怎么就这么老实？为什么不给我们也留一些那玩意儿?!”

“是啊,哪怕是少留一点儿呢!”

“我们现在手无寸铁了!”

“哪怕只有一颗核弹,形势也会不一样啊!”

“是啊,有一颗也好啊……”

孩子们纷纷附和着。

“好了,不要说这些没用的话了。”吕刚说,然后他转向华华,“我们下面该怎么办呢?”

华华站起来说:“内地的两个集团军立刻紧急疏散,以在敌人进一步的核打击中保存力量。”

吕刚也一下站了起来,“你应该清楚这意味着什么。如果我们所有的陆上力量都由战斗集结状态变成非战斗疏散状态,再次集结需要很长时间,我们在南极大陆将完全失去战斗力!”

眼镜说:“这就相当于把我们这块硬盘进行了格式化。”

吕刚点点头,“这个比喻很适当。”

“但我同意华华的意见,立即疏散!”眼镜坚定地说。

华华低着头说:“没有办法。如果各集团军仍保持密集的战斗集结状态,在敌人接下来的大规模核打击下,极有可能全军覆没。”

吕刚说:“但是,如果集团军变成散布在广阔地域上的大量小部队,供给难以保证,他们也不可能长时间生存!”

B集团军司令说:“走一步看一步吧,现在真的不是过多考虑的时候了。每过一秒钟,危险就长一分。快下命令吧!”

D集团军司令说:“我们头上现在用头发丝吊着一把剑,随时都会落下来的!”

大部分孩子都主张尽快进行疏散。

华华看看眼镜和吕刚,他们都点了点头。于是,他环视一圈会议桌前的小战友,说:“好吧,向两个集团军发布疏散命令吧,没时间计划细节了。让部队自行疏散,以营为单位,一定要快! 同时,请大家清楚这个抉择的后果,做好思想准备,今后对于我们,南极的使命将十分艰难。”

孩子们都站了起来。一位参谋把草拟的疏散命令读了一遍,大家都没提什么意见,他们只想快些、再快些。参谋拿着命令向电台走去,这时,突然响起一个沉着的声音:

“请等一下。”

孩子们都把目光投向说话的人,那是胡冰大校,五人观察组的联络员。他向华华、眼镜和吕刚敬礼后说:“报告首长,特别观察组将履行最后职责!”

特别观察组是大人们留下的一个很神秘的机构,它由三名陆军大校和两名空军大校组成。根据规定,战争一旦爆发,他们就有权了解一切机密,并有权旁听最高统帅部的所有决策过程,不过大人们曾保证,五人观察组对统帅部的工作绝不会进行任何干涉。事实上也是这样,在之前的整个战争游戏过程中,在每一次最高统帅部的军事会议上,这五个孩子都只是坐在旁边静静地听,连记录都不做,只是听。他们从不发言,即使在会下也很少与人交流,渐渐地,统帅部的孩子们几乎忘记了他们的存在。有一次,华华问他们中谁是组长,观察组中一位叫胡冰的陆军大校回答:

“报告首长,我们五位成员的权力是相等的,没有组长。必要时,我将充当小组的联络员。”

这就使得他们的使命更神秘了。

这时，观察组的五位军官站成一个很奇怪的队形，他们面对面站成一圈，庄严地立正，仿佛中间有一面让他们升起的国旗。只听胡冰说：

“A类情况已出现，表决！”

五个孩子同时举起了一只手。

胡冰转向充当会议桌的几个弹药箱旁，从怀中掏出一个白色的信封，用双手把它端端正正地放在弹药箱的正中，说：“这是公元世纪最后一任国家主席留给现任国家领导集体的信。”

华华伸手拿起那封信，撕开封口，里面只有一页信纸，上面有手写的钢笔字，他读了起来：

孩子们：

当你们看到这封信时，我们最可怕的预感已经变成了现实。

在公元世纪的最后日子里，我们只能按照我们的思维方式对未来进行推测，并根据这种推测尽可能做好我们最后能做的工作。

但那种预感不止一次地涌上我们的心头：孩子的思维和行为方式完全不同于成人，孩子世界的运行轨迹可能完全超出我们的预测，那个世界可能是一个我们无法想象的世界。对此，我们无法为你们做太多的事。

只能留给你们一件东西。

这是我们最不想留给你们的东西，在留下它的时候，我们感觉像是把一支打开保险的手枪放到了熟睡的婴儿枕边。

我们尽可能地谨慎，任命了特别观察组，它由五名最冷静的孩子组成，由他们根据情况的危急程度表决决定，是否把这件遗留物移交给你们；如果在十年后仍未移交，遗留物将自行销毁。

我们希望他们永远不必进行这种表决，但现在你们已经拆开了信。

这封信是在终聚地写的，这时我们的生命都已到了尽头，但头脑还清醒。信将由一名守候在终聚地的孩子信使交给观察组。本来以为，该说的话都说过了，但在写这封信时，千言万语又涌上了心头。

但你们已经拆开了信。

你们拆开了信，就意味着你们的世界已完全超出我们的想象，想说的这些话也就没什么意义了。只说一句：

孩子们走好。

（签　字）

公元世纪最后一日于中国1号终聚地

孩子领导者们的目光又都会聚到胡冰身上，他立正敬礼，说："五人观察组现在进行移交：东风101洲际核导弹一枚，最大射程两万五千公里，带有一枚热核弹头，当量四百万吨级。"

"核弹在哪儿？"吕刚盯着他问。

"我们不知道，也不需要知道！"胡冰说。这时，观察组中的另一位大校把一台笔记本电脑放到会议桌上，打开，电脑已经启动，屏幕上显示着一幅世界地图，"这幅地图的各个位置可以放大精度，最大可放到十万分之一比例，只需用鼠标双击要打击的目标，电脑上的无线调制解调器就会发送信号，一个卫星链路将信号传送到目的地，导弹就会自动完成发射任务。”

孩子们一拥而上，都去抚摸那台电脑——热泪盈眶的他们，这一刻仿佛握住了大人们在冥冥之中向他们伸来的温暖的手。

公元地雷

超新星爆发并没有使世界的每个地方都发生巨变，比如，这个中国西南深山中的小村子，就没有发生太大的变化。不错，是没有大人了，但在公元世纪，平时村子里的大人也不多——他们都出远门打工去了。现在孩子们干的农活，也真不比那时多多少，他们每天的生活与那时一样，日出而作，日落而息；比起大人们在的时候来，他们现在对外部世界更是一无所知。

但在大人们离去前有一段时间，这里的生活似乎真的要发生巨变了。那时，村子旁边修了一条公路，那路通到山里边，通到一个被铁丝网封起来的山谷里。每天都有数不清的大卡车拉着满满的东西进去，然后都空着出来。那些东西要么用绿色的篷布盖着，要么装在大箱子里，没人知道是什么，但要是把它们堆起来的话，怕也有村后那座山那么高了，因为路上的那些大卡车像河一样昼夜流个不停，都是满着进去空着出来，有时还有那种顶上转着电扇的飞机飞进山谷，下面吊着个什么东西，飞出来时那东西就没了。就这样过了半年后，这里才又平静下来，那条公路也被推土机推掉了。村里的孩子们和已经病重的大人们对此都很不理解：公路不用就算了，干吗要费这么大劲儿毁掉呢？很快，翻起的路面上长满了草，看上去又与周围的山地差不多了。把山谷封起来的铁丝网也被撤掉了，村里的孩子们又可以到那里去砍柴打猎了。他们去后发现，山谷里没什么变化啊，树林还是以前的树林，草地还是以前的草地。他们不知道那上千名穿军装或不穿军装的人在这里的半年都折腾了些什么，更不知道那河水一样的车队运进来的东西都到哪儿去了，那一切都像一场梦似的，渐渐被忘却了。

他们不可能想到，在山谷的下面，已埋下了一个沉睡的太阳。

历史学家们把它称为公元地雷。之所以这样称呼一枚洲际导弹，一是因为它身处世界上最深的发射井中，有一百五十米深，井口上部又覆盖着二十米厚的土层（所以即使在山谷里挖得很深，也不可能发现这个巨大的秘密），在发射前，要由一次定向爆破掀开土层，才会露出发射井的出口；二是因为它无人值守，只是等待着触发的信号，很像一颗埋在这个国土上的超级地雷，耐心等待着触发者的来临。公元地雷有九十米高，如果立在外面，看上去很像一座金属的孤峰。它在发射井中处于沉睡状态，只有一个时钟和一个接收单元在工作。接收单元每时每刻都在静静地聆听，在它所锁定的频率上，一定能听到来自外部世界的各种嘈杂的声音，但它只是在等待一个长长的数串，这是个大质数，如果用世界上现有的最高速的计算机进行试算，到世界末日也对不上。而这个大质数在世界上只有一个副本，它就存贮在五人观察组的那台笔记本电脑中。当计时器走到315 360 000秒，也就是它启动后的第十年时，公元地雷的寿命已尽，它将醒来，启动所有系统，飞出发射井，飞出大气层，在五千公里高的地球轨道上自毁，那时，即使在白天，人们也会看到一颗明亮的星星在空中闪亮十几秒钟。

但就在计时器启动后23 500 817秒时，接收单元收到了那个大质数，于是，它便继续接收后面的信息，那是两个精确到小数点后三位的数字。接收单元中一个简单的程序对这两个数字进行了检验，如果它们中的第一个和第二个分别超出了0～180和0～80的范围，那什么事也不会发生，接收单元将继续聆听下去；但这次，这两个数字虽然接近范围的边缘，但仍在范围之内，这就够了，它并不关心更多的事。这时黎明将至，西南的群山仍在沉睡中，山谷中笼罩着一层薄雾，公元地雷唤醒了它沉睡的力量。

温暖的电流在一瞬间流遍了那巨大的躯体。它醒来后做的第一件事就是，从接收单元中把那对经纬坐标值提取出来再送入目标数据库，它立刻变成了数据库那十万分之一的世界地图上的一个点。中心电脑在瞬间生成了飞行轨道参数，同时，它从目标数据库中得知，目标位于一片平原上，于是立即把弹头的起爆高度定在了两千米。如果它有意识的话一定会感到奇怪，因为在它被装配完成后，曾经进行过无数次模拟发射，以检验系统的可靠性，在所有的大陆中，这个目标区所在的大陆是唯一没被试过的——但这不关它的事，一切仍按程序进行。在它的电子意识中，整个世界是极其简单的，有意义的只是那个遥远南方大陆上的目标点，世界其余部分只是标明那一点的坐标，那一点在地球透明的球面坐标系的顶端熠熠闪亮，引诱着它到那里去，去完成它那无比简单的使命。

公元地雷启动了燃料舱中的加热系统。像大多数洲际导弹一样，它是由液态燃料推进的，但为了燃料的长期保存，它使用一种固－液转换燃料，通常情况下，这种燃料呈一种胶状的固态，发射时需要进行加热以使其熔化成液态。

发射井上方的土层被定向爆破掀开，公元地雷看到了黎明的天空。

半梦半醒中，那个小村庄里几个睡得不深的孩子听到了一声沉闷的爆炸，爆炸声好像来自山谷方向，他们没有在意，以为那只是一声遥远的雷鸣。

但是，接下来的声音使小村庄里那些已经醒来的孩子都无法再睡下去了，而且还不断地惊醒更多的孩子。那是一种低沉的轰鸣，既像是大地深处一头正在醒来的巨兽发出的怒吼，又像是即将吞没整个世界的滔滔洪水的奔涌，窗纸在这声音中微微颤动。这声音很快增强，并由低沉的吼叫转为高亢的巨响，一间间瓦屋都颤抖起来。

孩子们纷纷跑出屋子，他们正好看见一条巨大的火龙从山谷中缓缓升起，那火龙的烈焰让人不敢正视，周围的群山都被笼罩在一层橘黄色的光晕中。孩子们看到，火龙上升的速度越来越快，升得越来越高，很快变成了一个光点，它发出的声音也渐渐变得若有若无，后来，那个光点径直向南方飞去，融入了黎明的星空中。

反　击

南极的早晨阴沉沉的，还下起了大雪，但戴维的心情却很晴朗。昨天晚上，虽然基地举行的庆祝游戏胜利的酒会开到很晚，但戴维这一夜睡得很好，所以在与小将军和在南极的高级官员共进早餐时，他显得神清气爽。戴维很重视早餐这个机会，因为这时大家的心情还好，还没有因为一天的劳累和挫折而变得脾气暴躁和神经质，所以这一天的很多事情都可以在早餐桌上谈定。

在充气大厅里，军乐队正在演奏，吃早餐的孩子们听着欢快的音乐，心情十分愉快。

戴维在席间说："我预言，中国孩子今天就会声明退出游戏。"

七星将军斯科特切着一块牛排咧嘴一笑，"这没什么奇怪的。在昨天那样的打击下，他们还能有什么别的选择呢？"

戴维冲斯科特举了举杯，"下一步把他们赶出南极就省事多了。"

斯科特说："再下一步，是把俄罗斯的孩子赶出游戏、赶出南极；接着轮到日本和欧盟……”

“对俄罗斯的孩子要谨慎些，谁知道他们的口袋里还有没有面包渣呢?”

大家都点点头，他们都明白“面包渣”这个词的含义。

“我们真的能肯定中国孩子没有面包渣吗?”沃恩叉起一条生磷虾问。

戴维冲沃恩挥着拳头说:“他们没有！我说过他们没有！他们的面包很小，不会留下什么渣的！告诉你，我们的冒险成功了!”

“你什么时候能够乐观起来？你到哪里，哪里就笼罩在阴郁和沮丧的气氛中。”斯科特斜了沃恩一眼说。

“在死到临头之际，我会比你们谁都乐观的。”沃恩冷冷地说着，一口把生磷虾吞了下去。

这时，一名上校军官拿着一部移动电话走过来，伏在戴维的耳边说了句什么，然后把移动电话递给了他。

“哈哈,”戴维拿着电话兴奋地说,“中国孩子来电话了！我早就说过，他们一定会退出游戏的!”然后他举起话筒,“喂，华华吗？你好你好！……”

突然，戴维僵住了，孩子们注意到他的脸色不对，那特有的甜蜜笑容先是凝固了几秒钟，然后忽然消失了。他放下话筒，四下找着沃恩——他遇到危机时总是这样——看到国务卿后，他说:

“他通知我们说，他们在继续玩核弹游戏，刚向我们的基地发射了一枚核导弹，弹头当量四百万吨级，将在二十五分钟后击中目标。”

沃恩问:“他还说了什么?”

“没有，说完这句话就挂断了。”

一时间，所有的目光都会聚到沃恩身上。只见他轻轻地放下刀叉，平静地说：“这是真的。”

紧接着，又一名军官跑了进来，神色紧张地报告说，预警中心发现一个不明发射体朝这里飞来；那个发射体从中国西南部起飞时，预警系统已有所察觉，但经过层层证实后，它已飞越了赤道。

餐桌旁所有的小将军和官员闻声都站了起来，他们都瞪大双眼，脸色骤变，好像这豪华的饭厅中突然闯进了一群持枪的杀手。

“怎么办呢？”戴维不知所措地问，“躲到刚建成的那些地下机库里能行吗？”

七星将军大叫起来：“地下机库？狗屁！一次四百万吨级的核爆炸，将使这个地区变成一个上百米深的大坑，而我们现在就在坑的中心！”他一把抓住戴维，用后者常骂自己的话骂道：“你个白痴！蠢猪！！你让我们陷到这儿了！你让我们死在这儿了！！”

“直升机。”沃恩简洁地说。这话提醒了大家，他们都向饭厅的大门拥去。“等等，”沃恩又说，大家立刻像钉子一样定在那里，“立刻通知所有飞机起飞。飞机上尽可能多带走些人员和关键设备，但不要说明原因，一定要保持镇静。”

“那飞机之外的其他部分呢？命令基地全面疏散吧！”戴维说。

沃恩轻轻摇摇头，“没必要，在这点儿时间里，任何车辆都不可能开出威力圈，这样反而会引起大混乱，使得最后谁也逃不掉。”

孩子们争先恐后地拥出餐厅，只有沃恩仍坐在饭桌前，拿起餐巾擦了擦手，慢慢地起身向外走去，同时对乐队正感惊奇的孩子们摆摆手，示意没什么大事。

停机坪上,孩子们抢着登上三架黑鹰直升机,斯科特慌乱地爬进了机舱。当直升机的旋翼开始旋转时,他看看表,带着哭腔说:“只有十八分钟了,我们跑不了的!”然后转向戴维,“是你这个傻瓜把我们陷在这里的,我就是死了也饶不了你!”

“注意您的风度。”最后上来的沃恩看着斯科特冷冷地说。

“我们跑不了的,呜呜……”七星将军哭出声来。

“死就那么可怕?”沃恩露出了难得一见的微笑,“要是愿意的话,将军,您还有十七分钟的时间做一个真正的哲学家。”然后他转向旁边的一名军官,“告诉驾驶员,不要爬高,核弹可能在两千米左右的高度爆炸,顺风以最快的速度向外飞,如果我们能飞出三十公里左右,就在威力圈之外了。”

三架直升机倾斜旋翼,加速朝内地方向飞去。戴维从舷窗中向下望去,看到南极基地在下面展开,渐渐变成了一个复杂的沙盘模型。他痛苦地闭上了双眼。

天空雾蒙蒙的,下面什么都看不见,三架直升机仿佛悬在空中一动不动,但戴维知道,它们可能已经飞出了基地范围。他看了看表,时间从他得到警报后已过去了十二分钟。

“也许中国孩子在吓唬我们?”他对坐在旁边的沃恩说。

沃恩摇摇头,“不,是真的。”

戴维又伏在舷窗上向外看,外面还是雾蒙蒙一片。

“戴维,世界游戏结束了。”沃恩又说,然后闭起双眼靠在舱壁上,再也不说话了。

后来得知，这三架直升机在核爆炸前用大约十分钟的时间飞出了四十五公里左右的距离，逃出了核爆炸的威力圈。

直升机上的孩子们首先看到的是，外面淹没于一片强光之中，用一位当时并不知情的小驾驶员的话说："我们仿佛飞行在霓虹灯的灯管里。"这强光持续了约十五秒钟后消失了，与此同时传来一声巨响，仿佛地球在脚下爆炸了似的。紧接着，直升机上的孩子们竟然看到了蓝天，那片蓝天呈一个以爆心为圆心的圆形区域，飞快地向外扩大，这是核爆的冲击波驱散云层所致——后来知道，爆心周围上百公里半径内的云层都被驱散了。在这片蓝天的正中，是顶天立地的蘑菇云。蘑菇云最初分为两部分，一部分在两千米空中，是火球初步冷却后凝成的一团裹着烈焰的白色大烟球；另一部分在地面，是冲击波激起的尘埃，像一个坡度平缓的巨型金字塔。"金字塔"的塔尖向上伸出细细的一缕，最后与白色的大烟球连为一体；那个大球吸收了由"金字塔"传来的尘埃，色彩立刻变深了，其中的烈焰不时地在球体某一部分浮现。这时，下方的雾气已同云层一起被驱散，所以从直升机上可以清楚地看到地面的情景。那位小飞行员回忆说："大地突然模糊起来，仿佛变成了液态的，变成了无边无际的洪水，朝我们飞行的方向冲去；而那些小丘陵则像是洪水中的小岛和礁石，我看到一条简易公路上的车辆像一个个火柴盒似的翻滚着被冲走……"

三架直升机像狂风中的树叶一样起伏不定，有时高度低得紧贴地面，机身被飞沙走石打得砰砰作响；有时又被甩上高空，但总算没有坠毁。

当直升机终于在一片雪地上安全降落后，孩子们都跳出机舱，仰望着海岸方向天空中高大的蘑菇云，现在它已变成了深黑色，南极洲仍在地平线下的朝阳刚刚照到蘑菇云的顶端，勾出了一道不断变幻的金色轮廓，它周围那一大圈湛蓝的晴空还在慢慢扩大……

暴风雪

“这才是真正的南极啊!”华华站在漫天的飞雪和刺骨的寒风中说。周围能见度很低,天地间白茫茫一片,这里虽是海岸,但根本无法分清哪儿是海哪儿是陆地。在南极各国的小首脑们紧靠一起站在风雪之中。

“你这话不准确。”眼镜说,他必须大声喊,才能使别人在呼啸的风声中听到他的声音,“超新星纪元以前的南极很少下雪的,这其实是地球上最干旱的大陆。”

“是的。”沃恩接着说,他仍然穿得那么单薄,在寒风中很放松地站着,不像周围的孩子们被冻得缩头缩脑地直打寒战,严寒对他好像不起作用,“前面气温的升高使南极上空充满了水汽,现在气温骤降又把这些水汽变成了雪,这可能是南极洲在今后十万年里最大的一场雪了。”

“我们还是回去吧,在这里会被冻僵的!”戴维上下牙打着战说,一边还跺着脚。

于是,小首脑们又回到了充气大厅。这间大厅同以前在美国基地的那间一模一样，但后者已在公元地雷的核火焰中被汽化了。各国首脑聚集到这里，本是要召开南极领土谈判大会的，但现在这个全世界期待已久的大会已无意义。

公元地雷的爆炸结束了南极战争游戏，各国孩子终于同意坐到谈判桌前讨论南极大陆的领土问题。在过去的那场战争游戏中，各国都付出了沉重的代价，但与预期不同的是，没有哪个大国在游戏中占据绝对优势，各国对南极的争夺又回到了起点，这就使得即将开始的南极领土谈判成为一个不可能完成的使命。在可以看得见的未来，是在南极重燃战火，还是有什么别的途径，孩子们心中一片茫然——是全球气候的骤变解决了一切问题。

其实，气候变化的征兆在一个多月前就出现了。在北半球，孩子们发现已消失两年的秋天又回来了，先是久违的凉意再次出现，随后几场秋雨带来了寒冷，地上又铺满了落叶。在分析了全球的气象数据后，各国的气象研究机构得出了一致结论：超新星爆发对地球气候的影响是暂时的，现在，全球气候又恢复到了超新星爆发之前的状态。

海平面停止了上升，但其下降的速度比上升要慢得多。有许多小科学家预言，海平面可能永远也不会恢复到原来的高度，但不管怎样，世界大洪水已经结束了。

这时，南极的气温变化还不大。这里的天气虽在变冷，但大部分孩子都以为是刚刚过去的漫长黑夜造成的，认为即将升起的太阳会驱散寒冷，南极大陆将出现第一个春天——他们哪里知道，在这个广阔的大陆上，白色的死神正在逼近。

在得出气候恢复的结论时，各国都开始从南极大陆撤出人员，后来证明，这是一个英明的决策。刚刚过去的战争游戏共夺去了五十万孩子的生命，其中一半阵亡于常规战争游戏，另一半葬身于核爆炸中。但如果各国在全球气候恢复之际没有及时从南极撤出，死亡人数可能要高出四到五倍。各国在南极大陆的基地，大多是以零下十摄氏度左右的普通冬季标准建设的，根本无法抵御南极后来零下三十多摄氏度的严寒。南极的气温在开始的一个月变化十分缓慢，这使各国孩子有机会在这段时间里从南极大陆撤出二百七十万人，这在大人时代也是一个惊人的速度。但由于后续撤离装备的需要，同时各国也都想在南极多少留下一些力量，所以在大陆上各国共有三十多万孩子留下来。

这时，南极洲气候骤变，在一个星期内气温下降近二十摄氏度，暴风雪席卷整个大陆，南极顿时变成了一个白色的地狱，留在南极大陆的各国孩子开始紧急撤离。但由于气候恶劣，飞机几乎停飞，而所有的港口都在一个星期内封冻了，船进不来，尚未撤离的二十多万孩子被迫滞留在海岸上。各国的小元首们大多仍在南极大陆，他们因参加南极领土谈判聚在一起，现在自然成了撤离指挥中心。小元首们都想把本国的孩子集合起来，但现在这来自世界各国的二十多万孩子已在海岸上混在了一起。面对眼前的危险局面，小元首们束手无策。

在充气大厅里，戴维说：“刚才大家都看到了外面的情况，我们要赶快想出办法来，不然这二十多万人都会冻死在海岸上！”

“实在不行，就返回内地的基地吧。”格林说。

“不行。”眼镜反对道，“在前面的撤离中，各国基地的设施已拆得差不多了，燃料剩下的很少，这么多人在那里也维持不了多久的；而且往返需要大量的时间，这样会失去撤离的机会。”

“确实不能回去，就是基地的一切都完好，在这种天气下住在那样的房子里也要冻死人的。”有人说。

华华说：“现在所有的希望都寄托在海运上。即使空中航线畅通，运送这么多人在时间上也来不及。现在关键要解决冰封港口的问题。”

戴维问伊柳欣：“你们的破冰船现在走到哪儿了？”

伊柳欣回答：“还在大西洋中部，到这儿最快也要十天左右。别指望它们了。”

大西文雄提出建议：“能不能用重型轰炸机在冰上炸开一条航道？”

戴维和伊柳欣都摇了摇头，戴维说：“这样的天气，轰炸机根本不能起飞。”

吕刚问：“B2和图22不是全天候轰炸机吗？”

“但飞行员不是全天候的啊。”斯科特说。

佳沃诺夫元帅点点头，“其实大人们所说的全天候也不一定包含这样可怕的天气。再说即使起飞，能见度这么差，投弹也不可能达到炸开一条航路的准确度，最多不过把冰面炸出一大片窟窿而已，船还是进不来。”

“用大口径舰炮和鱼雷怎么样？”皮埃尔试探着问。

小将军们都摇摇头，“同样还是能见度的问题，就算用这类方法真能炸开一条航路，时间也来不及。”

“而且，”华华说，“这样会破坏冰面，使得现在唯一可行的办法也不可行了。”

“什么办法？”

“从冰上走过去。”

在长达几公里的风雪海岸上，到处挤满了废弃的车辆和临时帐篷，它们上面都落了厚厚的一层雪，与后面的雪原和前面的冰海融为一体。看到小元首们一行人沿海岸走来，孩子们纷纷从帐篷和车中跑出来，很快就在他们周围聚成了一片人海。各国孩子都对他们的小元首喊着什么，但他们的声音立刻被风声吞没了。有几个中国孩子围住了华华和眼镜，冲他们大声喊：

“班长、学习委员，你们说我们现在怎么办呀?!”

华华没有回答他们，而是径直登上了旁边一辆被雪覆盖的坦克，他指指风雪弥漫的冰海，对下面的人群大声喊道：“伙伴们，从冰上走过去，走到陆缘冰的尽头，有好多大船在那里等着我们呢！”他发现自己的声音在风暴中传不了多远，就俯下身对最近的一个孩子说：“把这话向后传！”

华华的话在人海中传开来，不同国籍的孩子有的用翻译器传话，有的用手势比画，这个意思很明白，所以传到头也没有走样。

“班长你疯了吗？海上风那么大、冰那么滑，我们会像锯末一样被刮走的！”下面的一个孩子喊道。

眼镜对那个孩子说：“所有人手拉着手就刮不走了。向后传。”

很快，冰面上出现了一排排手拉着手的孩子，每排少则几十人，多则上百人。他们在暴风雪中一步步向前走，渐渐远离了海岸，远远看去，就像冰海上一条条顽强蠕动的细虫子。由国家元首组成的那一排是最先走上冰面的，华华的左面是戴维，右边是眼镜，再过去是伊柳欣。风吹着浓密的雪尘从脚下滚滚而过，孩子们仿佛行走在湍急的白色洪水之中。

“这段历史就这么结束了。”戴维把翻译器的音量开到最大对华华说。

华华回答:“是的。我们的大人有句俗话:没有过不去的事。不管事情多么艰难,时间总是在向前流动的。”

“很有道理。但以后的事情会更艰难:南极在孩子们心中激起的热情变成了失望,美国社会可能会重新陷入暴力游戏之中。”

“中国孩子也会回到无所事事的昏睡之中,中断了的糖城时代又会继续……唉,真难啊!”

“但这一切可能都与我无关了。”

“听说在你们国内,国会正在弹劾你?”

“在我任期将满时这么干,就是想给我难看。这群狗娘养的!”

“不过你可能比我幸运,国家元首可真不是人干的活儿。”

“是啊,谁也想不到历史这张薄纸能叠到那么厚。”

华华对戴维最后这句话不太理解,后者也没有解释。海上的强风和严寒使他们说不出话来,能做的只是用尽全力向前走,并不时把两边滑倒的同伴拉起来。

在距华华他们一百多米的另一队孩子中,卫明少尉也在暴风雪中艰难地跋涉着。突然,他在风中隐约听到了一声猫叫,原本以为是幻觉,但紧接着又听到一声。他四下看看,发现他们刚越过一个放在冰面上的担架,担架上已经盖满了雪,稍不注意就会以为只是一个小雪堆,猫叫声就是从那里发出的。卫明离开队列,一滑一滑地来到担架前,那只猫刚从担架上跑下来,在雪尘中阵阵发抖,卫明一把将它抱起来,立刻认出了它是“西瓜”。他掀开担架上的军用毯一看,躺在担架上的人果然是摩根中尉。他显然伤得不轻，脸上满是白胡子似的冰碴，双眼却因高烧而闪闪发光。他好像没有认出卫明，自己咕哝了一句什么，声音在风中如游丝一般微弱，因为没有翻译器，卫明完全听不懂他的话。卫明把怀中的猫塞进军用毯里，再把毯子给摩根盖好，然后就拉起担架向前走。他走得很慢，一队孩子从后面很快追上了他们，帮卫明一起拉着担架走起来。

有一段时间，孩子们周围只有纷飞的雪尘，白茫茫一片，他们虽在费力地迈步，感觉却像是被冻结在了冰海上。就在孩子们快要被冻僵时，前方出现了船队黑糊糊的影子。对方通过无线电告诉他们，不要向前走了，他们已走到了陆缘冰的边缘，前面是一片没冻实的虚冰，踏上去会有陷落的危险，船队将派登陆艇和气垫船来接他们。通过电台和步话机他们了解到，已有上千名孩子跌入了冰海上的裂缝，但大部分孩子都到达了冰缘。

远方船队中一些模糊的黑影在雪尘中渐渐清晰起来，那是几十艘登陆艇，它们冲开浮冰，最后靠上坚实的冰面，打开前面方形的大口，冰上的孩子们便一个个蜂拥而入。

卫明和其他几个孩子一起把担架抬到了一艘登陆艇上——由于这是专运伤员的船，那几个孩子立即转身出去了，卫明甚至都没来得及询问他们来自哪些国家。在舱内昏黄的灯光下，卫明看见担架上的摩根正直勾勾地盯着他，显然仍然没认出他来。卫明抱起“西瓜”，对摩根说：“你不能照看它了，我带它去中国吧。”他又放下小猫，让它舔舔前主人的脸，“中尉，放心，你我经历了这么多场魔鬼游戏都死不了，以后也能活下去。大难不死必有后福,再见。”说完,他把“西瓜”放进背包里下了船。

华华正在和几名不同国籍的将军一起组织孩子们上船,让暂时上不了船的孩子不要都挤上前来,以防人员过多导致冰缘塌陷。在后面的冰面上,等待上船的各国孩子都挤成一个个人堆避寒。突然,华华听到有人叫他的名字,回头一看,是卫明! 两个小学同学立刻紧紧拥抱在一起。

“你也来南极了?!”华华惊喜地问。

“我是一年前随B集团军的先头部队来的。其实我好几次远远地看到过你和眼镜,可是不好意思去打扰你们。”

“咱们班上,好像王然和金云辉也参军了。”

“是的,他们也都来南极了。”卫明说着,眼神黯淡下来。

“他们现在在哪儿?”

“王然在一个月前就随第一批伤员撤走了,也不知现在回国了没有。他在坦克游戏中受了重伤,命倒是保住了,可脊椎骨断裂,这辈子怕是站不起来了。”

“哦……那金云辉呢? 他好像是歼击机飞行员?”

“是的,在空一师飞歼10。他的结局痛快多了:在一次歼击机游戏中与一架苏30相撞,同飞机一起被炸成了碎片,他因此被追授了一枚星云勋章,但大家都知道他是不小心撞上敌机的。”

为了掩饰自己的悲伤,华华继续问:“班上其他的同学呢?”

“超新星纪元头几个月我们还有联系,在糖城时代开始后,他们就同别的孩子一样,大部分离开了大人们分配的岗位,也不知都飘落何方了。”

“郑老师好像还留下了一个孩子？”

“是的，刚开始由冯静和姚萍萍照顾他，晓梦还派人去找过那个孩子，但郑老师最后吩咐过，坚决不许借你们的关系给孩子特殊照顾，所以冯静她们也就没有让那人找到孩子。糖城时代开始时，那孩子在保育院得了一种传染病，高烧不退，后来听说小命是保住了，但耳朵却给烧聋了。在糖城时代后期，那个保育院解散了，我最后一次见到冯静时，她说那孩子已经转到别的保育院去了。现在，大概谁也不知道他在哪个地方了……”

一时间，华华哽咽着说不出话来。一种深深的忧伤淹没了他，使他那在严酷的权力之巅已变得有些麻木的心又变软融化了。

“华华，”卫明说，“还记得咱们班的那场毕业晚会吗？”

华华点点头，“那怎么会忘呢？”

“当时眼镜说未来是不可预测的，什么事情都可能发生，他还用混沌理论证明他的话。”

“是的，他还说起测不准原理……”

“当时谁能想到，咱们会在这样的地方见面呢？”

他抬头看着昔日的同学，卫明的眉毛因结冰已变成了白色，脸上皮肤又黑又粗糙，布满了伤痕和冻疮，还有生活和战争留下的肉眼看不见的刻痕，这张孩子的脸已饱经风霜了。华华抑制不住悲伤的泪水，任泪滴在脸上被寒风吹冷，转眼就结成了冰。

“卫明，我们都长大了。”华华说。

“是的，但你要比我们长得更快才行。”

“我很难，眼镜和晓梦也都很难……”

“别说出来！你们绝不能让全国的孩子们知道这个。”

“跟你说说还不行吗？”

“行，但，华华，我帮不了你们。代我向眼镜和晓梦问好吧，你们是咱们班的骄傲，绝对的骄傲！”

“卫明，保重。”华华握着同学的手动情地说。

“保重。”卫明紧握了一下华华的手，转身消失在风雪中。

戴维登上了停泊在近海的“斯坦尼斯号”航空母舰，这艘公元20世纪90年代下水的巨舰，在暴风雪中像一座黑色的金属岛屿。在风雪弥漫的甲板跑道上，舷边忽然响起一阵枪声，戴维赶忙询问前来迎接他的舰长是怎么回事。

“别国的许多孩子也想登船，陆战队在制止他们。”

“混蛋！！”戴维大怒，“让所有能上的孩子都上舰，不要管是哪个国家的！”

“可……总统先生，这不合适吧？”

“这是命令！去让那些陆战队员给我滚开！！”

“总统先生，我要对‘斯坦尼斯号’的安全负责！”

戴维一巴掌把舰长的帽子打掉了，“你就不为冰海上那些孩子的生命负责吗？你这个罪犯！”

“对不起，总统先生，作为‘斯坦尼斯号’的舰长，我不能执行您的命令。”

“我是美国军队的总司令，至少现在还是！如果愿意，我可以立刻叫人把你扔到海里去，就像扔顶帽子一样。不信咱们试试？！”

舰长犹豫了一下，对旁边的一名海军陆战队上校说："把你们的人撤走，谁愿意上来就让他上来吧。"

各国的孩子不断地从舷梯拥上甲板，甲板上的风更猛，他们只好在一架架战斗机后面躲避寒风，其中许多人在冰缘上登陆舰艇时掉进海里打湿了全身，现在衣服上已结了一层发亮的冰甲。

"让他们到舱里去，这些孩子待在甲板上很快会被冻死的！"戴维对舰长喊。

"不行啊，总统先生，先上来的美国孩子已经把所有舱房都挤满了！"

"机库呢？机库的地方很大，能待几千人，那里也满了吗？！"

"机库里装满了飞机啊！"

"把它们都提升到甲板上来！"

"不行啊！甲板上有许多大陆上飞来的歼击机，它们因天气恶劣在这里紧急迫降，您看看，升降机的出口都堵死了！"

"把它们推到海里去！"

于是，一架又一架价值千万的歼击机在"斯坦尼斯号"的舷边被推进了大海；巨大的升降机把机库中的飞机提升上来，占满了宽阔的甲板跑道。甲板上的各国孩子纷纷进入宽敞的机库，转眼之间里面就挤进了几千人。孩子们在温暖的栖身之地暖和过来之后，纷纷惊叹这艘航母的巨大。在此之前，甲板上已有上百名浑身湿透的各国孩子冻死在暴风雪中。

这场最后的大撤离持续了三天。这支由一千五百多艘船只组成的庞大船队，载着从南极大陆最后撤出的三十多万孩子，分成两支，分别向阿根廷和新西兰驶去。在撤离过程中，有三万多个孩子死于严寒，他们是超新星战争中在南极大陆上死去的最后一批人。

昔日布满船舶的阿蒙森海一下变得空旷了，雪也停了，虽然风仍然很大，严寒的海天之间却变得清澈起来。天开始放晴，地平线上的云裂开一道缝，南极初升的太阳把一片金辉洒在大陆上。那些曾经暴露在天空下的岩石和土壤再次被厚厚的白雪覆盖，这块大陆又恢复了它的无际的雪白，南极洲再次成为人迹罕至的地方。也许，在遥远的未来，会有许多人重新登上这块严寒的大陆，寻找那厚厚白雪掩盖着的五十多万孩子的尸体、无数的坦克残骸，以及两个直径达十多公里的核爆炸留下的大坑。在这块大陆那个短暂的春天，来自世界各国的三百万孩子曾在火焰和爆炸中相互搏杀，发泄他们对生活的渴望。但现在，史诗般惨烈的超新星战争，仿佛只是刚刚过去的漫漫长夜中的一场噩梦，只是绚丽的南极光下的幻影，朝阳下的大陆只有一片死寂的雪白，仿佛什么都没有发生过。

第十章
创世纪

新总统

戴维惊慌失措地闯进椭圆形总统办公室，他长出一口气，用手抓挠着脸上的冻疮，那是从南极归来的大多数孩子都带有的标志。小姑娘贝纳正坐在总统的高背椅上，悠闲自得地修着指甲。看到戴维进来，她翻翻白眼儿说：

"赫尔曼·戴维先生，您已经被国会弹劾，无权再到这间办公室里来。事实上，您连白宫都无权进来。"

戴维抹抹额头说："我是想走的，可大门外那帮小暴徒想要我的命！"

"这是您应得的。是您把事情搞糟了，您是美国历史上把事情搞得最糟的总统。"

"我……你有什么资格这样对我说话？！你，你怎么坐到总统的椅子上了？我走了你就可以这么不懂礼貌？！"

贝纳两眼看着天花板说："事实上，您现在需要对我有礼貌。"

戴维正要发作，沃恩走了进来，他对戴维说："您可能还不知道，弗朗西丝·贝纳已当选为美利坚合众国超新星纪元第二任总统。”

“什么?!”戴维看看那个坐在总统宝座上修指甲的金发小女孩儿,又看看沃恩,哈哈大笑起来,“别开玩笑了,就这个小白痴,她连数都数不清呢……”

贝纳猛一拍桌子,这一下可能把小手拍疼了,只见她一边把痛手放在嘴边哈着气,一边用另一只手指着戴维厉声说:“住嘴,否则您将被控告诽谤总统!”

“你们要对合众国负责!”戴维指着沃恩说。

“这是全体美国孩子的选择,新总统是通过合法选举产生的。”

“呸!”戴维朝贝纳啐了一口,“我们在南极洲出生入死,你却在国内的媒体上卖弄风骚!”

“诽谤总统!”贝纳朝戴维瞪圆了小眼睛喊道,然后她得意地一笑,“知道大家为什么选我吗? 因为我很像秀兰·邓波儿。这点我比你强,你虽然帅,可哪个明星都不像。”

“呸! 要不是最近电视里成天放那些破黑白片,现在谁知道邓波儿?!”

“这是我们的竞选策略。”贝纳又甜甜地一笑。

“民主党人真是瞎了眼!”

沃恩说:“其实也可以理解。世界战争游戏之后,国民需要一个温和些的人物来代表他们的意志。”

戴维轻蔑地撇撇嘴,“这个芭比娃娃能代表美国意志? 现在,对南极的失落感笼罩了全国,美国国内再次陷入暴力游戏之中。事实上,现在合众国所面临的险境,比南北战争时期要可怕得多。这个国家随时都可能崩溃,在这种时刻,美国孩子却把国家交给芭比娃娃……”

“沃恩先生会为我们想出办法的。”贝纳冲沃恩点点头说。

戴维愣了一会儿，也若有所思地点点头，“是的，我明白，沃恩先生把我们两个都当成实践他思想的工具，国家和世界是他的舞台，任何人都是供他在舞台上随意操纵的木偶。对，他就是这么想的……”他气急败坏地跳起来，从口袋里掏出一个东西，那是一支大鼻子形状的斯诺克短管左轮手枪，他用枪指着沃恩说：“你这家伙太阴险太可怕，我要在你脑袋上开天窗！我早就讨厌你那个脑袋了！”

贝纳惊叫一声，要去按警铃，但沃恩轻轻挥手制止了她，对戴维一字一句地说：“您不会开枪的，那样您就走不出这幢您并不喜欢的旧大楼了。您是个典型的美国人，干什么都以投入大于产出为铁的原则，这是您本质的弱点。”

戴维收起了枪，说：“投入当然要大于产出！”

“但创造历史不能这样。”

“我以后不创造历史了，我烦了！”戴维说着跳到了门边，最后看了一眼这凝聚了他无数梦想的椭圆形办公室，顾自逃去了。

戴维从白宫的后门出去，手里拿着一顶摩托头盔。他找到了一辆以前放在那里的林肯牌轿车，打开车门钻进去，戴上头盔，又从车内找到一副墨镜戴上，然后发动汽车开了出去。在白宫外面，那上百名要找他算账的孩子仍聚在那里，但他们对这辆车没有太注意，就那么任它开出去了。

戴维在穿过人群时扫了一眼车外，看到了孩子们打出的一条横幅：

“不要戴维要贝纳，世界游戏换个玩儿法！”

戴维开着车在首都漫无目的地乱转。华盛顿特区现在只剩很少的人口,这里的孩子大多跑到工业集中的大城市去谋生了,事实上,除了政府机构外,这里几乎成了一座空城。现在是上午九点多,但城市丝毫没有苏醒的迹象,四周仍像深夜一样寂静。戴维现在更加深了对这座城市的感觉:一座陵墓。他怀念起喧闹的纽约,他是从那里来的,还要到那里去。

戴维觉得这辆林肯车很扎眼,这种高级玩意儿已不再适合自己了。他在波托马克河边一处僻静的地方把车停下,下车从后备箱中取出沃恩送给他的那挺米尼米轻机枪,他看了看枪上那只半透明的塑胶弹匣,里面还有少半匣子弹,他把枪端平,对准几米外的林肯车,嗒、嗒、嗒打了一个连射,枪口喷出三束火焰,后坐力使他一个屁股墩儿坐在了地上。他坐在那儿直勾勾地盯着那辆车,看到什么也没发生,就拄着枪站起来,转动枪管尾部的火力调节阀把射速调到最高,再晃晃悠悠地把枪端平,又对着汽车射起来,急促的枪声在河面上空回荡,他也再次跌坐在地,汽车还是没有任何反应;他又站起来,穿着牛仔裤的小屁股上沾了圆圆的两圈土。他再次扫射汽车,一口气打光了弹匣,林肯牌轰的一声腾起一团裹着火焰的黑烟燃烧起来,他兴奋地高呼:"呜呼噜——"扛着那挺机枪一蹦一跳地跑了。

在白宫办公室里,贝纳已经修完了指甲,接下来开始对着小镜子用一把小钳子修眉毛。沃恩指着桌子上的两个按钮说:

"外面很多人都对这两个按钮很感兴趣,媒体也有过种种猜测,他们认为,这两个按钮关系着国家命运:总统按下其中一个,就会立刻接通与所有北约国家的联系；按下另一个，战争警报就会在全国响起，轰炸机离开地面，核弹飞出发射井……诸如此类。”

事实上，那两个按钮的用途一个是要咖啡，一个是叫勤杂工来打扫房间。相处了一段时间后，贝纳发现沃恩有时也愿意和自己说话，甚至还很健谈，只不过说的都是些让人莫名其妙的小事，真正重大的问题他却精练地一语带过。

贝纳对沃恩说：“我对自己的力量，并没有外人对这两个按钮的那种误解，我知道自己不聪明，但总比戴维那样朝反方向聪明强。”

沃恩点点头，“在这点上您很聪明。”

“我骑在历史这匹马上，不拉缰绳，任它嘚嘚地走，随便它走到哪儿，而不是像戴维那样扯着缰绳硬把它向悬崖上赶。”

沃恩又点点头，“这很明智。”

贝纳放下小镜子，看了一眼沃恩说：“我知道你很聪明，你可以去创造历史，但你得把大部分功劳归到我身上。”

沃恩说：“这没问题，我对在历史上留名不感兴趣。”

贝纳俏皮地一笑，“我看到这一点了，要不你早就当总统了。但你在创造历史的时候至少应该告诉我点什么，以便让我在国会和记者面前有说的。”

“我现在就告诉您。”

“我听着。”贝纳又一笑，放下小钳子和小镜子，开始涂指甲油。

“世界将进入野蛮争霸时代，所有的领土和资源都将重新分配。大人时代的世界模式已不复存在，孩子世界将在一个全新的理念上运行，新世界的运行模式现在还无人能看清楚，但有一点可以肯定：美国要想在新世界取得公元世纪那样的地位，或仅仅生存下去，就必须唤醒它沉睡的力量！”

“对，力与我们同在！”贝纳一挥小拳头说。

“那么总统阁下，您明白美国的力在哪里吗？”

“难道不是在那些航空母舰和宇宙飞船里？”

“不——”沃恩意味深长地摇摇头，“您说的那些都是身外之物，我们的力是在更早些的西部大开发时代形成的。”

“是啊是啊，那些西部牛仔好帅啊！”

“那些人的生活远不像电影上的那么浪漫。在蛮荒的西部，他们随时都处在饥饿和瘟疫的威胁之中，野火、狼群和印第安人时时威胁着他们的生命。凭着一匹马和一支左轮枪，他们大笑着走进严酷的西部世界，创造着美国的奇迹，谱写着美国的史诗，争霸新世界的欲望是他们力量的源泉。这些西部骑士才是真正的美国人，他们的精神是美国的灵魂，我们的力就源于此。但是现在，那些西部骑士都到哪儿去了？超新星爆发前，我们的爸爸妈妈们躲在摩天大楼厚厚的硬壳中，认为整个世界都在他们的衣袋里了；自从买下阿拉斯加和夏威夷后，他们就不再想去开拓新的疆界，不想去进行任何新的征服，因而变得迟钝而懒惰，肚子上和脖子上的脂肪越来越厚。在麻木的同时，他们又无比脆弱和多愁善感，战争中的一点点伤亡都会令他们颤抖不已，在白宫前面失尽风度地大哭大闹。后来的新一代认为世界不过是一张手纸，嬉皮士和朋克成了美国的象征。新纪元到来后，孩子们都迷失了方向，只能在街头的暴力游戏中麻醉自己。”

贝纳若有所思地问：“可究竟如何唤醒美国的力呢？”

“需要一个新游戏。”

“什么游戏？”

沃恩说了一句贝纳从来没有从他嘴里听到的话：“我不知道。”

女孩儿总统大吃一惊，“不，不！你知道，你什么都知道！你一定要告诉我！”

“我会想出来的，但需要时间。现在我能肯定的只有一点：这个新游戏将是——也只能是有史以来最富有想象力和最冒险的游戏。希望您听到后不要过分吃惊。”

“不会的。求求你，快些想出来吧！”

“让我一个人在这里待会儿，不要让任何人进来，包括您自己。”沃恩摆了一下手说。

女孩儿总统悄声退了出去。

贝纳径直来到白宫的地下室——白宫安全警卫机构的中心控制室。这里挤满了大大小小的监视屏幕，其中有一块可以直接观察椭圆形总统办公室，因为没有哪一任总统喜欢在办公室中被人监视，所以这套系统只有在特殊情况下得到总统本人的许可才能使用。这是一套很旧的东西，已经有好几年没用过了，在地下室值班的几个小特工折腾了半天，才使屏幕上显出影像来。贝纳看到沃恩站在办公室里的巨幅世界地图前面，一动不动地沉思着。在几个孩子好奇的目光中，贝纳总统在狭窄的地下室里直勾勾地望着屏幕，就像在圣诞夜望着一个迟迟不肯打开礼品袋的圣诞老人一样。一个小时过去了，又一个小时过去了……一直到下午，沃恩还是像塑像一样站在那里。贝纳失去了耐心，对值班的孩子们交代了一下，命令他们：沃恩一有什么动静就立刻告诉她。

“他是危险分子吗?”一个屁股后面挂着一支大号左轮枪的小特工好奇地问。

“对美国来说不是。”贝纳说。

由于昨天忙于总统就职的各项事务,一夜没睡的贝纳这会儿实在瞌睡极了,不知不觉就睡了整整一下午,等她醒来时,天都已经黑了。她急忙拿起电话询问沃恩的情况,地下室里值班的孩子告诉她,沃恩在地图前整整站了一天,一动不动,这期间他只自言自语地说了一句话:

“上帝啊,给我魏格纳的灵感吧!”

贝纳急忙把几个小顾问召集来研究这句话。小顾问告诉她,魏格纳是公元世纪初的一位地理学家,德国人。有一次他生病在床,百无聊赖地盯着墙上的世界地图看,突然发现地球上几块大陆的边缘曲线是互相吻合的,这使他产生了一个想法:远古时代的地球表面可能只有一个大陆,后来这个大陆在未知的力量作用下分裂开来,各部分在地球表面朝不同的方向漂移,才形成了现在的世界,魏格纳由此创立了地球科学史上划时代的大陆漂移学说。贝纳这才知道,沃恩的这句话没有什么神秘之处,他只是苦于得不到那样的灵感来创立国际政治上的“大陆漂移说”而已。于是,贝纳把小顾问们打发走,又躺在沙发上睡了。

贝纳再次醒来时一看表,已是凌晨一点多了。她抓起电话拨通地下室,得知椭圆形办公室里的那个怪孩子仍一动不动地站着!“我怀疑他是不是就那么死了。”一个值班特工说。贝纳让他把图像转到她的房间里来:一束幽蓝的玫瑰星云的光射进办公室,正好照在沃恩身上,在那朦朦胧胧的地图前,他好像是个幽灵。贝纳叹息了一下,关上监视器又睡了。

小总统一直睡到天色微亮,电话铃吵醒了她:

"贝纳总统,办公室里的那个人要见你!"

贝纳穿着睡衣飞快地跑出去,猛地撞开椭圆形办公室的门,迎面遇上沃恩那骇人的目光。

"我们有新游戏了,总统。"沃恩阴沉沉地说。

"有了? 有了?! 告诉我!!"

沃恩把双手伸向贝纳,两只手上各捏着一块形状极不规则的纸片,贝纳迫不及待地抢过来一看,又迷惑不解地抬起了头。那是沃恩从墙上撕下来的两块地图碎片,一块是美国,一块是中国。

访　问

一支小小的车队向首都机场驶去，华华坐在第一辆车里，同他在一起的还有一名戴眼镜的小翻译。外交部长在第二辆车里，第三辆车里坐着美国驻华大使乔治·弗雷德曼，这个十一岁男孩儿是原使馆武官的儿子。车队最后的大客车中，坐着一支军乐队，车里那几个男孩正呜呜哇哇地试着自己的管乐器，声音传出好远。

前天晚上，信息大厦里的中国孩子收到了美国总统发来的一封电子邮件，内容十分简单：

我十分十分想访问贵国，想立刻就去，可以吗？

致敬意。

美利坚合众国总统　弗朗西丝·贝纳

车队到达机场时，一个银光闪闪的白点已在上空盘旋。导航塔台上守卫机场的孩子发出了允许着陆的信号，那个白点很快增大，十分钟后，“空军一号”降落了。小飞行员的技术有限，那个钢铁庞然大物着地后又弹了起来，来回反复好几次后，沿着危险的S形路线滑行着，一直冲到跑道的尽头才停了下来。

舱门开了，从里面探出几个小脑袋，着急地看着正从几百米之外驶来的舷梯车。舷梯支好后，一个漂亮的金发女孩儿最先走出来，华华在电视新闻中见过她，知道她就是新任总统；紧跟在总统后面的，是几个华华没见过的高级官员。大家都急急忙忙往下挤，贝纳本来很有风度地向下走着，但后面挤着下来的人不知谁推了她一下，害得她差点栽倒，她立即站住，扭头警告性地冲他们挥手喊了几句什么，那些人才慢了下来。小总统继续很有风度地向下走，极力想象着在她身后被她带动的历史。当贝纳走完舷梯的三分之二时，一帮挂着照相机的小记者从舱门中钻出来，飞快地从舷梯上向下跑着，很快就超过了前面的人，跑得最快的一个先贝纳一步跳到地上，蹲下来把照相机镜头对准了她——小总统大怒，三步并作两步跳到地上，一把揪住那个小记者的领子，恼怒地大喊大叫起来。

小翻译告诉华华：总统的意思是应该让她最先下来，她理应是超新星纪元第一个踏上中国土地的美国总统，却让那个小记者抢了先；那小记者争辩说他是先下来给总统照相的，但小总统说他混蛋，在飞机上就说过多少遍了不准别人走在她前面，这已经够照顾他们的了，人家尼克松访华时是自个儿走下舷梯的，直到尼克松下到地上同周恩来握手，其他的人还在飞机上关着呢！那个小记者是美联社在白宫的地头蛇，也被惹火了，说你有什么了不起，四年后你就拜拜了，可我们照样还在白宫！

小总统说，滚你的蛋吧，四年后我还在，八年后也在，永远在！……

这时，舷梯上和飞机里的孩子都走下来，加入了这场乱哄哄的争吵，吵着吵着又有人动起手来。但小总统却从那群乱糟糟的孩子中钻出来，大步走向迎接她的中国孩子。

“非常高兴在人类历史重新开始之际见到您，哇，您的脸上也有这么多冻疮，这是最光荣的勋章！知道吗？现在美国出现了许多特殊的美容院，它们专门用干冰在孩子们的脸上制造冻疮，生意都很好的！”贝纳通过小翻译向华华说。

“我宁愿没有这个勋章，痒得难受，听说每年到了冬天都会犯……我真的不愿意每年冬天都被迫回忆起在南极的那些日子，刚刚结束的世界游戏，给我们两国都带来了很大的苦难和损失。”华华说。

“我们就是为这个来的，我们带来了新游戏！”贝纳笑容可掬地说，然后向远处望望，“长城在哪儿？”又四下望望，“大熊猫在哪儿？”她显然以为一踏上中国的土地，抬眼就能看到长城，同时还能像在美国到处看到小狗那样看到大熊猫。

贝纳突然想起了什么，四周看了一下问道：“沃恩呢？”

几个美国孩子向飞机上大喊了一阵，切斯特·沃恩这才在舱门口出现，慢慢地走了下来，手里还拿着一本厚厚的书。“他一直在看书，连飞机降落都不知道。”贝纳对华华说。

同沃恩握手时，华华瞟了一眼他手里的那本书，居然是《毛泽东评点二十四史》中的一册，中文线装本。

沃恩像在梦幻中似的半闭着双眼，深深地吸了一口气，“是我梦中的那种空气。”他说。

“什么?”贝纳不解地看着他。

“古老的空气。”沃恩用几乎只有自己能听见的声音说,然后悄无声息地站在最边上,冷眼看着这一切。

新世界游戏

孩子们小心翼翼地走进这个庄重而神秘的大厅：深红色的地毯上，雪白的沙发围成一个大大的半圆，沙发后面是华贵典雅的丝织屏风、一人多高的金碧辉煌的大景泰蓝瓶……这一切都一尘不染，宁静的空气中仿佛游动着历史的幻影。

“啊，中国的白宫?!”贝纳小声地问。她后面跟着的两个美国孩子，一起抬着一个很令中国孩子好奇的长纸卷，那纸卷足有两米长。他们把纸卷小心翼翼地放到地毯上。

“是的，”晓梦说，“过去大人们都是在这里接见外国元首的。跟你说吧，我们也是第一次进来。”

“第一次？以前为什么不来呢？要知道你们已经是国家最高领导人了，这里当然是你们工作的地方了。”

“我们工作的地方在信息大厦。这儿我总是有些不敢来，一走进这里，我就觉得有许多双大人的眼睛在什么地方看着我们，那些眼睛好像在说:‘孩子,你在干傻事儿!’”

“第一次走进白宫时我也有这种感觉,后来慢慢就好了。我可不喜欢大人们在什么地方看着我们,尤其是你们的大人。不过能带我们来这里,我还是万分感谢。我们这次人类历史上最重要的会谈,是应该在这样了不起的地方举行,免得将来被载入史册时觉得尴尬。”

孩子们在大沙发上坐下来。

“现在,我们要介绍新的世界游戏。”贝纳说。

华华摇摇头,“世界游戏也不能总是你们说怎么玩儿就怎么玩儿,已经按你们的想法玩过一回了,现在该听听别人的玩法了。”

“我们当然不会强迫别人按我们的玩法玩儿,大家都可以把自己的玩法摆出来,哪个好玩儿玩哪个。你们有新玩法吗?”

晓梦摇摇头,“我们现在要做的事情很多。南极游戏结束后,孩子们对南极洲这个新世界的幻想彻底破灭了,整个社会笼罩在一种失望和失落的情绪中,糖城时代又有重现的迹象。”

贝纳点点头,“美国也一样,枪声又在城市中打响了,孩子们只能在暴力游戏中寻找刺激,同时也是寻找生活的意义。我们真的需要一种新游戏来使孩子们重新找到精神寄托,摆脱目前的危险和困境。”

华华说:“好吧,那就说说你们的新游戏。”

看到华华的表态,晓梦和眼镜都点头同意,贝纳立刻兴奋起来:“谢谢谢谢!在我说出这个游戏的创意之前,首先希望大家做好思想准备。对于想象不到的东西所产生的震惊,我们神经的耐受力比大人好得多,超新星的爆发又使这种耐受力得到了大大的增强。但是,我这次带给各位中国小朋友的震惊,对你们仍将是一次考验。”

“你吹牛。”华华不以为然地对贝纳说。

“我是不是吹牛，大家很快就会知道的。”

“那你说吧。”

小总统立刻紧张起来，她在胸前飞快地画了一个十字，半闭着双眼，用只有自己才能听到的声音说：“上帝保佑美国。”然后，她猛地从沙发上站起身来，兴奋地在大家面前走来走去，又突然停下，把双手捂在胸前说：

“首先我请求中国小朋友一件事，请你们说出自己对我国的印象。”

于是，中国的孩子们就七嘴八舌地说开了：

“美国全是摩天大楼，大楼的表面全是镜子，在太阳下亮闪闪的。”

“美国的小汽车多得像河流，一天到晚流啊流，总是流不完。”

“美国有迪斯尼乐园，还有其他许多好玩儿的地方。”

“美国人爱打橄榄球。”

“美国的农民用大机器种地，一家人就能种好大一片！”

“美国的工厂全是机器人和流水线，流水线上十几秒钟就造出一辆小汽车！”

“美国人登上过月球，他们还想登上火星，他们每年都向天上发射很多很多的火箭。”

“美国有很多很多的核弹，有很大很大的航空母舰，谁都敢惹。”

……

中国孩子纷纷说着自己对美国的印象，贝纳发现他们所描绘出的美国粗线条轮廓同自己所希望的十分吻合。到目前为止，一切都像贝纳预想的那样进行着，她果断地迈出了下一步。

“作为一个刚刚来到这里的客人，尽管我早就知道中国是一个伟大而神奇的国家，但我对你们的国家远不像你们对我的国家那样了解。现在我要问：你们国家有什么东西能超过我们吗？”

这是一个极富挑战性的问题。

“我们的国家很大很大，有九百六十万平方公里呢！”华华大声说。

“我们的国家也不小，有九百三十六万平方公里，但我们的可耕地面积比你们大，森林覆盖率比你们高，对一个国家来说，这是最重要的。”贝纳沉着地回答。

“我们地下有很多很多的石油，有很多很多的煤，还有很多很多的铁矿。”晓梦说。

“我们也有，墨西哥湾、阿拉斯加和加利福尼亚有石油，有煤的地方就更多了：宾夕法尼亚、西弗吉尼亚、肯塔基、伊利诺斯、印第安纳和俄亥俄这些州都有很多很多的煤；在苏必利尔湖西南面的地下有很多很多的铁矿，在西部的亚利桑那、犹他、蒙大拿、内华达和新墨西哥这些州还有很多很多的铜矿，在密苏里州有很多很多的铅矿和锌矿，这些东西我们一样都不比你们的少。”

“那……我们有长江，那是世界上最大最大的河！”

“根本不是，我们的密西西比河就比它大！它的支流俄亥俄河，最宽的地方有一百多公里！你见过一百公里宽的河吗？”

“密西西比河上有三峡吗？”

“没有，但科罗拉多河上有！我们管它叫大峡谷，壮观极了！”

……

“哼，你是把地理课本背熟了才来的，你来就是为了把我们比下去，对吗?"华华生气地说。

贝纳在她带来的那个长纸卷旁蹲下来,解开纸卷上的一根绿丝带,把它徐徐铺展开来。这是一张世界地图,它是那么大,展开后竟占了大厅的一大半地面。这地图很奇怪,上面只绘有中国和美国两国的国土,其余部分都是海,这就使得这两个国家看上去像是广阔海洋上的两个大岛。贝纳跳上地图,站在太平洋正中,一手指着一块国土说:

"看看我们这两块国土,在地球的两面遥遥相对,大小几乎相等,形状也差不多,好像是这个星球上的一对映像,而它们之间又真的有那么多互成映像的东西:比如,它们分别是地球上最古老和最年轻的国家;一个的人民树大根深,血脉悠远,另一个则几乎全部由外来移民组成;一个注重传统,另一个崇尚创新;一个内向安静,另一个外露张扬……中国小朋友们,上帝在地球上安排了这样两块国土,你们不觉得它们之间有什么神秘的缘分吗?"

贝纳的话把中国孩子吸引住了,他们都静静地等着她最后摊牌。

小总统在大地图上走到美国地界,从衣袋里掏出一把亮闪闪的小剪刀,像壁虎似的在地图上爬着,先把美国那一块剪下来,又把中国那一块剪下来。地图很大,两国的边界线都弯弯曲曲,所以她花了很长时间,才在中国孩子惊奇的目光中把这件事做完。然后,她拿起中国那块大大的地图走到中国孩子面前,递过去,华华接住了。

"这是你们的国土,请拿好。"

贝纳又回去拿起美国那一块再次来到中国孩子面前,在胸前展开:

"看,这是我们的国土。"

然后,小总统把自己手中的美国地图递到华华的手里,同时又把华华另一只手上的中国地图拿了过来，说：

“We exchange them.”

中方小翻译目瞪口呆地看着小总统，“Sorry，beg your pardon.”

贝纳没有重复，载入史册的话是不能随便重复的，而且她知道小翻译听懂了，甚至，只学过两个学期英语的华华也听懂了这个简单的句子。贝纳只是向中国孩子点点头，向他们证实自己说出的这句令他们难以置信的话：

“我们交换吧！”

交 换

“换?! 怎么换?”中国孩子问。

“中国孩子全部到我们的国土上去,美国孩子全部到你们的国土上来。”贝纳回答说。

“那,我们的国土就算是你们的了?!”

“是的,我们的国土也算是你们的!”

“可……我们两国国土上的东西怎么办呢,难道能把城市一个个搬过太平洋带走吗?”

“我们所说的交换,是交换两国国土上的一切。”

“就是你们空着手来,我们空着手去?”

“完全正确! 这就是国土交换游戏。”

中国孩子大眼瞪小眼地互相看着,这实在太不可思议了。

“那……就是说,你们……”华华说。

“我们所有的工厂,”贝纳打断华华的话,飞快地说,“所有的农场,我们所有好吃的和好玩儿的，总之，美国国土上的一切，全都是你们的了！当然，你们国土上的一切也都是我们的。”

中国孩子都像看一个精神病人似的看着小总统，外交部长看着看着笑了起来，接着，其他的中国孩子也都哈哈笑了起来。

“您这个玩笑也开得太大了！”晓梦说。

“您这种想法是完全可以理解的，但我还是以一个大国元首的身份郑重地宣布，刚才我已经说出了我这次飞越太平洋的使命。虽然我知道，要证明这并非开玩笑是一件很难的事，但我还是愿意尽力来做这件事。”贝纳用诚恳的语气说。

“您打算怎么证明？”华华问。

“这件事将由沃恩先生来完成。”贝纳向沃恩做了一个邀请的手势，后者一直站在人群后面欣赏着大厅里的一张巨幅风景挂毯。听到贝纳的话后，他转身慢慢走上前来，站到世界地图原来是美国地界的那个空缺处：

“证明这个愿望，相当于证明国际政治和文化上的相对论和量子力学，理解它需要超人的思想和智慧。在这里，只有一个人能与我对话。”

一直沉默的眼镜闻声站出来，走到原来是中国地界的那个空缺处。东、西方的两个小思想家越过“太平洋”久久地对视着。

沃恩面无表情地说：“天下英雄唯你我，轰隆，一声霹雳。”

眼镜同样面无表情地回应：“您对中国文化很了解。”

“我了解的比您想象的要多。”沃恩的这句话让孩子们吃了一惊，吃惊的不是这话本身，而是他们发现——这声音不是从翻译器里传出来的，沃恩在讲汉语！

沃恩对大家的吃惊不以为意,“我曾经一直想学一门东方语言,在日语、梵文和汉语之间犹豫了很久,最后选择了汉语。”

眼镜说:“我们需要坦率。”

沃恩点点头,“坦率是证明我们的诚意所必需的。”

眼镜说:“那就请您开始证明吧。”

沃恩停了几秒钟,说:“第一,新世界是一个被遗弃的孩子,它可能永远长不大,或者,更准确地说,它已经长大了,它就是这个样子了。”

眼镜点点头。

“第二,力与你们同在,力与我们同在。我们都需要唤醒我们的力。”沃恩说完,停了一会儿,给眼镜留下思考的时间。

眼镜又点点头。

“下面的一点是关键,也只有卓越的思想家才能明白这一点:这两种力的区别是——”沃恩用询问的目光看着眼镜。

“我们的力来自古老的故土,你们的力来自新的疆域。”眼镜说。

两个孩子站在地球的两个大陆上长久地对视着。

沃恩问:“我还需要进一步的证明吗?”

眼镜轻轻摇了摇头,然后走出地图,对自己的同伴们说:“他们是认真的。”

“同您谈话真是令人心旷神怡。”沃恩仍站在地图上的空缺处,对眼镜微微地一鞠躬。

眼镜也微微一鞠躬,“我对您的创意深表敬意,从思想的深度和气魄来说,它可以称得上伟大。”

“我们相信,只要一公布这个游戏方案,整个进程就难以逆转了,就算在座的各位都不同意交换,你们也无法面对全国孩子的压力。”

华华在沉默了一会儿后,说:“也许是这样。但您那方面呢?我怀疑你们能否实现这一计划。怎么说服美国孩子呢?”

沃恩自信地说:“我们会有办法的。一个新世界对中国孩子和对美国孩子具有的吸引力是一样的,美国孩子的血管里毕竟流着开拓者的血,他们是世界上好奇心最强的孩子,也是世界上占有欲最强的孩子。国家和社会重新洗牌,正是他们求之不得的事。”

晓梦问:“您认为这场游戏将持续多长时间?”

沃恩的笑容更明显了,“按照我的预测,大约三到五年时间,我们所面对的就将是一个不设防的国家,我们就将轻而易举地拿回换出去的一切。”

抉　择

讨论国土交换游戏的会议是在夜里开的，距中美第一次会谈只有三个小时。在信息大厦的顶层，在玫瑰星云的光芒下，中国孩子面临着他们做梦都想不到的抉择。

晓梦说：“看看目前的世界形势，我们确实需要强大的工业和国防力量来保护自己。”

眼镜问：“可到了美国，就能得到这一切吗？”

华华反驳说：“我们为什么要被沃恩吓住呢？为什么不想想另一种可能呢？渡过太平洋之后，我们难道不能仍然保持我们的组织和纪律，难道不能用最大的努力去学习和工作吗?！中国孩子就不能把那些大工厂运转起来，生产出钢铁和汽车，还有航空母舰和宇宙飞船？就不能让大农场运转起来，种出小麦和玉米？我们同样可以让那些大城市比公元世纪更繁荣……只要努力，我们很快就能成为世界上最强大的国家！为什么自己看不起自己？在刚刚过去的战争中，我们那么坚决、那么勇敢，现在我们面临的也是一场战争。只要我们竭尽全力，就没有跨不过去的难关！”

华华的话引起了孩子们的普遍赞同。

晓梦说：“可要是爸爸妈妈们的在天之灵问我们：你们为什么把祖祖辈辈生活的土地丢掉了，我们该怎么说？”

华华奇怪地看着她说：“怎么能说是丢掉呢？如果是外敌入侵，我们投降不抵抗，把国土丢了，那该死！但现在我们是和别人交换，这交换很公平。他们能做到的，我们一样能做到。就是站在大人们面前，我们也理直气壮！”

“可这不是交易，我们换掉的除了国土之外，还有一些更重要的东西。”眼镜说。

“我们的力量，真的是和故土连在一起的吗？”

眼镜无言地点点头。

“你觉得这件事会有很严重的后果？”

眼镜又点点头。

晓梦问：“到底会发生什么呢？”

眼镜又摇摇头，“我不知道，我想沃恩也不知道，他是从更深的层次上思考问题的。美国已经贮备的物质资源是我们的许多倍，孩子们根本不用工作就能富足地生活很长时间，那是一个充满色彩和香味的泥潭……就像糖城时代一样，我们可能会看着历史朝那个方向发展却无力阻止……”

提起糖城时代，孩子们的心一下子沉了下去，他们默默无语地看着窗外的灯火。

华华说："但我们别无选择，美国孩子肯定会公布新游戏的内容，那时我们的孩子们肯定都想玩这个游戏，我们很难阻止。"

晓梦说："这一招真毒辣。"

眼镜点点头，"我们真的别无选择。得承认，作为一个思想家和战略家，沃恩是极其出色的。"

第二天，美国孩子接到通知，说他们可以先回国，中国孩子一有决定就通知他们。这个结果是在美国孩子的预料之中的。这么大的事，不可能由几个人在一夜之间就最后决定了。

美国孩子回国后做的第一件事，就是向全世界公布了国土交换游戏的计划，这在中国孩子中引起了巨大的反响。开始他们不敢相信这是真的，然后是兴高采烈，糖城时代的消沉和南极游戏带来的失落感一扫而光，一个梦中的神奇世界在向他们招手，绝大部分孩子都积极主张交换，并在数字国土上兴奋地发表自己的意见——正如沃恩所预料，整个进程变得不可逆转了。

一个月后，就在美国孩子等不下去时，贝纳接到了华华的电话。

一双黑眼睛和一双蓝眼睛在屏幕上隔着地球对视了好长时间，空气似乎凝固了。最后，华华说：

"我们换了。"

第二天，美国代表团就飞到中国来了。此行的主要目的是讨论国土交换游戏的细节，并正式签订交换协议。会谈仍在那个古老的大厅中举行，双方都有很多小专家参加。

原来孩子们打算在这次会谈中把主要细节都确定下来,但他们所讨论的毕竟是人类历史上规模最大的一次国际行动,其细节浩如烟海。会谈紧张地进行了三天后,孩子们发现,他们只能把交换计划的大概轮廓定下来,其他的细节问题只能在交换过程中解决了。改变了工作方法后,会谈又进行了四天。孩子们解决国际问题有他们自己的方式,一些大人时代令那些国家首脑和外交家望而生畏的问题,在孩子们手中都轻松地解决了,而且他们解决这些问题的速度之快,肯定会令大人时代最老练的外交家也惊叹不已。在这历时一个星期的会谈中,所解决的问题和达成的协议抵得上一百个雅尔塔或波茨坦会议。最后,两国孩子签订了国土交换协议(又称《超新星协议》):

超新星协议

一、中国和美国决定交换两国全部国土。

二、两国孩子分别离开自己的国土,同时放弃对该国土的主权;两国孩子分别进入对方国土,同时取得对该国土的主权。

三、两国孩子离开自己的国土时,只准携带以下物品:

1)移民途中个人的生活必需品,每个孩子限量为10千克。

2)该国政府所有的文件档案。

四、组成中美联合国土交换委员会,该委员会对交换工作拥有最高领导权。

五、中美双方分别以省和州为单位进行交换。交换时,该省(州)原居民应在规定时间内全部离开该地域,如来不及向对方对应的省(州)移民，可暂时移居至邻近的尚未交换的其他省（州），该省（州）新居民应同时迁入。双方省（州）应各自组成省（州）级交接委员会，在新居民迁入时举行交接仪式；仪式后，新居民的国家即在该省（州）的地域内行使主权。

六、在交换前，各省（州）交接委员会应向对方提交一份该省（州）财产清单，并接受对方交接委员会代表的核对。

七、两国在交换前，不得蓄意破坏本国国土上的各种工农业和国防设施；任何一方如发现对方有这类行为，可单方面中止游戏，由此引起的一切后果均由对方负责。

八、移民的运输问题由双方共同解决，并请求其他国家提供帮助。

九、交换中出现的其他问题由中美联合国土交换委员会负责解决。

十、该协议的解释权属于中美联合国土交换委员会。

（两国首脑签字）

超新星纪元第2年11月7日

大移民

深夜，故宫笼罩在玫瑰星云的蓝光中，午门上盘旋的那群夜鸟早已回巢。在无边的寂静中，这座古老的宫殿沉沉地睡着了，做着最后的梦。每天白天，都有大批的孩子来到这里，在这块即将告别的土地上最后看一眼祖先留给他们的东西。

现在，故宫里只有华华、眼镜和晓梦三个人。三个孩子沿着长长的展厅慢慢地走着，那些已不再属于自己国家的文物在他们两旁缓缓移去。在星云的蓝光中，那些古老的青铜和陶土变暖了、变软了，他们甚至觉得在它们上面有细细的血管显现出来，那都是凝固了的古代生命和灵魂，三个孩子仿佛置身于它们无声的呼吸之中；那无数的铜器和陶罐中，似乎已注满了像血液一般充满活力的液体；玻璃柜中长长的《清明上河图》在星云的蓝光中模糊一片，但却有隐隐约约的喧闹声飞出来；前面的一尊兵马俑发出蓝白色的荧光，仿佛不是孩子们在向它走去，而是它正向孩子们飘浮过来……三个孩子从最南面的近代部分开始，一路向北，走过了一个又一个的展厅，时间和历史在星云的蓝光中从他们身边向后流去，他们踱过了一个个朝代，走向远古……

这时，大移民已在两个大陆上同时开始。

在首先交换的两块国土：陕西省和北达科他州上，孩子们正在以很快的速度迁出。他们乘陆上和空中交通工具前往沿海各大港口，来不及走的就暂时向相邻的省或州迁移。中美这两块国土的交接委员会已分别进入对方的交换地域，监督着迁移的进程。小移民们很快就在两国的各大港口聚集起来了，越来越多的远洋船只也在向这些港口集结。这些船只从军舰到油轮，什么都有，不只是中、美两国的，还有来自世界其他国家的，其中，以欧洲和日本的最多。地球上两个最大的孩子国家玩的这场游戏，使世界上其他国家的孩子也兴奋异常，他们都尽自己最大的力量支援这场人类历史上规模最大的洲际移民，纷纷派出船队驶往两国的各大港口，这样做的动机，就连他们自己也说不太清楚。在太平洋的两岸，几支庞大的远洋船队正在组建。但是到目前为止，陕西省和北达科他州的交换仪式还没有举行，两国的小移民也都还没有登上即将横渡太平洋的航船。

在文物广场上，三位小领导人已走到了最北面的上古时代展区。华华微微叹了口气，对眼镜和晓梦说："下午在机场我又同美国孩子谈了一次，他们还是不答应。"

原来，在第三次会谈以后，中美双方又接连举行了多次有关交换细节的谈判，在这些谈判中，中方多次提出：在交换中，中国孩子可以把最珍贵的文物和古籍带走。但这项提议被美国孩子坚决拒绝了。贝纳和她的随行人员很有谈判才能，他们很少直接说不，总是用种种委婉的方式表达自己的反对意见；但在这件事上，他们却一反常态，只要一听中国孩子谈有关文物和古籍的事，他们就一起站起身来连连摇头摆手，"NO！NO！"地嚷个没完。开始，中国孩子还觉得这是美国孩子小气，因为文物都是很值钱甚至无价的，但后来发现并不完全是这么回事：如果允许中国孩子带走自己的文物，美国孩子也同样拥有这种权利。美国虽然只有二百多年的历史，除了一些印第安人的图腾艺术品以外，自己没有什么太古老的文物，但在他们的大都会、博物馆这类地方，也有着大量从世界各地搜集来的文物和艺术品，这些东西同样价值连城。接着，中国孩子又提出，按照所带走文物的价值，美国孩子可以从自己的国土上拿走价值相等的其他东西，但美国孩子还是一口回绝了。在陕西省居民的迁移工作中，交换委员会中的美国孩子提出，要首先进入公元20世纪80年代建成的陕西历史博物馆和秦始皇兵马俑所在地，他们对这些地方的兴趣远远超过对飞机制造厂和航天基地的兴趣。对于中国国内各博物馆和市图书馆中的文物古籍，他们都了解得惊人的详细，可以轻而易举地拿出电脑打印的文物清单。后来又发生了这样一件事，中方提出把一些既懂英语又通中文的美国孩子暂时留在美国（这多是些华裔美籍孩子），教中国孩子学习英文。贝纳答应了，但同时提出一个条件：美国的各大博物馆中现存有许多中国文物，特别是19世纪的一些探险家从中国西部沙漠中偷去的敦煌石窟壁画和经卷，允许美国孩子把这些东西带走。他们称这是出于对中国文化的热爱——这种热爱表现得着实有些过分，当然也遭到了中国孩子的坚决抵制。如果说以上的事情令中国孩子不解的话，在正在交换的国土上发生的一些事就更离奇了。

华华班上的三个同学，邮递员李智平、理发师常汇东和厨师张小乐是第一批离开故土的孩子，自糖城时代以后，他们三个就一直在一起谋生。首都的这批孩子比较幸运，他们可以乘两架美方的大力神运输机直飞美国，省去了海上的颠簸之苦。不过，因为这些飞机的小飞行员都是刚刚学会飞行，飞机在他们手中就像是喝醉了酒似的，所以这种空中旅行的风险很大。但是，到新大陆去的急不可耐的心情使孩子们顾不了那么多了。三个孩子接到通知后，都兴高采烈地连夜收拾东西，神奇美好的未来像一朵花似的在他们的梦境中绽放。

去机场前，为了拿几件衣服，李智平回了一趟家。进了家门他还是高高兴兴的，但就在要最后一次迈出门时，他的心一下子沉了下来，这感觉来得那样突然，以至于令他有些不知所措。像北京无数四合院中的家庭一样，这是一个十分简朴的家，空气中有他熟悉的那种生活的味道，墙上的挂历还是公元世纪的。这时，在这里度过的温暖的童年时光飞快地从他脑海中掠过，本来已渐渐淡下去的爸爸妈妈的影子又那么真切地出现在他眼前，超新星爆发以后噩梦般的经历仿佛都不曾存在过，李智平仿佛又回到了公元世纪那无数日子中的一天：爸爸妈妈上班去了，马上就要回来……这感觉是那么真切，使他反而觉得眼前的一切全是梦，无论如何也无法相信自己将要永远离开这个家了。他狠狠抹一把滑落的泪水，猛地带上门，飞快地向开往机场的汽车跑去。一路上，他总觉得有什么东西被锁在家里了，那是一件无形的衣服，李智平产生了一种回去取的欲望，但他也知道，那衣服是和家融为一体的，是取不出带不走的。

没有那件无形的衣服,他身上陡然生出一种彻骨的寒冷,当他想用什么东西驱散它时,它消失了;当他的注意力稍稍离开时,它又像个幽灵似的回来了。

超新星纪元的第一代中国孩子将永远摆脱不了这心灵中的寒意!

去机场的一路上,三个孩子的心情都不好。随着机场的临近,其他的孩子也渐渐停止了说笑,都在默默地想着什么。汽车在一架大力神庞大的黑色身躯旁停下了,远处还有好几架大飞机。他们知道,大力神的航程很远,下一个降落加油点已是夏威夷了。李智平、常汇东和张小乐拿着自己不多的几件行装,跟随长长的队伍向飞机走去,准备从大力神的后舱门走进黑暗的机舱。舱门旁,有几个交换委员会的美国孩子,他们胸前别着白色卡片,眼睛盯着每一个孩子带的东西,看是否有什么交换协议允许携带范围之外的物品。再有几步就要踏进舱门了,李智平的目光突然被一点绿色吸引,那是几株细嫩的小草,刚刚从机场地面的水泥缝隙中长出来。他想都没想,放下手中的提包,飞奔过去拔了一株放到上衣口袋里,然后就赶紧回到队列里。没想到旁边的几个美国孩子一起跑过来拦着他,指着他装小草的口袋"NO! NO!"地直喊,又冒出一大串英语。一位翻译对李智平解释:美国孩子要求他把那株小草留下,那不属于移民旅行中的生活必需品,不在交换协议允许携带物品的范围之内。李智平和周围的孩子一听都火冒三丈。这帮家伙也太小气了,难道从爷爷奶奶的土地上带一株小草做纪念都不行吗?真是缺德!李智平大喊大叫着:"我非要带这株小草不可!非带不可!神气什么,至少现在,这儿还是中国的领土呢!"他捂着口袋不交出小草,美国孩子也是寸步不让,大家僵持起来。突然旁边的张小乐找到一个理由,他看到前面正在走进舱口的一个孩子手上还玩着游戏机，就冲美国孩子大叫：有人把游戏机带走了你们不管，他拿株小草算什么?！那几个美国孩子朝舱门边看了看，又凑在一起低声嘀咕了几句，重新转向李智平——接下来中国孩子真怀疑翻译把他们的话译错了：美国孩子说，你可以立即回家或去别的什么地方也带一台游戏机走，但小草必须留下！李智平很是吃惊，实在想象不出这是一种什么样的价值观，但也没有办法，只好默默地把小草放回原处。

当孩子们踏进舱门时，他们觉得自己好像又把一件不可分离的东西留在了脚下的土地上，回头看去，那株隐约可见的小草在微风中摇摆，像在叫他们回去，孩子们的眼泪终于抑制不住地流了出来。这架军用运输机内部很宽敞，还临时安装了一排排的座椅，但没有舷窗，只有高高的机顶上一盏日光灯发出昏暗的光，孩子们已同自己的土地隔开了。在椅子上坐下后，孩子们的眼泪越流越多，又纷纷站起来跑到舱门处向外看，舱门已经关上了，上面有个小小的窗口，那里已挤着一堆向外看的孩子，美方机组人员费了很大的力气才把他们按回座位上系好了安全带。半小时后，发动机轰鸣起来，飞机向前滑去，大地通过机轮把微微的震动传了上来，像是妈妈的手在轻轻地拍着孩子们的后背。终于，随着机身微微一抖，震动消失了，孩子们同母亲土地的最后一丝联系中断了。有孩子失声叫了一句："妈妈！"其他的孩子一下都哭出声来。有人扯李智平的衣服，他扭头一看，是挨着坐的一个小女孩儿，她偷偷地塞给他一株小草，可能是进机场前拔的，也可能是刚才趁乱时拔的。他俩对望一眼，眼泪又下来了。

李智平就这样带着一株小草飞离了祖先的土地。以后，在北美洲颠沛流离的生活中，那株小草一直陪伴着他。无数个深夜，在思乡的梦中醒来，他总要看看那株小草，玫瑰星云的光给它那早已枯黄的身躯又镀上了一层生命的绿色，这时，总会有一股暖流涌遍他那已在奔波中麻木的身体，在爸爸妈妈冥冥中无比关切的目光下，他那疲惫的心又唱起了童年的歌……

这样的事几乎贯穿了第一块国土交换的全过程，小草、树叶、花朵，甚至石子和泥土，只要中国孩子想带一点这类国土上最普通最不起眼的东西做纪念时，美国孩子就惊恐万状。他们多次要求召开各种级别的会谈来讨论这个问题，禁止移民从这块土地上带走那些用作纪念的东西。他们解释说这样做是出于防疫的需要，大多数中国孩子都相信了，只有为数不多的几个孩子明白美国孩子这样做的真正用意。

六月七日，首批交换的两块国土都迁空了，在对方第一批移民到来之前，两块国土上分别举行了交接仪式。

陕西省的交接仪式不是在省城，而是在一个村庄旁进行的。我们的四周，是沟沟壑壑的黄土山，祖祖辈辈的耕作在山上留下道道梯田。极目望去，黄土山一直伸延到天边，在过去漫长的岁月中，这块深沉而善良的土地养育了不知多少代中国人，现在，她所养育的最后一群孩子就要向她告别了。

参加仪式的有十个交接委员会的孩子，中、美两国各五个。仪式很简短：我们把自己的国旗降下来，美国孩子把自己的国旗升上去，然后双方在交换协议上签字。那几个美国孩子全副牛仔打扮,完全把这里当成了他们新的西部世界。

仪式只持续了十分钟。我用颤抖的手把降下来的国旗仔细地叠好,抱在胸前。现在,我们五个孩子在这里已经是外国人了。我们都默默无声,这之前迁移工作的劳累使我们的神经都有些麻木了,要完全理解这一切还需要时间。广阔的黄土地像爷爷饱经沧桑的脸,此时,这张一直伸延到天边的巨大的脸默默地看着苍穹,周围静得没有一丝声音,黄土地永远埋葬了本想对我们倾诉的千言万语,默默地看着我们离开。

不远处停着一架中国的直升机,我们将乘它飞出这块已不属于我们的土地,到第二个交换的省份甘肃去。我突然生出一个愿望,问美国孩子:我们能否步行走出去?那几个小牛仔惊呆了,说有二百多公里的路呢!但他们最后还是答应了,给了我们特别通行证,并祝我们一路平安。

就在这时,从旁边已空无一人的村庄中跑出来一只小狗,它紧紧咬住我的裤脚不放,我弯腰把它抱起来。我们的直升机空着飞走了,轰鸣声很快消失在远方。我们五个孩子,加上一只在这块土地上出生的小狗,开始了漫长艰难的旅程。我们说不清这样做究竟是为什么,是为了留恋还是为了赎罪?很难分辨。我们仅仅觉得,只要脚还踏在这块土地上,不管多么饿、多么渴、多么累,心里就有一种寄托……

(选自《大移民纪事——中国篇》第六卷,中美国土交换委员会编辑出版,新上海,超新星纪元7年版)

北达科他州的交接仪式是在五巨头塑像下进行的。美国历史上最伟大的五位总统那巨大的面孔,默默地看着一面鲜艳的五星红旗在他们面前冉冉升起，事后人们肯定会在回忆中描述那五张巨脸的不同表情，但我们当时所关心的可不是这个。

与地球另一面的冷清景象不同，这里有几百个美国孩子观看仪式，还有一支军乐队演奏两国国歌。当中国孩子把他们的国旗升起来后，双方代表就要在交换协议书上签字，中方代表签完字，轮到美国孩子了，这事由北达科他州交接委员会的主任乔治·史蒂文负责。在几百个孩子的注视下，他不慌不忙地走到放协议书的小桌前，把肩上的一个挎包放到桌上，从里面倒出一大堆笔，有钢笔也有圆珠笔，足有一百多支！然后他开始签字，用一支笔点一点放到一边，再拿起一支点一点，就这样，他足足签了十五分钟，最后在孩子们的大声抗议中终于直起身子来。他写自己的名字用了将近一百支笔，显然他恨爸爸妈妈给自己起的名字太短。紧接着，他开始大声拍卖在这划时代的签字仪式上用过的笔，开价五百元一支。我在旁边看着下面报价猛涨，心急如焚，突然看到了放协议书的小桌！但有人比我更机灵，只见几个男孩子猛扑过去就肢解起小桌来，一转眼的工夫，那张可怜的桌子在疯狂的抢夺中就变成了一堆分散在几十个孩子手中的碎木块。我看看自己的手里，只有降下来的那面星条旗，但这国旗不属于我，只能另想门路了。我环视四周，眼睛突然一亮，转身冲进巨像下的那间观光酒吧，很运气，我在一个小房间里找到了想要的工具：一把锯子。我返回去时，史蒂文正在叫卖他最后的几支笔，报价已涨到五千元一支！我面前有两根高高的旗杆，一根上正飘扬着红彤彤的中国国旗，显然动不得；另一根原来挂星条旗的现在空了——我冲过去猛锯那根木旗杆，三下两下很快就锯断了。旗杆倒下去时，一大群孩子扑过来要分抢那根旗杆，他们拼命想把旗杆折成几截拿走，无奈那木杆太粗，折不断。我凭借着锯子的优势成功地得到了两截旗杆，每截长约一米，剩下的实在是没有力气去抢了。但这已足够了！我随即以两千元的价格把锯子卖给了一个男孩儿，只见他拿到锯子后立即扎入那抢旗杆的人堆里，看起来真像一场精彩的橄榄球赛！我现场拍卖了一截旗杆，赚了四万五千元，后面那截旗杆我留下了，以后可能会卖个更好的价钱呢。接着，军乐队的小乐师们纷纷出卖他们的乐器，场面一时乱作一团。最后，这种拍卖活动就完全失控了，没抢到什么也没钱可买什么的孩子开始围着那根飘扬着中国国旗的旗杆转，直到几名握着冲锋枪的中国海军陆战队士兵冲过来，誓死保卫这面已在他们国土上飘扬的国旗时，那帮孩子才叹着气走开了。后来，当场把纪念物卖掉的孩子后悔极了，因为这第一次领土交换的纪念物价格很快就涨了十倍。我幸亏还留着一截旗杆，它后来成了我在新疆创办一家汽车运输公司的本钱。

（选自《大移民纪事——美国篇》第五卷，中美国土交换委员会编辑出版，新纽约，超新星纪元7年版）

三位小领导人已走到了文物展厅的尽头，这是上古时代展区，是中华文明的源头。前面那些时代的东西，精雕细琢，繁复华丽，孩子们感到敬畏、难以理解，似乎有堵无形的墙把他们同那些时代隔开了。当走进近代的展区时，这种陌生感更强，使他们几乎丧失了向前走的勇气。既然不算遥远的清朝对他们来说都是一个完全陌生的世界，难道还指望理解前面那些遥远的时代吗？但出乎他们预料的是，越向文明的上游走，他们的陌生感就越少；当走到那无比遥远的文明源头时，孩子们竟突然感觉置身于一个熟悉而亲切的世界中！就像一次遥远的旅行，漫漫路途走过的全是陌生的不可理解的地域，这些地域中全是陌生的不可理解的大人，他们说着听不懂的语言，过着另一种生活，仿佛来自另一个星球。但当他们走到天地的尽头时，竟发现还存在一个同自己一样的孩子世界！人类的童年虽然更加遥远，但与孩子们是相通的。三个孩子目不转睛地盯着那件仰韶文化的遗留物：一只陶罐。他们看着那个粗糙的制品，想起了幼年时代的一场大雨，想起了在雨后彩虹下他们用地上的泥做出的那个东西。看着陶罐上那些粗放的鱼兽图案，三个孩子想起了还不认字的时候，为再现想象中的世界，小手笨拙地握着蜡笔在纸上画出的画。他们面前的时代是盘古开天地的时代、女娲补天的时代、精卫填海的时代、夸父追日的时代，后来的人类长大了，胆子却小了，再也没有创造出如此惊天动地的神话。

华华打开陈列柜上的玻璃，小心翼翼地把那只陶罐捧出来，他觉得那东西是温热的，在他手中发出微微的震颤，那是一个包含着巨大能量的生命体！华华把耳朵贴到罐口上，“有声音呢！”他惊叫了一声，晓梦也把耳朵贴上去仔细地听，“好像是风声！”那是旷古原野上的风声。华华把陶罐举起来对着明亮的玫瑰星云，陶罐在蓝光中泛出淡淡的红晕。华华盯着上面一条鱼的图案，那几根简单得不能再简单的线条微微扭动起来，那一个小黑圈所代表的鱼眼突然变得有神了；有许多影子在陶罐粗糙的表面上浮动，看不真切是什么，只觉得那是一些赤裸的形体在与大出他们许多的东西搏斗，远古的太阳和月亮都盛在这个罐子里，把金色和银色的光芒洒向那些形体。远古的阳光和月光局限在陶罐之内，只有另外一种光透了出来，三个孩子突然觉得陶罐上的那些图案，那些鱼呀兽呀，都像一双双眼睛，那些眼睛在看着他们。越过了上万年的漫漫岁月，三个孩子和第一位祖先的目光相遇了，那目光把一种狂野的活力传给孩子们，使他们想大叫、想大哭、想大笑，想什么衣服都不穿地在狂风呼啸的原野上奔跑。他们终于感觉到了自己血管里祖先的血液汩汩流动的热辣与活力。

三个中国孩子穿过星云照耀下的古老宫殿，他们的手中各捧着一只远古的陶罐，这是故宫中最古老的文物，是从中华文明的婴儿时代留下来的。他们小心翼翼，走得很慢，就像捧着自己的眼睛、自己的生命。当他们走到金水桥上时，古老宫殿的最后一道大门在身后轰然闭上。他们知道，不管走到哪里，他们的生命永远和手上的这只陶罐连在一起，这是他们生命的起点和归宿，是他们力量的源泉。

创世纪

刮了两天的大风终于停了，但浪仍未减，天空阴云密布，深夜中的洋面上只能看见一条条滚动的白浪。

第一支移民船队从连云港起航已有十六天了，这是船队遭遇的第一场风暴。风最大时，走在后面的两艘吨位较小的客轮被巨浪吞没了，另一艘两万吨级的货轮想去救援，船长轻率地命令转舵，使船体横对浪峰，船在几道巨浪的打击下很快倾覆了。从另一艘军舰上起飞的两架直升机也无声无息地掉进了大洋，面对凶恶的海浪，船队指挥部被迫放弃救援的努力，一万两千多个孩子就这样葬身于漆黑的太平洋中。剩下的三十八艘船，继续在大风浪中艰难地航行。在这之前，孩子们早已领略了航程的严酷:先是受恶劣的舱内条件和晕船的折磨，然后是食品短缺，每人每天的定量只够吃一顿饱饭，蔬菜完全没有，维生素药片的数量也极其有限，有一半的孩子患了夜盲症，败血病患者也越来越多。在这艰难的条件下，孩子们仍然保持着严明的纪律，大队、中队和小队的组织结构完好，各级小领导人都坚守在自己的岗位上，以前所未有的大无畏献身精神行使着自己的职责。到达美洲后，孩子们是否仍能保持这样的组织和纪律，将是中国孩子所面临的第一个严峻考验。这考验比风暴和饥饿可怕得多。

前天，他们遇到了美国孩子的移民船队，两支船队默默地赶着各自的航程，谁也没理谁。看情形，美国船队的孩子们也好不到哪里去。

现在，浪小了，为在风浪中采取最安全的迎浪行驶方式，船队已偏离航线行驶了两天，现在整个船队正在试着艰难地转向，雷鸣般的浪击声从船头移向左舷，船体的左右摇摆加剧了。

这时，大洋上空乌云散去，玫瑰星云把光芒洒向洋面，海浪接住光芒把它一缕缕撕碎，太平洋仿佛变成了一片壮观的蓝色火海！孩子们纷纷跑上甲板，晕船和饥饿使他们步履艰难，但此刻眼前壮丽的景象仍使他们禁不住欢呼雀跃。

今天是超新星纪元第二年的最后一天。

零点到了。

船队中两艘驱逐舰上的舰炮响了起来，别的船上也升起了一串串照明弹和焰火，霎时间，炮声浪声风声和孩子们的欢呼声混为一体，在天空和大洋之间轰响不绝。

东方出现的第一缕曙光，同玫瑰星云的光芒融汇成了宇宙间最壮丽的图景。

这是超新星纪元第三年1月1日。

附　记

蓝星星

终于写完了！我像个潜水者露出水面时一样长吸了一口气。这水我足足潜了半年，这半年，这本书占据了我的全部生活。现在我可真是“写”完的，又停电了，政府说是太阳能电池阵列又出了毛病，我只好拿起古老的笔。但昨天笔给冻住了，没写成；今天倒是没冻住，我却在炎热中大汗淋漓，汗水滴到了稿纸上。这气候啊，一天一个样，甚至一小时一个样儿，不开空调真难受。

看看窗外，是一片嫩绿的草地，上面点缀着移民村的房屋，都是那种淡黄色的简易平房。再向远看，天哪，还是不看了吧——除了沙漠就是沙漠，一片荒凉的红色，不时还有一阵沙尘暴扬起，遮住了昏红的天空中本来就没多少热度的太阳。

这鬼地方，这鬼地方啊！

“你说过写完书就要陪孩子的！”弗伦娜走过来说。

我说我在写附记，马上就完了。

“我看你呀,可能是白费力气,从史学角度来说,你这本书太另类;从文学角度看,又太写实。”

她说得对,出版商也是这么说的。唉,有什么办法,这是史学界的现状逼出来的啊!

在这个时代,身为一个超新星纪元史的研究者是不幸的。从超新星纪元开始到现在不过三十多年,可对它的历史研究却是轰轰烈烈,早已超出了史学的范围,成了一种商业炒作。书出了一本又一本,大都是哗众取宠之作。一些无聊的所谓史学家还把这三十多年分成许多时代,其数量比超新星纪元前历史中的朝代都多,时代的长度精确到天,分段炒作,大赚其钱。

目前对超新星纪元史的研究大致分为两个学派:架空学派和心理学派。

架空学派最为盛行,该学派的研究方法是对历史进行假设,如:如果超新星射线的强度再强一点点,只使八岁以下的人存活,或再弱一点点,使二十岁以下的人存活,超新星纪元的历史会是怎样?如果超新星战争不是以游戏形式而是打公元概念的常规战会怎样?等等。这个学派产生自有其原因:超新星的爆发使人类意识到,历史进程从宇宙角度看有一定的偶然性,正如该学派的代表人物刘静博士所说:“历史是顺一条小溪而下的一根小树枝,可能在一个小旋涡中回旋半天,也可能被一块露出水面的小石头绊住,有着无穷多种可能;史学作为一门科学,只研究其一种可能,就像玩一副全是A的扑克牌一样可笑。”该学派的产生还与近年来量子力学的纤维宇宙理论被证实有关,纤维宇宙论对包括史学在内的各门学科产生的深远影响才刚刚开始。

我不否认架空学派中有一些严肃的学者，如亚历山大·列文森（著有《断面的方向》）、松本太郎（著有《无极限分支》），他们的研究都把历史的另一个可能走向作为一个独特的角度，以它来阐明真实历史的内在规律，对这些学者我是持尊敬态度的，他们的著作遭到冷遇是史学界的悲剧。但从另一方面来说，这个学派也给那些靠花拳绣腿哗众取宠的人提供了宽广的舞台，他们对架空历史的兴趣远大于真实的历史，与其把这些人称作史学研究者，还不如叫空想小说家合适。他们中的代表人物就是上面提到的刘静。她最近在媒体上频繁露面，为她的第五本书大事炒作，据说这本书版税的预付款高达三百五十万火星元，书名叫《大如果》——从这名字就可以看出是什么货色了。说到刘静博士的治学态度，不得不提到她那公元世纪的父亲。别误会，我并不是搞血统论，但既然刘博士反复强调她的学术思想是受了她那伟大父亲的影响，我就不得不对其父做一些了解。这还真不容易，我翻遍了公元世纪的资料，检索了所有可能找到的古老的数据库，都没有查到那个人。好在刘静曾是弗伦娜的研究生导师，遂托她去问刘博士本人，结果得知：刘静那个一事无成的父亲刘慈欣在公元世纪写过几篇科幻小说，大多发表在一本叫SFW的杂志上（我考证过，是《科幻世界》杂志，即现在垄断两个世界超媒体艺术市场的精确梦幻集团的前身）。弗伦娜还拿来了其中三篇，我把其中的一篇看了一半就扔到一边了。真是垃圾，小说里的那头鲸居然长着牙！在这种父亲的影响下，刘静博士做学问的态度和方式也就不足为奇了。

超新星纪元史研究的心理学派则严肃得多。这个学派认为，超新星纪元历史之所以大大越出了超新星纪元前人类历史的轨迹，是由于超新星纪元社会的孩子心理所致。这个学派的代表人物冯·施芬辛格所著《原细胞社会》，系统阐述了超新星纪元初没有家庭的社会的独特内涵；张丰云所著的《无性世界》走得远了点，引起了一些争议，但其对一个性爱还基本没有出现的社会的分析还是很严肃很精辟的。但我认为，此心理学派的基础并不牢固，事实上，超新星纪元孩子的心理形态与公元世纪的孩子是完全不同的，在某些方面，他们比公元孩子更幼稚；而在另一些方面，他们又比公元大人都成熟。超新星纪元历史和孩子心理，谁造就谁，这是一个先有鸡还是先有蛋的问题。

还有一些严谨的学者，他们不属于某个学派，但其超新星纪元史研究的成果还是很有价值的。比如A.G.霍普金斯，其著作《班级社会》对孩子世界的政体进行了全面的研究，这本巨著受到了各种各样的攻击，但大多是出于意识形态原因而非学术原因，考虑到本书所涉及的领域，这也不足为奇；山中惠子的《自己成长》和林明珠的《寒夜烛光》，是两部超新星纪元教育史，虽然其中的情感因素都重了些，但仍不失其全面客观的史料价值；曾雨林的巨著《重新歌唱》，以一种严谨而不失诗意的方法系统地研究了孩子世界的艺术，这也是超新星纪元史研究中少有的既在学术界叫好、又在媒体叫座的著作……这些学者的研究成果的价值还需经受时间考验，但他们的研究本身是严肃的，至少没有出现过像《大如果》这样的东西……

“一提到我导师，你总是不够冷静。”在旁边看着我写字的弗伦娜说。

我能冷静吗？她刘静冷静了吗？我这本书还没出，她就在媒体上冷嘲热讽，说它“小说不像小说，纪实不像纪实，历史不像历史，不伦不类”。这种用贬低别人来抬高自己的行径，对超新星纪元史研究中已经不太纯净的学术氛围肯定不会有什么好的影响。

我这么写也是出于无奈。历史研究的前提是必须让历史冷却下来，超新星纪元这三十多年的历史冷却下来了吗？没有。我们都是这段历史的亲历者，超新星爆发时的恐惧、公元钟熄灭时的孤独、糖城时代的迷茫、超新星战争的惨烈，这一切都在我们的脑海中打下了深深的烙印。在移居到这里之前，我家住在一条铁路旁，那时我每天晚上都被同一个噩梦折磨着，梦中，我在黑色的原野上奔跑，天地间回响着一种可怖的声音，像洪水，像地震，像大群的巨兽在吼叫，像空中的核弹在轰鸣。有一天深夜，从噩梦中惊醒的我，竟然猛地砸开了窗子，外面没有星星没有月亮，在玫瑰星云照耀的大地上，缓缓行驶着一列夜行列车……在这种状态下能从理论层面上研究历史吗？不能，我们缺少理论研究所必需的冷静和疏离，对超新星纪元初历史的理论研究需要等它与研究者拉开一段距离后才能正常进行，这也许是下一代的事了。对于我们这一代的超新星纪元史研究者来说，只能把历史用白描方式写下来，给后人留下一份以历史亲历者和历史研究者两个角度所做的记录，我觉得目前在超新星纪元史学中能做的也仅此而已了。

但这也并不容易。我最初的设想是以一个普通人的视角去写，涉及国家高层和世界进程时则用文摘插入的方式，这样写就更像小说了。但我是一名史学研究者，不是文学家，我的文学水平还不足以让我的作品达到从一滴水见大海的高度。所以我就反其道而行之，直接描写国家高层，而把普通人的经历细节用文摘插入表现。当年的孩子领导人现在大多已离开了他们的岗位，这使他们有很多时间接受我的采访，因此就写成了现在刘静博士所说的这本“不伦不类”的书。

“爸爸，爸爸，快出来呀，外面凉快下来了！”晶晶敲着窗玻璃喊，他的小脸儿紧贴在玻璃上，把小鼻子都挤扁了。我看到远处那些孤立的奇峰在红色沙漠上投出了长长的影子，太阳要落了，当然凉下来了。

但我毕竟是一个史学家，还是忍不住要做自己该做的事。现在对超新星纪元史的研究集中在对几个关键问题的争论上，这种争论还扩散到媒体上，越炒越热，而严肃的超新星纪元史研究者们对此发表的意见反而比一般人少。借此机会，我把自己对超新星纪元史研究中的几个热点问题的看法说一下。

一、超新星纪元是从什么时候开始的。有两个极端的看法，其一认为自超新星爆发时就开始了，理由是宇宙的标志是纪元开始最权威的标志，这显然站不住脚，人类的历法的标志是宇宙的，但纪元标志只能是历史的；其二认为大移民开始时才是真正的超新星纪元初，这同样说不过去，因为大移民之前，甚至超新星战争之前，历史的进程早已越出了公元模式。我认为比较合理的新纪元开始时间应该是公元钟熄灭，有人会反对说，那时的历史还是公元模式的。但历史总是有其惯性，你总不能说耶稣诞生时全世界的人都是基督徒了。公元钟这个标志，无论在历史意义上还是在哲学意义上，都有其十分深刻的含义。

二、关于公元末各国用模拟国家的方式挑选孩子国家领导人的成功与失败，特别是它的合法性。对这个问题我不想多说，即使是现在，那些认为这种方式不可接受的人也没有提出什么更好的办法，更别说在那个每个国家都面临生死存亡的严峻时刻了。现在的史学界充满了这号自以为是的人，让他们认识自己的最好方法就是，他们亲自到架在两座高楼间的铁轨上去走一走。

三、世界战争游戏的目的是游戏还是争夺南极？从现在的成人思维回答这个问题是不容易的，正像超新星纪元前的战争，政治、经济、民族和宗教问题往往融为一体，很难把它们分开来；南极游戏也一样，在孩子世界，游戏和国家政治是不可分的，是一个事物的两面。这又引出下面一个问题。

四、在超新星战争中美国孩子的战略问题。有人提出，由于美国孩子在军事力量上占很大优势，如果打常规战争，可以轻而易举地占领南极。在常规战争中，美国孩子可以使用强大的海军切断敌人的海上运输线，这样别国根本不可能向南极投送兵力。持这种想法的人缺乏起码的世界政治常识，只是以公元世纪浅薄的地缘政治学观点来思考超新星纪元世界，他们不懂得世界政治中的基本原则：势力均衡原则。如果事情真是那样，其他国家会立刻结成同盟，其中的中、俄、欧、日这些国家中的任意一个组合，其力量都足以与美国抗衡，最后形成的实力格局与游戏战争并没有太大的区别，只不过是国家换成了联盟，政治上的表现更公元化些而已。

五、大移民是历史的必然吗？这是一个很深刻的课题，自中、美国土交换后，又有不同国家的孩子玩起了这种游戏，比如俄罗斯与南美诸国、日本与中东诸国的国土交换，以至于后来这种行为席卷全球，成为战后世界历史的主流，造成了全球地缘政治这块大硬盘的重新格式化。遗憾的是，这个极有价值的课题并没有被挖掘到应有的深度，人们的兴趣都集中在大移民的结果上。这也难怪,人们总是对出乎想象的东西感兴趣,而大移民的结果就是这样的。在大移民开始时,孩子们设想了各种结果,这些预测有的是像沃恩和眼镜这样伟大的思想家和战略家做出的,更多的则是普通人做出的。但时间证明,这些预测都不准确,真正的结果出乎所有人的预料,出乎当时孩子们最大胆的想象……

"爸爸,爸爸,快出来呀!你不是答应和我们一起看蓝星星的吗?它就要升起来了!"

我叹了口气放下笔,心想自己又不由自主地开始徒劳的理论探讨了,于是决定就此打住。我站起身走出门,来到外面的草地上,这时太阳已经快落下去了,正空的玫瑰星云开始显出它的光度来。

"天啊,天空干净了!"我惊喜地喊道,以前出门时看到的空中那些不动的脏云消失了,天空显示出纯净的淡红色。

"都一个星期了,你才知道!"弗伦娜拉着晶晶说。

"政府不是说没钱清洗防护罩吗?"

"是志愿者干的!我还去了呢,我清洗了四百平米!"晶晶自豪地说。

我抬头看看,见那两千米高的防护罩顶部还有人在清洗最后一块脏云,他们看上去像是玫瑰星云明亮的蓝色背景上的几个小黑点儿。

这时天冷下来了,下起了雪。近处嫩绿的草地、防护罩外红色的沙漠、太空中灿烂的玫瑰星云,加上空中飘飘洒洒的洁白雪花,构成了一幅让人心醉的绚丽图画。

"他们总是调不好气候控制系统!"弗伦娜抱怨说。

"会好的,一切都会好的……"我由衷地说。

“升起来了！升起来了！”晶晶欢呼。

在东方的地平线上，升起了一颗蓝色的星星，它像是一块放在天空这淡红轻纱上的蓝宝石。

“爸爸，我们是从那里来的吗？”晶晶问。

“是的。”我点点头。

“我们的爷爷奶奶一直住在那里吗？”

“是的，他们一直住在那里。”

“那是地球吗？”

看着那蓝色的星球，我像是看着母亲的瞳仁，泪水在我的眼中打转，我哽咽着说：

“是的，孩子，那是地球。”

后　记

在一片黑暗中，你拉着爸爸妈妈的手慢慢地朝着某个方向走，黑暗中你看不清他们的身影，但那两只手使你的精神踏在坚实的大地上。突然，那两只手松开了你的手，你徒劳地在黑暗中摸索着，想找回那两只手。你绝望地大喊，但无际的黑暗吞没了你的声音……

这可能是每一个人在童年时都做过的梦。在黑暗中丢失了爸爸妈妈的手，是每一个孩子最恐惧的事。

这也是全人类最恐惧的事，这恐惧深深地根植于人类文明之中，使得古老的宗教在今天仍然存在，并在人类的精神生活中占有重要地位——面对黑暗而幽深的宇宙，人类徒劳地想抓住一双并不存在的手。从这个意义上讲，现在的世界已经是这部小说中所描写的孩子世界了。全人类就是一个找不到双亲之手的孤儿，心中充满了恐惧和茫然，同时，任人性中幼稚和野性的火苗燃起，最后燃成了疯狂的毁灭之火……我们甚至远不如小说中的孩子们幸运，因为没人教我们。

如此说来，这本书只是讲述了一个相当平淡的故事。

当你被诊断为癌症时，世界在你的眼中会突然变成另一个样子：天空是红的，太阳是蓝的；而当你最后得知这是误诊时，天空又变成蓝的，太阳又变成红的。但在你眼中，这已不是以前的天空和太阳了，对于你来说，世界和生活增加了许多内涵。一个人的末日体验是一种很珍贵的体验，那么全人类的末日体验呢？如果世界经历了这样一次“误诊”，那全人类同样会以一种全新的眼光来看待我们的天空和太阳，更珍惜我们以前视为很平常的一切，人类世界将沿着一条更合理的轨迹运行。而能够带来这种末日体验的文学，只有科幻小说。

另一个不可少的体验是生活体验。在您周围的人群中，每时每刻都在演绎着五光十色的人生，这不同的人的不同经历，使我们感叹生活的丰富多彩。但人类文明作为一个整体只有一个，孤独地运行在银河系一条旋臂顶端的荒凉太空中。我们相信，在这个宇宙中肯定有众多的文明每时每刻都在演绎着不同的历史，但我们看不到它们，时间长了我们就会误认为我们文明的历程是唯一的，不会再有别的选择。科幻小说为我们创造了种种不同于现实的文明历程，通过对这些虚拟历史的感受，我们能跳出现实而体会到许多深藏在现实之中的东西。

一部《战争与和平》，洋洋百万字，却只是描述了地球上一个有限区域几十年的历史；而一篇几千字的短篇科幻小说，如阿西莫夫的《最后的问题》，却可以描述从现实到宇宙毁灭的千亿年的时光。科幻文学是唯一现实的文学——对于一位科幻评论家说的这句话，大多数人可能不以为然，但它确实从某个方面道出了实情。从科幻的想象世界中看现实，能使我们对现实有更真切、更深刻的认识。美国科幻研究者詹姆斯·冈恩曾说过："科幻小说所描写的灾难，往往是整个人类种族的灾难。"从本质上说，科幻小说的主人公是全人类。在科幻世界中，全人类已不仅仅是一家，而是广漠宇宙中一个孤独地生活在一粒太空灰尘上的单一的智慧微生物。

这就是科幻小说的魅力，它能让我们用上帝的眼光看世界。

透视现实和剖析人性不是科幻小说的任务，更不是它的优势。科幻小说的目标与上帝一样：创造各种各样的新世界。

中国的科幻文学确实还处于幼稚阶段，直到今天，我们的科幻小说也没能真正创造出一个自己的想象世界，我们只是在人家创造出的多个世界中演绎自己的故事。

但从另一方面看，科幻文学从本质上说又是幼稚的。它所要表现的，是童年时代的人类面对广漠深邃的宇宙所产生的好奇和恐惧，以及探索的冲动。在这样的一个宇宙面前，人类的科学和哲学都很幼稚，科幻作为表现这两者的唯一一种文学形式，浸透着稚气也就不奇怪了。当未来人类的科学发展到极致，宇宙的一切毫发毕现之日，也就是科幻消亡之时。

……从第一次看见彩虹起，我就把它当成了一座架在空中的五彩大桥。我想那是一座水晶做的大桥，里面闪着五彩光柱。有一次大雨过后，我就没命地朝彩虹那儿跑。我真想跑到它的脚下，攀到它那高得吓人的顶上，看看天边那座大山后面是什么，看看世界到底有多大。但我跑，它好像也在向前移，最后太阳一落山，它就从下向上地化了……

书中的这段描写,是作者童年的真实经历。我们每个人的生活其实都是一个追梦的旅程,与其他虚幻的梦不同,科幻创造的梦就像那道彩虹,是连接着大地的真实存在,是太阳的另一种表现形式。尽管它终将消失,但我们会发现自己已在追梦的路上前进了不少,长大了不少。